诗词文化与核心素养培养

线装书局

图书在版编目（CIP）数据

诗词文化与核心素养培养/ 魏定乾编著. -- 北京 ：线装书局，
2022.5
ISBN 978-7-5120-5015-0

Ⅰ. ①诗… Ⅱ. ①魏… Ⅲ. ①诗词－中国－当代②
学语文课－课堂教学－教学研究Ⅳ. ①I227 ②G633.302

中国版本图书馆 CIP 数据核字 (2022) 第 086343 号

诗词文化与核心素养培养
SHICI WENHUA YU HEXIN SUYANG PEIYANG

编　　著：魏定乾
责任编辑：李春艳
出版发行：线装书局
　　　　　地　址：北京市丰台区方庄日月天地大厦 B 座 17 层（100078）
　　　　　电　话：010-58077126（发行部）010-58076938（总编室）
　　　　　网　址：www.zgxzsj.com
经　销：新华书店
印　制：北京军迪印刷有限责任公司
开　本：787mm×1092mm　1/32
印　张：12.25
字　数：350千字
版　次：2022 年 5 月第 1 版第 1 次印刷

定　价：69.80 元

线装书局官方微信

1

诗词文化与核心素养培养

编　　著：魏定乾

副 主 编：夏志英　　魏　爽　　张杨敏
　　　　　魏　鹤　　朱春霞　　黄成伟
　　　　　赵纯直　　杨长超　　赵然冉
　　　　　王明明　　彭　蹊　　柯　勇
　　　　　黄晶晶

编　　委：邓张庆　　陈翠兰　　谢　科
　　　　　朱　胜　　赵博涵　　刘曦曦
　　　　　邓　波　　谢　智　　鲜耀波
　　　　　工文祥　　易凌沁　　刘成礼
　　　　　张安会　　王　楠　　范文祥
　　　　　张馨月

诗意人生说诗意（代序）

今天，我从几阕千古绝唱的古诗词创作故事谈起，看能否激荡起你心中那波澜壮阔的大海和文学创作的冲动呢。

宋代爱国诗人陆游，他的原配唐婉（表妹）是越州山阴（今浙江省绍兴市）唐氏世族的大家闺秀，她自幼饱读诗书，是当时有名的才女。南宋绍兴十四年（1144 年），二十岁的陆游和唐婉喜结伉俪，婚后琴瑟和谐，生活十分美满。可是不知为什么，陆游的母亲却对唐婉产生了不满（一说是她不生育，另说是怕误了陆游大丈夫之志），甚至强迫儿子休了她。封建时代，父母之命岂能违抗？可是陆游又不忍心和唐婉分离，于是瞒着母亲，在外面另置别馆，和唐婉暗中幽会。没过多久，陆母发现了这一秘密，就亲自带人登门问罪，虽然陆游和唐婉事先得到消息避开了，但从此以后，也就只好彻底分手。后来，唐婉改嫁同郡宗人赵士程，陆游也迫于母命再娶王氏为妻。

光阴荏苒，一晃十年过去了，这十年间，陆游和唐婉有多少相思，都只能在寂静无人的时候默默自语！南宋高宗绍兴二十五年（1155 年），陆游三十一岁。这年春天他到山阴禹迹寺南的沈家花园游玩，诗人正为满园春色所陶醉，在花间柳下流连不已。蓦然间一个十分熟悉的身影出现在他的面前，不正是魂牵梦萦的唐婉吗？猝然相逢，两人惊喜万分，可是看到唐婉身旁的赵士程，陆游欲言又止，两人形同陌路，擦肩而过。回望和赵士程一步一步走远的唐婉，陆游心如刀绞，十年来的离愁别绪、哀怨愁苦一齐涌上心头。自己珍爱的唐婉，明明就在眼前，可又像在梦中一样，可望而不可即。

唐婉也同样愁肠百结，她多么想停下脚步，哪怕是回头望一望啊，可是封建礼教束缚着她，她只好低着头，默默无语。不一会儿，她悄悄地吩咐仆人给陆游送来酒菜，以示自己的心意。陆游举杯在手，肝肠寸断，不胜悲戚，他再也无法抑制自己的感情，一首千古绝唱就要应运而生了，他在沈园的墙壁上挥笔题下了《钗头凤》：

红酥手，黄縢酒，满城春色宫墙柳。东风恶，欢情薄，一怀愁绪，几年离索。错、错、错。　春如旧，人空瘦，泪痕红浥鲛绡透。桃花落，闲池阁。山盟虽在，锦书难托。莫、莫、莫！

很快，唐婉见到了这首词，更是悲伤不已，感情的潮水破闸而出，奔流不息。这时又一首千古绝唱诞生了，她在陆游词旁和了一首《钗头凤》：

世情薄，人情恶，雨送黄昏花易落。晓风干，泪痕残，欲笺心事，独语斜阑。难、难、难！　人成各，今非昨，病魂常似秋千索。角声寒，夜阑珊。怕人寻问，咽泪装欢。瞒、瞒、瞒！

作为女性，唐婉受到的压抑更为沉重，痛苦也就更难以忍受。赋词不久，她就因抑郁愁闷成疾，辞世而去。

和唐婉的被迫分离，以及这次沈园相遇和唐婉的死在陆游的心上留下了不可弥合的创伤，一直到他的晚年。后来老诗人还多次来到沈园，仍旧还是那么一往情深。在老诗人去世前一年，也就是八十四岁时，他又来到沈园，感慨万千，一首为唐婉而作的七绝《春游》脱口而出：

沈家园里花如锦，半是当年识放翁。

也信美人终作土，不堪幽梦太匆匆。

诗中再次悼念唐婉，并叹息他们的夫妻生活太短暂了。那段美好的生活虽然短暂，却是诗人一生情之所系。人生如诗，诗如人生，这便是最好的佐证之一。

陆游与唐婉凄美的爱情故事，千百年来不知感动了多少的痴情男女。不过，今天本人并不打算做个品头论足的情感专家，仅就几首诗词创作角度谈一些思考和领悟。

一、真情实感，是创作上乘之作的原动力

陆游和唐婉的《钗头凤》，都是情之所至，发乎真情。朝思暮想，肝肠寸断，此时咫尺天涯，形同陌路，内心煎熬至极，一腔悲愤、愁苦，裹着血泪，情真意切，情不自已，喷涌而出。这便是这两首千古绝唱产生的原动力。诗词创作如此，其他文体佳作创作，又何尝不是如此呢。近年来，在高考作文评分一等标准中就有"切合题意、中心突出、内容充实、感情真挚"的要求。感情不真，虚情假意，敷衍读者，难以动人，难以服人，难成上乘之作。

二、熟练掌握惯用文体和自己偏好的文体的写作特点和写作技巧，是创作上乘之作的基石

陆游和唐婉都使用了他们最得心应手的词牌《钗头凤》来唱和、来抒发心中的千愁百结和缠绵悱恻。他们必须熟稔诗词的创作规律、创作技巧，及《钗头凤》的具体章法，才能左右逢源，游刃有余，自然而为之。当然，除了有特别要求之外，文体的选用与内容和情感的表达有重要的关系。陆游与唐婉十年久别重逢，表现的内容丰厚，所以他选用了词《钗头凤》；而在去世前一年，再游沈园时，风烛残年，心境趋于平静，偶发感慨，悼念唐婉，却用了短巧的七绝《春游》来表达。

三、读万卷书行万里路，是创作上乘之作的源泉

杜甫曾说："读书破万卷，下笔如有神。"读万卷书，是一个博览群书，积累知识，丰富自己，引发思考，启迪智慧，完善自我的过程。同时，也是我们积累写作素材的重要来源之一。仗剑游侠，行万里路，既开阔视野，增长见识，磨砺生活，又能将自己所学运用于生活，理论联系实际，学以致用。所见、所闻、所思、所感，不又是写作素材的另一重要源泉吗？陆游与唐婉诗词，写得如此感人，与他们的过人学识和深刻的生活体验都有十分重要的关系。李白与杜甫、苏东坡与辛弃疾、柳永与李清照等诗词，冠绝天下，谁又不是如此呢？我们要多阅读、常阅读、深阅读，并适度走出去体验体验生活，多思多感，多写多练，是创作十分必要的。

除此之外，创作还需保持一颗好奇之心，多关注生活；保持一颗悲悯之心，寄苍生之大爱；保持一颗热爱之心，充满生活的激情；还要保持一颗童心，净化自己的心灵等。有了这些条件，相信你们能大笔如椽，妙笔生花，创作出上乘之作。

下面有几个问题值得说明一下：

（1）《诗词文化与核心素养培养》是一部熔文学艺术与科研学

术于一炉的文学与理论著作，分为上篇"科研课题篇·核心素养培养研究"、中篇"科研课题篇·群文阅读教学研究"、下篇"文学艺术篇·诗海泛舟"三部分。上篇"科研课题篇·核心素养培养研究"和中篇"科研课题篇·群文阅读教学研究"分别掇拾了魏定乾名师工作室区级课题"基于中学语文核心素养的课堂教学模式研究"、国家级课题"群文阅读教学中培养四项关键能力的课堂教学模式研究"中部分有代表性的教育教学研究论文 31 篇、10 篇组成；下篇"文学艺术篇·诗海泛舟"由本人近三年创作的 202 首诗歌组成，其中古体诗（主要是律诗、绝句、古风、词）197 首，现代诗 5 首。

（2）出版这部艺术学术专著，旨在传播中华民族传统文化和教育教学理念、经验及方法的交流。主要阅读对象是大中小学师生、诗词爱好者和研究者。真诚希望这部专著能对读者有所裨益，对师生学习、研究古典诗词和教育教学方法有所启迪和帮助。

（3）197 首古体诗词除押韵采用了押新韵，即普通话韵外，其余都较严格地遵循着近体诗（律诗、绝句）、古风、词等的写作章法和写作规律。

（4）专著作品，按照上篇、中篇、下篇编排。41 篇论文，基本按照"核心素养""群文阅读"分类进行编排。诗词未从内容或时间上分类，主要采用古体诗与现代诗、长诗与短诗、律诗与绝句、词等交错编排，以减少读者审美疲劳；202 首诗词，基本采用每页"两诗＋注释"编排（其中五首较长现代诗除外）。

最后，但愿这本书对您有一点儿意义和价值，也不枉费笔者和主编一份苦心。由于本人才疏学浅，加上时间仓促，难免有纰缪之处，还敬请大方之家指正。

魏定乾

2021 年 11 月于成都

目 录
Contents

中篇：科研课题篇·群文阅读教学研究

下篇：文学艺术篇·诗海泛舟

目　录◎

上篇：科研课题篇

核心素养培养研究

刍议高中语文核心素养与
高中语文新课标的关系

四川省成都市新都一中　魏定乾
四川省万源市万源中学　夏志英

摘要：普通高中培养目标的实现，与高中语文核心素养、高中语文新课标有着莫大的关系。高中语文核心素养与高中语文新课标有着一脉相承的目标性和实现手段，具有高度的一致性和融合性。

关键词：高中　语文　核心素养　新课标　关系

众所周知，当下高中语文最热门的话题，恐怕要算高中语文核心素养的培养和高中语文新课程标准如何实施的问题了。这牵涉到普通高中教育的定位问题。"普通高中的培养目标是进一步提升学生综合素质，着力发展核心素养，使学生具有理想信念和社会责任感，具有科学文化素养和终身学习能力，具有自主发展能力和沟通合作能力。"《普通高中语文课程标准（2017 年版）》这就牵涉到课程、教材、课堂教学及其评价的改变。前不久，参加某校送教活动，某位领导说今天的课堂教学，不再是用新课标的三维目标（知识与能力、方法与过程、情感态度与价值观）来衡量，而是用学科的核心素养来评价了。听了他的这番话，引起了我们的思考：现在的课堂教学究竟怎样评价？新课标的三维目标评价过时了吗？高中语文核心素养与高中语文新课标究竟有怎样的关系？下面就谈谈我们肤浅的认识，以飨同人，不是之处，敬请斧正。

一、高中语文核心素养是高中语文新课标制定和实施的出发点和归宿

高中语文新课标中指出，高中语文学科核心素养是学生在积极的语言实践活动中积累与构建起来，并在真实的语言运用情境中表现出来的语言能力及其品质；是学生在语文学习中获得的语言知识与语言能力，思维方法与思维品质，情感、态度与价值观的综合体现。"高中阶段语文核心素养包括语言建构与运用、思维发展与提升、审美鉴赏与创造、文化传承与理解等，它们是语文学科落实立德树人总目标的四大构成要素，也是高中语文新课程标准制定的核心依据。"（贡如云、冯为民：《高中语文核心素养的实质内涵》）《高中语文新课程标准》指出："以核心素养为本，推进语文课程深层次的改革。随着社会和教育事业的发展，语文课程更加强调以核心素养为本。"学科课程标准"围绕核心素养的落实，精选、重组课程内容，明确内容要求，指导教学设计，提出考试评价和教材编写建议"。由此可见，高中语文核心素养是高中语文新课标制定和实施的出发点，高中语文新课标制定和实施又是高中语文核心素养培养的落脚点和归宿。

二、高中语文新课标是高中语文核心素养培养的具体保证和措施

高中语文新课标更新了教学内容，进一步精选了学科内容，重视以学科大概念为核心，使课程内容结构化，以主题为引领，使课程内容情境化，促进学科核心素养的落实。新课标还制定了学业质量标准。各学科明确学生完成本学科学习任务后，学科核心素养应该达到的水平，各水平的关键表现构成评价学业质量的标准。引导教学更加关注育人目的，更加注重培养学生核心素养，更加强调提高学生综合运用知识解决实际问题的能力，帮助教师和学生把握教与学的深度和广度，为阶段性评价、学业水平考试和升学考试命题提供重要依据，促进教、学、考有机衔接，形成育人合力。[《普通高中语文课程标准（2017年版）》]由此可知高中语文新课标是高中语文核心素养培养的具体保证和措施。

三、高中语文核心素养与高中语文新课标具有目标一致性、高度融合性特征

高中语文核心素养从人的全面发展视角出发，定位于"培养什么样的人"的根本问题。在此语境下，语文核心素养的目标也最终指向了"全面发展的人"。（贡如云、冯为民：《高中语文核心素养的实质内涵》）高中语文新课标指出，全面贯彻党的教育方

针，落实立德树人根本任务，发展素质教育，推进教育公平，推动人才培养模式的改革创新，培养德、智、体、美全面发展的社会主义建设者和接班人。可见从宏观看，二者的目标都是"全面发展的人""立德树人"，是完全一致的。高中语文新课标中课程目标指出，学生通过阅读与鉴赏、表达与交流、梳理与探究等语文学习活动，在"语言积累与建构，语言表达与交流，语言梳理与整合，增强形象思维能力，发展逻辑思维，提升思维品质，增进对祖国语言文字的审美体验，鉴赏文学作品，美的表达与创造，传承中华文化，理解多样文化，关注，参与当代文化"等方面得到进一步发展，这几方面与高中语文核心素养的"语言建构与运用""思维发展与提升""审美鉴赏与创造""文化传承与理解"四个方面是高度融合而一致的。或者换句话说，高中语文核心素养的培养是高中语文新课标的主要目标。

四、高中语文新课标强调的"自主、合作、探究、实践性"的开放式教学策略，正是高中语文核心素养培养的最有效途径

高中语文新课标指出，从祖国语文的特点和高中生学习语文的规律出发，以语文学科核心素养为纲，以学生的语文实践为主线，设计"语文学习任务群"。学习任务群以自主、合作、探究性学习为主要学习方式，凸显学生学习语文的根本途径。学习任务群的设计，旨在引领高中语文教学的改革，力求改变教师大量讲解分析的教学模式。加强课程实施的整合，通过主题阅读、比较阅读、专题学习、项目学习等方式，实现知识与能力，过程与方法，情感、态度与价值观的整合，整体提升学生的语文核心素养。加强实践性，促进学生语文学习方式的转变。由此观之，"自主、合作、探究、实践性"的开放式教学策略，正是高中语文核心素养培养的最有效的途径。

总之，高中语文核心素养与高中语文新课标有着一脉相承的目标性和实现手段，具有高度的一致性和融合性。所以高中语文新课标中知识与能力，过程与方法，情感、态度与价值观的三维目标与高中语文核心素养及"自主、合作、探究、实践性"的开放式教学策略一并构成了现代语文课堂教学的评价标准。

【参考文献】

[1]《普通高中语文课程标准（2017 年版）》。

[2] 贡如云、冯为民：《高中语文核心素养的实质内涵》。

[3] 黄婷、魏小娜：《基于语文核心素养的课程重建与教学策略》。

[4]《中国学生发展核心素养》，《中国教育学刊》2016 年第 10 期。

[5]《语文学科核心素养：内涵及构成》，《教育探索》2016 年第 11 期。

2018 年 10 月 17 日

浅谈高中语文核心素养培养的课堂教学有效策略

四川省成都市新都一中　魏定乾
四川省万源市万源中学　夏志英

摘要：核心素养的发展和培养，有着重要的意义和价值。在高中语文学科教学中，笔者一直在探讨和研究：高中语文课堂教学究竟该如何发展和培养学生核心素养问题。这里，笔者着重谈谈高中语文核心素养培养的"三个四"课堂教学有效策略。

关键词：高语　核心素养　培养　课堂教学　策略

目前高中语文的热词，恐怕要算高中语文核心素养的培养了。这牵涉到普通高中教育的定位问题，"普通高中的培养目标是进一步提升学生综合素质，着力发展核心素养，使学生具有理想信念和社会责任感，具有科学文化素养和终身学习能力，具有自主发展能力和沟通合作能力。"[《普通高中语文课程标准（2017年版）》]这一核心素养的提出源于全球教育所面临的未来挑战，也是全球教育理性的回归，它将"以人为本"教育思想，即育人为本的教育思想放在制高点，以新的姿态呈现给关注未来教育走向的人们。之所以成为国际教育界标志性成果并得到广泛认同，就在于核心素养的实质内涵是直面未来教育，聚焦的是培养什么样的人的重大问题。可见，核心素养的发展和培养，有着多么重要的意义和价值。那么，作为高中语文学科，在课堂上又该如何发展和培养学生核心素养呢？这里，本文就着重谈谈高中语文核心素养发展和培养的课堂教学有效策略，仅供同人和研究者参考。

一、教育理念上，遵循"四个转变"

（一）转变知识至上的教学观念，遵循核心素养为本的教学策略

当教育指向核心素养，"知识核心时代"将真正走向"核心素养时代"，学校的任务不再是一味灌输知识，而是给学生未来的发展提供核心能力。教师的素养将很大程度上决定核心素养能否在教育实践中真正落实。在浙江杭州召开的中国名师名校长论坛上，与会学者一致认为，中小学要开展基于核心素养为导向的教学改革，教师的素质和能力需要有较大的提升和转变。

（二）转变单学科鏖战的教学观念，遵循跨学科协作的教学策略

目前，国内大部分中小学教学活动的开展，还是基于单个的学科为主。我们必须看到，未来真正对学生产生最核心影响的，是老师的综合素养，而不是被一个个学科分割开来的东西。未来的人才应该具备怎样的素质？跨越文化差异、观点差异，与来自不同文化背景的人相互合作，同时具备批判和创新思维至关重要。而这些素质，无一例外，都是跨越学科的综合素养。对于学校教育来说，让学生具备这样的素质，教师就需要有超越学科教育的大教育观，需要教师从学科人升级为教育人。

（三）转变教会学生什么的教学观念，遵循学生学会什么的教学策略

许多学者指出，时代和科技的发展对教师的能力与素养提出了巨大的挑战，知识正在以几何级速度增长，获取知识的通道变得平等而开放，教师不再拥有"知识霸权"地位，教师与学生第

一次以相同的"学习者"的身份出现。在当今知识更新换代频繁、获取知识和信息的渠道多样快捷的时代，学生的自学能力、思维创新能力，就显得十分重要。叶圣陶先生曾说"教是为了不教"，这是中小学教师需要根植的理念。北京市十一学校走班制打破旧有的行政班的概念，让学生根据自己的兴趣和学习情况自主制定课表，都是将学习的权利主动交还给学生的大胆尝试。上海和杭州的学校也做了类似的尝试。现在，全国即将大面积推出的新课程改革中的选科制和走班制，更是将学习主动权交还给学生提到了国家意志的新高度。2016年，在浙江杭州召开的中国名师名校长论坛上不少校长指出："我们常说'师者匠心'，把学生的土雕琢成我们的玉，这就要求我们要做教学设计、课程设计、学生活动设计等。如果把主体投射到孩子身上，孩子就应该成为教育现场的设计者。"曾经的经典问题是"什么知识最有价值""谁的知识最有价值"，而今天却变成了"什么知识最有力量"。而核心素养的提出，正在使得老师们重新关注课程的价值，即从关注知识点的落实转向素养的养成，从关注"教什么"真正转向学生"如何学"和"学到了什么"。

（四）转变教师课堂霸权的教学观念，遵循师生平等交流、有温度课堂的教学策略

让教师回归真实本性，让课堂更有温度。当知识不是教学的唯一目标，当能力、素养、情感成为课堂上教师着重关注的内容，就有了一个有情感、有态度、不一定完美的教师与一群同样有情感、有态度、不一定完美的学生之间的学习交往。教师将自己置身学习之中，把学生带入共同学习的状态，教师可以有情感表达，可以有质疑和追问，更可以坦言自己的未知，甚至求教于学生，只有这样以学习共同体的身份出现的最本真的教师，才会真正打动学生、感染学生、发现学生，同时赢得学生喜爱和极大尊重。

二、教学内容上，遵循"四个维度"

我们知道，在高中语文新课标中明确指出，高中语文学科核心素养是学生在积极的语言实践活动中积累与构建起来，并在真实的语言运用情境中表现出来的语言能力及其品质；是学生在语文学习中获得的语言知识与语言能力，思维方法与思维品质，情

感、态度与价值观的综合体现。"高中阶段语文核心素养包括语言建构与运用、思维发展与提升、审美鉴赏与创造、文化传承与理解等，它们是语文学科落实立德树人总目标的四大构成要素，也是高中语文新课程标准制定的核心依据。"（贡如云、冯为民：《高中语文核心素养的实质内涵》）所以我们在高中语文课堂教学中，一定要紧扣这四个维度的核心素养来设计和安排课堂，发展和培养学生必备品质和关键能力。

语言建构与运用奠定语文素养的语言基础，是语文核心素养的本体性要素，也是发展语文核心素养的首要和基础任务，语文教育必须以发展学生语言素养为根基，它的形成对个体生命的发展具有极为深远的影响。它作为语文素养整体结构的基础层面，是"思维发展与提升""审美鉴赏与创造""文化传承与理解"实现的途径；"思维发展与提升""审美鉴赏与创造""文化传承与理解"是语文素养的重要组成部分，三者应当在语言建构与运用的过程中达成。

思维发展与提升奠定语文素养的认知基础，是语文教育的重要使命与目标。语言与思维之间存在密切的关系，语言是思维的外壳，思维是语言的内核，语言的建构和运用需要借助思维，而语言的建构和运用又能够促进思维的发展与提升。

审美鉴赏与创造奠定语文素养的文学基础。高中语文教育如果不突出审美素养的培育，就丢失了学科教学的重要价值取向，所追求的通过培养学生核心素养使之成为一个健全者的终极关怀就不可能实现。审美活动既是一种对象化把握世界的方式，也是一种自我确证、自我超越、自我发现、自我塑造的非对象化的活动，审美鉴赏与创造是高中语文核心素养的重要内容。文学鉴赏与表达是语文学科素养中不可缺少的一部分，同时也是语文教育中一个较高的发展层级。

文化理解与传承奠定语文素养的文化基础，也是高中语文核心素养的重要组成部分，包括了对本土文化的传承，对国际文化的理解、向生活文化的回归和对自然文化的关爱，是学生语文素养形成和发展的重要表征之一。从本质上说，深化语文课程改革就是进行深刻的文化变革。语文是母语学科，它是文化的存在。

语文教育的过程就是以汉语文化为依托、以人类文化为背景的文化传承与理解过程。语文教育需要对文化进行转换，强化文化认同、适应、同化与融合，传承传统文化和理解多元文化，繁衍出新的健康的文化意义，实现文化的"增值"，并形成学生的人文素养，使学生在实现文化成长的同时，也获得精神的成长和生命的成长。

三、教学方式上，遵循"四个途径"

提升学生语文核心素养，须转变学习方式，将理解性学习转变为综合应用性学习；须打破学科间、课内外壁垒，通过联结学习、综合学习，培养学生独立阅读、实践探究、批判性等综合素养；明确学生学习该学科课程后应达成的正确价值观念、必备品格和关键能力，整合知识与技能、过程与方法、情感态度价值观三维目标。"自主、合作、探究、实践"的开放式教学策略，正是高中语文核心素养培养的四个最有效的途径。总之，少程式多个性，少告知多探究，少分析多实践，从零散走向整合，从封闭走向开放。

【参考文献】

[1]《普通高中语文课程标准（2017 年版）》。

[2] 贡如云、冯为民：《高中语文核心素养的实质内涵》。

[3] 黄婷、魏小娜：《基于语文核心素养的课程重建与教学策略》。

[4]《中国学生发展核心素养》，《中国教育学刊》2016 年第 10 期。

[5]《语文学科核心素养：内涵及构成》，《教育探索》2016 年第 11 期。

[6]《当教育指向核心素养——教师该如何应"变"》，人民网、《人民日报》，2016 年。

[7]《中国当代教育名家宋乃庆：优质高效课堂是培养核心素养的主渠道》，华龙网。

2019 年 3 月 25 日

中学语文核心素养培养的
有效课堂教学模式初探

四川省成都市新都一中　魏定乾
四川省万源市万源中学　夏志英

摘要： 据国内外课堂教学模式可看出，一些课堂教学模式早已过时，一些建立在现代新课改基础上的课堂教学模式，虽颇具教学成效和价值，也体现了一些学科核心素养的精神；但还不是完全站在核心素养背景和高度上研究的课堂教学模式，还呈现出碎片化、零散化倾向和功利主义思想。目前，全国在核心素养背景下研究的中学语文课堂教学模式，也还不够成熟，还有待于进一步深入研究和求证。同时，在实际教学中，中学生语文核心素养究竟应该怎样形成和培养，尤其在课堂教学中如何高效培养，有何有效策略等，都是亟待解决的问题。正是基于这些原因，魏定乾名师工作室课题组提出了"基于中学语文核心素养的有效课堂教学模式研究"课题，目前已取得一些初步的探索成果。

关键词： 中学语文　核心素养　培养　课堂教学　模式

在高初中新课程标准颁发后，尤其是 2017 年高中语文新课程标准颁布后，中学语文的热词，恐怕要算中学语文核心素养的培养了。这牵涉到普通高中教育的定位问题，"普通高中的培养目标是进一步提升学生综合素质，着力发展核心素养，使学生具有理想信念和社会责任感，具有科学文化素养和终身学习能力，共有自主发展能力和沟通合作能力。"[《普通高中语文课程标准（2017年版）》] 这一核心素养的提出源于全球教育所面临的未来挑战，也是全球教育理性的回归，它将"以人为本"教育思想，即育人为本的教育思想放在制高点，以新的姿态呈现给关注未来教育走向的人们。之所以成为国际教育界标志性成果并得到广泛认同，就在于核心素养的实质内涵是直面未来教育；聚焦的是培养什么样的人的重大问题。可见，核心素养的发展和培养，有着多么重要的意义和价值。那么，作为高中语文学科，在课堂上又该如何有效发展和培养学生的核心素养呢？这里，本人就着重谈谈我们"基于中学语文核心素养的课堂教学模式研究"课题组对中学语文核心素养培养的有效课堂教学模式探究的一些初步成果，仅供同人和研究者参考，不足之处敬请指正。我们将中学语文核心素养发展和培养的有效课堂教学模式总结为"两导两自两合作，群文阅读导图歌"，即"导学质疑、导入激趣、自主分享、自主释疑、合作探究、合作展评、群文阅读、导图结曲"的八步课堂教学法。具体阐释如下。

一、导学质疑

我们知道，有一种叫"质疑导学"的教学方式。质疑就是提出问题。"质疑导学"就是在教学中引导学生自发提出问题，以发现型的问题情境组织教学，以学生质疑释疑螺旋上升的过程为教学过程，教师在学生质疑、释疑的主动学习过程中有目的、有针对性地加以引导和组织教学的一种模式。其实这种教学模式告知了我们，学生学习过程中质疑的重要性。而我们这里要谈的是"导学质疑"。有效课堂往往是先学后教，可是我们的学生会自己主动先学吗？因此，教师要给予学生有效的帮助，给他们一个自主学习的路线图，那就是导学案。教师在课前准备怎样的导学案，是否能够编写出高效、实用的导学案，是能否实现有效教学的关键。有效课堂的教学，不再是教师精彩的表演，教师的专业水准转而体现在导学案的精心设计上，体现在导学案对学生思维能力、创造能力培养的潜移默化上。有了导学案，学生的自学有了方向，按照导学案来导学。教师在设计导学案时就要发挥集体的智慧。这样的导学案就成了教师指导学生自主学习的最佳方案。本着一课一案的要求，每个导学案的分量要适宜，不要过简，也不要过繁，要合乎实际操作，有实效。尤其要精选问题，坚决杜绝"题海"战术。要注意问题之间的内在联系，要能够有效地帮助学生构建知识体系。所编制的导学案的容量以学生预习时间不超过30分钟为宜。教师在编制导学案时，必须把握好对教材能够深入浅出，设计导学案要做到知识问题化、问题层次化、层次梯次化、梯次渐进化。教师要放手给学生必要的个人空间，为学生创造、发现、表现提供更多的机会，养成良好的学习态度、学习习惯和思维品质。这也正是中学语文核心素养形成所需要的。我课题组在研究探索中，充分利用学校几年前已开发的较成熟的校本教材《导学案》导学，引导学生自学质疑，让学生主动参与到学习活动中去，并把导学中新产生的、自己不能解决的质疑问题记下来，为高效的课堂教学奠定问题基础和带来驱动力，留待课堂再解决。例如，我在教学《念奴娇·赤壁怀古》时，就布置学生课前自行阅读原文两遍，并阅读勾画配套资料《导学案》中该课的"学习目标""解文题""识作者""知背景""晓常识"及《点金训练》中该课的"自主构建 基础梳理"，完成《导学案》中该课的"学习导引"和"基础知识"作业。把阅读和作业中发现的、质疑的最大问题记录在语文学习本上，便于在课堂上学习时将这些问题分享给大家，再在课堂深入学习中自行解决或共同解决。这样就为有效课堂教学打下了坚实的问题基础，并提高了学生的学习积极性和课堂的有效性。

二、导入激趣

著名特级教师于漪曾说过："课的第一锤要敲在学生的心灵上，激发起他们思维的火花，或像磁石一样把学生牢牢地吸引住。"新课的导入就是一节课的序幕，将直接影响学生的学习兴趣和好奇心。也有人说"导入激趣"就像发动机的火花塞一样，虽然每一节课只点燃一次，但它产生的能量足以持续整整一节课，甚至多节课。只有当学生有了这种学习的欲望时，才能积极参与到整个教学课堂中来。所以从上课铃一响，师生进入教室起，就得形成良好的开端，激发学生的学习兴趣，把他们的注意力牢固地吸引住。通常我们可以采用音乐（歌曲歌谣）感染激趣、多媒体视频图片激趣、质疑悬念激趣、创设（故事、表演对话）情境激趣、猜谜解谜激趣、简笔绘画激趣、动作导入激趣等等导入方式来进行学生课堂学习的组织和调动。总之，中学语文课堂教学的导入设计要根据学生的年龄特征、心理特点、不同学段、不同的教学内容进行巧妙设计，导入的内容应与教学内容有关联，要以激发学生的学习兴趣为主，让学生积极参与到教学中来，激发起学生思维碰撞的火花。因此，我们课题组认为成功的"导入激趣"，是一堂好课、一堂高效课不可或缺的重要的标志之一。例如，在教学《念奴娇·赤壁怀古》导入时，我们播放了豪放深沉的歌曲《滚滚长江东逝水》："滚滚长江东逝水，浪花淘尽英雄……"听着豪放悲凉的歌声学生的思绪仿佛回到了三国古战场：战场上刀光剑影、血流成河；时势造英雄，一大批英雄应运而生；雄姿英发、羽扇纶巾的周瑜就是最好的代表。歌曲阐发的哲理与苏轼诗词的特色"豪迈之中见雄浑，苍凉之中见豁达"不谋而合，从而达到引入课题的作用。（板书课题）

三、自主分享

有人这样说，你有一个苹果，我有一个苹果，我们彼此交换，每人还是一个苹果；你有一种思想，我有一种思想，我们彼此交换，每人可拥有两种思想。这句话告诉我们学习中的分享有多么重要。我们课题组研究认为，在导入激趣后，"自主分享"就很重要了。各位学生把在"导入质疑"中自主发现的最大的质疑点或问题分享给大家，老师摘录问题要点于黑板上，让学生各自合并归纳为几个亟待解决的突出问题，记于学习本上。若突出问题中没有文本研究的核心问题，那么，为了保证提出问题的研究价值和方向性，老师还要适当补充文本研究的一些核心问题，然后让学生带着质疑问题，走进文本的深度阅读中去，为下一步的"自主释疑"作好"质疑导入"。例如，在教学李清照《声声慢》时，学生先谈了他们初学的感受和收获，然后就分享了两个很有研究价值的问题：①词人为什么要以叠词开篇？②文本是怎样写出"愁"的？然后我又补充了一个问题：《声声慢》与《醉花阴》都写到了"愁"，请比较二者有何不同？

四、自主释疑

充分发挥学生主观能动性，让学生自主释疑，自主形成思辨能力，是中学语文核心素养形成的必备能力。学习过程是个不断发现问题、提出问题、解决问题的过程。问题由学生提出，最终还应由学生自己解答，教师不可包办代替、全盘端出，而应"疏""引""拨"，用不同的方法启发和激励学生自己分析问题、解决问题，让学生成为学习的真正主人。他们带着一个个自主找出的问题和老师补充的问题，对文本进行深阅读、深挖掘。浅显的问题，可引导学生自读自悟或点悟分享；普遍性的难题、有争议的问题，教师不急于表态，让学生各抒己见。答案需具体分析概括的，可把一个大问题分为几个问题，层层剥笋，启发学生一步一步思考，逐渐揭开谜底。若还不能解决的问题，则留待下一步"合作探究"解决。总之，质疑问难是开启学生思维的金钥匙，培养学生良好的读书习惯和发现问题、提出问题、解决问题的能力，是对新课标和核心素养精神的真正贯彻。例如，在教学李清照《声声慢》时，学生在老师的有效组织和指导下，通过反复阅读、朗诵、思考和查找资料，很快就解决了上环节中提出的前两个问题，分享的效果较好。而第3问的回答就显得模棱两可，交代不清了。于是我果断地将第3问放在了下一环节"合作探究"。

五、合作探究

对于上一步"自主释疑"还未能解决的问题，就由这一步"合作探究"来解决。"合作"学习是指学生在学习群体中为了完成共同的任务，有明确的责任分工的互助性学习。"合作"学习既有小组活动，也有个人活动；合作过程中也不排斥竞争。"探究"学习是指学生在实际问题或实践中进行学习，在学习中独立地发现问题，获得自主发展的学习方式。要求教师在课堂学习中，创设主动、互动、生动的学习局面，给各类学生提供适合各自发展的听、说、读、写的实践机会，让学生在实践中发现问题，培养探究问题的意识。在探究学习中，学生自己发现问题，探究解决问题。探究学习的主动性、独立性、实践性、体验性、问题性和开放性等主要特征都是以自主为前提的。在探究的过程中往往会涉及人力资源的开发与利用，有效的合作必然会加速探究的进程。可以这样说，探究学习是以自主学习为前提、以合作学习为动力的一种学习方式。教师的角色发生了改变，真正成为学生学习的合作者、引导者和参与者。教学过程是师生对话、交流和共同发展的互动过程，是动态的、发展的、愉悦的、富有个性化的创造过程，是一个接纳的、支持的、宽容的教学氛围。因此，我课题组认为，需要合作探究的"疑难杂症"，就应该放手给学生，分组探究、讨论，并由中心发言人记下探讨结论的要点，再由学习组共同分析梳理、修正、补充后交给中心发言人，做好下一步的"合作展评"准备。例如，在教学李清照《声声慢》时，我就将上个环节未解决的第3问"《声声慢》与《醉花阴》都写到了'愁'，请比较二者有何不同？"放在了这个环节。让全班的7个学习小组，分别在学习组长的组织下，各抒己见，讨论出答案要点，分点整理在记录本上并交给该小组中心发言人。

六、合作展评

合作展评，即合作展示评价。这里指把学生上一步合作探究的结果或作品，在课堂上公开呈现出来，让大家分享。可以采取登台展示、座位展示、口头展示、书面展示等多种形式；分人或分组展示后，再分人或分组进行评价、矫正，或同学补充，或老师补充。展评环节中的评价，它实现的是过程性评价的功能，是以学生发展为指向的评价，即发展性评价。发展性评价是一种面向未来的评价方式，它把评价视为发现学生发展可能性的手段，着眼于发现和发展学生的潜能，充分了解学生，关注每位学生在已有水平上的发展，关注学生发展中的个性差异，及时准确地肯定和鼓励学生的进步，客观地反映和鉴别学生在学习和发展中遇到的困难和问题，并帮助学生改进。因而，评价时，一般通过对操作过程、结果的分析，来激励或引导展评者，启发或提醒其他学生，从而进一步丰富或完善问题的结果或作品，积累经验，发展能力。因此，这里的评价，至少应具有激励功能、启发功能和纠偏功能；展示评价要规范、高效、言简意赅；概括要点，讲普通话，尽量脱稿，再做补充纠正。非展示评价的同学要学会倾听，整理答案，准备补充点评、质疑。学生尽情展示后教师要给予思维和方法的点拨，要尽可能地提供规范性参考标准。教师点拨指导重在解决学生小组学习中无法解决的问题和新生成的问题，而不是根据老师自身的经验和预设面面俱到。例如，我在教学李清照《声声慢》时，在这一环节要求学生分组展示探讨结果以分享，其中一组展示如下：①《声声慢》以"愁"作结，《醉花阴》以"愁"发端。前者写丧夫之愁、亡国之愁、孀居之愁、沦落之愁；后者写思念之愁和孤独寂寞之愁。②两词中"愁"的风神不同，人物形象也不同。前词孤苦凄凉，痛彻肺腑；后词迷蒙华丽，有着孤独相思的幸福感。问题抓得牢，要点抓得准。在同学们相互竞争、分享、比较思辨、评价中完成了这环节任务。

七、群文阅读

群文阅读是群文阅读教学的简称，是最近几年在我国悄然兴起的一种具有突破性的阅读教学实践。群文阅读就是师生围绕着一个或多个议题选择一组文章，而后师生围绕议题进行阅读和集体建构，最终达成共识的过程。相关的实践探索大体上分为五个层级：第一个层级以教材为主，强调单元整合，以"单元整组"阅读教学为代表；第二个层级突破了教材，强调以课内文本为主，增加课外阅读，基本上是"一篇带多篇"的思路；第三个层级把范围扩展到整本书的阅读，强调"整本书阅读"或者"一本带多本"的阅读；第四个层级提出阅读教学需要围绕一个核心主题展开，以"主题阅读"为代表；第五个层级把课内和课外阅读打通，具体形式以"班级读书会"为典型，更加灵活的则以"书香校园"的建设为典型。利用默读和浏览策略，发挥群文阅读的优势；利用小组对话和讨论策略，拓展群文阅读的深度和广度；利用比较阅读策略，发现群文阅读恰切的教学路径；利用探究性策略，推进群文阅读中深层阅读能力的培养。所以，我课题组研究认为，在单篇教学后，应酌情拓展群文阅读，或一篇带多篇，或一篇带一本，或一篇带多本等，甚至主题阅读，或读书会阅读形式。例如，我们教学苏轼《赤壁赋》时，在完成了以上七个环节教学任务后，又给学生印发了苏轼同一时期写下的姊妹篇《后赤壁赋》《念奴娇·赤壁怀古》及《定风波》等，要求学生从内容、结构、手法、主题、风格等多角度观照，展开合作探讨和展评分享，收到了较好效果。

八、导图结曲

导图结曲，是指让学生用思维导图形式，自行归纳总结本课学习重点、难点、要点、闪光点，来结束全课的学习，以达到对学生高效整理、科学梳理、合理归纳、抽象概括和创造创新能力培养的目的。思维导图又叫心智导图，是表达发散性思维的有效图形思维工具，它简单却又很有效，是一种实用性的思维工具。它运用图文并重的技巧，把各级主题的关系用相互隶属与相关的层级图表现出来，把主题关键词与图像、颜色等建立记忆链接。它充分运用左右脑的机能，利用记忆、阅读、思维的规律，协助人们在科学与艺术、逻辑与想象之间平衡发展，从而开启人类大脑的无限潜能。它因此具有人类思维的强大功能，是一种将思维形象化的方法。我们知道放射性思考是人类大脑的自然思考方式，每一种进入大脑的资料，不论是感觉、记忆或是想法——包括文字、数字、符码、香气、食物、线条、颜色、意象、节奏、音符等，都可以成为一个思考中心，并由此中心向外发散出成千上万的关节点，每一个关节点代表与中心主题的一个连结，而每一个连结又可以成为另一个中心主题，再向外发散出成千上万的关节点，呈现出放射性立体结构，而这些关节的连结可以视为记忆，就如同大脑中的神经元一样互相连接，也就是个人数据库。思维导图又称脑图、心智地图、脑力激荡图、灵感触发图、概念地图、树状图、树枝图或思维地图，是一种图像式思维的工具以及一种利用图像式思考的辅助工具。所以，我课题组研究认为，用思维导图作结课堂，是最明智和最科学的选择。例如，我们教学苏轼《赤壁赋》快结束时，就让学生把上环节"群文阅读"中鉴赏比较、分析概括的最终结论，用丰富多彩的思维导图形式总结描绘出来。这对学生的抽象概括、形象描绘、思辨和创新创造能力的培养都有不可低估的作用，当时收到了良好的效果。

总之，我们课题组尝试的这套有效课堂教学模式，主要是立足于 2017 年新课标和中学语文核心素养"语言建构与运用、思维发展与提升、审美鉴赏与创造、文化传承与理解"等语文学科落实立德树人总目标的四大构成要素之上的一种新型课堂教学模式，同时吸收了现当代大量高效课堂研究成果。希望我们的研究，能为当前中学语文课堂教学改革带来一股清新之风，起到抛砖引玉的作用。

【参考文献】

[1]《普通高中语文课程标准（2017 年版）》。

[2] 贡如云、冯为民：《高中语文核心素养的实质内涵》。

[3] 黄婷、魏小娜：《基于语文核心素养的课程重建与教学

策略》。

[4]《中国学生发展核心素养》,《中国教育学刊》2016 年第 10 期。

[5]《语文学科核心素养:内涵及构成》,《教育探索》2016 年第 11 期。

[6]《当教育指向核心素养——教师该如何应"变"》,人民网、《人民日报》,2016 年。

[7] 江苏海安县教育局教研室:《展评规范》,华龙网。

[8]《浅谈如何培养自主合作探究的学习方式》,百度,2013-10。

[9]《教材整合和群文阅读》,华龙网 2018-07。

[10]【中图分类号】G622.4【文献标识码】B【文章编号】1671-1297（2012）10-0019-01《学案导学引导学生自学质疑》。

2019 年 5 月 5 日

浅谈基于语文核心素养的古诗词"五美"教育

四川省成都市新都一中　王明明

摘要: 古诗词一直是语文教学的重难点内容,学习它对提高学生人文素养和培育学生人文精神具有重要意义。语文核心素养特别强调美育,而古诗词是实现语文美育的重要途径。本文基于语文核心素养的美育来谈古诗词教学,主要论述了诗词美育的五种有效方式,希望对语文教学有一定指导意义。

关键词: 核心素养　诵读　想象　品味　创造　对比　美育

根据《高中语文课程标准》,语文核心素养包括:语言建构与运用、思维发展与提升、审美鉴赏与创造、文化传承与理解四个维度。审美鉴赏与创造包括三个方面的内涵:体验与感悟、欣赏与评价、表现与创新。在古诗词学习中，要培养学生通过阅读鉴赏古诗词发现美，并逐渐学会表现美和创造美的能力，让学生形成自觉的审美意识，养成高雅的审美情趣。

一、诵读——感受音乐美

在学习古诗词时，教师要指导学生感悟诗歌中的意境美，更要让学生品味其中的音乐美。要感受音乐美，教师就应当指导学生朗读和吟诵。没有书声琅琅的课只是"课"，它不是美的语文课；只是单一地让学生"读"而没有朗诵指导的课，也欠缺训练的力度和美感。教师在审美教育中，要引导学生在理解大意的基础上反复阅读，读诗要注意轻重音、声调抑扬，节奏缓急，字正腔圆，字字含情。要引导学生把握好韵脚、平仄、句式、章法，吟诵时或高亢或低沉，要深入诗文当中去。同时，教师在教学当中，应注意赏析语言文字自身具有的音乐美。

《赤壁怀古》片段：

师：第二读——缓急。有的地方要急，有的地方要缓，有的地方要急中有缓："江山如画，一时多——少——豪——杰"，"多少豪杰"这四个字要读开。为什么呢？在作者的眼前千古豪杰一一涌现出来。

《声声慢》片段：

师：播放名家姚锡娟配乐朗诵视频。（创设情境）

（有的学生眼中闪动泪花，仿佛看到李清照晚年生活凄苦孤独的样子。）

师：大家思考，本词应该用什么样的语气或语调来读？

生：（齐声）低沉的调子和舒缓点的语气。

师：大家说得很对！我来给大家吟诵一下本首词好不好？

（掌声响起）

师：我们来分开来诵读。"寻寻觅觅，冷冷清清，凄凄惨惨戚戚"（教师示范）学生模仿读。

师：读得好！继续读，我们要边读边悟，把情致渗透到每一个字里面去，做到字字含情。（教师示范）

（学生齐读）

师：很好，读出了惨淡的语境、凄清的氛围。诗文里有轻重音，读时要突出重音，重音处有深情。

师：老师把重音标示了一下，大家来体会。比如"寻寻觅觅，冷冷清清，凄凄惨惨戚戚。乍暖还寒时候，最难将息"，大家练习一下重音，开始。

（学生齐读）

师："将息"要读出颤音的感觉，凄凉得像要哭出来。（教师示范）

（学生模仿）

师：大家觉得首句读起来美吗？说说你的感觉。

生1：叠词美妙：有节奏感，有音乐美，有画面美。

生2：奠定凄苦哀怨、惆怅失落的感情基调。

师：请男女生演读。女生读词的上片，男生读词的下片。

二、想象——领悟意境美

意境，是创作者的审美体验、情感与经过提炼、加工后的生活图景融为一体而形成的一种艺术境界。笔者认为中国古典诗词之所以美，其中有个重要原因就是诗歌意境的模糊性导致理解上的差异性，即不同的读者有不同的感受。教师要引导学生发挥想象，去填补诗歌模糊性留下的空白地带，描绘诗文所表现出来的情境，感受诗歌的意境美。诚如巴尔扎克所说："真正懂诗的人会把诗人诗句中只透露一星半点的东西拿到自己心中去发展。"领悟意境有两个有效方法。

（一）意象联想法

《归园田居》片段：（请学生驰骋想象，在脑海中勾勒意境）

师：第一步，寻找意象，用心感受。请按方位顺序在脑海中展现方宅、草屋、榆柳、桃李、村、烟、狗、鸡等意象，想象意象特征和作者选用的意图。

师：第二步，意象组合，勾勒轮廓。请发挥合理想象，把诗歌中的意象进行排列组合，排列出一幅简单的意境图。

师：第三步，描摹色彩，赋予动态。请根据想象，给各种事物描绘上色彩，青青的榆柳、苍翠盎然的树等等，将死板的意境图赋予立体感。想象鸡抻着脖子鸣叫，炊烟袅袅升起，狗自由奔跑大叫等。

经过以上由点到面、由表及里的引导，学生发挥联想和想象很自然地走进陶渊明田园生活。

（二）散文写诗法

在古诗词的教学中，我们可以引导学生把诗歌改写成散文的形式，让学生进行创造性想象，改写时融进学生自己的情感，用这种方法可以巧妙地领悟意境美，生动活泼又富有趣味性。散文诗读起来，令人心旷神怡。这与新课程标准语文强调的"重感悟"不谋而合。

《声声慢》片段：

师：请用诗意的语言素描出你喜欢诗句的意境美。

生1：在陋室若有所思，周围一片惨淡凄凉，我感到极度的悲凉凄婉。在这忽冷忽热的季节里最难调养身体。饮下几杯淡酒，怎能抵御傍晚紧急的冷风。南去避寒的大雁偏偏此时飞过，它是旧日的相识。

生2：园中到处都堆积着菊花，已经枯萎、凋零殆尽。如今还有谁能与我共同采摘呢？独坐窗前，一个人如何熬到天黑？黄昏时分，那沥沥细雨点点滴滴敲打在梧桐上。此情此景，用一个"愁"字怎能说尽？

三、品味——体会情感美

王国维说：一切景语皆情语。诗歌是表情达意的文学形式，无论诗词多么优美，多么浪漫，多么深邃，最后的落脚点都是在诗人情感。古典诗词题材众多，博大精深，凝结着中华民族的精神和情怀，充溢着抱负追求和爱恨情仇。诗人们或羁旅思乡，或咏史抒怀，或边塞征战，或送别怀人等，字里行间都充满了情感美，因此品味诗歌情感美具有重要意义。

在品味诗词体会情感时，要反复阅读诗文，反复推敲，仔细琢磨。品味字词的重点：（1）字词能否更换；（2）字词顺序能否调换；（3）字词能否删除。在品味字词的基础上，教师再引导学生品味诗歌感情美。品味感情美时，教师要注意调动学生的生活积累和美感经验，拉近作者和学生的心理距离，使学生能真正走进作品里，走进作者的心里，从而引起情感共鸣。其中重要的一点，就是让学生联想生活实际和已经掌握的古诗文来表达自己的感受，理解诗人的情感。

《声声慢》片段：

师：从哪一句或哪个词语，你找到了"愁"的影子？你看到李清照怎样的状态？结合你自己的生活所见、所感、所读，你还想到什么？

生1："满地黄花堆积"的"黄花"，我想到《醉花阴》："帘卷西风，人比黄花瘦。"我仿佛看到她面对满园黄花，却无心采摘，黯然神伤的样子。我还想到周杰伦的《菊花台》歌词。

师：你说得很好，你能给大家唱唱吗？

生1："菊花残，满地伤，你的笑容已泛黄。"

生2：我赏析的是"雁过也，正伤心，却是旧时相识"。她正伤心时，看到传递信息的大雁，感觉物是人非，悲伤之情难以诉说。我还想到诗句"雁字回时，月满西楼"，同样是伤感的情怀。

师：你分析得很到位。请大家思考，"却是旧时相识"的"却"能换成"因"吗？为什么？

生2：不能。从诗词格律就不合适。

生3："却"强调转折，即从期待转向失落，看到雁心情刚要好却又转向伤悲。

生4：我分析的是"三杯两盏淡酒"的"淡"字，我觉得她是借酒浇愁，愁情深才显得酒淡。她一个人独处的凄苦真让人心疼。

生5："梧桐更兼细雨，到黄昏，点点滴滴。""点点滴滴"说明雨如愁丝无尽头，也写她的无聊、愁浓。

四、创造——感悟画面美

诗词审美活动中，要引导学生进行审美观察、审美想象、审美创造，让学生发现美、感受美、创造美。与抽象的语言文字不同，绘画是直观艺术，它可以培养学生的形象思维和抽象概括能力。在语文课堂中适当地安排学生进行绘画，不仅能很好地调动学生的积极性，而且能帮助理解课文的内容。苏轼曰："诗中有画，画中有诗。"古诗词大多具有画面感，教师要引导学生发挥联想和想象，走进这幅画面当中。

具体来说，古诗词中语言文字简练而又深邃，这与中国山水画的特点相吻合。教师在解诗时，可以随手在黑板上勾勒出能体现诗境的图画来。同时，可以引导学生在充分理解诗词大意和情感的基础上进行简笔画的创作，让学生在创作过程中感受诗歌的美妙，诗画一家。例如，我讲《声声慢》时，要求学生做简笔画，其中前两幅是课下作品；第三幅是两个女生在黑板上共同完成的简笔画。这三幅赢得全班学生和听课教师的一致好评。

五、对比——挖掘意蕴美

所谓意蕴，就是诗词里渗透出来的生活内涵和人生哲理。挖掘意蕴美表现在引领学生对诗歌思想内容和写作手法进行探究上，这是深入诗歌本质的导学方法，也是对诗歌之美的深层次体验。比较阅读能增强学生的兴趣，学生在对比、质疑、析疑、释疑的过程中进行独立而深入的思考，将已有诗歌知识得到运用，提高了阅读能力、欣赏能力和思辨能力。对比的本质在于辨析异同，重点在异。本文所谓对比包括人物自身不同阶段对比，以及表达同一主题的不同作品对比。

（一）人物自身对比

讲授古诗词要适当地进行知人论世的教学铺垫，这样才有利于学生充分理解诗词创造的背景和动力，以便学生能走进诗人的内心世界。例如，讲授《声声慢》时，我用七个幻灯片来给学生展示李清照的生平。书香门第、闲适优裕、琴瑟和调，到国破家亡、沦落天涯、丧失亲人。人物自身遭遇的前后对比，形成鲜明的反差，给学生强烈的视觉冲击，使学生明白孕育"愁"的土壤何等肥沃。通过对比让学生理解诗词风格与人生际遇的密切关系，生活形态决定人生情态。学生在充分把握意蕴美的同时，还培养了悲悯情怀。

（二）同主题相对比

比较阅读教学，有助于学生全面而深入地理解诗词，有助于激活学生脑海中有关古诗词手法、意象等知识，有助于学生挖掘诗词意蕴美，将会起到单独讲授达不到的效果。具体来说，教师可以单独设置十分钟课堂环节，或者单独用一节课来进行同主题诗词的比较阅读，让小组充分讨论，在思想碰撞中产生智慧的火花。有对比就会有差异就会有优劣，让学生讲述自己的心得体会，

自圆其说即可。(篇幅所限,下文举例,仅叙述部分环节)

例一,比较边塞军旅诗金昌绪的《春怨》和陈陶的《陇西行》在情感和手法上的异同。

春怨　　　　　　　　　　**陇西行**

金昌绪　　　　　　　　　　陈陶

打起黄莺儿,莫教枝上啼。　　誓扫匈奴不顾身,五千貂锦丧胡尘。

啼时惊妾梦,不得到辽西。　　可怜无定河边骨,犹是春闺梦里人!

教学片段:

师:这两首诗表现的"愁"有何不同?请分别说明。

生1:《春怨》表达的是少妇幽怨的情思。

生2:《陇西行》写战争带来的悲惨景象。

师:说得好!战争悲惨是如何刻画的?

生3:前两句叙述了一个慷慨悲壮的激战场面。后两句把"河边骨"和"春闺梦"联系起来,写闺中妻子不知自己的丈夫战死沙场,还在梦里想念他,具有震撼心灵的悲剧美,让人同情。

(掌声响起)

师:手法上有什么不同?

生4:《春怨》有点倒叙的意味,《陇西行》用了虚实结合手法。前两句实,后两句虚,因为后两句是作者说的,而且有梦境。

例二,比较《醉花阴》和《声声慢》在表现愁上的异同。(情感、意象、手法等角度)

教学片段:

师:这两首诗表现的"愁"有何不同?请分别说明。

生1:《醉花阴》是李清照的早期作品,那时她的家境殷实、夫妻恩爱,这愁应该是少妇思念丈夫的"闲"愁。《声声慢》是后期,她颠沛流离时作品,应该是多种愁的综合体,是真正的愁苦。

古诗词一直是语文教学的重难点内容,学习它对提高学生人文素养和培育人文精神具有重要意义。古诗词教学实践中有许多有效的途径和方式,本文基于语文核心素养的审美鉴赏与创造,仅仅从五个方面浅谈落实美育的方式,希望对诗词教学抛砖引玉。

【参考文献】

[1] 余文森：《核心素养导向的课堂教学》，上海教育出版社2017年版，第47页。

[2] 余映潮：《语文教学设计技法80讲》，广东人民出版社2014年版，第18页。

[3] 邓爱华：《在诵读中感受古典诗词的魅力》，《现代语文（阅读教学）》2009年第5期，第40页。

浅谈基于中学语文核心素养背景下的戏剧文学的阅读教学

四川省成都市新都一中　赵丹然

在阅读教学中，"读"不仅是一种重要的方法，而且是一种重要的能力。下面谈谈本人在戏剧文学的阅读教学中的一些做法。

一、明确戏剧文学阅读的重要性

"阅读、欣赏优秀的剧本是一种美好的文学享受。阅读中国古代戏曲作品，你会发现，那种用曲词和说白相结合表演故事的形式具有独特的艺术趣味。如果我们能注意透过曲词体味人物的内心情感，并着重欣赏曲词之美，就多少能领略到古代戏曲迷人的艺术魅力。"

因此，我们在平常的语文教学过程中，更要重视和加强戏剧文学的阅读教学，通过对剧本的阅读培养学生的审美情趣，促进其德、智、体、美的和谐发展，提升他们的语文综合素养和适应社会的能力，使他们逐步形成良好的个性和健全的人格。

二、掌握戏剧文学阅读教学的方法

戏剧文学的阅读教学要抓好四个字。首先要注重一个"读"字，其次要注重一个"演"字，再次要注重一个"评"字，最后要注重一个"写"字。换句话说，读是基础，演是强化，评是提高，写是升华。下面具体谈谈。

读是基础。

众所周知，什么文体的教学都离不开一个"读"字，尤其戏剧文学的阅读教学更离不开读。离开了读，作品的剧情、矛盾冲突、人物形象就无从谈起。学生可以在"读"中获得重要信息，受到感染熏陶，把握语言规律，等等。可以采用多种形式读，如自由读、计时读、分角色读等。在教学中，我最感兴趣的就是分角色朗读课文，根据剧中的人物，请一些同学扮演角色朗读，朗读之前让同学熟悉并研究剧中人物的台词，仔细揣摩剧中人物的语言、动作、神态、思想感情，乃至语气、语调。这样，让学生读中悟，演中学，既能调动学生学习的积极性，培养学生的学习兴趣；又能调动学生的多种感官参与学习，让语言与形象相互转换，从而学会表达。例如，我在执教高中语文必修四第一单元的《窦娥冤》时，就采用了分角色朗读课文的方式。

在学习本文之前，先让学生仔细研读课文第三折，然后让他们主动申报其中的角色。经过短时间的准备之后，所教高二（27）班由李芳、刘俊、胡沙沙、徐嘉同学分别扮演剧中的正旦窦娥、卜儿蔡婆婆、刽子手、监斩官，其他同学读舞台说明。朗读时，他们比较投入，尽量模仿剧中人物的口吻、感情。

演是强化。

戏剧文学的阅读教学，让学生在读的过程中了解剧情，弄清舞台说明，把握矛盾冲突，初步了解人物形象。而要加深对剧本进一步的理解，对人物形象较为准确的分析，首要的方法就是将课文改编成课本剧进行表演。具体做法如下：

课前安排学生自主阅读剧本《雷雨》，并把它编写成课本剧，落实好课本剧的执行导演［高二（26）班学生杨玉婷］。根据学生申报角色的情况，由执行导演杨玉婷分配好角色，课余抓紧练习，全面进入准备阶段。

课堂上由执行导演组织参演学生（杨玉婷扮演周朴园，宁禄扮演鲁侍萍，黄佳辉扮演鲁大海，刘伟利扮演周冲，龙南云扮演周萍）进行演出。没有参加演出的学生作为观众和评价者对表演全程密切关注，掌握第一手材料，为后面的评议做好充分的准备。表演加深了学生对课文的理解，对知识的强化，对人物形象的把握。

评是提高。

评，既是对表演中存在的优点的肯定，同时，也是对出现的不足和问题的建议。等课本剧《雷雨》演出结束之后，我及时组织学生进行点评。下面是两位学生的点评。杨韵同学作了综合点评："表演者的感情很丰富，吐字清晰，表情自然，很好地诠释了所扮角色的思想感情；动作的表演也十分到位，能将《雷雨》这部作品节选部分比较完美地呈现在观众眼前，使观众感受到剧中角色的情感纠葛和矛盾冲突。"欧道宏同学对"演员"一一作了点评："鲁大海这个角色，剧本不够熟练，落字断句时有发生；周冲角色肢体语言丰富，感情到位，形象逼真，是全剧中的一个亮点；周朴园感情丰富，入戏深，情绪适中，语言有表现力和感染力；鲁侍萍语气真诚，演对手戏时表现真切；周萍较为深透地分析了剧本，剖析了人物的思想。演员各有优点，有不足。总而言之，较为完整地诠释了《雷雨》这个悲剧的故事内容。"

这样，学生全部通过课本剧投入到课堂中，既有表演又有评判。剧本中各色人物通过课堂得以形象、生动展示，学生通过这一活动愉悦了身心，激发了表演欲，增强了自信心，体验了成就感，健全了良好人性，既加深了对剧本的理解又提升了阅读能力。真正做到了语文"工具性"和"人文性"的统一。

写是升华。

本期我执教《林教头风雪山神庙》之后，布置下去，让高二（30）班语文科代表唐瑶将其改编成课本剧，并物色演员进行排练。经过一段时间准备之后，选择一个适当的时间在班上表演，其他学生作为观众全程观看。演完之后，让学生根据这件事情写了一篇随笔。黄娜（陆虞侯的扮演者）在随笔中写道："虽说我这次表现不佳，但让我有了胆子，总体来说还是不错的。这样做，既可以让大家有锻炼，又能让大家更加深刻地了解课文，让学课文变得容易起来。希望老师以后继续开展这类活动。"学生目睹了表演的全过程，掌握了第一手材料，所以，就觉得有一种表达的欲望，写起来得心应手，不费什么力气了。

关键的是，学生通过读剧本，演剧本，评角色，写观感这一系列活动，不仅加深了对课文知识的理解，对剧本矛盾冲突的了解和人物形象的把握，而且培养了学生健康的审美情趣，从而为他们逐步形成良好的个性和健全的人格打下了坚实的基础。

基于中学语文核心素养的散文
课堂教学模式刍议

四川省成都市新都一中　黄晶晶

摘要：语文核心素养是语文教学中需要培养的学生的能力。散文是包含语文核心素养最全面的文体。本文提出了语文核心素养的概念，总结了目前语文核心素养和散文研究的概况，分析了散文的课堂教学困境，提出了基于中学语文核心素养的散文课堂教学模式。

关键词：语文核心素养　散文　课堂模式

一、语文核心素养的概念界定

《中国学生发展核心素养》以培养"全面发展的人"为核心，从文化基础、自主发展、社会参与三个方面，凝练出"人文底蕴、科学精神、学会学习、健康生活、责任担当、实验创新"六大素养。中国学生发展核心素养的提出，明确了学生应具备终身发展和社会发展需要的必备品格和关键能力。在中学语文课堂上，基于语文学科的特点，落实语文核心素养"文化育人"之语言建构与运用、思维发展与提升、文化传承与理解、审美鉴赏与创造四个方面对于中学生个人发展意义极为重大。

（一）语言建构与运用

语言的产生是因人与人之间存在着社会关系，有交往的需要，而语言文字恰好实现了这种关系与需要，这才显示出语言的价值。从语文学科角度出发，"语言建构与运用"这项核心素养，可理解为"出于真诚对话的愿望，准确理解对方的话语形式与话语意图；

精确妥帖地运用祖国语言文字表情达意，以进行最有效的交流"。

（二）思维发展与提升

思维最初是人脑借助于语言对客观事物的概括和间接的反应过程。语文教学为什么要以思维发展与品质为核心素养？因为语文课程是学生学习运用祖国语言文字的课程，重在培养学生听、说、读、写等多项综合的实践能力。而要在实践中体会、把握、运用语文的规律，本身就是一个很艰难的过程，因为汉语的内部结构、包含的各种信息都很复杂，这项工作的进行离不开思维的发展。

（三）文化传承与理解

语文教学是母语教学，汉语中的字词很多都带有传统文化基因，有的明显有象征意义，比如"长江""黄河""月""红梅"等，有的会自然引发某种联想，如"柳"与"留"、"晴"与"情"等等，只有解读、理解并传承这些文化密码，我们才能读懂汉语的丰富意蕴。

（四）审美鉴赏与创造

语文学科是汉语与文学的复合体，打开语文课本，我们就会阅读到一个个文学文本。文学作品就是艺术化地组织语言的一种作品，语文教学以"审美鉴赏与创造"为核心素养，其宗旨就在于满足人性的需求，让学生体验到文学带给人的愉悦、情趣，唤醒学生对文学的渴望与热爱，在审美鉴赏过程中培养个性创造力。

二、目前国内研究情况概述

（一）语文核心素养研究概况

2013 年 5 月 16 日，我国核心素养的研究正式开始。《中国学生发展核心素养》试行稿正式发布，标志着这项历时三年，经过无数的专家学者修改更正的研究成果，对学生发展核心素养的内涵、表现、落实途径等方面做出了详细说明。该稿指出，学生发展核心素养，主要是指学生应具备的，能够适应终身发展和社会发展需要的必备品格和关键能力。试行稿指出，核心素养是每个学生获得成功生活、适应个人终身发展和社会发展都需要的、不可或缺的共同素养；其发展是一个持续终身的过程。因此培养学生的核心素养，需要学校、家庭和社会相互配合，以促进学生的个人成长。现目前，针对在课堂上培养学生的核心素养，有"真本课堂""自然课堂"等的研究，都指向学生学习能力方面的培养。

（二）散文教学研究概况

目前散文教学的研究主要侧重于情感的理解和语言的解读，从教师层面、学生层面、文本层面提出相关问题并探讨解决的途径。纵观近10年的散文研究状况，一线教师以实际教学案例为支撑，强调调动学生的积极性，激发学生的鉴赏热情，凸显学生的主体地位，取得丰富成果。但是，要把语文核心素养转化为可操作的实施策略和行动方案，还有待研究，而散文恰恰是包含语文核心素养最全面的文体。

三、散文的特点及散文课堂教学困境

（一）散文的特点

散文分为记叙性散文、抒情性散文和议论性散文，这三类散文也可交叉形成新的类型，比如叙事抒情散文、叙事议论散文、记人抒情散文等。常言道散文"形散神不散"，指出了散文的围绕中心思想而发散的文体特征。散文或情感丰富或哲理性强，这与作者的写作背景、心境、性情、文风、文化背景以及生活经历是分不开的。散文贴近随笔，但始终有一以贯之的文本灵魂。散文靠近生活，但又把生活文学化、概括化。散文是由生活触发后成于胸而宣于言的文本，它最能体现作者的情思，同时又不拘泥于固定的文体特征。所以，散文是最浪漫又最灵活的文体。

（二）散文课堂教学困境

散文丰富的情感和哲理增加了读者理解的难度，而教师和学生都是读者。课堂教学中，教师要把自己的阅读体悟通过语言或一定的活动形式表达出来以求召唤学生的体会或者与学生的体会发生碰撞，这需要双方都有一定的阅读情感基础。那么困境首先就在这个基础的阅读情感上。

中小学生在散文的理解上受到年龄、性格、文化背景、生活经历的限制，往往不能达到作者的高度。年纪尚轻所以生活经历有限，对于作者写作时的时代背景以及心情难以深入理解，所以对散文情感和哲理的把握往往浮于表面。

教师作为引导者，对散文文本的理解应更加深入和全面。但

是教师虽年长于学生，多了些人生阅历，但未必有与作者相同的生活经历和相同的心境，情感或哲理的把握也就只能尽可能求同。

时间的跨度也是一道情感理解的鸿沟。近现代的散文姑且还可以相对清晰地了解作者生活的社会风貌，但如果涉及古代，如唐宋八大家的散文，理解的难度就陡增。

除去情感体会的不同，教师的语言传导和学生的语言输出也存在词不达意的情况，在沟通上存在一定的障碍，这正是语文核心素养"语言建构与运用"所重视和要解决的问题。

四、基于中学语文核心素养的散文课堂教学模式探究

（一）课堂教学模式整体规划的出发点和落脚点

基于散文的特点，课堂设计既要把握其"神"，又要分析其"形"。"形"主要是分析文章在语言运用方面的特点，如表现手法、表达手法、修辞手法等。"神"是散文课堂设计的重中之重，引导学生触碰甚至深入文章的"神"是课堂教学要达到的核心目标。如何使学生触碰到散文的"神"呢？教师要引导学生尽可能和作者产生共鸣，拥有尽可能相同的感情基础。所以，"共情的课堂"是基于中学语文核心素养的散文课堂教学模式整体规划的出发点和落脚点。以共情来落实语文核心素养的养成。

（二）课堂教学模式实践方案探究

1. 散文课堂教学模式总体指导思想

散文的讲解立足课本又不仅限于课本，教师可以跳出课本发散选择同类情感的散文或者同一个作者不同时期的散文来辅助教学。"知人论世"是教师所提倡的对文本解读的方式，所以，对作者生平、性情、文化背景等的理解不可或缺。教师要敢于把课堂时间分给学生，由学生讨论分享，敢于接纳学生不一样的理解。一千个读者就有一千个哈姆莱特，学生的某些理解看似不能被接受，但却可能使文本在当下被重新解读，赋予新的时代含义，使得文本在当下焕发新的光彩。知人论世，敢于突破课本，敢于创新理解，是总体理念。

2. 课堂教学模式实践方案刍议

课堂分三步走来设计课时。

（1）课前预习，初读课文，自行理解

给足学生预习的时间，课堂首先解决疑难字词，而后分小组分享交流阅读体会，让学生的思想去碰撞，用语言去表达，可以杂谈，也可提出一些问题。谈论是课堂生成的一种方式，结束后可挑选学生代表发言，相互提问和解决问题。但这是最浅层的文本理解。随着问题的提出进入下一个环节。

（2）二次阅读和理解

老师给出引导性问题，根据问题查找资料，探求作者的写作背景、心境、性情、文风、文化背景以及生活经历，联系多篇同时代作品以及作者不同时期作品加以比对，加深了解。

（3）表达呈现

在深入理解了文本的情感后，由学生形成可以展示的PPT或者文章，完成核心素养中"审美鉴赏与创造"的培养。

当然，老师也可以系统完整地讲一位作家的作品集。这需要系统地规划时间，引导全班同学一同读一位作家的散文集，形成阅读理解和写作的体系教学。这样的阅读和教学会更容易共情，更能让学生由此及彼地学会阅读散文，但有操作性差的问题。

五、结语

语文核心素养是中小学语文在培养学生方面的方向指引。散文在培养学生语文核心素养的问题上具有相当大的优势。笔者提出基于中学语文核心素养的散文课堂教学模式，旨在探索通过散文教学在课堂上落实核心素养的方式。作为教育一线的教师，笔者也将在实践中继续探索，力求获得更多的实践经验。

【参考文献】

[1] 陈宝红：《在高中课外阅读教学中提升语文核心素养》《文学教育（上）》2018年第6期。

[2] 褚宏启：《核心素养的概念与本质》，《华东师范大学学报（教育科学版）》2016年第1期。

[3] 顾之川：《高考语文如何落实核心素养》《中国考试》2018年第10期。

[4] 丁梅荣、杨生栋：《浅谈高中语文学科核心素养的培育路

径》，《语文教学通讯·D刊（学术刊）》2018年第10期。

[5] 郑桂华：《从我国语文课程的百年演进逻辑看语文核心素养的价值期待》，《全球教育展望》2018年第9期。

[6] 余文森：《核心素养导向的课堂教学》，上海教育出版社，2017年版。

高中文言文教学培养学生"思维"核心素养模式初探

四川省成都市新都一中　彭　蹊

摘要：《普通高中语文课程标准》（2017年版）提出新时期语文教育要加强学生语文核心素养的培养，"思维发展与提升"这一核心素养是四大学科素养的核心。思维核心素养的培养目标包括增强形象思维、发展逻辑思维以及提升思维品质。针对这三大目标，在文言文教学中，我主要通过具象的文章改写、角色表演等文学活动增强学生的形象思维，通过小组合作探究学习模式加"导学案"载体以发展学生逻辑思维，通过群文阅读教学以培养学生批判性思维，通过思辨式写作训练以提升学生思维品质。这样单篇阅读与群文结合，阅读与写作结合，阅读与表演结合，教材与学案结合，多途径综合培养学生"思维"核心素养。

关键词：文言文　思维　核心素养

一、思维及其分类

通常认为，"思维是人脑对客观事物的本质属性与内部规律性的间接和概括的反应"，它是人类所特有的认识世界的高级形式。

关于思维的分类，随着研究的逐渐深入，人们对思维的类型也逐步完善。根据不同的标准，思维的分类也不相同：根据思维的抽象程度不同，可以把思维分为动作思维、形象思维和抽象思维；根据探索答案的方向不同，可以把思维分为求同思维和求异思维；根据解决问题时的创造性成分不同，可以把思维分为习惯性思维和创造性思维。后来，人们还发现了顿悟思维的存在，顿悟思维也叫灵感思维。[1]

二、培养"思维发展与提升"核心素养的内容及目标

在学校教育中，思维的培养是教育的重中之重，特别是"核心素养"的提出，更是把思维的培养推上一个新的高度。《普通高中语文课程标准（2017年版）》（以下简称《新课标》）中说："学科核心素养是学科育人价值的集中体现，是学生通过学科学习而逐步形成的正确价值观、必备品格和关键能力。"蔡清田教授在《核心素养与课程设计》中提出"核心素养的九项内涵"，其中"系统思考与解决问题"是指"公民具备系统思考、问题定义、管理与解决冲突的自主行动素养，包括通过终身学习活动，搜集整理、分析运用相关信息，发展系统思维，进行理解沟通，参与构思反省，进行推理批判，以便能勇于面对问题，能以系统及整体性思考方式及观点来规划与处理事务，并进行分析与检讨，以建立有效且周延的动作模式，进而能有效解决问题。"[2]

《新课标》提出语文学科核心素养主要包括"语言建构与运用""思维发展与提升""审美鉴赏与创造""文化传承与理解"四个方面。其中的"思维发展与提升"是指："学生在语文学习过程中，通过语言运用，获得直觉思维、形象思维、逻辑思维、辩证思维和创造思维的发展，以及深刻性、敏捷性、灵活性、批判性和独创性等思维品质的提升。"

《新课标》在"思维发展与提升"方面具体提出三大课程目标。

目标一，增强形象思维。获得对语言和文学形象的直觉体验；在阅读与鉴赏、表达与交流、梳理与探究活动中运用联想和想象，丰富自己对现实生活和文学形象的感受与理解，丰富自己的经验与语言表达。

目标二，发展逻辑思维。能够辨识、分析、比较、归纳和概括基本的语言现象和文学现象，并能有理有据地表达自己的观点和阐述自己的发现；运用基本的语言规律和逻辑规律，判别语言运用的正误，准确、生动、有逻辑地表达自己的认识；运用批判

性思维审视语言文字作品，研究和发现语言现象和文学现象，形成自己对语言和文学的认识。

目标三，提升思维品质。自觉分析和反思自己的语文实践活动经验，提高语言运用的能力，增强思维的深刻性、敏捷性、灵活性、批判性和独创性。[3]

以上三大目标便是我们实施语文教学活动以培养学生思维的主要方向。

三、文言文教学中培养学生思维素养的主要模式

（一）通过具象的文学活动以增强学生的形象思维

文言文教学历来重言而轻文，多数老师都偏于文言实词、虚词、词语活用、特殊句式、古今异义、通假字、文化常识等知识性的教学，对于作者所刻画的形象、所抒发的情感、所寄托的思想普遍忽略，三言两语，一带而过。现在有不少老师开始回归"言"与"文"的结合，但在"文"的教学上仍然停留在思想情感的理性总结，艺术手法的逻辑分析，在课堂上，学生的情感体验与情感活动仍然受到压制。常说"高中学生一怕文言文"，这种一味知识传授和理性鉴赏的教学本身枯燥乏味，面目可憎，学生敬而远之也是情理之中的事。

"知之者不如好之者，好之者不如乐之者。"如何才能消除学生的畏惧心理，让学生从心底滋生出亲近文言文的喜悦之情？我以为只有增加学习文言文的"情趣"环节，即让学生在一定程度上参加合理有趣的"文学活动"，才能激发学生内在的情感活动；而只有学生在学习过程中付出了自己的情感，枯燥的文言文学习才可能沐浴在温暖的情感光辉之下。

1.文学改写

这里所说的改写不仅仅是一种语言形式的变化，而是要求从形式到内容都具有文学性。这里的"文学性"就是在内容上要有形象性和情感性，在形式上要有艺术性和感染力。

示例一，展开想象，描写"七月既望，苏子与客泛舟游于赤壁之下"所见之景。

时值初秋既望，我与几位好友相约一起泛舟游览赤壁。渐近黄昏，昏黄的落晖斜照在赤壁的断崖之上，本来暗红的石壁突然

异常耀眼，好像当年熊熊的烈火即将死灰复燃。夜幕四合，晚风温柔地拂过江面，掀起我们长长的衣带在风中翩翩起舞。这时江面的波涛奔腾了一天似乎也已疲惫，像一匹驯服的野马伴着我们款步向前。两岸青山此时化为两道黑色的丝带向身后飘去，而那些参差错落造型各异的树也如同飘带上的佩饰点缀其中。不久，一轮明月从东山后探出她银盘似的脸，皎洁的月光顿时弥漫在天地之间，而水面粼粼波光像点起了千万盏灯火。我们趁着这如昼的月光，一边开怀畅饮，一边纵情高歌，时而低吟浅唱。船随滚滚的江水自由地漂荡，这时夜雾渐渐升起，一团团柔软朦胧的云在天空飘飞。借着徐徐清风，我们也好像成了衣袂翩翩凌风而去的仙子在云雾中穿行，偶尔传来一声缥缈的鸟鸣，正好像是青鸟致我们的欢迎。

示例二，根据"余与四人拥火以入，入之愈深，其进愈难，而其见愈奇"，展开想象，写一段话具体表现"奇"。

进入后洞，一股凉气扑面而来，让人不禁打了一个寒战，刚刚还浑身是汗一下子便化为乌有。起初洞间还十分开阔，两边长满了各种青青野草，草间点缀着些粉红淡白的小花。我们一行拥着火把一边前行，一边笑谈，时而停下来赏玩两旁光滑的石壁上古人留下的长短诗句，谈笑声在洞间久久回荡。渐行渐深，洞也渐渐收紧，道路开始崎岖不平，一会儿爬坡，一会儿下坎，有时甚至仅能容一人侧身贴壁通行，而石壁也变得峥嵘尖利，如刀如剑，如荆棘如怪树，稍不留神便会划破衣衫和手脸，我们不禁敛声屏气，此时只有我们的脚步声窸窸窣窣此起彼伏，空气似乎也变得凝重而静止，我们好像淹没在深海中，阴森森得让人窒息。突然一阵哗啦哗啦的巨响从我们头顶扑扑掠过，如巨兽如鬼怪扑面而来，大家惊恐万状几欲逃走，定神看时，原来是一群蝙蝠。我们鼓足勇气，手牵着手，跌跌撞撞继续前行。突然前面豁然开朗，洞口向四围敞开，大如宫殿，四面遍地高高低低奇形怪状的奇石，有的如擎天的支柱，有的如细瘦的春笋，有的如婀娜起舞的姑娘，有的如佝偻匍匐的老人，有的似昂首嘶鸣的大象，有的似畏缩欲逃的脱兔，有的如九天银河的飞瀑，有的又如千竿林立的森林，在火光的照耀下泛着隐隐的荧光，洁白如玉，光滑如脂，清凉如冰，而洞顶也悬挂着长短不一的尖石，像一只巨兽张开如盆大口露出狰狞的牙齿，而洞顶不时滴落三两滴玉露，在下面一清潭中溅起圈圈涟漪，发出清脆的乐音，如仙女在轻拨琴弦，如珍珠散落于玉盘，又如鸾凤在睡梦中慵懒和鸣……如果不是有人说火炬将尽，我们几乎都忘记了归去。

2.角色表演

角色表演是最常见的一种情感再现活动，这种形式要求学生直接通过形体语言再现文章中的情节流程，从而再现作者隐秘的思想情感。在这个过程中，学生投入的情感活动越多，表演效果便会越好，而学生在这个过程中的情感体验也就越强烈。在中学阶段，课本戏表演是最让学生喜闻乐见的文学活动之一，高中教材本身给学生提供了一些如《雷雨》《窦娥冤》《哈姆莱特》等古今中外经典戏剧文本，而文言文中也有很多情节性和戏剧性比较强的作品，比如《烛之武退秦师》《荆轲刺秦王》《鸿门宴》《廉颇蔺相如列传》《苏武传》等等。我们让学生把这些作品改编成现代课本剧，甚至故事新编，让学生在原文情节的基础之上进行创造性的改编，则更是对学生阅读和写作的双重挑战。这种"文学性"改写，既是对学生写作能力的训练和提高，同时也让枯燥的文言文学习变得可观可感、生动形象，让学生对以前厌倦的文言文变得"想说不爱你也不容易"了。

配合学校元旦文艺晚会，我组织学生改编了《触龙说赵太后》，整体剧本由张琦苗、陈晓菊、谢崇雪、胡月四人共同完成。他们采用话剧的形式，结合欢娱的四川方言，将传统的严肃的历史情节改编成轻松的舞台剧，又在幽默的历史情节中寓教于乐，给人们以严肃的思考和深刻的启迪，既给学生枯燥的学习生活增加了快乐，又留下了美好的人生回忆。

（二）通过小组合作探究学习模式加"导学案"载体以发展学生逻辑思维

《新课标》提倡学生自主学习。我校从20世纪90年代就开始探索"三优教学"，其中学习方式上就有学生小组合作探究的传统，当前全国中小学在开展小组合作探究学习模式上已经建构起了比较成熟的模式。

准备阶段，先是按成绩发展的"优+中+后"结合进行学习小组的编排。在实际学习流程上，我采纳的合作探究学习基本模式为：学生首先在各自熟读教材的基础之上进行自我独立完成"导学案"内容；然后以学习小组为单位交流讨论，完善导学案内容，以"优"带"后"，促进全体共同学习；最后全班分组展示学习成果，同时开展小组与小组之间的质疑问难的讨论交流。老师在整体学习过程中引导学生学习，点拨学生的疑难，启发他们寻找解决疑难的方法和途径。

小组合作探究学习的核心本来在学生学习中占主体地位，正如华南师范大学教授郭思乐所开创的"生本教育"理念[4]一样。但我这里强调的不但是教学形式的变化，也是在小组合作探究学习模式中实施的学习内容的变化，即采用以"教材文本+导学案"为载体的学习形式。传统教学的唯一载体便是"教材文本"，学习过程中尽管有学生与教材的对话、老师与教材的对话、生生对话、师生对话，但对话的中心始终围绕着教材来展开。我们加上"导学案"，则更强化了各方对话的逻辑思考。比如学习《氓》时对氓女被遗弃命运的根源探讨，学习《孔雀东南飞》时对刘兰芝被遗弃原因的探讨，学习《祝福》时对氓女、刘兰芝、祥林嫂三位女性命运的比较探讨……教材中文学性文本的情感活动比较强烈，而"导学案"的探究则更强化了学生的逻辑思维训练。

（三）通过群文阅读教学以培养学生的批判性思维

1. "群文阅读"是未来语文教学形式的新常态

《新课标》在教学结构上提出"学习任务群"，于是"群文阅读"便应运而生，当前"群文阅读教育"在全国范围内如火如荼地开展。所谓"群文阅读教学"是指师生围绕一个或多个议题，选择一组结构化文本，在单位时间中通过集体建构达成共识的多文本阅读教学过程。群文阅读的灵魂是"议题"。这里用"议题"而不用以前常用的"主题"这一概念，是因为"主题"是指文章的思想内容、作者的情感态度，而"议题"这一概念则要比"主题"大得多。它除包含文章的"主题"外，还包括文章的形象意境、题材选材、结构线索、修辞手法、表现手法、语言表达等。可以说，一个文本所包含的所有要素都可以作为群文阅读的议题。

从《新课标》的"任务群"设置"跨媒介阅读和交流"任务群来看，甚至连文本的媒介都可以作为阅读的议题，比如现在高考试题中的非连续文本阅读，就涉及文字、数字、图标、表格等。

2．"批判性思维"是未来语文教学追求的新目标

所谓"批判性思维"（Critical Thinking）就是通过一定的标准评价思维，进而改善思维。它是一种合理的、反思性的思维；它既是一种思维技能，也是一种思维倾向。美国作家布鲁克·诺埃尔·摩尔和理查德·帕克所著《批判性思维：带你走出思维的误区》一书是这样定义的：批判性思维就是指"审慎地运用推理去断定一个断言是否为真的思维方式。值得注意的是，批判性思维往往不是指断言的真假本身，而是指对我们面临的断言进行评估的过程。也可以说批判性思维的主旨是关于思维的思维——当我们考量某个主意好不好的时候，我们就在进行批判性思维。由于思想决定行动，我们如何考量自己的思想和观念往往就决定了我们的行动是否明智"。

3．"群文阅读"是培养学生"批判性思维"的新途径

群文阅读，与传统的单篇精读相比，不仅仅是阅读对象范围的扩大，更是学习形式本质的变化，从而由形式的变化进一步引起教育结果和教育目标的质的飞跃。"群文阅读"在阅读中引导学生围绕议题展开立体式的自主阅读，在阅读中发展自己的观点，进而提升阅读力和思考力，并进行多方面的言语实践。这是拓展阅读教学的一种新形式，它更关注学生的阅读数量和速度，更关注学生在多种多样文章阅读过程中的意义建构，更关注学生在阅读过程中思维品质的发展与提升，对全面提高学生的语文素养具有十分重要的意义。群文阅读建立了立体紧致的课堂结构，让学生发展系统思维、创新思维、批判思维等高阶思维能力，在多文本人文滋养中，获取正确的道德认知与方法论，凝练终身受益的核心素养。

（四）通过思辨式写作训练以提升学生思维品质

所谓"思辨式"写作，就是所给作文材料在思想内容上往往具有是非双重性。在现实生活中，"真理"有时也并非放之四海而皆准，在多数情况下，都只是局部的真理，这样在写作主题上就

避免了主题的单一化，更有利于学生进行发散性思维，也更能写出学生的心声，写出生活的新声。这种形式其实也并不是新生事物，它只是把辩论的争议性借鉴过来。比如 1991 年全国高考作文命题，便在是"近墨者黑"与"近墨者未必黑"中选择一个命题完成作文，这便具有了思辨的性质；后来的话题作文和材料作文中，有许多材料和话题往往也带有强烈的思辨色彩。如 2014 年全国课标 1 作文：

"山羊过独木桥"是为民学校传统的团体比赛项目。规则是，双方队员两两对决，同时相向而行，走上仅容一人通行的低矮独木桥，能突破对方阻拦成功过桥者获胜，最后以全队通过人数多少决定胜负。因此习惯上，双方相遇时，会像山羊抵角一样，尽力使对方落下桥，自己通过。不过，今年预赛中出现了新情况：有一组比赛，双方选手相遇时，互相抱住，转身换位，全都顺利过了桥。这种做法当场就引发了观众、运动员和裁判员的激烈争论。

事后，相关的思考还在继续。

这样的话题作文十分普遍，其中有一种"选择性话题"，思辨与争鸣则更为直接而尖锐，比如 2005 年全国卷 3 作文：

甲乙两个好朋友吵架，乙打了甲一拳，甲在沙地上写了"今天我的好朋友打了我一拳"。又一次外出时，甲不小心掉进河里，乙把他救了上来，甲在石头上刻了"今天我的好朋友救了我一命"。乙问甲为什么要这样记录，甲说："写在沙地上，是希望大风帮助我忘记；刻在石头上，是希望刻痕帮助我铭记。"

生活中，有许多事情是可以忘记的，有许多事情又是需要铭记的。请以"忘记和铭记"为话题，写一篇不少于 800 字的文章。

在文言文教学中，许多历史事件从现代社会的视角来看，有时也带着极强的思辨性和争鸣性，例如《归去来兮辞》中关于陶渊明的归隐，《离骚》中关于屈原的投江自尽以洁身自好，《苏武传》中关于苏武对汉朝的忠贞不贰，《张衡传》中关于张衡的"明哲保身"，《陈情表》中关于"忠"与"孝"的关系，《赤壁赋》中关于"仕"与"隐"的争辩，《逍遥游》中关于"出"与"入"的争鸣，《鸿门宴》中关于"成"与"败"、"才"与"德"的争辩……在学习《游褒禅山记》时，我让学生写一篇关于成功与"志""力""物"

关系文章。这种写作有时只是片段的写作，用简短的一段话、一个事例、一句名言等，来表达自己对社会、对人生的思考。片段的写作因为所需要时间短，所以可以自由地根据所读文章内容灵活安排，主题多样，写作自由，交流方便，而对学生的批判性思维的训练也更频繁，更及时有效。

【参考文献】

[1] 张世富主编：《心理学》，人民教育出版社1999年版，第115-132页。

[2] 蔡清田：《核心素养与课程设计》，北京师范大学出版社2018年版，第136页。

[3]《普通高中语文课程标准》(2017年版)，第4-10页。

[4] 郭思乐：《教育走向生本》，人民教育出版社2001年版，第35页。

高中文言文教学中"语言建构与运用"核心素养的培养途径初探

四川省成都市新都一中　彭　蹊

摘要《普通高中语文课程标准（2017年版）》提出新时期语文教育要加强学生语文核心素养的培养，"语言建构与运用"这一核心素养位居四大素养之首。在高中文言文教学中，如何落实这一要求呢？语言核心素养的培养包括建构与运用，其中语言的建构可以从语词材料、句式技巧、结构章法、思想精神四个方面进行；而语言的运用则可以通过译写、改写、扩写、创写四大方式进行训练，在积累的基础之上进行实践运用的训练。学生的语言这一核心素养便会在日积月累中潜移默化，逐步提升。

关键词：文言文　语言建构　运用　核心素养

一、《课程标准》中核心素养的相关理念思想

《普通高中语文课程标准（2017 年版）》（以下简称《课程标准》）是指导中学语文教学实施的纲领性文件，是指导中学语文教育改革的旗帜。2017 年版与以前《课程标准》相比，在理念思想与具体要求上发生了显著的变化。

理念一：以核心素养为本，推进语文课程深层次的改革。

《课程标准》："随着社会和教育事业的发展，语文课程更加强调以核心素养为本。要进一步改革语文课程的目标和内容，既要关注知识技能的外显功能，更要重视课程的隐性价值，还要关注语文课程在社会信息化过程中新的内涵变化；通过改革，让学生多经历、体验各类启示性、陶冶性的语文学习活动，逐渐实施多方面要素的综合与内化，养成现代社会所需要的思想品质、精神面貌和行为方式。"

教育部于 2014 年 3 月 30 日出台的《关于全面深化课程改革落实立德树人根本任务的意见》首次提出"核心素养"这一概念，并号召教育界高度重视对中学生核心素养的培养。中学生核心素养的培养和提升能够引领中学生在知、情、意、行等方面的规范和标准，对深度落实立德树人这一根本性教育目标有重要作用。而如何将中学生核心素养的提升落实到教育教学中，是当前教育领域亟待解决的问题之一。

理念二：加强实践性，促进学生语文学习方式的转变。

《课程标准》："语文课程作为一门实践性课程，应着力在语文实践中培养学生的语言文字运用能力。学习运用祖国语言文字的资源和实践机会无处不在，应增强学生学语文、用语文的自觉意识，积极利用信息技术以及身边的各种资源和机会，通过阅读与鉴赏、表达与交流、梳理与探究等语文实践，积累言语经验，把握语文运用的规律，学会语文运用的方法，有效地提高语文能力，并在学习语言文字运用的过程中促进方法、习惯、情感、态度与价值观的综合发展。

语文课程还应当适应当代社会的发展需要，为培养创新人才发挥重要作用。要引导学生在语言文字运用的过程中发现问题，培养探究意识和发现问题的敏感性，探求解决问题和语言表达的

创新路径。

在学习方式的转变上，《课程标准》进一步强化"学会学习"这一素养。"知之者不如好之者，好之者不如乐之者"，在学习地位上强调学生学习的主体性；"学而时习之，不亦乐乎"，在学习过程上强调学生学习的实践性，这是对传统语文教学中存在的痼疾顽疾的进一步矫正。

二、《课程标准》中核心素养的相关实施目标

《课程标准》："普通高中语文课程应继续引导学生丰富语言积累。培养良好语感，掌握学习语文的基本方法，养成良好的学习习惯，提高运用祖国语言文字的能力；语言文字运用和思维密切相关，语文教育必须同时促进学生思维能力的发展与思维品质的提升；语文教育也是提高审美素养的重要途径。要让学生在语言文字运用的学习中受到美的熏陶，培养自觉的审美意识和高尚的审美情趣，培养审美感知和创造表现的能力；语言文字的运用体现时代的发展状况和人的文化修养，语文课程应该引导学生自觉继承中华优秀传统文化和革命文化，吸收世界各民族文化精华，积极参与中国特色社会主义先进文化的建设与传播。"

具体在"语言建构与运用"这一核心素养方面，《课程标准》简述为："语言建构与运用是指学生在丰富的语言实践中，通过主动的积累、梳理和整合，逐步掌握祖国语言文字特点及其运用规律，形成个体言语经验，发展在具体语言情境中正确有效地运用祖国语言文字进行交流沟通的能力。"

目标一：语言积累与建构。积累较为丰富的语言材料和言语活动经验，形成良好的语感；在已经积累的语言材料中建立起有机的联系，在探究中理解、掌握祖国语言文字运用的基本规律。

目标二：语言表达与交流。能凭借语感和对语言运用规律的把握，根据具体的语言情境和不同的对象，运用口头和书面语言文明得体地进行表达与交流；能将具体的语言文字作品置于特定的交际情境和历史文化情境中理解、分析和评价。

目标三：语言梳理与整合。通过梳理和整合，将积累的语言材料和学习的语文知识结构化，将语言活动经验逐渐转化为具体的学习方法和策略，并能在语言实践中自觉地运用。

三、"语言建构与运用"核心素养的内涵

教育部出台的《关于全面深化课程改革落实立德树人根本任务的意见》将核心素养定义为"学生应具备的适应终身发展和社会发展需要的必备品格和关键能力"。北师大著名教授林崇德在其著作《21世纪学生发展核心素养研究》中认为,核心素养是学习者系统融入了知识与技能、过程与方法、情感态度与价值观之后的综合表现,是在教育过程中逐渐形成的满足个人成长及社会进步要求的重要品德和必备能力。

聚焦到语文学科的文言文教学中,核心素养是学习者充分发挥自身的主观能动性,在活跃的语言实践活动中形成和发展,在现实的语言实践情境中显露出的语言智慧和语言品质;是学习者在语文学习过程中,所习得的思想品质、思维方式、语言知识与技能的系统表现,是语文教学给予学习者在知识与技能、过程与方法、情感态度与价值观等方面的综合体现。

四、"语言建构与运用"核心素养在高中文言文教学中的具体培养途径与方法

(一)语言的建构

语言运用的前提在于语言材料的积累,由前面目标一可见,所谓积累,首先是积累"语言材料"和"言语活动经验",形成"语感";其次是在已经积累的语言材料"建立起有机的联系";最后是在探究中理解、掌握祖国语言文字运用的"基本规律"。在具体的文言文教学中,我们可以从以下几个方面进行积累。

1.语词材料

我们这里用"语词"这个概念,表明我们的积累不仅限于字词、词组、短语这些基本的语言材料,还有"词语"在具体语言环境中的语言成分功能的积累,同时还包含"话语""文句"的内容等。

(1)词语的积累

文言文与现代汉语相比,其最大的特征是准确精练、典雅有致,许多的动词、形容词,以及由此而构成的词组短语,字字珠玑,以少少许胜多多许。动词如"臣左手把其袖,而右手揕其胸",一"把"一"揕"简洁而有力,现在说"把酒临风""把盏

言欢"都是承其古意；再比如"纵一苇之所如，凌万顷之茫然"，一"纵"字写诗人之忘形，一"凌"字写诗人如乘风御空飞升；"怵视""戮没""垂泪涕泣"……这样的词语不胜枚举。形容词如"濡缕"写鲜血之浸渍；"瞋目""惊愕"写士人之神态激昂诧异；"漫灭"写牌文之模糊难辨；"窈然"写洞穴之深邃幽暗；"袅袅"写箫声之余韵幽远……而由此组成的词组、短语更是花团锦簇，气象万千。名词性的如"清流激湍""茂林修竹""崇山峻岭"；动词性的如"扼腕而进""伏尸而哭""倚柱而笑""箕踞以骂""扣舷而歌""倚歌而和""游目骋怀"；短语如"放浪形骸""天朗气清""惠风和畅""如怨如慕""如泣如诉""余音袅袅""不绝如缕"……每一个词都是一幅瑰丽的画卷，让人流连其间，叹服其妙。这些词语即使放在今天的作品中，依然散发着鲜活的生命力和灿烂的光彩。

（2）文常的积累

中国传统文化常识本身博大丰富，而现代人如果不是以古文化为专业，那么学习的途径便只有中小学的文言文教材了。比如《烛之武退秦师》的"公、侯、伯、子、男"五爵，"东道主"等；《荆轲刺秦王》的"宫、商、角、徵、羽"的五音，白色素衣的丧吊习俗；《鸿门宴》中宴席四方的尊卑座次；《兰亭集序》中三月初三的修禊之事，古代文人的流觞曲水游戏，以及中国历史悠久的干支纪时法……这些丰富的古代文化知识是我们作为炎黄子孙的民族之根的滋养。

当然，这些文化常识并不直接对现代语言的表达产生影响，它只是构成现代人精神内蕴的深厚的土壤，而文化常识中的文学常识则会对现代语言的表达提供思考的对象和发展的指引，比如散文的发展中出现的韵文化和骈偶化，以及由韩、柳发起的"古文运动"和唐宋八大家对极端骈偶化的匡正，都启发现代人们运用语言中思想内容与艺术形式关系的思考，从而避免对历史错误的重蹈覆辙。

（3）典故的积累

典故是中华传统文化的精髓之一，崇尚典雅的正统文化历来强调"语有所本"，而典故的运用一方面既可以给文章增添典雅的韵味，在情感的表达上更让读者产生含蓄隽永、余音绕梁的回味。

典故的运用在古诗词中最为常见，其中宋词创作尤为突出。如王维《山居秋暝》："随意春芳歇，王孙自可留。"用典于淮南小山《招隐士》："王孙兮归来，山中兮不可久留。"诗人反用古语，更表达了一份对生命的解放、对自由的追求的新意；宋词创作中，典故的运用又以辛弃疾为代表，如其《水龙吟·登建康赏心亭》中反用"张翰归乡""许汜求田"两个典故，正用"桓温悲树"，含蓄地表达了自己舍身忘私、立志为国收复江山建功立业的伟大志向；其《永遇乐·京口北固亭怀古》中，则更是连续使用了"英雄孙权""寄奴金戈""元嘉北顾""去病封禅""佛狸神鸦""廉颇能饭"等典故，把自己的仕途失意、壮志难酬的愁苦，对奸佞当道而皇帝不明的愤懑，自己的坚持理想、忠心报国的追求表现得既含蓄隽永又深刻形象。

典故的运用在散文中使用较少，但骈文的写作却又一反常态，更可以说是登峰造极。比如王勃的《滕王阁序》，"徐孺下榻""紫电青霜""睢园绿竹""彭泽陶令""邺水朱华""临川之笔""日下长安""南溟北辰""宣室夜谈""冯唐易老""李广难封""长沙贾谊""海曲梁鸿""贪泉""涸辙之鲋""扶摇鲲鹏""失之东隅，收之桑榆""高洁孟尝""穷途阮籍""终军请缨""宗悫投笔""谢家宝树""孟氏芳邻""孔门鲤对""鱼跃龙门""杨意荐客""钟期遇友""兰亭雅集""梓泽宴饮"等，所用典故多达数十个。每一个典故都是一个精彩的故事，每一个典故都是一腔炽热的情怀，当代的我们把这些优美的文化沉淀于胸，必然会在不知不觉间融入我们的文学表达里。

2.句式技巧

（1）整句的运用

传统文章按音韵分为散文与韵文两大类，其中的韵文逐步发展成为音韵和谐、句式整齐的诗歌，但散文的发展却有时也有吸收诗歌的一些特点，比如赋文句式的整齐，比如骈文"四六"的对称句式与平仄的交错相对。而开汉赋之先河的便是贾谊的《过秦论》，"据崤函之固，拥雍州之地，君臣固守，以窥周室；有席卷天下，包举宇内，囊括四海之意，并吞八荒之心"，"南取汉中，西举巴蜀，东割膏腴之地，北收要害之郡""于是六国之士，有……之属为之谋；……之徒通其意；……之伦制其兵"，状秦攻取天下气势之盛、意志之坚和力量之强，句式整齐，气势恢宏。而这种特征在先秦散文中其实已初见端倪，如《劝学》中："故不积跬步，无以至千里；不积小流，无以成江海。骐骥一跃，不能十步；驽马十驾，功在不舍。锲而舍之，朽木不折；锲而不舍，金石可镂。"而这种整齐发展到骈文几乎推崇到极致，深受其影响的教材中便是《归去来兮辞》《阿房宫赋》与《滕王阁序》。如《归去来兮辞》："悟已往之不谏，知来者之可追。实迷途其未远，觉今是而昨非。舟遥遥以轻飏，风飘飘而吹衣。问征夫以前路，恨晨光之熹微。"《阿房宫赋》："明星荧荧，开妆镜也；绿云扰扰，梳晓鬟也；渭流涨腻，弃脂水也；烟斜雾横，焚椒兰也。雷霆乍惊，宫车过也；辘辘远听，杳不知其所之也。"《滕王阁序》几乎全文整齐有序，四六相对，郎朗上口。《兰亭集序》："或取诸怀抱，悟言一室之内；或因寄所托，放浪形骸之外。"《赤壁赋》："月出于东山之上，徘徊于斗牛之间。白露横江，水光接天。纵一苇之所如，凌万顷之茫然。浩浩乎如冯虚御风，而不知其所止；飘飘乎如遗世独立，羽化而登仙。"

这样的句子信口读来，近似一首婉转的乐曲，而现代文的表达在整体上更倾向于散句化，如果能够适当运用整句，或者对称性的语句，不仅给整个文章增添气势，更增加一种独特的音乐之美。

（2）倒装的运用

除了整句的运用之外，文言文还有一些特殊句式，比如判断句、被动句、倒装句、省略句等，凡运用特殊句式来表达，那么与普通的表达句式相比，在意义或者思想情感的表达上便起到一种突出和强调，"仰观宇宙之大，俯察品类之盛""甚矣，汝之不惠""甚矣哉，为欺也"……看"凌万顷之茫然"，为了突出长江雾霭缭绕的"茫然"，宇宙的广阔，万物的繁多，如果改用一般陈述句，便平淡无奇了。而这种倒装句对现代汉语的表现也有点石成金的效果，比如孙犁的《荷花淀》中，水生嫂对晚归而略显不同寻常的水生说"怎么啦，你？"如果改用"你怎么啦"，意思虽然完全一样，但水生嫂的牵挂之情便荡然无存了。

（3）修辞的运用

"言之无文，行而不远。"修辞格的使用也是文学之美的基石，在教材里这些优美的作品中，修辞的使用更给我们作出了精彩的示例。"乘彼垝垣，以望复关。不见复关，泣涕涟涟。既见复关，载笑载言"，"桑之未落，其叶沃若。于嗟鸠兮，无食桑葚！于嗟女兮，无与士耽"。《诗经》的"赋、比、兴"手法开创了中国诗歌甚至中国文学的表现先河；"腰若流纨素，耳著明月珰。指如削葱根，口如含朱丹"的比喻手法；"君当作磐石，妾当作蒲苇。蒲苇纫如丝，磐石无转移"的比拟手法；"尔来四万八千岁，不与秦塞通人烟。西当太白有鸟道，可以横绝峨眉巅。地崩山摧壮士死，然后天梯石栈相钩连。上有六龙回日之高标，下有冲波逆折之回川。黄鹤之飞尚不得过，猿猱欲度愁攀援"，李白的夸张更是出神入化；"此地有崇山峻岭，茂林修竹；又有清流激湍，映带左右……是日也，天朗气清，惠风和畅"，"醉不成欢惨将别，别时茫茫江浸月"，"清风徐来，水波不兴……少焉，月出于东山之上，徘徊于斗牛之间。白露横江，水光接天"，借景抒情、以景托情的烘托，是中国传统艺术手法中最典型的技巧，也是影响中国现代文学最深远的技巧。

思想感情是抽象而虚无缥缈的，没有形象便失去了载体，没有具体的表现手法便直白无味，也便失去了文学的生命。

（4）艺术手法的运用

恩格斯在《致玛·哈克奈斯》一信中说："作者的见解越隐蔽，对艺术作品来说就越好。"作者如何把自己的思想感情表现得更含蓄而隐蔽，便离不开各种艺术手法的运用。从文学产生之初的《诗经》开始，到先秦的诸子散文和历史散文，我国的文学便以极高的艺术之美面向世人，诸子散文长于论说姑且不论，而先秦历史散文一走上历史舞台便展现了极高的文学性。

多角度刻画人物的手法。《烛之武退秦师》中刻画烛之武，主要通过人物的语言来塑造人物形象。"国危矣，若使烛之武见秦君，师必退"写出佚之狐的识人与狡诈；"臣之壮也，犹不如人；今老矣，无能为也已"写出烛之武的委屈与不满；"吾不能早用子，今急而求子，是寡人之过也。然郑亡，子亦有不利焉"写出了郑伯的蒙蔽、悔悟、退让忍辱与软硬兼施；烛之武见秦君的一段话更是以退为进，绵里藏针，动之以情，晓之以理，历史与现实交织，事实与推断结合，锦心绣口，环环相扣，展现了烛之武杰出的外交和言辞技巧；"微夫人之力不及此。因人之力而敝之，不仁；失其所与，不知；以乱易整，不武"更写出了晋侯经过长期历练的冷静与理智。《荆轲刺秦王》除语言描写之外，细节描写生动传神。如"樊於期偏袒扼腕而进"，写出其极激愤；"太子闻之，驰往，伏尸而哭，极哀"写出其极仁厚；"荆轲怒，叱太子"写出其极坦荡；"复为慷慨羽声，士皆瞋目，发尽上指冠"写出其极悲壮；"轲自知事不就，倚柱而笑，箕踞以骂"写出其极凛然。这些描写，有动作描写，有神态描写，有心理描写，将人物栩栩如生地展现在我们面前。《史记》被鲁迅先生誉为"史家之绝唱，无韵之《离骚》"，其文学性与史学性比肩，而由此发端的"二十四史"都继承了其创作风格。《鸿门宴》中刘邦、项羽、张良、樊哙、项伯、范增等，《廉颇蔺相如列传》中的廉颇、蔺相如，《张衡传》中的张衡，《苏武传》苏武、李陵、卫律等，一系列人物的刻画可谓穷形尽象，曲尽其妙，神形兼备。而这样完备的艺术手法也是当今创作者们学习借鉴的艺术宝库。

多种形式的象征手法。《易·系辞上》说："圣人有以见天下之赜，而拟诸其形容，象其物宜，是故谓之象。"又云："子曰：'书不尽言，言不尽意。'然则圣人之意，百其不可见乎？子曰：'圣人立象以尽意。'"以象而征意，通过人、景、物、事来表达抽象而隐秘的意思，便成了最富中国特色的艺术手法。比如庄子《逍遥游》，为了形象地表达自己的人生哲学，作者借鲲、鹏、雾霭、尘埃、水、舟、风、翼、蜩、学鸠、朝菌、蟪蛄、冥灵、大椿、斥鴳等，给我们构建了一个神奇瑰丽而又意蕴神秘的哲学世界。

再比如屈原的《离骚》，作者用蕙纕、茝、兰皋、椒丘、芰荷、芙蓉等香草，以"高余冠之岌岌兮，长余佩之陆离。芳与泽其杂糅兮，唯昭质其犹未亏……佩缤纷其繁饰兮，芳菲菲其弥章"的离奇行为和服饰，来象征诗人品格的高尚与超群，以"众女嫉余之蛾眉兮，谣诼谓余以善淫""背绳墨以追曲兮，竞周容以为度""鸷鸟之不群兮，自前世而固然。何方圜之能周兮，夫孰异道而相安"来象征自己正直的德行和不同流合污的追求，后来人们给这种手法命名为"香草美人法"，而这种手法从此便流传千古。如苏轼《赤壁赋》的"桂棹兮兰桨，击空明兮溯流光。渺渺兮予怀，望美人兮天一方"来表达自己政治理想，以"客亦知夫水与月乎？逝者如斯，而未尝往也；盈虚者如彼，而卒莫消长也"，来表达自己超然物外的人生态度。

3.结构章法

本来文无定法，文学大家创作文章，其结构依从于人的思想感情的自然流动，而不是作文之前精心设计的圈套。正如苏轼《文说》所言："吾文如万斛泉源，不择地而出，在平地滔滔汩汩，虽一日千里无难。及其与山石曲折、随物赋形而不可知也。所可知者，常行于所当行，常止于不可不止，如是而已矣。"

但我们又不能否认，一篇优秀的文学作品，其从头至尾的情感流动和思维的发展自始至终都围绕着文章之要旨而铺陈发散，并非如无头的苍蝇四处乱撞。大家创作无须设计，是他们在长期创作中历练的结果，是在漫长的岁月里成长的结果。文章毕竟不像日常的闲聊，不是梦中的呓语，即使像西言现代派文学如"意识流"者，尽管主张极力打破传统文学的结构与逻辑，但结果还是不能抛弃一篇作品统率全文之灵魂。在中国也有汪洋恣肆的一派如庄子之《逍遥游》，如李白之《将进酒》，如屈原之《离骚》，其想象之瑰奇无际，其情感之磅礴奔放，其结构之开阖纵横，但细究其理仍是有迹可寻，所以初学文学者仍然不可避免地要得文学之法。

其中最典型而可以作为后世学文者之范本的，如王安石的《游褒禅山记》的由事即理，韩愈《师说》的对比论证和事理与事例结合论证，可以作为典型议论文的典范；苏洵的《六国论》，杜牧的《阿房宫赋》，贾谊的《过秦论》，它们叙史与论史结合，借史而讽今交融，则可以作为政论文的典范；而王羲之的《兰亭集序》，陶渊明的《归去来兮辞》，苏轼《赤壁赋》叙事、写景、抒情、说理多种手法综合运用，则可以作为抒情散文之典范。

4.思想精神

学生同生于一个世界，同读一样的书籍，同在一样的社会，有的人觉得生活空洞枯燥，无物可写；而有的人却觉得生活五彩缤纷，丰富精彩。研究学生写作能力低下的现象，我们发现，学生所谓的写作没有素材的原因，其实并不是真没有素材，而是自己内心没有思想，而思想情感却是成文的灵魂，所以要想提高学生的言语表达能力，我以为思想情感的积累更为重要。而教材文言文中许多经典语句，正是千百年来古人们思想火花的闪现。

如《烛之武退秦师》："因人之力而敝之，不仁；失其所与，不知；以乱易整，不武。"《鸿门宴》："今者项庄拔剑舞，其意常在沛公也。""大行不顾细谨，大礼不辞小让。如今人方为刀俎，我为鱼肉，何辞为？"《赤壁赋》："寄蜉蝣于天地，渺沧海之一粟。哀吾生之须臾，羡长江之无穷。""盖将自其变者而观之，则天地曾不能以一瞬；自其不变者而观之，则物与我皆无尽也。"《游褒禅山记》："尽吾志也而不能至者，可以无悔矣。"《劝学》："君子博学而日参省乎己，则知明而行无过矣。""君子生非异也，善假于物也。""积善成德，而神明自得，圣心备焉。"《师说》："无贵无贱，无长无少，道之所存，师之所存也。""是故弟子不必不如师，师不必贤于弟子。闻道有先后，术业有专攻，如是而已。"……熟读这些精美语句，跨越时空与古人对话，长期浸润在他们思想的雨露中，耳濡目染，潜移默化，这些思想便会慢慢扎根于我们心灵，内化为我们情感的沃土，最终滋养出我们笔下美丽的花朵。

语言文字是随着时代的发展而发展变化的，文言文看似与现代汉语差别很大，两者貌似格格不入，但从灵魂上，两者其实是一脉相承的。五四新文化运动的革新，其实最终扔掉的只是文言文那些古旧过时的外衣，真正汉语言及其所承载的传统文化精髓永远也不可能被遗弃。而现当代许多优秀的作者，他们都在浩瀚的古籍汪洋中吸取到丰富的营养，从而创作出许多流传于世的优美作品。

（二）语言的运用

语言表达素养的提高重在运用，而运用能力的提高又离不开具体的语言环境。因此在文言文教学中，我们灵活根据教材内容，为学生创设语言运用的真实环境，主要通过"四写"训练，让学生在日常的语言表达运用中提升学生语言核心素养。

1.译写

文言文在语素、词汇、句式以及表达习惯方面，毕竟与现代汉语有诸多区别，所以在学习文言文时，我们利用文言文语言的独特性，让学生将其翻译为现代文。通过这种简单的翻译，一方面可以认识文言文的独特性；另一方面也是对学生现代文表达的训练，只是训练的情境是所给的文言文内容而已。

清末启蒙思想家严复在他的《天演论》中"译例言"讲道："译事三难：信、达、雅。求其信，已大难矣！顾信矣，不达，虽译，犹不译也，则达尚焉。"所谓"信"是指意义不悖原文，即是译文要准确，忠实于原文，不偏离，不遗漏，也不要随意增减意思；"达"是指不拘泥于原文形式，译文通顺明白；"雅"则指译文时选用的词语要得体，追求文章本身的古雅，简明优雅。通俗地讲，译文要符合汉语言的特点，注重一句话的完整性，即内容、结构、文采，也就是内容的准确性，语法结构的顺畅性，语言载体的文学性。比如，翻译"以其无礼于晋，且贰于楚也"，其中的"礼"现在是名词，"贰"是数词，而在本句的语言环境中，两个词都充当了谓语，变成了动词，特别是"贰"字，与现代意义相差很远，其背后表达的是春秋战国这个特殊时期，国家与国家之间纵横捭阖变化莫测的国际关系，小的诸侯国处在大国之间，为了求得自己的安宁，寻求庇护于大国，却又害怕选边站队错误而受到灾殃，迫不得已而暗中勾通他国的行为。了解了这一点，我们才可能翻译为"因为它曾经对晋国没有以礼相待，而且曾经与楚国勾结暗中依附于它"。

所以看似简单的文言翻译，实则更是现代文的实践和运用。

2.改写

改写的改动一般有表达方式、材料内容、思想情感、结构顺序、表现角度、修辞手法、语体风格等方面的变化，但一般我们坚持改写作品的材料内容和思想情感与原作品保持不变。比如，在学习《念奴娇·赤壁怀古》时，我让学生改写"乱石穿空，惊涛拍岸，卷起千堆雪"这一古战场的描写。

示例：岸边一尊尊怪石，如刀如剑，如塔如林，如虎如豹，如狼如黑，如惊雷破空，如霹雳炸地，如群兽狂奔，如万马驰骋，如鹰之展翅将起，如鬼之森然扑人……

再比如我让学生改写《赋平后送人北归》一诗。

示例1：

> 安史作乱你我一同流落江南，
> 时局安定之后你却独自北返。
> 八年光阴漂泊他乡已生白发，
> 你回故乡所见依旧当年青山。
> 你踏晓月早行所过尽是残垒，
> 繁星密布之夜该是宿于故关？
> 一路上只有寒禽和萋萋衰草，
> 处处跟着你的愁颜相依相伴！

示例2： 当初在时局动荡不安时，我们一同离开故土来到这荒远南国他乡，如今终于社会清平，你独自一人将要北归。多年来远居异地早已满头白发，想到你回到故都一定看到的是当初的郁郁青山吧！清晨的月光挥洒在那残破营垒上，夜晚繁星密布，你独自栖息于坎坷的旅途故关。一路陪伴你的，恐怕只有悲寒的飞鸟和遍地的衰草吧！

改写与译写相比，给学生更多写作的发挥空间和自由度，但又给学生提供一个写作的内容材料和思想情感，避免学生出现无物可写。

3. 扩写

如果说译写、改写是给定指定内容有限地让学生进行语言运用地话，那么扩写则只是给定学生一个语言运用的话题，写作的内容、句式运用与语言表达修辞则完全解放，把写作的主动权几乎彻底地交给学生了。

4. 创写

改写与扩写在语言的训练上更侧重于学生语言表达的技巧训练上，而创写更侧重于学生思维的训练。一般创写的话题更带有争鸣性质，更带有思辨色彩，要求学生结合自己的人生经历，对一个对象进行开放性思考，有理有据，言之成理。

比如在学习《张衡传》一文时，有这样一段情节，"尝问天下所疾恶者。宦官惧其毁己，皆共目之，衡乃诡对而出。"如何看待张衡的"全身避祸，明哲保身"？请写一段话来表达你的看法。

示例1：张衡的"全身避祸"是一个正直官员的无奈选择。在政治场上的挣扎，经历过各种世态的他，不得不选择远离喧嚣，选择全身避祸、明哲保身的道路。虽然这是一种非常消极的人生态度，但是，为官之道，本来就会存在着各种阴暗面；况且，在他的时代，他虽然想为正义辩理，却始终敌不过奸佞小人的大权当道，这是一个正直官员的无奈与苦恼。在无力除恶，无法避开祸患的时候，独善其身也就真的是无奈之举。他洞察俗世，看穿了官场的黑暗，他这样的行为虽然有失政治家该有的勇气，但是却是当时少有的足以自保的办法。（刘登阳）

示例2：我觉得他也是迫不得已。张衡上究天文，下穷地理，精于历算，善于机械，自然也洞察当时社会世情。官场之中，有日天地黑，无风海生浪，所以他先不做官，想洁身避祸。后来不得不入官场，而在官场中所经历的种种事情，使他更明白在那种政治旋涡中，如履春冰，如捋虎尾，确实是"吉凶倚伏，幽微难明"，而要"常思图身之事"。当他狠狠打击了河间王的恶势力后，也就急流勇退，做出了极明智的决策："上书乞骸骨"，请求退休还乡了。从各个方面都看出作为一个正直的官吏、有为的学者，他当时内心的苦闷，无力除恶，无法避祸，只有独善其身了。（段鸿鑫）

示例3：我认为张衡"明哲保身"的做法不太合理。张衡调任"侍中"，皇上询问民情民意，他却"诡对而出"，皇帝正是要通过身边的官员去了解事实，若像张衡等这样身份地位的人都不敢大胆进言、畏怕宦官的黑恶势力，那谁还可以挺身而出，真正为百姓说话呢？当时的朝堂宦官势力确实很大，但若没有一人发声，这种势力便会更无阻无拦地蔓延下去，百姓处于水深火热中，朝廷政治统治也岌岌可危。这本可以成为改革东汉弊病的最后一次机会，张衡本可以成为那个勇敢发言的人，从皇帝的训问也可以看出他欲有所作为，却苦于不知情，而大家都顾忌宦官势力而明哲保身，于是最终造成朝廷积重难返。古时冒死进言的忠臣有很多，比如荀息以"危如累卵"的方式向晋灵公进谏，晏子进

谏，张衡也可以选择用另一种方式去讲实话，而不是"诡对而出"。（刘心语）

通过从译写、改写到扩写、创写，从固定内容到提供话题，从侧重表达技巧训练到侧重思维争辩训练，让学生在平时语言积累的基础之上，通过实践的语言训练，从而达到语言核心素养的培养和提升。

【参考文献】

[1] 林崇德：《21世纪学生发展核心素养研究》，北京师范大学出版社2016年版。

[2] 郑国民：《基于学生核心素养的语文学科能力研究》，北京师范大学出版社2017年版。

[3]《普通高中语文课程标准》（2017年版）。

核心素养"语言建构与运用"培养策略初探

四川省成都市新都一中　彭　蹊

摘要："语言建构与运用"是语文核心素养之一，是"思维、文化、审美"三大素养的基础，它直接决定着学生的"说""写"的表达能力。当前学生"说""写"相对于"读"的训练明显不足，表达能力相对偏弱，普遍存在"三无"现象。通过多种形式的朗读以积淀语言素材，激活学生语文学习兴趣；通过与阅读相结合的扩写、改写和仿写的训练，建构学生的书面语言表达基本技能；通过讨论、演讲、辩论等方式，在真实的语言环境中提高学生口头语言表达的运用能力，从而达到多渠道提高学生"语言建构与运用"这一核心素养的目的。

曾经流传高中语文有三怕：一怕文言文，二怕周树人，三怕写作文。在容易者看来，写作文就像说话一样简单；但在困难者看来，说话和写作文一样困难，私下说闲话可以说得头头是道，但要上台便不知从何说起了。学生害怕写作文的原因可能是多方面的，我以为主要有两大根源：一是缺思想，二是缺语言。著名教授潘新和说："写作是语文能力的最高体现和终极指向。写作教学，首要的是言语生命和精神创造力的养护。"[1]一个人对某个话题如果没有自己较为深刻的看法，他又怎么能为了这一看法而去寻找材料？更不用谈能以什么语言按什么顺序来组织这些材料了。缺乏语言这个问题看似不可思议，实则显而易见。写文章的语言和平时说话的语言看似一样，实则为两个系统，一为口语，一为书面语，口语主要用于交际，而文章是为了抒发感情表达思想。用于交际则强调工具性，要求简洁明了，遵循从简原则；抒发感情表达思想则强调人文性，要求生动透彻，遵循从奢原则。一个人如果不能熟练跨越这两个语言体系，即使私下说话口若悬河，拿起笔来也可能难以成文。本文主要从"语言建构与运用"这一语文核心素养的培养角度加以论述。

一、"语言建构与运用"是语文核心素养的首要素养

在《普通高中语文课程标准（2017年版）》中有这样的阐述："学科核心素养是学科育人价值的集中体现，是学生通过学科学习而逐步形成的正确价值观念、必备品格和关键能力。语文学科核心素养是学生在积极的语言实践活动中积累与构建起来，并在真实的语言运用情境中表现出来的语言能力及其品质；是学生在语文学习中获得的语言知识与语言能力，思维方法与思维品质，情感、态度与价值观的综合体现。主要包括'语言建构与运用''思维发展与提升''审美鉴赏与创造''文化传承与理解'四个方面。"其中关于"语言建构与运用"，它进一步阐述道："语言建构与运用是指学生在丰富的语言实践中，通过主动的积累、梳理和整合，逐步掌握祖国语言文字特点及其运用规律，形成个体言语经验，发展在具体语言情境中正确有效地运用祖国语言文字进行交流沟通的能力。"

这里的"语言建构与运用"包含"语言""文字"两个方面，但具体却又包含着"听""说""读""写"四个方面。而"语言建构与运用"看似是四大素养中最浅最低层次的素养，但它却是"思维发展与提升"的载体与基础，是打开"审美""文化"等素养殿堂大门的钥匙，"语言"素养的缺失或低下必然导致整个语文核心素养培养成为空中楼阁。

二、当前学生在运用语言文字进行交流沟通上能力相对偏弱

在平时的课堂上，我们有时让学生就某一问题交流讨论，整个教室可谓热火朝天，一派热闹的景象。可是当我们叫学生起来单独分享时，有很多学生便笨嘴拙舌，不知所云了。我们写作文，有些学生说写前能想到很多材料，可是下笔去写，却又杂乱无章。当前学生表达与写作主要存在哪些问题呢？

1. 无心

"心"即语段的中心思想。口语表达是靠声音来传递信息，声音稍纵即逝，所以说者一定首先要做到自己观点明确。写作也一样，特别是考场作文，由于阅读时间的限制，文章观点一定要鲜明集中，表达观点一定要简明扼要。如果作者云遮雾障，读者便只剩下一头雾水了。

2. 无序

"序"即语段的顺序思路。散文化的语段虽然材料错综复杂，但贯穿其中的主线情感却一定要统一而集中，而不是信马由缰，随心行止。说理型的语段则要思路明晰，厘清说理的层次，让听者读者一目了然，接收信息才能畅通无阻。

3. 无文

"文"即语段的句式修辞。孔子说："言之无文，行而不远。"准确而优美的语言文字能够迅速引发听众读者情感的共鸣，而直白无味的语言只能让人疲惫而厌倦。特别是考场作文的写作上，当阅卷老师就同一个话题、题材的文章读了太多的文章，重复性的工作本身就让人情绪低迷，如果所读内容更是千篇一律，毫无特色个性，给读者的感受就可想而知了。

三、"语言建构与运用"核心素养培养策略

（一）通过朗诵用声音打开学生由口语进入书面语的大门

古人常说："书读百遍，其义自见。"朱熹也说："读书有三到，谓心到，眼到，口到。"大声诵读，看似平常无奇，却不知它正是人们书面语感形成的最佳途径，是理解文本最简单的方法，也是思维发展与提升的基础。没有一定时间的大声诵读，甚至一定数量的背诵，就没有熟练的听的理解和流畅的说的运用。

我们常常有这样的感受，很多优美而感人的文章，学生自己阅读的时候兴奋激动，感动得泪流满面，而听老师一讲解学生就感到索然无味。当前的语文阅读教学，不论是诗歌，还是散文，存在最突出的问题就是老师理性的讲解分析过多，抽象地分析文章的形象特征、表达的思想感情、语言运用的修辞手法，甚至语言的音乐美本身。我们给学生的都只是一些灰色的概念，而课堂上让学生情感自主活动的时间过短，情感活动的方式单一，情感活动的强度十分平淡，一篇篇饱含深情的文章，如李清照的《声声慢》，艾青的《大堰河，我的保姆》等，老师却花太多的时间进行理性的解读，以理性的思考压制情感的活动，从而让原诗炽热而绚丽的情感失去了应有的温度与色彩。语文课书声琅琅少了，冥思苦想多了；大声诵读少了，理性研究多了，于是那些鲜活的语言便难以进入学生的心田。

语文的诵读方式很多，有老师的示范美读，有学生的自由诵读，有让学生模仿名家录音的跟读，有多种形式的轮诵和对读等。特别是情感浓烈的文学作品，让学生自己进入角色声情并茂、身临其境地诵读才是最直接、最有效又是最大众的情感体验，而这种自主的大声阅读一定不能被教师的讲解所取代。

1.朗诵要读出文章的音乐美

中国诗歌一起源便与音乐有着不可分割的联系，闻一多先生在他的《诗的格律》一文中，提出新诗的"三美"：音乐美、绘画美和建筑美。在日常教学中，许多老师喜欢叫学生全班齐读，因为这样人多声音大，参与的人多，表面上听起来很有气势，看起来很热闹，其实诗歌是最忌讳齐读的，如果不是专业团队，齐诵诗歌就等同于毫无感情的大声读字，没有声音的高低起伏、抑扬顿挫，没有节奏的快慢，更没有情感的高亢低沉、铿锵婉转。当然也有不少老师会让学生单独进行诵读，但读后却缺少对学生的指导，不管学生读得是否恰当，是否优秀，不管优秀当中是否还有缺憾和提高的可能，都一味停留于鼓励性的赞美或者报以集体性的看似热烈的掌声。这种诵读我以为仅仅属于一种表演式的或者走过场式的阅读，完全不能进入吟诵的行列。

那么我们该如何指导学生进行朗读以表现诗歌的音乐美呢？

(1)要读出声音的高低起伏的变化。

比如毛泽东《沁园春·长沙》。

独立寒秋，湘江北去，橘子洲头。

看万山红遍，层林尽染；漫江碧透，百舸争流。

鹰击长空，鱼翔浅底，万类霜天竞自由。

怅寥廓，问苍茫大地，谁主沉浮？

从整体上说，上阕是观景入思，下阕是追忆解思，所以上阕整体应当比下阕略有抑制，而下阕的追忆过去峥嵘生活应该是激昂慷慨的，是全诗的高潮。所以上阕前三句，因是叙述语，语调当平静缓慢，而三句中"湘江北去"景中含情，平缓中当略比前后高扬；"看"字后面当略作停顿，"山—林—江—舸—鹰—鱼"当逐层推进，由低到高，由慢到快，到"万类"达到一个小高潮。"怅"前当有所停顿，声调也再次变为低沉，而"问苍茫大地"重点在"苍茫"二字，声调略高。

(2)要读出节奏的疾徐快慢的变化。

比如艾青的《大堰河，我的保姆》。

大堰河／在她的梦／没有做醒的时候／已死了

她死时／乳儿／不在／她的旁侧

她死时／平时／打骂她的／丈夫／也为她／流泪

五个儿子／个个／哭得很悲

她死时／轻轻地呼着／她的乳儿的名字

大堰河／已死了

她死时／乳儿不在她的旁侧

诗歌的节奏快慢停顿不是匀速的，该断的要断，该连的要连，断与连重在意义的表达。比如上面这节诗，在标有"／"线的地方就应该声音略有停顿，而每一个意团中，为了突出某个词语，一是声音要比其他词语更高，二是语速要比其他词语更慢，比如第一句的"做醒"，第二句的"不在"，第三句的"打骂"，第四句的"个个"，第五句的"她的乳儿"。

2.朗读要读出整篇文章的情感变化

一个人的情感是深藏于心而不为人知的，但它可以通过表情、姿态、举止和声音来传达。而一篇文章的情感一般都不是从头到尾一成不变的，一般总有一个发展变化的过程，在诵读的时候便应该通过声音来直接表现诗人情感的变化。文章与文章的情感不同，作者与作者的性格不同，不同作者的作品，同一个作者的不同作品，同一作品中情感的前后不同变化，在诵读的时候都应该通过声音直观地表现出来。

不同作品的情感变化多端。以诗歌为例，比如《沁园春·长沙》整体上多乐观坚强、激昂慷慨；《雨巷》则多于低回忧郁而近于喃喃自语；《再别康桥》整体格调当为离别的轻愁与回忆的轻快；而《大堰河，我的保姆》饱含着的则是一种悲怆、愤懑与赞美。

同一篇文章的情感有时前后也会有变化。比如《再别康桥》，第一节的基调是离别的感伤，而从第二节开始，"金柳"—"青荇"—"潭"—"寻梦放歌"，其情感是轻快而幸福的，到"寻梦放歌"时，幸福感达到顶点，而就在这一顶点之后，"笙箫夏虫"则情感急转为浓重的难舍，而最后一节，虽然与第一节的用词大体相似，但在情感上却又不同，它是在离别的沉重中解脱出来，带有一种历经悲喜之后的洒脱。

再比如《大堰河，我的保姆》，整体上是一种悲怆，但具体到诗节上，每一节又各不相同。第一、二节是平静中略带热爱和赞美；第三节情感转浓，带有深深的同情与悲悯；第四节则情感一转，带有深深的热爱与赞美；第五节则又一转为排斥与抵触；第六、七节则再转为讴歌与赞美，语调当充满了十足的幸福与憧憬；第八、九节则又转为无限的同情与悲哀；第十节情感进一步加深为强烈的悲悯、愤怒与诅咒；第十一、二节则与第一、二节相呼应，情感再次回到热爱与赞美，但在情感的强度上却有着质的飞跃，特别是最后一节中"呼告"的使用，将全诗的情感推向一个高潮，全诗就在这个高潮上戛然而止。

声情并茂地渲染和演绎，尽可能调动起学生的情感活动而形成共鸣，这时学生在教师的感染下，便都近似于一位诗人！

《记梁任公的一次演讲》中有这样一段话："先生的讲演，到紧张处，便成为表演。他真是手之舞之足之蹈之，有时掩面，有时顿足，有时狂笑，有时太息。听他讲到他最喜爱的《桃花扇》，讲到'高皇帝，在九天，不管……'那一段，他悲从中来，竟痛哭流涕而不能自已。他掏出手巾拭泪，听讲的人不知有几多也泪下沾襟了！又听他讲杜氏讲到'剑外忽传收蓟北，初闻涕泪满衣裳……'先生又真是于涕泗交流之中张口大笑了。"

如果老师能够这样诵读一首诗，或者能够让学生试着这样诵读一首诗，我想一定会在学生的心田点燃他们早已冷却的文学的火苗，给他们繁重的学习生活增添无限的乐趣。更主要的是，在这长期激情飞扬、琅琅书声的熏陶感染下，优美的语言素材便逐渐内化为学生话语体系的一部分，那些经典的鲜活的表达形式和技巧也像清流一样深深浸润于学生的心田，成为他们写作中抒发情感表达思想的工具。

（二）通过灵活多样的读写共生课建构学生语言表达技能

著名中学语文教师黄厚江提出读写共生课。他提出："通过读与写的不断往复，在信息的输入、输出过程中实现言意共生，进而促进言语生命成长与丰盈的过程。"[2] 阅读与写作两者分而为二，合则为一，阅读为写作的积淀，写作为阅读的延伸与升华。陈万庆、赵小溪主编的《写作导向型阅读》提出了为写而展开的阅读具有三个方面的价值：阅读提供语言质料；阅读提供信息与思想；阅读提供架构。[3] 这也许对我们的阅读课的别样的价值探索有所启示。

1.通过对诗歌的扩写或改写培养学生的想象能力

谢冕在《重新创造的艺术天地》一文中说："从根本上说，文学的欣赏活动，凭借语言这种无所不在的符号来进行，从符号再返回丰富的世界中来，这是一种再创造。诗歌的欣赏活动更是一种确切意义上的再创造。再创造的主要方式是想象活动。想象不仅对于诗人的创作是一种必要，对于读者的欣赏也是一种必要。可以认为，诗人通过想象创造出了诗的形象，读者通过想象正确地把握住诗人的艺术构思，并且丰富地再现诗人创造的形象。"想象本身是抽象的，而写作的过程就是学生想象的再现。

比如教学戴望舒《雨巷》，通过听朗诵艺术大师乔臻的朗读，通过教师的示范朗读，通过让学生自由阅读，可以以声音为媒介让学生感受到诗歌的音乐之美，但形象之美却仍然停留在每个学生的心中，而不能实现外化为可以相互交流的物质媒介。如果让学生通过想象，描写诗中"我"与"姑娘"的形象，通过外貌、神态、服饰、动作甚至心理活动等描写，便可以将文中本来抽象虚幻的人物形象再现在我们的面前。下面便是这样一篇学生的作文片段。

他，撑着油纸伞，独自踏上这青石的小道，步履轻柔不愿打破这静谧。微雨浥尘，打湿了他心中的梦，那静默的细雨令人置身于那无尽的忧愁。雨滴飘飘洒洒，他悄悄伸手接过，却滑落于指尖，脸上几分的落寞。他撑着油纸伞，彷徨在这悠长、悠长又寂寥的雨巷，像是在找寻，又似在等待……

视线恍然模糊了，不远的巷口处，宛若水雾凝成的幻梦，又似那梦中飘过的一枝柔美丁香花。青砖黛瓦下，一身白月的旗袍，她——撑着油纸伞，款款而来……

抬头，一眼便付了真心。他的心终不再是深山止水般的宁静，抑或是又成了一整个春日，满目那洁白的丁香。

她静默地走过，没有彳亍，没有停留。他驻足，默默思量，伴着她几点凄婉的寂寥，几分细腻的心事，几丝往日的缱绻，抑或还有一抹丁香般淡雅的容颜。

渐渐踟蹰着，她已走近。近了，近了，雨丝里也带着点点芬芳。他刻意撇开目光，却依稀可见那澄澈的、太息般的眼光，她不施粉黛的面庞，微蹙的柳眉，和那一身的凄清、冷漠的韵味。

他稍稍回神，那女郎已飘过身旁。不禁回望，远处那月白色的身影已飘过老旧的篱墙，倏而轻柔地转身，走出这雨巷。

雨下着，湿了青石的小巷。唯有他一人在彷徨，彷徨在这悠长、悠长又寂寥的雨巷，希望逢着那个丁香一样的结着愁怨的姑娘。

这般销魂，怎不令人神往？

2.通过语段的仿写建构学生基本的语词表达技法

语文表达技能主要有三个层次，最基础的是用词的准确性，其次是使用修辞格的合理性，最后是句式运用的灵活性。其中用词是最基本、最普遍的，修辞格与句式是更高能力的，它们往往用在最关键、最需要突出之处。

高一阶段主要是训练学生写作记叙文，而记叙文又以写景、写人和记事为主，现以此为例加以说明。

(1)从不同感官写出事物的不同特征。以鲁迅的《从百草园到三味书屋》为例。

不必说碧绿的菜畦，光滑的石井栏，高大的皂荚树，紫红的桑椹；也不必说鸣蝉在树叶里长吟，肥胖的黄蜂伏在菜花上，轻捷的叫天子（云雀）忽然从草间直窜向云霄里去了。单是周围的短短的泥墙根一带，就有无限趣味。油蛉在这里低唱，蟋蟀们在这里弹琴。翻开断砖来，有时会遇见蜈蚣；还有斑蝥，倘若用手指按住它的脊梁，便会啪的一声，从后窍喷出一阵烟雾。何首乌藤和木莲藤缠络着，木莲有莲房一般的果实，何首乌有臃肿的根……如果不怕刺，还可以摘到覆盆子，像小珊瑚珠攒成的小球，又酸又甜，色味都比桑椹要好得远。

这一段文字的描写之美，美在何处？通过让学生自主阅读和研究，很容易得出以下结论：

准确的形容词合成偏正短语表现事物颜色、形状等静态特征：碧绿的、光滑的、高大的、紫红的、肥胖的、轻捷的、臃肿的；

准确生动的动词写出事物动态特征：伏、窜、按、喷、缠络；

形象的拟声词写出事物的声音特征：啪的一声；

生动贴切的拟人赋予事物情态美：低唱、弹琴；

生动形象的比喻描绘出事物的形态美：莲房一般的、像小珊瑚珠攒成的小球。

从以上我们还可以看出，写景之美的基础在于写出事物的特征，而修辞格的运用其实并不是主要的，只作锦上添花之用。

(2)抓住动作、外貌、细节等写出人物的内在性格、情感状态和作者的情感态度。以《背影》为例。

我看见他戴着黑布小帽，穿着黑布大马褂，深青布棉袍，蹒跚地走到铁道边，慢慢探身下去，尚不大难。可是他穿过铁道，要爬上那边月台，就不容易了。他用两手攀着上面，两脚再向上缩；他肥胖的身子向左微倾，显出努力的样子。这时我看见他的背影，我的泪很快地流下来了。

"黑""青"的颜色突出其简陋朴素，"蹒跚"写出其老态，"探""爬""攀""缩"等动作写出其矮小，"肥胖"写出其身材，"微倾"写出其艰难，"泪很快地流下来"写出观者的情绪。可见人物的描写不需要外貌从头到脚地铺排，重在能表现人物的内心状态和生命处境，人物的动作要准确而形象，最关键的是不仅要凸显所写人物的精神品质，更要表现作者对所写之人的情感态度，为全文的主题思想服务。

3.通过语段的仿写，提升灵活运用不同句式的表达能力

以《荷塘月色》为例。朱自清文章读来给人以无以言表的音乐之美，这种美是如何形成的呢？我们先通过一段改写语段的比较阅读，就可以一览无余。

曲折的荷塘上面，到处是出水很高的叶子，里面有的花全开着，有的正打着花蕾。一阵风吹来荷花的清香，把叶子和花都刮得晃动起来。叶子底下有些流水，但看得不甚清楚。

月光照在这一片叶子和花上。一团雾从荷塘里升起来，叶子和花呈乳白色。虽然是满月，但天上有一层淡云，所以不能朗照，但我认为恰到好处。月光隔着树照过来，高低的灌木在地上留下黑影，杨柳的影子映在荷叶上。塘中的月色并不均匀，但光与影却很和谐。

荷塘四面有一圈树，其中杨柳最多，树色都是阴暗的。树梢上是一片远山，只能看见其大致的轮廓。树缝里射过几点昏暗的灯光，这时候蝉和蛙都热闹地叫着。

由此学生就会发现叠词的运用是用词的最大特征。带着这个结论，我们再通观全文，我们发现其叠词可以分为以下几种形式。

AA型：日日走过的荷塘，渐渐升高的月亮，悄悄地出门，淡淡的月光，田田的叶子，亭亭的裙，层层的叶子，粒粒的明珠，碧天里的星星，送来缕缕的清香，密密地挨着，脉脉的流水，静静地泻下，薄薄的青雾，弯弯的杨柳，重重围住，阴阴的树色。

ABB型：阴森森的小路，峭楞楞的黑影。

AABB型：迷迷糊糊的眠歌，蓊蓊郁郁的树，曲曲折折的荷

塘，远远近近、高高低低的树，隐隐约约的远山。

除了使用叠词之外，对称性句式的使用，也为全文的语言增添了音乐美的韵味。

我爱热闹，｜也爱冷静，‖爱群居，｜也爱独处。

什么都可以想，｜什么都可以不想。

有袅娜地开着的，｜有羞涩地打着朵儿的，‖正如一粒粒的明珠，｜又如碧天里的星星，｜又如刚出浴的美人。

酣眠固不可少，｜小睡也别有风味。

通过这样的比较阅读和研读，学生便更清晰地认识到记叙文，特别是抒情散文语言的表达运用技巧，进而在语段写作中长期反复地加以有意识的训练运用，便会逐渐内化为学生的一种表达本能。

4.在阅读仿写中建构篇章结构的设计

叙事写人的文章，学生的写作容易陷入单薄而平淡中，而抒情散文的写作又容易陷入混乱无序中，堆积材料，情感脉络紊乱。教材的《荷塘月色》和《故都的秋》两篇文章给我们作了两种经典示范。

《荷塘月色》采用的明暗双线，一是以"出家门—踱小路—观荷塘—回家门"这一游踪为序的明线，一是以"不宁静—求宁静—得宁静—失宁静"这一情感变化为序的暗线。明与暗两线又在回程中相互转化交织，两线之中明线是次要的，而情感变化则是主要的。以此为例，让学生在写作实践中写出整篇文章情感的变化过程，写出情感起伏跌宕的波澜。

《故都的秋》则是开篇明旨，点出北国之秋的特征和作者对秋的情感，结尾直抒胸臆，首尾照应，形成全文的第一个环。第二段与倒数第二段将江南之秋与北国之秋相比较，以江南之秋来烘托北国之秋的特征，形成全文的第二个环。中间第三段到第九段，以五个具体场景的描写来正面展现北国之秋的美，第十段则再次将中外相比较，既突出其共性，又突出其差异性，通过议论表达国人对秋之爱胜过西方，而作者对秋之爱又胜过国人，层层烘托，揭示主旨。以此为例，让学生学习首尾明旨的照应法，学习正面描绘与侧面烘托的映衬法。其实这便是一般文章的基本章法，只要清醒认识，反复训练，学生掌握运用也不是难事。

（三）通过形式多样的课前语言活动加强学生口语表达应用能力

每天三分钟，积滴汇成河。这种说话活动因为是在公众环境中表达，是在某一任务的驱动下表达，所以与学生私下漫无目的的口头交流截然不同，其说的内容和主题可以由教师确定，比如向学生推荐社会主义核心价值观中的一些关键词作为主题，如"文明""和谐""诚信""友善""爱国"等；也可以学生自主确定，选择一些学生自己感兴趣的话题，或者学生学习生活中突出的问题来谈，如"高中生的异性交往""高中该不该禁用手机""高中生与网络游戏""高中生与追星"等，这既锻炼了学生对生活的思考，培养他们的是非判断，弘扬传递了社会正能量，同时也锻炼了他们演讲稿的写作能力，训练了学生的口语表达能力。

我在高一新生进校时，开展了一个"说出名字的诗意、文化和哲理"这样一个口语表达活动，一方面可以及时让同学们相互认识相互了解，另一方面要求将自己的名字用经典诗句、格言等来阐释，或者揭示出名字的文化内涵和哲理意义，学生在活动中相互学习，共同分享，不仅扩大了知识面，积累了许多名言、警句、诗词，弘扬了中国传统文化，更锻炼了他们书面写作和口语表达能力。下面分享一则实例，如此语段，不胜枚举。

"宿雨清秋霁景澄，广亭高树向晨兴。"许是春雨渐沥，朦胧的指引，在清晨第一缕朝光初现后，我呱呱落地。"泽雨无偏，心田受润。"是雨滴的宽容，滋润大地，连风也欢快，拂过人的心田。犹记"庄周晓梦迷蝴蝶，望帝春心托杜鹃"。庄子逍遥自在，一生畅快恣意。我自清晨为伴，我自清雨为友，我自畅快为乐，故唤"庄雨晨"。

总之，让学生读、写、说三管齐下，将时间还给学生，激活学生的表达热情，点燃学生的表达欲望，让学生在真实的语言环境中，通过自己的亲身实践，来接收语言素材，借鉴表达技巧，训练表达思维，建构书面语言表达系统，从而让学生走进写作的自由王国。

【参考文献】

[1] 潘新和：《表现与存在（下）》，福建人民出版社2004年版，第1053页。

[2] 徐飞：《读写共生：语文综合性学习的一种视角》，《语文建设》，2017年第28期，第17-20页。

[3] 于泽元等：《群文阅读的理论与实践》，西南师范大学出版社2018年版。

[4]《普通高中语文课程标准（2017年版）》，人民教育出版社。

[5] 于泽元、王雁玲、石潇：《群文阅读的理论与实践》，西南师范大学出版社2018年版。

基于语文核心素养的中学古典诗歌教学策略探究

四川省成都市新都区毗河初级中学　陈翠兰

摘要： 古典诗歌是中华文化的精华，中学古典诗歌教学对于培养学生的语文核心素养至关重要，但当下的古典诗歌教学存在着重知识、轻能力、应试化、程式化、强行灌输等诸多问题。在基于培养学生语文核心素养的前提下，当下的中学古典诗歌教学理念和设计还有很多地方亟须改变。本文通过对这一问题的探索研究，力求为解决问题提供一些启示和建议。

关键词： 中学古典诗歌教学策略　语文核心素养

一、中学古典诗歌教学的现状

古典诗歌教学在我国历史悠久。子曰："小子何莫学夫诗？诗，可以兴，可以观，可以群，可以怨，迩之事父，远之事君；多识于鸟兽草木之名。"这是古代人对诗歌的社会作用的高度称赞。古典诗歌中蕴含着中国古代文人的人生观、价值观、审美观，在古典诗歌教学过程中，无形中也在塑造下一代人的人生观、价值观、审美观，在传承优秀传统文化的同时，实现民族文化的认同与理解，潜移默化中塑造着民族心理和品格。青少年时期是学习知识文化的黄金时期，也是品格、情感和价值观的重要形成阶段。因此，在中学阶段进行古典诗歌教学，其重要性不言而喻。

长期以来，在中高考的指挥棒下，在应试教育的束缚下，中学古典诗歌的教学课堂上充满了套路、程式和枯燥。许多学生在长期的诗歌教学过程中，不仅感受不到诗歌的美感和激情，反而产生出厌恶情绪。教师为了让学生得分不得不肢解诗歌，学生为了得分而不得不学习答题套路，这一切都让诗歌教学课堂失去了颜色，变得苍白无力。这是当下中学古典诗歌教学的现状，也是古典诗歌教学的尴尬。

在中国知网输入关键词"古典诗歌教学现状"搜索，共有47篇论文，发表时间从2002年到2018年，涉及对古典诗歌教学方方面面的思考。综合主要问题有："指导思想不明确，教学定位不合理，教学方法欠新意，教学效果不理想"[1]；"师生阅读积累差，朗读不正确，不重视诗歌写作，缺乏个性化鉴赏，过度依赖教参，教学过程程式化，评价方式单一"[2]；"诗歌教学过于循规蹈矩，模式僵化，毫无新意，而且轻视审美，重题轻文，诗歌学习带有严重的功利性色彩"[3]；"教学模式单一，学生缺乏鉴赏兴趣，教师水平有限，无法真正解读文本，教学方法不当，扼杀学生鉴赏古典诗歌的机会"[4]。从以上的结果可以看出，中学古典诗歌教学的问题是多方面的，是语文教学的"重灾区"，十多年过去了，有些问题依然没有得到解决。

之所以中学古典诗歌教学出现这么多的问题，有一部分还是教学目标的导向问题。传统的教学目标主要重在诵读、理解、背诵，强调知识的传授；新课程改革后，在原来强调知识技能基础上增加过程与方法、情感态度价值观的维度，更加重视学生对于文本的鉴赏和理解，重视个性化解读过程以及在个性化解读过程中的情感体验和价值观培养，这相较之前有了很大进步。然而在实际教学过程中，仍然存在许多问题，在培养语文核心素养的前提下，需要重新思考中学古典诗歌教学的定位和策略。

二、语文核心素养的概念

所谓"核心素养"，是学生适应信息时代和知识社会的需要，解决复杂问题和适应不可预测情境的能力和道德，分为学科核心素养和跨学科核心素养。当前全世界共同倡导的跨学科核心素养是4C，即合作（collaboration）、交往（communication）、创造性（creativity）和批判性思维（critical thinking）。核心素养不只是课程目标，还是一种崭新的课程观。[5]

2016年9月13日，我国发布了《中国学生发展核心素养》。总体框架包括文化基础、自主发展、社会参与三大方面，综合表现为人文底蕴、科学精神、学会学习、健康生活、责任担当、实践创新六大素养，具体细化为18个基本要点。中国学生发展核心素养的提出，明确了学生应具备终身发展和社会发展需要的必备品格和关键能力。

其中，基于语文学科的特点，语文学科的核心素养设计为"语言建构与运用""思维发展与提升""审美鉴赏与创造""文化传承与理解"四个方面。再具体一点，语文核心素养就是学生面对具体的现实生活情境时，分析情境、发现问题、提出问题、解决问题、交流结果的过程中表现出来的综合品质，是学生个体解决语言文学领域和现实生活问题时所需的语文学科关键能力和必备品格。

三、中学古典诗歌教学对培养语文核心素养至关重要

网络上有一个流传甚广的搞笑段子：当语文好的人看到一幅美景时，可以轻松吟出"落霞与孤鹜齐飞，秋水共长天一色""夕阳无限好，只是近黄昏"，而没文化的人只会一句"哇！好美！"这虽然只是一个段子，但反映出不同的语文素养在现实情境中所发挥的作用。这种素养不仅不会随着时间而流逝，而且会在社会生活中不知不觉对个人产生影响，毫无疑问属于"个体解决语言文学领域和现实生活问题时所需的语文学科关键能力和必备品格"，也就是我们上文所提到的语文核心素养。

随着时代的发展，越来越多的人认识到，古典诗歌教育对一个人的综合长远发展至关重要，家长们也越来越重视。在这种趋势下，近几年，社会上刮起了一股"诗词风"，无论是诗词类电视

节目,比如《中国诗词大会》《中华好诗词》等,名家讲诗词的网络课程,比如《康震讲唐诗宋词》等;还是诗词主题游学活动都蔚然兴起,开展得如火如荼,参与度和拥护者规模都十分可观,这体现出大众对古典诗歌教育的热情和需求。可以说,当代大众对于古典诗歌教育的需求不仅仅局限于为了功利性地获得分数,赢在升学,更重要的是想要提高孩子的语文核心素养,提升关键能力,为终身发展奠基。

古典诗歌是中华文化宝库中的精华,青少年阶段是人吸收知识和营养,培养核心素养和关键能力的关键时期。因此,作为古典诗歌教育主战场的中学课堂,符合教学规律地、有效地施行中学古典诗歌教学对于培养学生语文核心素养意义重大!从个人来说,可以提升个人的表达能力、欣赏品位、整体形象,甚至可以改变人生格局,提升个人价值;从宏观来说,可以传承民族文化,提升国民素质,增强国家软实力!

四、基于语文核心素养培养的中学古典诗歌教学策略转变

1. 中学古典诗歌教学要抛弃程式化、应试化、单一化、强行灌输的模式

上文提到,语文学科的核心素养设计为"语言建构与运用""思维发展与提升""审美鉴赏与创造""文化传承与理解"四个方面。究竟中学古典诗歌教学重在培养人的哪种素养?形成何种关键能力?这是涉及我们教学设计和教学策略的关键问题,也是我们首先应该思考的问题。

当下中学古典诗歌教学的设计思路和考查方式如下。

举例:一般古典诗歌教学设计。

(1)介绍诗人生平及创作背景。(2)扫除字词障碍,学会正确诵读。(3)疏通诗句大意,想象并描述诗句画面。(4)理解作者所抒发的感情。(5)鉴赏诗歌的艺术手法。(6)背诵诗歌,完成习题。

这是一个典型的中学古典诗歌的教学设计程式,在实际教学过程中,许多教师都是按照此种思路进行教学设计和实践的。

中高考对于诗歌的考查方式也与此类似:考查诗歌的题材,诗人的生平,诗歌创作的背景,诗人的情感;鉴赏意象、诗句、

画面、意境、手法等。教师平时布置的练习习题以及阶段性小考内容、类型基本与中高考考题保持一致。

这样的教学设计和考查方式，实际是更多指向培养语文核心素养的"文化传承和理解"以及"审美鉴赏"部分，培养的关键能力重在"识记""背诵""理解""鉴赏"，而对于语文核心素养中的"审美创造""语言建构与运用""思维发展与提升"部分涉及较少，甚至从未涉及。

基于此种教学设计和考查方式所形成的课堂教学模式，往往是教师讲授为主，学生被动吸收，形成灌输式的教学模式，不仅课堂缺少生机和活力，而且收效甚微。长此以往，让学生丧失了对古典诗歌的兴趣，不利于语文核心素养的培养。

2. 审美创造、语言建构与运用、思维发展与提升对中学古典诗歌教学设计的启示和建议

语文核心素养的四个方面是相互融合，不可分割的。当下中学古典诗歌教学设计和考查侧重于"文化传承和理解""审美鉴赏"方面，以偏概全，并未发挥出古典诗歌教学对于中学生语文核心素养培养的重大作用。因此，基于中学生语文核心素养的培养，在古典诗歌教学过程中培养学生审美创造、语言建构与运用、思维发展与提升的素养将成为中学古典诗歌教学设计和评价的新导向。

（1）审美创造对于古典诗歌教学设计的启示和建议

在一般古典诗歌教学设计中，很多教师有让学生通过想象的方式进入诗歌所描述的画面，身临其境地感受诗人的心情。这样的设计，只是想象画面，或者用自己的语言来描述这个画面，未能很好地激起学生的创造激情。

在教学过程中，教师通过前面铺垫很好地引导学生进入了一种审美的状态，这时候可以适当设计一些环节，让学生在鉴赏诗歌的同时，激起更大的创造激情，创造出精彩的作品。

比如，讲解山水田园诗时，可以请学生用绘画、彩泥塑、实体画的方式来表达诗歌中的画面或者场景；在讲解送别诗时，可以让学生用课本剧表演的形式来展现诗人与友人离别的情景；在讲解表达思念的诗时，可以请学生替诗人写一封家书，或者替诗

人传口信的方式。甚至，在讲到描述音乐、舞蹈的诗歌时，请学生以诗歌为本，谱写一首曲子，或者编一支舞蹈，在班级展示，请师生点评。或者定期举行"兰亭集会"活动，让学生扮演成各大诗人，在活动中展示诗人的风采。这样的创造不是很有趣吗？并且，我相信这样的教学设计一定会得到学生的喜欢，并且创造出许多让人意想不到的作品！

（2）语言建构与运用对中学古典诗歌教学设计的启示和建议

先看网络上的一组流行语表达和古诗词表达对比：

流行语表达	古诗词表达
心好累。	形若槁骸，心如死灰。
有钱，任性。	家有千金，行止由心。
主要看气质。	请君莫美解语花，腹有诗书气自华。
别睡了，起来嗨。	昼短苦夜长，何不秉烛游。
世界那么大，我想去看看。	天高地阔，欲往观之。
每天都被自己帅到睡不着。	玉树临风美少年，揽镜自顾夜不眠。
你不是一个人在战斗。	岂曰无衣，与子同袍。
我的内心几乎是崩溃的。	方寸淆乱，灵台崩摧。
你这么牛，家里人知道吗？	腰中雄剑长三尺，君家严慈知不知？
明明可以靠脸吃饭，偏偏要靠才华。	中华儿女多奇志，不爱红装爱才智。

从这两组表达对比中可以看出，流行语表达具有口语化、通俗化、易传播的特点，而古诗词表达具有文雅、优美、含蓄、生动形象的特点，从文化涵养和表现力来讲，古诗词表达更胜一筹。

"语言建构有两方面的含义。一方面是指出于表达思想的目的，按照语言内部系统来建构话语——用词汇组构句子，用句子组构段落和篇章。另一方面，是指在个人言语经验的基础上，逐步建构起自己的言语体系，包括属于个人的言语心理词典、句典和表达风格。"[6]古典诗歌属于汉语中最为优美、短小、凝练的语言表现形式，其遣词用字的魅力，不言而喻。

优秀的诗人都是出色的语言建构大师，不同诗人的作品呈现出不一样的语言风格。比如李白的飘逸洒脱，杜甫的沉郁顿挫，李商隐的清丽俊逸，苏轼的旷达豪迈，李清照的婉约凄切，杨万里的新鲜活泼……常常学习古典诗歌，浸润其中，学习模仿，久而久之，会形成一种简练、优美、含蓄、典雅的表达方式，如果在恰当的时候巧妙地运用，对于个人形成自己的表达风格大有益处。

当下的教学设计和评价中，教师往往要求学生诵读、默写诗歌，或者用自己的语言描述诗歌内容，少部分教师要求学生将诗歌内容改写为一首现代诗歌或者散文，但这些对于培养学生语言建构与运用素养是远远不够的。

笔者认为，最能让学生提升语言建构能力的，便是仿写古典诗歌。无论是用自己语言描述诗歌还是改写诗歌，最终都是现代汉语的表达，其锻炼的思维和形成的语言风格都是现代汉语的，并没有达到核心锻炼的目的。而古典诗歌的写作，才能真正让学生的语言建构能力得到训练。因为古典诗歌，特别是律诗、绝句是有字数、格律、韵脚的限制的，只有让学生真正去写作古典诗歌，他们才能体会到炼字的重要性，学会用语的精练和准确。同时，古典诗歌的写作，不仅仅是满足技术上的要求，还要有画面感、意境、情感的要求，所以，要写好一首古典诗歌可不是简单的事。

古典诗歌的写作对于学生的语言建构确有好处，但为何古典诗歌的写作在中学阶段没有开展起来呢？很重要的原因是当下的中学语文教师普遍欠缺写作古典诗歌的能力和经验，他们在学习时期也没有接受过这方面的指导。因为教师能力的欠缺，导致当下中学古典诗歌写作教学的缺失，这的确让人遗憾。

从实际操作来说，有能力的教师可以在古典诗歌教学的过程中，开设古典诗歌写作教学课程，并且亲身实践，鼓励和指导学生进行古典诗歌创作。比如，我在高一年级讲授《古诗十九首》时，就开始指导学生进行古典诗歌的创作，一直延续到高二年级。结果学生的积极性非常高，而且出现了许多优秀的诗作，让我非常惊讶。这种写作还被他们运用到实际生活中，比如邀请我去参加毕业典礼的邀请函、教师节的贺卡、社团的公告，甚至是申请大学的简历中。有部分学生一直将写作古典诗词的习惯延续了下来，在大学、在工作、生活中，都坚持用这种方式来表达自己，让人刮目相看，达到了很好的效果。这就是中学古典诗歌教学对学生语言建构和运用能力培养的一个鲜明例子，这让学生受益终身。

对于暂时不具备开设古典诗歌写作课程条件的学校和教师，可以采用教师培训、教师自我提升、整合网络资源等形式，想办法提高学生掌握和使用古典诗歌语言的能力，提升其核心素养。

（3）思维发展与提升对中学古典诗歌教学设计的启示和建议

思维发展与提升是指学生在语文学习过程中获得的思维能力发展和思维品质的提升。古典诗歌教学常常被误认为是一种感性的体验，似乎与理性的逻辑思维相差万里，其实这是误解。

诗歌鉴赏其实也是一种思维活动。林崇德和朱智贤教授认为："以表象或形象作为思维的重要材料，借助于鲜明、生动的语言做物质外壳，在认识中带有强烈的情绪色彩，它是文艺创作中不可缺少的一种特殊的思维活动。"[7] 由此可见，诗词鉴赏也是一种再创造性形象思维，是对诗歌的二次理解或多次理解。优秀的诗歌可以引发人无穷的思索，促进人的思维发展与提升。

最典型的便是古典诗歌中那些富有哲理的诗句，凝结着诗人对于宇宙万物、世间哲理的思索，并且通过形象化的诗句表达出来，引人深思，充满启迪。"欲穷千里目，更上一层楼""曾经沧海难为水，除却巫山不是云""今人不见古时月，今月曾经照古人""采得百花成蜜后，为谁辛苦为谁甜""抽刀断水水更流，举杯消愁愁更愁""沉舟侧畔千帆过，病树前头万木春""不识庐山真面目，只缘身在此山中""山重水复疑无路，柳暗花明又一村""问渠那得清如许，为有源头活水来""粉身碎骨浑不怕，要留清白在人间""落红不是无情物，化作春泥更护花"。这些诗句表面上在写作者的自然体验，其实当中也蕴含着作者深刻的人生感悟和处世哲理。这种综合比喻、双关、借代、托物言志等手法，形象生动地将多重含义传递给读者，这种表达形式对于学生思维能力的发展和提升是其他类型文本所不能替代的。

所以，在中学古典诗歌教学设计中，对于古典诗歌中特有的表现手法要着重讲解，并让学生真正理解和运用这种独特的思维方式和表达方法。当下的中学古典诗歌教学设计和考查中也有艺术手法这一部分，但是许多教师不知道为何要设计，有的是为了应付考试而设计，重在讲解套路化的答题格式，而不深挖其传统和本质，殊不知这对学生的思维发展与提升有着巨大的影响。希望在以后的中学古典诗歌教学设计中能有所改善。

综上，古典诗歌是中华文化的精华，中学古典诗歌教学对于培养学生的语文核心素养至关重要。在基于培养学生语文核心素养的前提下，当下的中学古典诗歌教学设计和考查还有很多地方亟须改变。本文通过对这一问题的探究，试着提供一些改变的启示和建议。随着语文教学改革的不断深入，中学古典诗歌教学也会日臻完善，吸引更多的学生热爱古典诗歌，激发他们的创造激情，不断提升其核心素养和关键能力。

【参考文献】

[1] 谢斌：《中学古典诗歌教学的现状及其对策》，2002 年版。

[2] 陶有宏：《中学古典诗歌教学现状问题研究》，2008 年版。

[3] 向翠珠：《中学古典诗歌教学现状、问题及对策研究》，2011 年版。

[4] 王燕平：《高中语文古典诗歌教学现状与对策探赜》，2018 年版。

[5] 张华：《核心素养与我国基础教育课程改革"再出发"》，《华东师范大学学报（教育科学版）》2016 年第 1 期。

[6] 王宁：《谈谈语言建构与运用》，"语文学习"公众号。

[7] 朱智贤、林崇德：《思维发展心理学》，北京师范大学出版社 1986 年版，第 76 页。

"慢"语文教育教学的探讨研究
——让语文的脚步慢下来

四川省成都市新都一中　邓张庆

摘要：平常我们总在跟时间赛跑，赶进度，追求高效课堂，一堂课的课容量必须达到多少，必须要用幻灯片展示更丰富的内容，必须要刷多少题……但是我们忽略了语言文字本身的美，本身的意境，本身的味道，本身自带的无穷想象空间……速度越快，越囫囵吞枣，越成为"走过场"，越成为生硬枯燥的程式……让语文丧失了她的美感。常常一篇课文三下五除二地被肢解，被总结概括，被大而化之……常言道，"慢工出细活"，语文教学也一样，需要慢慢品细细尝，慢一点再慢一点，少一些花里胡哨的东西，多一点耐心，多一点亲身的体验，毕竟"言有尽而意无穷"。

关键词：语文　教育教学　慢

近期参加教研活动，听了两堂公开课，都是讲《琵琶行》的。其中一堂课的执教老师是一位中年女教师，她开始主要通过音乐、图片、故事来调动学生情绪，使之进入意境，然后提出了几个大问题以贯穿全文，让学生分成若干小组进行讨论，给一定的讨论时间后抽取几个小组展示他们的答案。比如"琵琶女和诗人有哪些共同遭遇？""文中哪句诗你最喜欢？为什么？"……诸如此类。学生的讨论很热烈，当然回答也非常精彩。全程老师的分析引导很少，主要是学生在活动。可以说很好地体现了新课程改革的理念——老师为主导，学生为主体。另外一堂课的执教老师是一位年过半百的老教师，他的课堂没有幻灯片，没有音乐，没有图片，一开始让学生诵读文章，然后开始讲述白居易贬官的背景，语速很慢，娓娓道来。学生听得津津有味。接下来他开始分析诗歌第一节"浔阳江头夜送客，枫叶荻花秋瑟瑟。主人下马客在船，举酒欲饮无管弦。醉不成欢惨将别，别时茫茫江浸月。忽闻水上琵琶声，主人忘归客不发。"他只分析第一句就花了十多分钟，慢慢地引导，深入，拓展，共鸣。从时间"秋""夜"；地点"浔阳江头""送客"慢慢生发开来，他说离别本就是一件伤感的事，更何况在秋天，更何况在秋天的夜晚……由表面的语言文字层层深入，带领学生进入意境，并且还同时引入其他关于秋夜送客的相关诗句，如"多情自古伤离别，更那堪冷落清秋节""悲哉，秋之为气也""何处合成愁，离人心上秋""黯然销魂者，唯别而已矣"……激发共鸣。他的语速很慢，在黑板上用粉笔作下关键词的笔记，动作很慢，学生在他的带领下慢慢地咀嚼，慢慢地品味，慢慢地挖掘……我看到他们有的在掩卷沉思，有的眉头紧锁，有的笑逐颜开……两堂课各有各的特色，但第二堂课却更让我震撼，让我对语文学习和教学有了新的思考。下面我将分两个步骤和层次来探讨这个问题。

一、语文教育教学的现状

著名文艺理论家雷达把现在中国社会比喻为"缩略时代"，主要体现在人们的工作和生活之中，同时也相应出现了许多新名词，如"快餐""快递"。"快"作为一个时代的节奏并非坏事，但语文教学上的"快"却是另一番景象。师生问答，快马加鞭，大多数学生还没有来得及思考，老师便匆匆揭示答案；过渡衔接，老师常常直接省略；另外图片、视频、音乐的频繁切换，多媒体的反复冲击，学生应接不暇。结果导致课上一片繁华，课后却一片荒凉。

究其原因，我想主要有两个。一是急躁，急功近利；二是片面，唯分数教育，缺乏完全人格的教育。所以最后导致恶性循环——因为急躁，所以片面；因为片面，又难免急躁。据调查，因为长期对"快"的追求，已经导致"全国95%以上的孩子不会读书"[1]。

而这背后的根本原因是什么？我想还是要归咎于当前的评价制度——过于注重考试分数。大家都把大部分精力放在了钻研考试内容上，对考纲可谓熟记在心，每个考点也了如指掌，语文课上常常直奔主题——考的讲，不考的不讲。并且一再强调这个修辞的必要性，那种手法的重要性，更有甚者，把语文课都上成了解题指导，而忽略了学生对文本的阅读和感悟。一堂课上，常常是大容量的、机械化的、快马加鞭的应试训练。

但是，语文教育教学面对的是一个个形态各异的鲜活的生命，语文教育给予孩子最重要的东西，不仅仅是知识，而且是对知识的热情、对自我成长的信心、对生命的珍视，以及对生活的更乐观的态度。它必须符合生命本来的规律，不能揠苗助长。它应该"如春之禾苗，日不见所长，日有所长"，应该是生命的潜移默化的过程，正所谓"润物细无声"。唯此，语文教育才会成为一个缓慢而优雅的过程，语文教育才会变成一种幸福而完整的生活。

正如陶行知所说，"让真的教育成为心心相印的活动，从心里发出，打到心灵深处"。因此，我认为放慢语文教育教学的脚步已经迫在眉睫。

二、我的"慢语文"教学追求

张志公先生在《〈传统语文教育初探〉序》中说："进行语文教育……有两个重要之点：一是要符合本国语言文字的特点，一是要符合儿童和青少年学习本国语言文字的规律。"语文学习是语言文字习得的过程，汉语言的学习历来重"品"和"悟"。因此，语文教学要让学生的心能够沉静，让学生的思维能够从容，让他们有时间吟诵、摘录、圈点和写作，在"慢"的宽松环境之中细细品味语文的深味。这样，语文学习才能收到实效，语文学习的品质才能得到提升。下面列举我关于"慢"语文的几种措施的思考。

1. 反复吟诵

语文教材文质兼美，是学生学习语言、形成语感的好材料。在语文教学中，要避免空中楼阁式的分析，应该引导学生通过吟诵去慢慢欣赏文章之美。叶圣陶曾说："吟诵的时候，对于讨究所得的不仅理智地了解，而且亲切地体会，不知不觉之间，内容与理法化而为读者自己的东西了，这是最可贵的一种境界。学习语文学科，必须达到这种境界，才会终身受用不尽。"学生通过反复吟诵，把无声的文字化为有感染力的语言，文字的音、形、义以及文章的内容、情感出于口而应于心，不仅有利于学生形成良好的语感，还能提升对文章的理解力、感悟力。语文课应该是"读书课"，听不到琅琅书声的语文课是不正常的。

2. 咬文嚼字

叶圣陶先生说："陶不求甚解，疏狂不可循。甚解岂难致，潜心会本文。作者思有路，遵路识斯真。作者胸有境，入境始与亲。一字未宜忽，语语悟其神，唯文通彼此，譬如梁与津。"[2] 我们常说语文要上出"语文味"。"语文味"怎么来？朱熹曾说："读书譬如饮食，从容咀嚼，其味必长；大嚼大咽，终不知味也。"也就是说，学习语文要讲究咬文嚼字，引导学生在语言文字中涵泳，慢慢品味语文的滋味。咬文嚼字的方法，关键在于大胆设疑，通过反思，探究语言的意义、用法，体味作者的匠心。在咬文嚼字的时候，不仅可以通过反复诵读来进行咬嚼，还可以采用对比、置换、联想等方法来深入体验。讲究咬文嚼字，就是以心灵去慢品语言的真味。

3. 从容思考

语文课程标准指出，语文教学应在发展语言能力的同时，发展思维能力，激发想象力和创造潜能。在语文课堂上，课堂的静心思考比课堂表面的热闹更有深度。首先，教师要有意识地培养学生的问题意识，让"为什么""怎么样""理由何在"等成为阅读文本时的常规问题。其次，要引导学生在"无疑"处生疑，培养学生思考问题的意识。再次，教师还要善于抓住文本看似不合理、矛盾的地方引导学生沉静思考。教师提出一个问题，不要急着让学生们得出答案，或是直接让他们分小组讨论，要等一等、停一停，要慢个节拍，也许会感觉冷场，也许会有沉默，但充分的思考时间必然会让学生的思维走向全面，走向严谨，走向深刻。总之，把属于学生的权利还给学生，把属于学生的时间还给学生，语文教学才能真正"慢"下来。

日本教育学者佐藤学说过："教育往往要在缓慢的过程中才能沉淀下一些有用的东西。"[3] 张文质先生也说过："知识的获得，经常也是困难、艰苦、缓慢的过程；人的成长更是曲折、艰难，有自己的规律，一点也勉强不得。"[4] 作为语文工作者，我们需要踏踏实实地依据"大时"去播种、浇水、施肥，只有这样，孩子才能在细滋慢育中健康成长。

【参考文献】

[1] 成尚荣:《教室,一个应允许出错的地方》,《江苏教育研究》2002年第12期。

[2] 叶圣陶:《语文教学二十韵》,山东教育出版社1999年版。

[3] 佐藤学:《静悄悄的革命》,长春出版社2003年版。

[4] 张文质:《教育是慢的艺术》,华东师范大学出版社2008年版。

基于中学语文核心素养的记叙文课堂教学模式研究

四川省成都市香城中学 冯跃帮

摘要: 随着新课程改革的不断深入,中学语文教学越来越重视学生"核心素养"的培养。同时,在中学教材中占有极大分量的记叙文于教学内容和教学方法上也发生了巨大变化。基于中学语文核心素养,为了高效地、有针对性地进行记叙文教学,本文简要探究了记叙文课堂教学模式,以期能对中学语文教师教学工作和记叙文教学的理论研究工作提供一定的帮助。

关键词: 中学 语文核心素养 记叙文 教学模式

《全日制义务教育课程标准》指出:"语文课程应致力于学生语文素养的形成与发展。语文素养是学生学好其他课程的基础,也是学生全面发展和终身发展的基础。"《普通高中语文课程标准(2017年版)》提出语文核心素养是由语言建构与运用、思维发展与提升、审美鉴赏与创造、文化传承与理解等四个方面构成的。中学教育是基础教育的重要组成部分,在学生人格的形成和关键能力的发展过程中具有举足轻重的作用。中学语文教学所涉及的文体中,记叙文在中学生进行阅读和写作训练中最常见,因此作为一名基层的中学语文教师应基于语文核心素养，从高度重视记叙文入手，在教学中不断探索、提炼和总结出适合自己的课堂教学模式，以不断提高教学质量与水平。

一、基于核心素养，优化教学目标

简单来说，"语文核心素养"可分为四个方面：语言能力、思维能力、审美情趣和文化修养。由此，课堂教学目标也应集中于这四点。而在具体的实践教学中，首先需要做的就是分析清楚文章类型。记叙文根据内容的不同，主要包括四类：写人、记事、写景和状物。针对不同的类型，设置不同的目标，引导学生读懂课文。比如，写人的记叙文，可以"人物"为中心，重点分析人物形象，进而体会作者思想感情；记事的记叙文，可以"事件"为目标，注重分析其叙事方法，从而掌握课文的写作特点；写景和状物的记叙文，可以"景物或物体"为重点，引导学生感受其特点，进而把握作者的情感或志向。总的说来，记叙文在思想内容上的目标重点集中于两点：一是人物、景物的特点；二是文章表达的思想感情。

此外，记叙文教学也要注意"语言能力"和"审美情趣"等的培养，其教学目标在思想内容之外还需关注以下三点。一是写人记事、写景状物的写法，感受人物高尚品行和美好景物。二是厘清文章脉络，梳理文章结构。文章脉络一般分为语脉、情脉和意脉，前者可以通过关键语句来厘清，如《记念刘和珍君》；后两者可以借助线索来把握，如《囚绿记》以"绿"这一物象展开思路，《小狗包弟》以"小狗包弟的命运发展变化"为线索来连缀课文。文章结构主要分为首尾呼应和开合两种结构，前者如《荷塘月色》，后者如《记梁任公先生的一次演讲》。三是品味课文语言，培养学生通过勾画圈点重点词语和语句、添加旁注等方法来阅读文章的好习惯，引导学生学会结合语境，从字里行间中把握课文的含义和感情。

针对不同的记叙文，基于核心素养，优化教学目标，不仅有助于学生掌握记叙文相关基础知识，也有利于提高语文审美情趣和文化修养，进而为学生学习其他课程和自身全面发展打下坚实基础。

二、立足全面发展，丰富教学方法

学生是学习的主体，教师是知识的传授者，学生学习的指导者，因而课堂教学应坚持以学生为主导的教学，重视发挥学生的主观能动性和个体差异性，充分关注学生的学习需求，促进学生的个性化发展和全面发展。此外，语文学科与生活有着紧密联系，而记叙文更是对生活的文学性创作，因而教学上要树立与时俱进的教学理念，践行多元化教学，注重学生的生活体验，促进学生品格和能力的发展。记叙文教学不应再是以教师讲、学生听为主的"灌输式"或"填鸭式"的模式，而应结合教学内容和学生学情通过适当的教学方法来展开。记叙文教学的课堂上，不应只是教师的声音，只强调读写的能力，需要采取有效方法激发学生的学习积极性和兴趣，引导学生热情发言，提高学生的课堂参与度，促进其听、说、读、写能力的全面发展。

记叙文是对真人真事的叙述和描写，因其形象性的文体特点，是十分适合朗读的。记叙文教学中，教师应该注意激发学生的朗读兴趣，实现有效朗读，从而更好地把握人物或事物的特点以及作者的思想感情。朗读教学中，教师需要根据教学内容的不同设计不同的朗读要求，引领学生有重点地朗读关键词语、句子和段落等，要精读、细读，并学会运用一定的朗读技巧，如重音、停顿、语调、节奏等。在《记念刘和珍君》中，指导学生有感情地朗读第二、四节，在反复的朗读中揣摩、分析、品味作者的思想感情，进而更好地领会课文的主旨，并与作者产生情感上的共鸣。例如《散步》的最后一段。

记叙文教学中，教师不断丰富教学方法，注重多元教学，更有利于学生的全面发展，特别是朗读法的合理运用有利于营造浓郁的教学氛围，"精读"课文更是培养学生语感和提高其阅读能力的有效途径。

三、创造性导入，预设教学情境

在语文教学过程中，恰当的教学方法外，一个生动的导入也可以激发学生的学习兴趣，调动课堂氛围，还有利于巧妙地引出新课，为高效课堂的实现打下坚实的基础。因此，在记叙文教学中，导入的设计也非常重要，对理解文章主旨和把握作者感情具有良好的引导作用。教师在创造性地设计一个好的导入时需要对记叙文内容、学生情况、课堂状况和自身能力等进行综合考虑，设计既要有明晰的目的、短小精悍与课文内容关联密切、体现教学目标和教学重难点，也要有趣味性和深刻性，从而吸引学生注意力，为进入新课创设良好的教学情境。导入的具体形式众多，教师常用的有朗读导入、背景导入、标题导入、温故导入、名言导入、情境导入、目标导入等。形式如此多样，记叙文导入教学模式如何把握才能让学生在教学过程中成为学习的真正主人，使教学内容更容易被学生理解呢？关键在于对导入形成的教学情境的预设上。

首先，导入需要"以情动人"，富有感染力。为此，教师可以通过讲述一个与课文内容相关的动人故事，利用多媒体绘声绘色地展示与文章主题紧密联系的文字、图片、音乐或视频等资料、分享与记叙文内容大致相同的生活经历等方式创设一个故事化、生活化情境，充分调动学生学习积极性，引发学生情感上的共鸣，从而就会更加深入地理解和把握课文的主题情感。其次，导入需要"设置悬念"，具有吸引力。要做到这一点，教师可以通过介绍课文创作背景或作者、主人公的相关事迹，提出与文章题目相关的问题，回想和结合以前所学知识等方式来创设一个故事化、问题化情境，激发学生的学习兴趣，引发学生的联想、想象力，引导学生带着兴趣和疑惑走进课文，一边思考一边理解，从而使课堂更高效。如《记梁任公先生的一次演讲》"解题"导入：本文是记人还是记事？本文是通过什么记人的？从题目中可以看出作者对梁任公是怎样的态度？最后，导入需要"添加情节"，富有趣味性。教师可以通过设置猜字谜的游戏、片段表演、朗读、演讲等方式来创设一个活动化的趣味情境，活跃课堂氛围，极大程度地调动学生的热情，从而主动参与到课堂中，达到事半功倍的效果。

总之，记叙文教学中，一个动人、精彩的导入十分重要，导入的设计既是中学语文教学必不可少的环节，也是语文教师应该掌握的一项基本教学技能。教师在具体的实践教学中，应该采取怎样的导入模式，其最终的目的都是要激发学生的学习兴趣和强烈的求知欲望，从而让课堂有个好的开始，顺利进入到教学内容的展开中。

四、重视群文阅读，充实教学内容

群文阅读教学要基于教材确定议题，围绕它选定多个恰当的文本，进行阅读建构，开展教学。这十分符合《新课标》对学生"阅读"的三点要求：一是增加中学生阅读兴趣，二是扩大中学生的阅读范围，三是提高中学生的阅读品位。因而，在记叙文教学中，开展群文阅读十分有必要，既可以增强学生的记叙文学习能力，帮助其改善学习方法，提高记叙文教学的效率，还可以借助议题延伸至课外，进一步地拓展阅读，提高阅读质量。记叙文群文阅读教学形式多种多样，主要有三种：课内群文、课外群文和课内外群文相结合。后两种是教师在记叙文教学中常用的形式。记叙文教学和群文阅读结合要恰当、可行，需要注意以下要求：一是议题应展现记叙文相关文体知识；二是阅读要满足最多学生的需求，且教学要激发全体学生参与；三是阅读迁移，有效提高记叙文读写能力。

基于以上三点，首先，教师应该根据单元导读、研讨与练习、学情等确定议题，且要考虑记叙文文本特点，如记叙文的叙事顺序、语言风格、表达方式、表现手法、人文精神内涵等。如以"语言风格"作为选文依据。杨绛《老王》用质朴的语言贴切地描写了老王平凡善良的形象；朱自清《春》用华丽的语言写出了春的美好情境，两者可以进行对比阅读，分析不同语言风格所带来的不同审美感受。其次，教师需要立足课文内容，选择合适的群文，群文之间需要具有相似性或可比性。如都德《最后一课》，老舍《我的母亲》，鲁迅《社戏》《从百草园到三味书屋》，这四篇文章在叙事顺序上具有相似性，都运用了顺叙的手法。其中，鲁迅的《从百草园到三味书屋》是以空间顺序来叙述的，老舍的《我的母亲》是以时间顺序来叙述的，两者又具有可比性。最后，教师需要整合群文内容，安排好课堂教学。群文阅读需强调学生自主阅读，老师加以鼓励并适度、适时点拨、评价、引导，师生、生生之间平等互动，交流共享阅读成果。

综上所述，记叙文教学中需要重视群文阅读以丰富教学内容，达到培养学生语文素养的目标，而其实行既要求教师潜心钻研、不断总结，也需要学生主动参与、自我提高，师生双方共同努力才能达到教学的预期效果。

五、注重拓展迁移，以练、写促教

在群文阅读之外，记叙文教学还可以通过拓展训练来提高课外阅读和写作的能力，促进听、说、读、写等语文能力的全面培养。学生在读写结合的过程中，一方面加深了对课文内容的记忆，巩固了其所体现的语文学科基础知识，另一方面培养了自己写的能力，在写作中提高了自己创作的勇气和书面表达的能力，最终促进语文素养的提升。在教学内容完成之后，教师需要引导学生整理本课所学内容，并结合相关辅导资料上的文学常识，学会将碎片化的知识归纳总结成系统化、整体性的知识。在这一教学过程中，教师仅作适当的指导和大致的总结概述，学生才是主体，要自己综合知识并评价。同时，为加深学生对记叙文文体知识和课文内容的理解，以及方便自己掌握其学习情况，教师应该布置适量的作业进行练习，既可以边讲边练，也可以讲后再练，不管采取哪种方式，教师都一定要及时检查、反馈完成情况并进行作业讲评。关于练习题的选取，既可用文章后的"研讨与练习"，也可用辅导资料，或自行挑选设置。

除了作业之外，写作也是一项检验学生学习情况的强有力手段。记叙文写作是学生表达真情实感和生活感受的一种方式，在初中和高一上学期的作文考试中也有涉及，是考试大纲的要求。教师可以根据课文内容并联系学生写作的实际，既可在课堂上反复单项练习或仿写等，也可设置一定的写作要求安排学生课后写一篇考试规范性作文。如在课文《记梁任公先生的一次演讲》的教学中，既可让学生用文中所用外貌描写、白描的手法写一段关于某个同学或老师外貌的文字，也可让学生按照此文中所展示的描写手法来写记忆中最深刻的一个人等。

读写一体，记叙文教学中更应该贯彻这一原则，注重拓展迁移，以练、写促教，更能巩固学生对课文知识的理解，使其语文能力得到多方面提高。

现今，部编本教材正在全面推广中，教学愈加强调学生的主体地位，语文核心素养的观念也在不断深入课堂。基于此，在中学记叙文教学中，教师要把教学与现实生活紧密联系起来，不断优化教学目标，丰富教学方法，预设教学情境，充实教学内容等，还要以教材为基础，注重拓展迁移，让学生在练习、写作中切实运用好所学知识，提升自我，提高语文素养。

【参考文献】

[1] 殷从荣：《中学记叙文教学模式探析》，《课外语文》2017年第3期，第56-57页。

[2] 张彩虹：《初中语文写人记事记叙文教学研究》，《新课程（中）》2018年第5期，第78页。

[3] 啜苗苗：《记叙文教学模式例说与创设》，《课外语文》2018年第21期，第34-35页。

[4] 陈新园：《群文阅读在初中记叙文教学中的应用研究》，苏州大学，2019年。

[5] 王拥军：《核心素养视角下初中语文课堂教学优化策略》，《家长》2020年第29期，第161-162页。

核心素养背景下的作文教学引导方法浅议

四川省简阳市禾丰中心小学　张杨敏

作文是学生语文综合素质的充分体现，但学生作文是一个循序渐进的过程，不能一蹴而就，因而作文教学应该走出传统教学的误区。要激发学生作文的兴趣，培养学生作文的能力，切实提高作文教学质量，就应该改变"老师讲、学生写"为"学生讲、老师导、学生写"，变"要学生写"为"学生会写"。

作文教学在小学1—6年级的语文教学中占有重要位置。随着年级的升高，作文课的重要性更加突出。语文教学质量的高低，往往取决于作文教学的成败，因而作文课引起了教师的高度重视。

很多老师总是千方百计提高作文教学质量，从教学生如何写到给学生批改作文都一丝不苟。但为什么作文教学的质量仍然不高，学生写不来作文呢？究其原因，我个人认为：

一是作文教学没有走出传统教学的误区。现在的作文教学，绝大部分教师仍沿用传统教法。按教科书中对作文的要求，教师讲、学生写，学生作文就是把老师讲的内容重复一次，一旦离开老师的讲，学生作文就无从下手，不知所措，无法写出像样的作文来。

二是教师对作文课的准备不够，没有对作文课精心设计，学生作文时，教师就按书中的要求给学生整齐划一，定一个调子，结果是学生要么千篇一律，无一点新意；要么是无话可说、胡编滥造、东拉西扯，只图完成任务，达不到作文教学的目的。

三是学生对所要写的内容不熟悉，没有亲身感受，无法写出应写的具体内容来。

以上几点，往往造成学生对作文失去信心，甚至讨厌作文，严重制约着作文教学质量的提高。

要提高作文教学质量，就必须从激发学生作文兴趣入手，让学生变被动为主动。怎样才能实现这一教学目标呢？

一、走出传统教学误区，变"讲"为"引"

低年级的看图作文，先让学生说出图的大概意思，老师对学生没有弄清楚的地方加以指导，开拓学生的思路，然后再让学生去写。在指导学生时，一定要让学生有话可说，作文时写自己的话，写错了不要紧。老师不能一开始就要求学生按老师的意思去写，应尽量让学生自己发挥，这样学生作文的积极性就会高涨，才不会厌恶作文。

中高年级，教师在给出作文题目后，先让学生思考，谈出自己的写作思路，老师再重点加以指导，引导学生怎样去突出重点，如何去表达自己的思想感情，最后才让学生去写。由于学生对作文题目的要求有了理解，并掌握了它的写法，特别是重点该怎样写，写起来就会得心应手，写出的作文就会较成功。

二、精心设计，教会学生写法

学生作文水平的高低，对他们今后的发展将起到不可低估的作用。因此每位教学生作文的老师，在学生作文之前，对作文课要做好充分准备，精心组织，在可能的情况下，教师在给出作文题目之后，组织学生讨论，让学生弄清楚写作顺序，明白应从什么地方写起，重点该写什么，怎样去突出作文的中心。教师在指导学生作文时，重点是让学生掌握写法，作文题目不同，写法有所不同，但小学生除了写应用文之外，无外乎写人记事（包括活动、参观、游记），只要学生掌握了它们的写法，每次作文就会达到题目的要求。

三、培养学生作文兴趣，变"要学生写"为"学生要写"

有这样一位老师，针对学生作文差的情况，组织了一次春游。在春游之前，就向学生说明了春游的目的是为了写作文，让同学们记住春游中每项小活动。春游时，老师带领学生参观了茶场、梨园，组织学生进行了野炊、盆中钓木鱼、瓶中丢筷子等活动，最后还开展了各小组的歌咏比赛，各项活动都设有奖项，当场兑现。这也许是这个班举行的第一次春游活动吧，学生的参与意识非常强，活动非常成功。回校后，老师要求同学们以"春游"为题目写作文，重点写春游中的一项小活动，这次作文取得了前所未有的成功，学生不但有话可说，而且写得具体实在，生动活泼，什么"煮了夹生饭"，什么"弄了一脸的锅烟灰"等，就是平时开不起头的学生也能写上一两篇，充满了孩童的天真气息。这次作文的成功，一是教师组织得好，二是学生作文兴趣的高涨。打这以后，这位老师总是从"兴趣"二字入手，培养学生的写作能力。经过一年的努力，这个班的作文教学取得了可喜的成绩，学生不但作文能力得到了培养，写作水平得到了提高，很多学生还养成了一天一篇日记的习惯，教师教作文也不犯难了，真正实现了变"要学生写"为"学生要写"。

由此可见，激发出学生作文的兴趣是搞好作文教学的关键，有了作文兴趣，学生就会积极思考，主动去写，变老师要"我"写为"我"要写。

四、有重点地批改，鼓励性的评语

教师批改作文的目的是为了了解学生对此次作文的要求、方法是否掌握，以及教师的教学目标是否实现，同时把学生作文的情况反馈给学生，让学生明白自己作文的得失。

很多老师批改作文习惯于从字、词、句、段、篇到标点符号，面面俱到，无主次地批改，再加上优劣不等的评语。这样改的结果是：教师改得辛苦，学生拿到改后的作文看也不看一眼，甚至一看评语不好，撕毁了之，教师的心血白费，学生的能力得不到培养，更造成学生厌恶作文情绪的滋生。

批改作文，教师应每次侧重一个方面，如要求学生在作文中"前后照应"，批改时主要就看是否"前后照应"了，只要是，就应肯定学生的成功之处，对于其他方面的毛病，这次不严格要求。批改一次，重点解决学生作文中的一种毛病，一年半载后，学生作文的毛病就会越来越少了。批改时，学生哪部分写得好，就旁批上成功的话语，让学生明白好在什么地方；若写评语，切忌写伤害学生自尊心的话，特别是对写得差的作文，千万不能随便下评语，应首先肯定成功的地方，哪怕只有一点，也要肯定，然后指出差的地方，让学生明白；即使要学生重写，也要在前面写上"建议"二字，这样学生感情上容易接受，同时要让学生坚信自己能写好作文，树立起信心。特别是对差生，一定要扶持，决不能让学生从评语中产生厌恶作文的情绪。

总之，当今的作文教学，必须走出传统教育的误区，教师从教学到批改都必须坚持一个"导"字，引导学生去摸索作文的写作技巧，从而激发学生作文的兴趣，培养起学生作文的能力，只有这样才能真正提高作文教学的质量。

基于核心素养的高中语文小说阅读学业成就评价实施策略

四川省成都市新都一中　刘曦曦

摘要：在高中语文小说阅读教学实践中，评价是必不可少的，需要通过评价来反馈学生的学习情况，学生知道了自己的学习效果如何，他才会更加有针对性地把握自己的学习方向、学习方法，他的学习也才会更加有成效。然而现行中小学评价和考试制度与注重核心素养的语文教育的要求不相适应，突出反映在强调甄别与选拔功能，注重学习成绩，忽视学生全面发展和个体差异；关注结果而忽视过程，评价方法过于单一。在此基础之上，只有高中语文小说阅读学业成就评价和核心素养相结合，才能更好地提高学生的阅读能力，发展学生的思维能力，提高学生的创新能力，培养学生的批判思维。

关键词：核心素养　评价方式　评价主体　评价标准　思维能力

　　语文核心素养主要包括四个维度：语言建构与运用；思维发展与提升；审美鉴赏与创造；文化传承与理解。其中思维发展与提升指的是从具体形象思维逐步向抽象逻辑思维过渡，由于每个个体智力或思维水平的差异，主要包括深刻性、灵活性、独创性、批判性、敏捷性和系统性六个方面，所以，优秀的思维品质来源于优秀的逻辑思维能力。在小说的阅读学习中，让学生由字面意思的理解上升到情感的领悟，使高中生思维中的批判性、求异性得到发展，学生的思维能力显得尤为重要。因此，本文旨在通过评价方式、评价主体、评价标准等方面来提升学生的小说阅读思维能力。

一、多元评价主体，拓宽思维信息渠道

　　文学就是人学，小说大多与人有关，它是有情感、有温度

的，比起其他学科应该更能让学生喜欢。可现实的情况却并非如此。在高中语文小说阅读训练中，每个语文老师都有自己积累多年、经验丰富的阅读答题"教学法宝"，面对不同的问法，老师会给出不同的答题格式[1]。越是好的高中，他们的答题格式训练越是详细。例如小说阅读题目出现"第一自然段中自然环境描写的作用是什么？"那么对应的答题格式就是"一是点明了故事发生的时间、地点，二是渲染了氛围，三是烘托了主人公的形象，四是为下文做铺垫"。老师以自己所给的答题格式训练学生答题能力，同时也用这样的答题格式来给学生进行阅读学业成就评价。这样的训练在一定程度上提高了学生的答题技巧，使他们更快捷地应对考试。因此，在学生语文小说阅读高得分面前，老师也就更加有评价的权利。所以，会出现小说阅读学业成就评价主体是以老师为主的情景，当个体习惯了一种话语表达方式以后，其自身的思维必定会受到极大的影响，单一的评价主体会使得被评价者思维形成定式，也只是某一个人眼中的评价，而且如此单一主体的评价太过武断和主观，致使学生心里有被强迫感，由此产生反感、排斥，没有信心，对阅读也失去兴趣和美感，学生的思维受限，得不到充分展示和发展。所以高中语文阅读学业成就评价，需要多个评价主体参与评价，把教师评、同伴评、自己评相结合，语文老师只是小说阅读教学的引导者、组织者，学生按照自我认同的评价标准，深入挖掘行文深处的内涵和价值，深入思考，进行诊断、分析和判断自己的阅读学习，从中找出优点和缺点[2]。学生之间、小组之间可以相互进行评价，这样又可以增进同学间的沟通、协作、交流，调动学生评价的兴趣和积极性，拓宽思维渠道。

二、多样化评价方式，了解思维发展过程

知识是人类智慧的结晶，能力是在知识的基础上发展起来的，语文阅读能力指基本理解能力、发展思维能力、激发想象能力和创造潜能能力。在评价的时候不仅有对知识性的评价，也更应该有对思维能力的评价。目前试卷成为评价学生阅读学业成就的重要工具，分数成为衡量学生阅读学业成就的唯一标准，量化考试决定学生小说阅读的一切情况。量化考试以分数高低评价学生阅读成果，学生阅读学业得分越高其阅读思维能力越强。这是一种片面的认识，现实教学中就出现了有的学生阅读学业得分高但阅读思维能力欠缺的情况，他们对语文阅读没有正确的阅读方法，更没有较强的思维能力，甚至阅读之后都不能明白此篇文章的行文思路。语文阅读考试只是一种定性定量评价，阅读考试的结束意味着考生"水平"的产生。这种量化的考试只侧重阅读结果而忽视了阅读思维发展过程，应将考试类评价和非考试类评价相结合[3]。如建立"小说阅读档案袋评价"，它是指以一个文件夹的形式收集每一个学生具有代表性的阅读成果（作业或作品）和反思报告等。它收集了学生阅读学习过程性的资料，记录着学生阅读学习变化的足迹，收录的内容可以有：家校联系册、学生阅读作品、学生阅读摘抄、学生阅读后的感悟、学生阅读反思等等，体现学生的个性、爱好、优缺点的所有内容。评价方式的多样化有利于了解学生思维发展过程的变化，针对学生思维特点和情况应时做出调整。

三、科学有效的评价标准，促进思维能力发展

高中生的思维发展水平已接近成人，抽象逻辑思维的发展已进入成熟期。与认知思维能力相呼应，高中生的各种人格品质也已趋向成熟，表现在自我意识的高度发展，有强烈的独立自主需求，情感丰富多彩，复杂而深刻，对人生意义问题、理性问题感兴趣，个体价值观在逐步形成。由此，高中语文小说阅读学业成就评价呈现出的教师借助考试用唯一标准答案为参照给学生打分以此评价学生的现象，显然禁锢了学生的批判思维、创新思维，是不适应高中生身心发展特点的。高中生情感丰富，思维活跃，尤其逻辑思维、理性思维趋于成熟，立足过程评价学生思维，主要看是否有个性化解读，是否善于发现问题，推断是否合乎逻辑，等等。阅读学业成就评价有机械、量化的标准，评价标准狭窄，又不允许出现不同，如《欧也妮·葛朗台》中对老葛朗台标准答案评价为一个吝啬、贪婪的小人，难道就不能理解为有计划、节俭之人？用一种单一的和既定的价值取向来评价事物，是非常简单和非常粗暴的判断，也是一种僵化的思维习惯。而这种思维习惯会一点一点地吞噬着学生的判断力，使学生养成思维惰性，缺

乏主动思考和辩证看待问题，导致学生思维封闭、僵化。久而久之，学生也就失去了对阅读的兴趣，失去了对阅读标准答案的质疑，缺乏批判思维和创新理解。因此科学有效的评价标准，才能更好地促进学生思维能力发展。

语文教学为什么要以思维发展与品质为核心素养？因为汉语的内部结构、包含的各种信息都很复杂，这项工作的进行离不开思维能力。本文基于语文核心素养的思维发展与品质，从高中语文小说阅读学业成就评价的三个方面入手，通过评价使语文教师根据学生的身心特征以及思维发展的特点来改进教学内容，改变教学方法，使学生从初级思维向抽象逻辑思维过渡，培养学生良好的思维品质。

【参考文献】

[1] 夏雪梅：《试论基于课程标准的学业成就评价》，《课程教材教法》2014年第12期，第103-108页。

[2] 薛晓嫘：《基于课程标准的阅读学业成就评价研究》，华东师范大学，2006年。

[3] 袁凤平：《高中语文质性学业评价工具开发研究》，重庆师范大学，2014年。

浅谈中学语文核心素养背景下的议论文教学

四川省成都市新都一中　黄成伟　柯勇

一、学生议论文知识体系应该主动建立

我们惯于用演绎法，学生基本上处于被动地位，主要是接受教师的传授与指点，跟随教学进程一点点领悟理解，学会分析的技能，慢慢生成阅读能力。在这个教学过程中，语文知识框架是不是完整科学，认识和掌握知识的序列是不是合理恰当，教与学

双方的配合是不是和谐顺畅，训练项目的选取安排是不是准确精当，反馈及相关补偿是不是及时充分，这些因素基本上取决于教材的编辑质量如何，教师具体的教学设计和操作质量如何，哪一个环节出现问题，都有可能影响到整个教学效益的获取程度。其中，学生参与教学的被动性，往往又成为制约提高教学质量的"瓶颈"。教应该建立在学的基础之上，违反了这条原则，就很容易阻碍学生主动建构议论文的知识框架，以致无法有效地将语文知识转化为语文实践能力。

二、学生主动建立议论文知识体系的有效教学策略

通过教学实践，我们逐渐寻找到实现学生主动建构议论文阅读的知识框架的有效路径。（1）要激发阅读的动机，消除阅读者与文本之间的阻隔，提高教学亲和力。小说家刘绍棠追忆过童年时的学习经历。他的语文教师教孩子们读韵语："一去二三里，烟村四五家，亭台六七座，八九十枝花。"老师依照课文编出一个生动的故事（母亲带着儿子去走亲戚，途中所见所闻云云），让小学生高高兴兴地学习课文，完成识字任务。据刘绍棠先生追忆，他的语文老师四年中每教一课都要讲一个生动有趣的故事，语文课上得生气勃勃，教学质量特别好。这，其实就是在激发阅读动机，让一种亲和力弥漫在教学过程中。我们今天教初中生学习议论文，也需要想方设法提高教学的亲和力，激发出阅读的趣味，而不是把课文视作僵死的语言材料，机械地切割它，提取出一个个冷冰冰的知识点，仿佛只是在凭借概念与推理完成一道数学应用题。比如，学习毛泽东的《为人民服务》，除了分析中心论点、把握全篇要旨，还要不要从字里行间里，细心关注作者寄托了怎样的"哀思"；学习华罗庚的《要学会读书》，参照作者指示的读书方法，要不要也选择一本书，做做尝试，寻求真实的共鸣……归结起来，主要有两个方面：第一，站在理解作者的角度，设身处地地考虑他为什么写这篇文章、写给谁看的、想论述哪些主张并与读者进行怎样的沟通交流，直至力求感同身受，明白其思路展开延伸的基本脉络；第二，站在学生精神生活需求的角度，找到他们与文本内容的深层的契合点，抓住那些能让他们心有所动的深刻之处、感人之处。读进去了，读出趣味，这时候再解决技术问

题，往往势如破竹；反之，隔膜太深，没读出感觉，诸如知识点之类的破解往往举步维艰。（2）要结合运用演绎法与归纳法，尽量指导学生自己提取并领会知识要点。

这一条，道理比较好理解，难点在于缺少具体的操作手段和教研经验。有老师强调发动学生"质疑解疑"，这是一个很好的教学思路；主张把议论义划分成若干种类，一类一类地选择典型文章，分析其概貌、功用和特点，从而有力把握住相关的知识要义，这也是一个很好的教学思路。此外，我再补充几条：（1）穿插进行"段落教学"。"段"，往往是具体而微的"篇"，包含着某些论辩及其表达的要素。在较小的语境中分辨句子的组合、句群的组合，论证方法的运用，论据和论点的关联，乃至论辩的语言特色等等，这比较好操作，不妨多让学生自主探究。（2）强化"透视"的意识。借助图示法、提要法，把文章内容压缩、化简，透视其逻辑思维的骨架。（3）安排一定数量的"复原"与"延展""补充"的练习。复原：给出某篇文章的"灵魂"（中心）和"骨架"（结构），让学生依照它来写出文章细节，然后与原文对照、比较，体会优劣高下，学习其长处和经验。延展：给出文章的前半部分，要求接续其论辩的逻辑思路，向下延伸，完成全篇，而后比照。补充：掩住文章的某一部分，自主补写，而后比照原文。这些演练项目，都先安排写作，再进行总结，相机引导学生体会和提取相关的知识要点。这个演练项目的教学价值，还包括了能够高质量地熟悉、掌握议论文的语言特点，这也是非常重要的策略。

三、学生议论文阅读能力培养的有效路径

我以为，寻求培养阅读议论文能力的根本出路，还要重温叶圣陶先生的语文教学的核心理念，即追求实现"教是为了达到不需要教"的理想境界。那么，通向目标的桥梁是什么呢？还是要重温叶老的教学理念，即"例子说"。他曾经谆谆告诫我们，教材（课文）无非是个"例"。我理解，例子是很重要的。就议论文阅读而言，它们凝结着相关的语文基础知识，蕴含着运用这些知识解决实际问题的可能性。而可能性变为真实的教学成果，首先依赖于组织好课堂教学的各种演练活动，获取实效。也就是说，在现有的教学条件的制约下，我们必须依仗课本解决基本的入门问题，把学生引入既定的基础知识框架，当然最好是主要由学生自己主动参与知识框架的建构，掌握基本的解读规矩，具备基本的自主阅读技能。所谓"框架"，这是一个什么概念呢？通俗地诠释，也就是达到或者接近及格水平吧。大匠给人以"规矩"，却不能给人以"巧"，若想达到熟练运用的程度，必须从"例子"走出去——走进自由的自主的广阔阅读天地。所以，我建议创造条件，鼓励或引导学生做这样一些事情：（1）从语文教科书走向课外阅读"读本"（这是每套教材都有的）。让"例子"的能量辐射到相关的阅读实践区域，直接指导更大范围的自主阅读与思考，慢慢反刍、消化课内所学的知识，用这些知识牵引学生去广泛地印证、深化、细化，完善议论文基础知识框架的建构，比较熟练地运用那些知识，初步实现独立阅读，不断扩充运用技能和能力的强度、熟练程度，直到形成比较好的语感。（2）从教科书、读本走向真实的阅读海洋。应该践行叶老20世纪40年代提出的主张：学生要读整本书。这一个极其重要的教学理念，长期被人们忽略了；后来做过某些补救，但直至今日落实得不好，几乎还是空中楼阁，难以变为教学现实。具体的措施：（1）鼓励或要求学生阅读课本涉及的作家原著，如《燕山夜话》等。（2）鼓励或要求学生选择自己喜欢的作品集通读，精选一部分文章细读。（3）鼓励或要求学生选择自己喜欢的报刊专栏，持续阅读数月，精选一部分文章细读。可附带要求写出札记，定期召开读书交流会，创办墙报，编辑读书笔记专辑（电子版或纸质版），开设个人博客或班级公共博客展示阅读心得。如是，则"例子"才真正是例子，不至于把少数例子晒成咸鱼干束之高阁，而是谋求在思想的海洋涵泳，找回那种"峥嵘岁月"里指点江山、激扬文字的少年豪迈感。离开真实的阅读、真实的精神生活，要想比较好地掌握议论文的读写技能，恐怕真的是太难办到了。

四、学生学习解析论证结构，是学习议论文的一把钥匙

学生应该掌握议论文的论证结构，便于阅读。一般说来，议论文最基本的结构是提出问题（引论）—分析问题（本论）—解决问题（结论）。可以分为两大类：一是逐层深入地论述结构，叫"纵式"；一是并列展开的论述结构，叫"横式"。其他各种各样

的结构，都是从这两种结构中派生出来的。

如以"横式"为主的就有三种情况：第一种是"总论—分论—总论"式。先提出论点，而后从几个方面加以阐述，最后总结归纳。第二种是"总论—分论"式，即先提出论点，然后从几方面来论证。第三种是"分论—总论"式，即对所要论述的问题分几个方面剖析，然后归纳出结论。

以"纵式"为主的也有两种情况：第一种是"层层深入式"，即先提出论点，而后步步深入，逐层阐发。如：《怀疑与学问》在开头提出论点后，先从消极方面加以论证，然后进一步从积极方面论述，是层层深入论证论点的。第二种是"起承转合式"。开头破题，引出论述问题，接着承接开头，阐述所论述的问题；"转"是从各个角度证明论点，最后归结就是"合"。

浅谈核心素养背景下信息技术在幼儿园语言教学活动中的运用

四川省万源市文教示范幼儿园　魏　鹤

摘要：信息技术与课程的有效整合是当今教育的热点，信息技术手段的使用为幼儿园语言教育开辟了一条新的途径，将信息技术手段运用于幼儿园语言教学活动中，使幼教工作者多了一条快捷获取优质资源的途径，让大家从以往的无休无止的涂涂画画中解脱出来，同时也给孩子们创造了良好的语言环境。

关键词：信息技术　幼儿园　语言教学

学前儿童语言教育是一门专门研究0~6岁儿童语言发生、发展及其教育的学科，是师范类及其他高等院校培训学前教育工作者尤其是幼儿园一线教师的一门应用性科目。它通过探索和发现学前儿童语言学习中的现象，揭示其中所蕴含的规律，并运用这些规律对学前儿童实施有效的教育，来促进学前儿童语言能力的提高。

语言是交际的工具，在人们交往中起重要的作用，语言教育是专门的语言活动，同时语言也是早期教育的基石。幼儿期是语言发展的关键时期，语言表达能力的培养必须从娃娃抓起。国家教育部颁布的《幼儿园教育指导纲要》（试行）中要求"创造一个自由宽松的语言交往环境，支持、鼓励、吸引幼儿与教师、同伴或其他人交谈，体验语言交流的乐趣"。幼儿的语言能力是在不断运用中发展起来的，单纯的、简单的语言教学活动是远远不能满足幼儿语言发展的，幼儿语言表达能力培养的关键是创设一个语言环境。那么怎样才能抓住适当的时机，创设良好的环境，进而培养幼儿的语言表达能力呢？我认为光靠传统的语言教育活动是不够的，还应该运用现代信息技术。

幼儿园语言教育活动是幼儿园五大活动领域之一，而且幼儿园语言教育活动是幼儿园其他教育活动的基础。传统方式的幼儿园语言教育活动，已不适应新形势下幼儿语言教育。而现代化信息技术在幼儿园的应用与发展，将极大提高幼儿园语言教育活动的时效性。因此，我觉得找到信息化技术和幼儿园语言教育方式的结合点，科学合理地付诸实施操作，将有利于幼儿园语言教育活动质量的提高，有利于幼儿的全面发展。

一、什么是幼儿园语言教育活动

语言教育是促进语言能力全面发展的教育，既要在应用中发展基本的语言能力，又要经常有意无意地将语言现象抽象出来作为主要感知对象，引发幼儿对语言现象的兴趣和敏感性，促进幼儿特殊语言能力的发展。幼儿园语言教育活动是指学前教育机构传授给儿童的语言形式、语言内容、语言运用的总和。目标是培养幼儿的语言能力，即语言的理解能力和表达能力，幼儿使用语言，并把语言当成一种认识周围世界的工具。因此，培养幼儿的语言能力十分重要，而信息化技术手段的应用，将提高语言教育的质量和效率，促进幼儿语言能力发展。

二、幼儿园传统语言教育活动

在信息技术还没到来时，幼儿园的语言教学活动，我们都是采用传统语言教育活动的方法。传统语言教育活动对幼儿语言能力的发展有积极的作用，它也有自己突出的特点，具体表现如下。

在传统语言教育活动中，幼儿教师基本上采用讲故事、谈话、看图说话三种方式进行语言教育活动，以此来培养幼儿的口语表达能力。语言教育活动表现的形式单一。在传统语言教育活动中，教师基本上借助图画，而图画又以单一画面和连环画为主，这两种方式无论画面内容有多丰富，但是表现形式都是静止的，而幼儿喜欢有生命力的东西。同时，看图说话和连环画"生命周期短"，不能满足幼儿较强的好奇心，因此，不便于幼儿依据画面内容表达自我感受。

在幼儿园传统语言教育活动中，谈话往往会围绕一个主题，而这个主题的描述，仅仅以幼儿的生活经验和幼儿的想象为基点。教师往往呈现不出丰富的事物形象，这种方式并不符合幼儿的认知特点。传统语言教育活动中，教师所展示的物体形象不够生动，很难再加工，这样会约束幼儿的思维能力，同时教师在进行物体形象创造和设计时往往浪费材料和精力，循环使用的次数比较少，并不符合现代教学的特点。

三、现代信息技术手段应用于幼儿园语言教育活动的优势

（一）现代信息技术手段可以弥补幼儿园语言教育活动在形式上的不足

传统幼儿园语言教育活动中最常见的信息技术手段有投影仪、录音机、幻灯机、电视机和录像机，这些设备可以帮助语言教学活动更形象、更生动。但是随着信息技术产业的发展，原有的电教设备已比较陈旧，信息技术的广泛应用，使教师的教学手段更丰富了，可以给幼儿创造更多、更新颖的事物形象。另外，使幼儿活动的形式发生了变化，幼儿不仅可以看见电脑技术合成的情景形象，而且可以实现语音图画同步。这既开阔了幼儿的视野，又激发了幼儿的学习兴趣，培养了幼儿的求知欲。

（二）信息技术手段可以让教师的教学活动更加轻松

在传统语言教育活动中，以看图说话为例，首先，教师要选材，而且选材不仅要健康，还要符合幼儿现有的认知水平，同时也要考虑画面重现故事内容的可操作性；其次，教师要用很长的时间描述这幅图画，以求吸引幼儿的兴趣；最后，图画一旦完成，

教师将不能再进行更改，也不便于重复使用，造成劳动的浪费。同时，保存也比较困难。而信息技术却可以解决这些问题，既节约老师的时间，又提高了工作效率。

（三）信息技术手段的运用，可以帮助幼儿很小就形成比较良好的信息素养

在信息技术日趋发达的今天，很多教育者都考虑让孩子具备一定的信息技术素养，而在幼儿园教师利用信息技术解决幼儿的求知问题，必将在潜移默化中帮助幼儿形成良好的信息素养。

四、信息技术在幼儿园语言教学活动中的具体运用

（一）加强幼儿教师信息技术素养的培养

幼儿教师，无论是什么学历毕业，只强调了专业理论和专业技能的学习，而忽略了信息技术的学习。目前幼儿教师中掌握和应用信息技术的人，只占很少的比重。在对幼儿教师培养时，缺少这方面的投入，整个学前教育系统也并不重视信息技术在幼儿教育教学活动中的应用。因此，导致了如下结果：一方面，条件好的幼儿园为了扩大招生规模，大量购买信息技术设备；另一方面，幼儿教师缺乏信息技术素养，而这些设备大量闲置，造成资源浪费。因此，信息技术在幼儿园教育教学中的运用具有广阔的空间。

（二）信息技术在幼儿园语言教育活动中的应用前提是教师必须对幼儿的认知特点和信息技术的特点进行充分了解，寻找最佳结合点

幼儿的思维是直观形象的，幼儿往往对色彩鲜艳、形象生动、有趣的东西最感兴趣。而信息技术在创造这些形象时，具有得天独厚的条件。从幼儿对动画片喜爱的程度来看，信息技术在教学中的应用，能够很好地适应幼儿的认知特点，从而帮助幼儿对真、善、美的认识和理解，促使幼儿身心得到健康的发展。例如，小兔子在幼儿眼中是勤劳和善良的化身，教师可以利用信息技术，为幼儿创造大量生动的、有趣的小兔形象，不仅吸引幼儿的兴趣，而且使幼儿对善良的小兔形象有更深的认识，从而加强对善良、勤劳的理解。

（三）帮助幼儿认识客观世界

幼儿认识客观世界，总是先感知其外部特征，后认识其本质。而信息技术可以帮助幼儿把握客观世界的表象特征，从而准确地将感性认识上升为理性认识。

在幼儿园的教学中，强调幼儿动手能力的培养；而现实中的很多具体操作，并不适合幼儿的生理和心理特点，往往使幼儿对事物变化的过程无法了解。因此，信息技术可以帮助教师将比较复杂的物理或化学变化以直观的形式表现出来，便于教师的讲解和幼儿的理解。

总之，在语言教学活动中巧妙合理地运用多媒体课件辅助教学，让幼儿在流畅、轻松的声像环境中自由地理解和遐想。在发散思维状态下，吸取教学内容的精华，理解其丰富内涵，加之观察、理解、思维、记忆，并运用语言进行再创造，为孩子的思维创造了良好的氛围，使课堂教学焕发出了新的活力，从而更好促进幼儿语言能力的发展。

【参考文献】

[1]《学前儿童语言教育》，高等教育出版社2011年版。

[2]《3~6岁儿童发展指南》，华东师范大学出版社2013年版。

浅谈电影艺术鉴赏课在中学语文课堂的实践意义

四川省成都市新都区金都中学　张安会

摘要：电影艺术的形式，能够有效地激发学生学习兴趣，拓展学生学习空间。利用电影艺术鉴赏课，可以有效地在中学课堂促进青少年的语文核心素养中审美鉴赏与创造力的初步培养。

关键词：电影鉴赏课　青少年　创新思维

语文核心素养是围绕学生发展核心素养设计的。学生发展核心素养主要指学生应具备的，能适应终身发展的和社会发展需要的必备品格、关键能力和价值观念。在该核心素养背景下，语文核心素养是语文素养中的重要部分，包括语言建构与运用、思维发展与提升、审美鉴赏与创造、文化传承与理解。[1] 在这种理解之下，电影艺术的形式，能够有效地激发学生学习兴趣，拓展学生学习空间。利用这一材料，可以有效地在中学课堂促进青少年的语文核心素养中审美鉴赏与创造力的初步培养。

20 世纪 90 年代以来，图像记录和传播的作用不断增大，视觉文化对青少年的学习和生活产生了不可忽视的巨大影响，其中电影业的迅猛发展为青少年的成长带来机遇与挑战。

笔者曾经在 20 世纪 80 年代就读初中，当时初中的语文老师组织了年级有兴趣的几个孩子观影写影评，我也是影评社社员之一。时光已过去 30 年了，今天的我，对于当时的语文课堂，究竟上了些什么内容，已经差不多忘光了，而在影评社观影的一些经历还深深地印在脑海中。当时电影院的放映员梅老师。她给我们讲了电影是怎么拍出来的，电影剪辑、电影的叙事线索，人物的塑造、人物的情感表达等相关的知识。我知道了怎么样去欣赏电影，明白了写作中怎么去塑造人物，也非常清晰地了解了辨识人物的肢体语言和内心；对自己写作水平的提高非常有效，还获得省级影评奖；初步能欣赏哪些是美的，哪些是好的，哪些是假的，哪些是丑的；对于一些经典名著的理解更深。

在当时，中小学组织学生集体去观影是非常普通的事：《三大战役》《开天辟地》《烈火金刚》《铁道游击队》等红色影片是必看的，此外《少林寺》《妈妈再爱我一次》等片子，让孩子通过电影这扇窗去了解历史，了解别人，了解世界，对学生的价值观、世界观、人生观形成起到巨大的促进作用。

在今天，青少年接受电子媒介视觉文化的程度比以前影响更大，视觉文化对青少年的学习和生活产生巨大影响。但囿于多种因素影响，像以往那样有组织地进行集体参观访问、或者集体观影活动，至少在本校以及其他同类型的学校是比较少的。由于没有引领和指导，学生看网络媒体，更多是一种无序、无目的，浮浅随机的娱乐而已。如此，学生受网络泥沙俱下的负面影响可能会更大。这方面的负面影响笔者不用赘述，可详见各类报道。

而通过电影艺术的鉴赏课，青少年的语文核心素养之花可以有生长的花坛。大量的不同题材类型的电影可以为学生打开一扇扇的窗户，让学生可以自由、自然地呼吸。30年前曾经担任笔者电影影评社团指导老师的魏继红老师后来在新都四中一直坚持开展电影鉴赏课，选择优秀影片，利用晚自习课两节课的时间跟学生分享，或是定期组织学生到影院集体观影。在课前先跟学生提出要关注的点，观赏后往往让学生自由讨论并写作、分享。

新都一中的夏坤老师是利用高一高二的时间，在晚自习给学生上电影艺术鉴赏课。夏老师根据多年的经验，选择20部左右的影片，推荐学生观看，并且讨论、写作、分享。其中很多影片是世界经典，并且根据最新的世界电影公映情况及时更新。夏老师的电影课目录有：一、爱，永恒的主题——《在天堂里遇见的五个人》《为黛西小姐开车》《佐贺的超级阿嬷》《菊次郎的夏天》。二、艺术惊鸿——《毕加索的奇异旅程》《海上钢琴师》。三、艰难时世——《三峡好人》《活着》。四、另眼看教育——《放牛班的春天》《死亡诗社》《浪潮》《三傻大闹宝莱坞》。五、别具一格的结构——《罗拉快跑》《贫民窟的百万富翁》《暴雨将至》。六、反乌托邦电影——《动物农场》《雪国列车》《安德的游戏》。七、致敬电影——《雨果》。

两位老师的多年实践有力证明：电影艺术的鉴赏课，可以有效地激发学生学习语文的兴趣，对于学生语言建构与运用，思维发展与提升，审美鉴赏与创造，文化传承与理解起到巨大的促进作用。尤其是对于学生创造性思维形成，有极大的促进作用。

创造的释义：凡有可能产生出某种新颖独特性，有社会或个人价值的精神或物质产品的行为，都可谓之创造。我国著名教育家刘福年所说的："什么是创造，我想只要是有一点新意思、新思想、新观念、新设计、新意图、新做法、新方法就可称得上创造，我们要把创造的范围看得广一点，不要看得太神秘。"[2] 创造是分层次的。初级创造，青少年学生一般具有的创造多属这一层次，对小范围群体而言具有相对的新颖独特性，具有个体或小范围群体价值，不涉及社会价值的创造。例如，在回答教师提问时，有的同学的见解相对全班同学而言是具有新颖独特性的，对大家是有启发的。他虽然是低层次的创造，但对个体尤其是成长发展中的青少年来说，却有着极为重要的意义，为他日后个体走向社会，进一步发展高层次的创造打下了十分有利的基础。对青少年创造能力的培养正需要从这一层次上着手并向高层次引导。[3]

青少年指十一二岁至二十五岁年龄段的人。其中少年指十一二岁至十四五岁年龄段的人，少年期儿童向青年过渡的时期，最明显的生理变化是身高增长和胸围增大，性器官发展和副性征出现，脑机能显著发展，其心理发展水平处于半月期半成熟时期，既像成人又像儿童，是长身体、长知识、长智慧，初步形成人生观和世界观的关键时期，需要教育工作者根据其特点，采取适当的教育措施，促使其身心达到该年龄最佳发展状态。青年是指十四五岁至二十五岁年龄段的人，其中十四五岁至十七八岁称青年初期，相当于高中阶段的年龄；十八岁至二十五岁称青年晚期。青年的主要特点是身体急剧变化和性机能达到成熟，观察力富有目的性和系统性，注意力达到成人水平，记忆容量增加，想象丰富有理想，抽象思维占主导地位，思维的独立性批判性有较大的发展，情感教育机动多变，具有内隐和曲折的性质，社会性情感的内容更加丰富，自我意识增强，逐步摆脱对成人的依赖，青年时期是形成世界观和个性的重要时期。[4]

电影，也称映画。是一门可以同时容纳文学、戏剧、摄影、绘画、音乐、舞蹈、文化、雕塑、建筑等多种艺术的综合艺术。电影可以作为语文教学的有效载体，在有创造意识的老师手中，材料可以多方面多角度利用，可以是创造性教学的实践途径。威廉姆斯1970年为培养小学生的创造性思维，设计出的三维立体结构教学模式，教师根据学科特点和学生发展目标选择适当的教学策略与达到创造的目的，教师行为、学生行为和课程三个变量互动，经过优化组合与互动产生最佳效果。该模式强调教师通过课程内容运用启发创造性思维，以增进学生创造行为的教学模式。第一维是课程，包括语文、数学、社会、自然音乐和艺术；第二维是教师行为，包括矛盾法、属性列举法、比拟法、辨别差异法、激发学生问题法、变化的举例法、习惯的举例法、有计划的随机探讨法、视觉化技术法、容忍暧昧的事物法、直观表达法、对发展的调试法、研究创造者与创造过程法、评价情境法、创造性阅读技术法、创造性倾听技术法、创造性写作技术法、视觉化技术法法、直观表达法等18种教学策略；第三维是学生行为，包括思维与个性两个方面，其中就涉及学生流畅性的思考、变通性的思考、独创性的思考、精密性的思考、好奇心、冒险性、挑战性、想象力。[5]

在以电影材料为载体的电影艺术鉴赏课堂，是训练学生创造性思维的极佳手段，上述三维教学模式可以较大程度呈现。一、注重发散性提问，学生可以产生多而新的想法。典型形式就有"除此之外，还有哪些？""还有什么新的见解？""如果……那么会怎么样"，这类问题的重点就可以启发学生多方面多角度进行思维操作，引导思维的求异，有利于促进发散思维。二、可提倡一题多解。在这样的教学中，老师可以鼓励学生做多方向多角度的探索，而不满足于一个正确的答案，从而培养学生的发散思维。在引导学生进行多方向多角度的探索的思维活动过程中，更注意横向与纵向思维的结合，逆向思维与正向思维的结合。横向思维是指突破设定的范围，对问题本身提出问题，进而展开思维的思索的思维，它常常表现为对问题本身的合理性、完善性进行审视，易打开思维凸显创造性；而逆向思维则是反常理法习惯的思维，由于它不因循常规从相反的方向去思考探索，往往会突破定式，另辟蹊径，凸显创造性。三、鼓励质疑问难。在传统的教学中，教材乃至教师授课的内容往往被学生认为是完全正确的，若自己的想法与众不同，习惯的做法就是修正自己求一致，这事实上是被教材或教师授课的教学内容禁锢了思维。而充分利用拥有的电影学习材料，从电影的多元的角度进行思考，教师就可以采取这样的教学方式：（1）自疑——自己围绕着所选的材料内容，鼓励学生自己发现问题；（2）激疑——当学生无疑时，设法激起学生疑问；（3）辨疑——发动学生围绕疑难问题谈自己的见解；（4）释疑——在学生充分讨论基础上解释疑问；（5）存疑　有些疑问，留给学生课后进一步思考。四、引发形象思维。形象思维是创造性思维中的一个主要成分，但是传统教学中注重抽象思维，轻视形象思维。在教学中结合学科教学，不失时机抓住切入点，引导学生积极进行形象思维，成为发展学生创造性思维的一个有效手段，在语文教学中创设情境、激发情感、丰富表象等是引发学生形象思维的好方法。观看影片过程实际上就是一个能够很好触动学生深刻情感体验的过程，在深刻的情绪感受下，学生直观感受深刻。披情入境、动情入境更能浮想联翩，触动引发他类似的情感体验和实际生活体验，语言建构有"源"，有"本"。这种教学形式是宽松愉悦的心境和即兴发挥，自由表达。

根据教学内容，采用灵活多样的教学形式教学，课堂洋溢着幽默和智慧，学生轻松自如，学生创造灵感激发，将会极大地影响学生创造学习的效果。

综上所述，对学生创造力的培养，要求教师具有开放的思维、多重的评价模式、宽容的态度、多样的形式，而电影艺术鉴赏课就是一种很好的形式。当然，此外还可以有其他的形式。教师要善于运用手边身边可以寻找到的材料，运用创造性的教学策略来激发和引导学生的创造力。教师既要激发学生的创造力，又要注意培养学生创造力的良性发展。

【参考文献】

[1]《基于学生核心素养的语文学科能力研究》，北京师范大学出版社 2017 年版。

[2]《学习心理与教学理论和实践》，上海教育出版社 2009 年版，第 170 页。

[3]《学习心理与教学理论和实践》，上海教育出版社 2009 年版，第 171 页。

[4]《心理咨询师基础知识》，民族出版社 2015 年版，第 258-280 页。

[5]《学习心理与教学理论和实践》，上海教育出版社 2009 年版，第 194 页。

浅析核心素养背景下的语文
活动式课堂教学模式
——以新闻阅读、采访、写作单元为例

四川省成都市新都四中　朱锦精

摘要：核心素养是促进学生全面发展的体现，彰显了以学科知识育人的价值。在核心素养的背景下，采用活动式的语文课堂教学模式为新时代的语文课堂注入了新的活力。在语文课堂教学中，可以通过丰富课外阅读、提升阅读能力，小组探究实践、发展自主学习，优化情景教学、增强情感共鸣等方式建构活动式教学模式。

关键词：核心素养　语文　活动式课堂教学模式

一、核心素养的内涵

在教育部《关于全面深化课程改革落实立德树人根本任务的意见》中指出，学生发展核心素养，主要指学生应具备的，能够适应终身发展和社会发展需要的必备品格和关键能力。主要包含了从文化基础、自主发展、社会参与三个维度具化而来的人文底蕴、科学精神、自主学习、健康生活、责任担当、实践创新这六个方面。

语文核心素养的具体内容则需要根据时代内涵以及语文学科的具体要求来确定。语文课程标准中要求要全面提升学生的语文素养，培育学生热爱祖国语文的思想感情，丰富语言的积累，培养语感，发展思维，提升学生的识字写字能力、阅读能力、写作能力、口语交际能力。重视提高品德修养和审美情趣，使他们逐步形成良好的个性和健全的人格，促进德、智、体、美的和谐发展[1]。

二、活动型课堂教学模式的重要意义

新闻阅读、采访、写作单元是语文八年级上册的第一单元，本单元以活动与探究的形式开展教学活动，确定了通过新闻阅读、新闻采访、新闻写作三个循序渐进的活动任务让学生掌握新闻的

文体常识，熟悉新闻采访的方法与步骤，培养学生通过阅读新闻形成关注社会的习惯。而以活动为主题的语文活动式教学模式，由于设计有大量师生、学生与学生之间的互动联系，体现了"学即教"的主题，为新时代的语文课堂注入了新的活力，受到广大教师推崇，广泛应用于教学中。

在新闻阅读、采访、写作单元的教学中，采用活动式课堂教学模式可以引导学生积极参与新闻单元的学习之中，改变学生单纯以知识为学习对象的传统观念，鼓励学生把学习过程作为寻求知识和探索知识的过程，增强主动学习的意识，提高学生的能力、智力和思维判断力，通过团队式的新闻采访写作人物，还可以有效增强学生的合作意识，培养学生的创造力。

三、核心素养背景下的语文活动式课堂教学模式建设路径

（一）丰富课外阅读，提升阅读能力

作为实践型课堂教学模式的一部分，教师应重视提升学生参加的一些课外活动的积极性，鼓励学生在课外阅读好书，激发学生学习语文的兴趣，激活学生的创造性思维能力[2]。在新闻阅读、采访、写作单元的教学中，除了本单元中所列举的消息、特写、通讯、评论等体裁的新闻作品外，还可以额外增加专访、公报、调查报告等类型文章的阅读，拓展学生的阅读视野。同时，还可以将近些年报道诺贝尔获奖者的新闻、东京奥运会跳水新闻与本单元中《首届诺贝尔奖颁发》《"飞天"凌空》等文章进行对比，让学生在阅读中比较不同时代对于新闻报道中侧重点以及写作手法的变化，在丰富课外阅读量的同时，提升自身的阅读思考能力。

（二）小组探究实践，发展自主学习

初中语文课堂教学要渗透人文关怀，不仅要使学生掌握基础语文知识，还要发展学生个性，增进学生感情，培养学生高尚的品德，同时还要注意培养学生的创新合作能力。在新闻阅读、采访、写作单元的教学中，可以让学生自行组成小组，自主确定报道题材，指定采访方案进行新闻采访实践活动，再将各小组的新闻报道作品集结成册，制作成精美的班刊。在班刊的制作过程中，学生在活动中学以致用，把语文知识转化为自主学习的核心素养，提升了自身的综合素质，在充分调动学生学习积极性的同时也增

进了学生之间的责任与合作意识。

（三）优化情景教学，增强情感共鸣

在实践型课堂教学过程中，教师应认识到优化教学情境的重要作用，将教学内容与学生的语文知识水平、生活经历、心理要求等结合起来，运用各种教具，让学生获得真实的情感体验[3]。在《"飞天"凌空》这篇新闻特写中，很多未曾关注过跳水运动的学生可能对文章中所描绘的场景感到陌生，对于文章中所出现的"压水花""5136动作"等专业名词感到不解，所以在实践型课堂教学过程中，教师可以通过视频演示、带领学生亲自前往跳水场馆观看运动员练习等方式让学生亲身感受到跳水的运动之美，培养学生自身对于运动的喜爱之情，让学生在真实的情景教学中得到情感的共鸣。

【参考文献】

[1] 任海林：《在语文项目学习中落实核心素养的研究》，《语文教学通讯》2016年第34期，第72—73页。

[2] 关云旭：《创造充满活力的语文课堂——职业高中语文活动式教学模式实践探究》，《新课程学习（中）》2014年第12期，第71页。

[3] 吴元元：《新课改背景下初中语文多元化课堂教学模式研究》，《语文教学通讯·D刊（学术刊）》2018年第4期，第11—13页。

浅谈情境教学法在初中现代散文
教学中的运用

四川省成都市新都区斑竹园中学　王燕平

摘要：现代散文在初中教材中占了很大的比例，也是初中语文教学的重难点。由于学生知识储备不足、阅读面窄、缺乏生活经验等原因，导致其对散文的理解有困难，因此教师要不断探寻合适的教学方法，激发学生的兴趣，让学生学会学习，培养学生的语文核心素养。结合语文学科工具性和人文性的特点，怎样在初中散文教学中落实语文核心素养——语言的建构与运用、思维的发展与提升、审美鉴赏与创造、文化传承与理解——是值得我们讨论的问题。根据初中生的心理发展规律和语文学科的特点，本文基于语文核心素养讨论了以下情境教学法：以朗读入境、形象展示情景、创设问题情境、艺术感染悟情、想象情景、实景悟情、描绘情景。

关键词：初中散文教学　情境教学法

现代散文在初中教材中占了很大的比例，也是初中语文教学的重难点。由于学生知识储备不足、阅读面窄、缺乏生活经验等原因，导致其对散文的理解有困难，所以教师要不断探寻合适的教学方法，激发学生的兴趣，让学生学会学习，培养学生的语文核心素养。结合语文学科工具性和人文性的特点，怎样在初中散文教学中落实语文核心素养——语言的建构与运用、思维的发展与提升、审美鉴赏与创造、文化传承与理解——是值得我们讨论的问题。根据初中生的心理发展规律和语文学科的特点，本文基于语文核心素养谈谈情境教学法在初中散文教学中的运用。

情境教学的实施是对学情、教情进行深度分析，进而创设与学生认知心理规律相一致的具体场景，唤醒学生的情感体验，让学生在情感的作用下有意义地理解教学内容，把握作者情感，从而高效地完成教学目标。[1]笔者认为所谓"情"和"境"，就是创设的境与情感交融——以境入情、用情悟境。情境教学法就是给学生架起一座与文章达到精神共鸣的桥梁，去获得情感的体验。

初中散文有的情感显豁直露，易于把握；有的深沉含蓄，需要在字里行间慢慢体味。有的写人叙事，有的借景抒情，抑或有值得参悟的人生哲理。散文的意蕴与情感并不是字斟句酌就能立马呈现的，有一些超出年龄与阅历的情感是初中生不能体会的。而情境教学法在一定程度上可以解决教学上粗暴的灌输与强迫的体验，这里提出几点在初中散文教学中切实可行的情境教学法。

一、以朗读入境

朗读就是让学生有感情地把散文读出来。散文的语言优美、意蕴悠长。有的语言朴素自然，有的语言优美含蓄隽永，如何通过朗读去感受散文的美，去体会它的情感？首先要明确朗读要求，设立一定的问题。再者要反复朗读意味深长的语段，仔细揣摩。

第一，初读整体感知。要求学生读准字音、注意节奏停顿等朗读技巧，情绪饱满地将自己代入文中去。比如在学习朱自清的《春》时，要求学生带着春天的喜悦去读，边读边想春天的样子。第二段的"朗润""涨""红"要重读，读出万物复苏的感觉。第三段的"坐着""躺着""打两个滚儿"这几个短语之间要有停顿，"风轻悄悄的""草软绵绵的"中"风"和"草"后要有停顿，"踢几脚球""赛几趟跑""捉几回迷藏"这几个短语之间要有连接，读得快一些。掌握朗读技巧便会把春天的惬意与活泼读出来。再如在学习刘湛秋的《雨的四季》时，要求学生提前琢磨好每个季节的雨应该配以什么样的读法和情感。春雨绵绵要温柔地读，夏雨热烈要情绪饱满热情地大声地读，秋雨清冷要读得意味深长一点，冬雪平静自然要读得柔和自然。比如在学习《安塞腰鼓》时，就要读出安塞腰鼓的粗犷豪放与刚健雄浑。

第二，再读品味语言。散文中值得品味的语段需要反复朗读体会语言的妙处和其中的情感，比如老舍的《济南的冬天》有些句子值得反复朗读去体会其中拟人手法的妙处，如：

①一个老城，有山有水，全在蓝天下很暖和安适地睡着，只等春风来把他们唤醒，这是不是个理想的境界？

②这一圈小山在冬天特别可爱，好像是把济南放在一个小摇篮里，他们全安静不动地低声说："你们放心吧，这儿准保暖和。"

③等到快日落的时候，微黄的阳光斜射在山腰上，那点儿薄雪好像忽然害了羞，微微露出点粉色。

学生反复朗读了这几个句子都能体会到修辞的妙处，其实朗读的功效不仅仅在于此，它还能帮助学生体会其中的情感变化，如反复朗读朱自清的《背影》：

①我那时真是聪明过分，总觉得他说话不漂亮，非自己插嘴不可，但他终于讲定了价钱。

②唉，我现在想想，那时真是太聪明了！

学生多读几遍就会发现这篇回忆性的散文蕴含着复杂的感情变化，句子①表达了自己年少无知没能体会父亲的一片爱心反而嫌弃他不会说话，句子②表达出我现在回忆起来的忏悔与自责。

以朗读入境，教师要加强对学生技术上的指导，着力培养学生的朗读能力，注意散文朗读的节奏韵律、轻重缓急以及带着什么样的情感。还要运用各种方式的朗读，创新更多的富有情趣的朗读方法，提高学生的积极性，让课堂书声琅琅。比如，教师范读、个别读、齐读、配乐读、角色扮演读等。

二、形象展示情景

情境的展示可以借助多媒体手段，通过放视频、看图片、角色扮演场景重现等方式再现相关的情景。

在上《一滴水经过丽江》课之前在班上调查了一下，发现绝大部分的学生都没有去过丽江，更不了解当地的民俗特色。所以在上课之前给同学们播放了有关丽江古城的视频，看看丽江古城老街到底是怎么样的。这便让丽江在同学们的心中留下了一点印象，带着这样的印象在走进课文就容易得多。在上课的过程中也用图片呈现了丽江的地图、黑水潭、玉龙雪山、古城房屋街道、古城水车、民俗小店、酒吧茶楼等地域风情，让学生更加直观地了解丽江。在这些视频与图片中让学生仿佛置身于其中去感受丽江的美以及作者对丽江的喜爱之情。

再如在《安塞腰鼓》的教学中，虽文章极力铺陈，写得汪洋恣肆，慷慨激昂，但有的学生因为没见过安塞腰鼓的表演，学生的感悟也仅仅来自文字的传达，这时候播放一段安塞腰鼓的表演视频就会起到意想不到的效果。学生在看了安塞腰鼓的表演视频之后，完全被那壮观的场面、富有节奏的声音所震撼到了。有个学生起来交流的时候谈道："读了《安塞腰鼓》这篇文章我心想不就是一个敲鼓表演，有那么震撼吗？直到看了视频才觉得作者写得再夸张也不为过，或许文章还要再气势磅礴一些才能表现出安塞腰鼓的魅力。"在学习《雨的四季》时，专门找来小雨、暴雨、下雪的视频给同学们看，使他们能再度回味不同季节雨的感觉。

除此之外，还可以让学生角色扮演，让当时的场景重现。如学朱自清的《背影》，让学生扮演"父亲"重现爬上月台的情形。让学生攀爬高处，仔细体会文中的"攀""缩""微倾"等动词，体会父亲的不容易。

形象地展示情景可以为一些缺乏生活阅历的学生起补充作用，也可以为学生再现一定的情景。如看视频图片、角色扮演场景重现的方法可以让学生形象直观、身临其境去感悟。

三、创设问题情境

有了问题才能促使学生思考，教师要引导学生思考并讨论文本，打开学生的思维之门。

比如学习杨绛的《老王》时就得反复读一些句子，并设定一定的问题加以引导。例句：

①我们当然不要他减半收费。

提问：一般什么情况下说"当然"？"当然"用在这里，流露了"我们"什么样的心理？

②他从没看透我们是好欺负的主顾，他大概压根儿没想到这点。

提问："从"和"压根儿"强调的是什么？"大概"同"压根儿"是否矛盾？

③我也赶忙解释："我知道，我知道——不过你既然来了，就免得托人捎信了。"

提问："我"为什么这么说？

学生在一系列问题的引导下去独自思考，明白"我们"和"老王"的善良与相互关心，以及"我"最后为什么觉得那是一个幸运的人对一个不幸者的愧怍。如果没有以上问题的思考，学生理解"愧怍"就有一定的困难。

四、艺术感染悟情

音乐的渲染、美术作品和电影的欣赏也是切实可行的情境教学法。

音乐的魅力无穷，能撩拨人们的心弦，在音乐的渲染下去感悟。如学习朱自清的《春》，配以轻快明朗的音乐。在学习《黄河颂》时是这样导入的，先让学生欣赏音乐《黄河人合唱》第七乐章《保卫黄河》，并设问：

师：听完《保卫黄河》感触如何？

生：歌曲雄浑有力，节奏很有黄河的气势。

师：黄河在你心中是怎么样的形象。

生：都说黄河是母亲河，哺育着中华儿女。

师：对的，黄河是中华儿女的魂。当遇到外敌侵犯时，中华儿女是怎么样的？

生：中华儿女不屈不服，激情万里。

师：黄河是我们中华民族的摇篮，它哺育着、保卫着、激励着中华儿女，那么今天就让我们一起来歌颂黄河，学习光未然的《黄河颂》。

这样的课文导入给学生奠定了感情基调，唤起了学生的民族自豪感，激发了他们热爱祖国大好河山、热爱祖国的情感。

艺术感染的方式不能太单一，选择合适的电影也能帮助学生体悟情感。宗璞的《紫藤萝瀑布》托物寓意，蕴含着深厚的哲理。学生对哲理句"花和人都会遇到各种各样的不幸，但是生命的长河是无止境的"总是理解不透彻。因为学生年龄太小阅历不够，遭受到刻骨铭心的挫折也很少。我便在上课前要求学生观看电影《活着》。学生在看完电影后对主人公福贵的遭遇唏嘘不已。学生明白了福贵虽然遭遇了很多苦难，但仍对生活抱有希望保持乐观，活着就是活着本身。再来理解《紫藤萝瀑布》所蕴含的哲理，学生很容易就明白了整个人类的生命长河永远都是流动的，世界不会因为你遭受苦难而停止，不要过多停留于悲伤。再如学习《背影》时，我会让学生提前观看电影《美丽人生》，去体会一个父亲对孩子无私的爱。

五、想象情景

拥有丰富的想象力也是思维能力强的表现，想象情景不仅可以帮助学生理解课文，还可以锻炼学生的思维能力。想象情景作为情景教学法之一，它要求教师要设定好导语，带动学生的情绪，让学生通过冥想进入到情景中去。

如学习《从百草园到三味书屋》，因绝大部分学生都是在城市长大的，无法深切体会文章第二段对百草园的描写。为了让学生感受到百草园的乐趣与作者的童真童趣，这里采用了想象情景法，让学生通过冥想把自己带入百草园，课堂实录如下。

师：同学们闭上眼睛，我们一起走进鲁迅先生快乐的百草园。夏季的百草园真是五颜六色啊！你踏着轻快的脚步踩在石子路上，旁边的蔬菜就是你中午吃过的，菜园子上蜂飞蝶舞。皂荚树下好阴凉，你便坐了下来摸着光滑的石井栏探头往井里看，便赶快缩了回来，生怕井里爬出一条美女蛇。你赶忙跑到灌木丛生的角落寻找美食压压惊，还惊到一直正在啄食覆盆子的小麻雀，它便"嗖"地一下蹿出去了，你心想：待会儿我就支个捕鸟器来抓你，竟敢和我抢美食。你摘了一把果子，有紫红的桑葚、红红的覆盆子，听着蝉、油蛉、蟋蟀"吱吱呀呀"的叫声，一边往嘴里塞覆盆子，顿时那酸甜的汁水就侵占了整条舌头，一边搬开断砖想捉一只蟋蟀玩儿，没想到爬出一条狰狞的蜈蚣，吓得你赶紧把砖头盖上去。天还未完全擦黑儿，你搬来一把藤椅在百草园乘凉，突然扶手上爬来一只斑蝥，你使劲按住它，不料它"啪"的一声喷出一阵烟雾。伴着蟋蟀声和蛙声你就在百草园睡着了，梦见了自己糟蹋了的何首乌变成人形伙同赤链蛇来找你。

这里从孩童的角度出发，用他的眼睛去看百草园，还原出一个天真烂漫的小鲁迅在百草园的所见所闻以及他的心理活动。这便让在城市长大的学生体会到百草园带来的趣味。

六、实景悟情

实景悟情，就是走出教室去看看和文章有关联的实景，切身体验和作者精神共鸣。比如在学习史铁生的《秋天的怀念》，可以带学生去公园参观菊花节，感受菊花那明艳的色彩，鲜活的生命力给生活带来的乐观与希望。

七、描绘情景

情境教学法的目的在于激发学生的兴趣，促使学生思考以达到能力的提升。学生自我描绘情景锻炼学生能力，同时也是对教师教学的反馈。

语言表达与写作描绘情景。学习完散文之后，教师可以引导学生带着感情描绘情景并试着写作。如学习完《从百草园到三味书屋》后，让学生仿照文章的第二段描写一处景物，必须用上"不必说……也不必说……单是……"句式，让学生合理安排写作顺序，运用多种描写方法。如学习完《一滴水经过丽江》后，让学生描绘一下最喜欢丽江的哪里，具体是怎么样的。学习完《藤野先生》后，让学生描述藤野先生为鲁迅修改讲义的场景，并加一些细节、心理等描写。

除了语言表达和写作，还可以创作美术作品去描绘情景。绘画是情感的表达，笔触的轻重缓急、颜色的明暗艳丽等都能反映作者的心境，透过画作可以窥探学生在学了课文之后的情感。如学习了《春》后，可让学生创作"春草图""春花图""春风图""春雨图"。学习完《济南的冬天》后，可以让学生创作"阳光老城图""小雪积山图"。学习完《紫藤萝瀑布后》可以让学生创作一幅紫藤萝图。

八、结语

情境教学法是一种切实可行且有效的教学方法，当然情境教学方法远远不只笔者所列举的几种，在以后的教学生涯中需多探索。情境教学法可以激发学生的学习兴趣，营造良好的学习氛围，提升学生的情感体验，提高学生的动手动脑能力，发展学生的思维能力。总之，这种创新多变又富有生趣的教学方法对提升学生的核心素养有很大的帮助。

【参考文献】

[1] 韦志成：《语文教学情境论》，广西教育出版社 1996 年版。

[2] 胡冬颖：《返璞归真 书读有声———浅谈初中语文有效朗读教学的策略与实践》，《语文教学通讯》，2018 年第 5 期。

[3] 陈雄山：《初中语文现代散文作品阅读指导策略》，《当代教研论丛》，2017 年第 8 期。

[4] 王莎：《试论初中语文朗读教学策略》，《教学研究》，2016 年第 10 期。

[5] 张汉祥：《情景教学对提升初中语文课堂效果的探讨》，《教育现代化》，2016 年第 20 期。

[6] 常丹丹：《情境教学在初中散文教学中的应用研究》，南京师范大学，2014 年第 5 期。

[7] 周静：《初中散文情境教学研究》，华东师范大学，2009 年。

基于中学语文核心素养的小说课堂教学模式研究

四川省成都市新都区繁江中学　王　涛

　　小说是一种叙事性的文学样式，它以塑造人物形象为中心，通过故事情节和环境的描写，形象而广泛地反映现实生活。人物、情节、环境被称作小说的三要素。作者通过艺术虚构来反映生活。

　　学生发展核心素养以培养"全面发展的人"为核心。中学语文核心素养下，对语文课程提出了要求："语文课程应致力于学生语文素养的形成与发展。"并强调指出："语文素养是学生学好其他课程的基础，也是学生全面发展和终身发展的基础。"

　　因此，作为语文教师，在教学过程中就应该不断探索，寻找能够培养学生语文素养的方法。

　　小说的三要素，教学时应该兼顾，三者相辅相成，但并不是平均用力。如何发挥小说的有利因素，把小说教学当作改革常规课堂教学的突破口，以学生为主体，放手让学生去读小说、理解小说、分析小说？通过自主学习，提高语文教学效果和学生的语文能力？我认为，应该教会学生某一类体裁文章的分析方法。

　　一、环境描写为主的小说，要引导学生分析环境描写对塑造人物的作用

　　环境是人物活动和故事发生发展的场所。特定的人物总是在特定的环境中成长起来的，对小说环境描写的分析，也是理解人物形象的一个重要方面。以自然环境对人物性格发展的作用为例，在教《社戏》这篇小说时我设定"理解文中景物描写的作用"为教学目标之一。针对课文及学习目标，我采用"诵读法"和"想象法"进行教学。指导学生诵读"月夜行船去看戏"这几段文字，并创设了情境让学生想象，自己也在那条船上，与小伙伴一起，领略作者笔下那种充满诗情画意的水乡风景，进一步体会字里行间表现出的"我"渴望看戏的迫切心情，从而理解作者热爱农村生活的思想感情。

二、情节取胜的小说，要学生熟悉故事情节，了解文章结构特点

所谓情节，就是展示人物性格，表现人物相互关系的一系列生活事件的发展过程。在小说创作中，作者的重要任务是塑造典型人物。因为它是反映生活的手段。典型人物性格的形成、发展是通过人物间的复杂关系以及从人物间的矛盾所产生的一系列生活事件中显露出来的，也就是通过情节表现出来的。

情节是小说的基础，中学生爱看小说，往往是被故事情节所吸引。针对这种情况，我在教学中，常采用"复述法"引导兴趣，让学生讲述小说中的故事。这样做，既可促使学生课前自觉预习，在课堂上更精彩地讲述，又培养了学生"说"的能力。例如在教学《鲁提辖拳打镇关西》这篇课文时我设定"复述故事情节，厘清课文脉络"为教学目标之一。复述前，因为有复述的学习经验，要求明确，学生的复述不仅极有条理，而且十分生动传神，使鲁达疾恶如仇的性格得到了具体的再现，其他同学也能很快地厘清课文脉络。

三、人物塑造较为主要的小说，应重点教给学生分析人物形象的方法

小说中的典型人物是小说最基本的要素。作者正是通过人物形象的塑造来反映社会生活，从而教育和感染读者的。因此，指导学生分析典型人物的性格特征是小说教学的主要内容。

（一）肖像描写，也叫外貌描写，是指对人物的容貌、衣饰、姿态、神情等特征的描写。肖像描写虽然写的是人物的外表，但描写的目的绝不只在于使读者了解人物的外在形象，而是要反映人物的思想性格。如鲁迅的小说《故乡》中两次对闰土的形象的刻画，肖像描写的鲜明对比使读者感受到旧中国广大农民所经受的饥荒、苛税、兵、匪、官、绅的种种重压，感受到他们身心所忍受的无限的痛苦与摧残，感受作者改造旧社会、创造新生活的强烈愿望。

（二）语言描写，指对人物对话和独白的描写。描写人物的语言，旨在揭示人物的性格特征，塑造人物形象。如契诃夫的短篇小说《变色龙》中，作者运用个性化的语言表现人物性格，并且用人物的对话构成完整的故事情节，刻画出警官奥楚蔑洛夫媚上欺下、狡诈多变、趋炎附势的卑劣形象。

（三）行动描写，指对人物的行为、动作的描写。作品中的人物是靠动作活起来的，人物的行为完全是受其思想意识支配的。描写人物的行动，也同样是为了揭示人物的内心世界。

（四）心理描写，指对人物在一定环境中思想活动的描写。《孔乙己》中的小伙计，才十二岁，也便受到社会影响，有了等级观念。"我想，讨饭一样的人，也配考我么？"小伙计的心理活动，反映了孔乙己在人们心目中的地位之低，说明了人们鄙视孔乙己的原因。

在写作实践中，这些描写方法都不是孤立的，而往往需要综合运用其中的几种，以求全面、形象、具体地展示人物形象，刻画人物性格。老师在教学中，要力求做到综合分析描写人物的方法，具体深入地了解人物，体会作者所要表达的感情。

基于语文核心素养的散文课堂教学模式研究

四川省成都市新都一中附中　柳　莹

摘要： 散文中可以读到好的文笔和好的修辞，知道作者的生活和见识及心境，读到作者对人生的观察和体悟，收获到感性的感动和读到知性的深度。也正因为散文有着如此的魅力，因此在当下初中散文阅读教学中存在着诸多问题。本文在基于语文核心素养的前提下，结合初中学生的学情特点，试探究散文课堂教学模式。

关键词： 语文核心素养　散文教学模式

一、语文核心素养

语文核心素养是指学生在积极的语言实践活动中积累与建构

起来，并在真实的语言运用情境中表现出来的语言能力及品质；是学生在语文学习中获得的语言知识与语言能力、思维方法与思维品质、情感态度与价值观的综合体现。

《普通高中语文课程标准（2017版）》明确指出语文学科核心素养主要包括语言建构与运用、思维发展与提升、审美鉴赏与创造、文化传承与理解四个方面。语言建构与运用是指学生在丰富的语言实践中，通过主动的积累、梳理和整合，逐步掌握祖国语言文字特点及其运用规律，形成个体的言语经验，在具体的语言情境中正确有效地运用祖国语言文字进行交流沟通的能力。思维发展与提升是指学生在语文学习过程中，通过语言运用，获得直觉思维、形象思维、逻辑思维、辩证思维和创造思维的发展，以及深刻性、敏捷性、灵活性、批判性和独创性等思维品质的提升。审美鉴赏与创造是指学生在语文学习中，通过审美体验、评价等活动形成正确的审美意识、健康向上的审美情趣与鉴赏品位，并在此过程中逐步掌握表现美、创造美的方法。文化传承与理解是指学生在语文学习的过程中，继承和弘扬中华优秀传统文化、革命文化、社会主义先进文化，理解和借鉴不同民族和地区的文化，拓展文化视野，增强文化自觉，提升中国特色社会主义文化自信，热爱祖国语言文字，防止文化上的民族虚无主义。

在中学语文课堂上，基于语文学科的特点落实语文核心素养"文化育人"之语言建构与运用、思维发展与提升、审美鉴赏与创造、文化传承与理解四个方面对于中学生个人发展意义极为重大。

二、散文的文体特征与初中散文教学中存在的问题

散文是指以文字为创作、审美对象的文学艺术体裁，是文学中的一种体裁形式。在中国现代文学中，散文指与诗歌、小说、戏剧并行的一种文学体裁，具有形散神聚、意境深邃、语言优美的特点。

首先，在各种文学体裁中，要数散文的文体最为自由。因为散文具有"形散而神不散"的特点使得散文的真正内涵往往隐藏在文章的字里行间，这就使一篇散文的教学目标很难把握，就会出现真正的教学目标被架空的现象。其次，中学生所处的阶段导致他们并没有太多的社会经历，这就导致了散文对于学生来说很

难学，是学生学习的"软肋"，同时也是语文教学中的难点。散文大多带有作者个人的情感体验，这种情感体验往往是比较深层次和自我的，不容易在课堂教学中为学生准确体味。

三、基于语文核心素养对散文课堂教学模式的一点想法

在语文核心素养的指导下如何进行散文教学，以《紫藤萝瀑布》为例本人做了粗浅的尝试。

（一）从语言建构与运用和文化传承与理解两方面进行散文教学前的准备

1.语言建构与运用是语文学科核心素养的重要组成部分，也是语文素养整体结构的基础层面。语言文字是语文教学基础中的基础，在预习一篇散文时可以做如下安排：

（1）让学生给课后读读写写上的字词注音；

（2）通读全文圈出读读写写里的字词和自己不理解的词语，借助工具书查找其意；

（3）把生字、新词或者优美的语句等抄写在积累本上。

2.初中阶段安排的散文多为现当代名家的经典名篇，这些经典名篇确实曾影响了一代又一代的国人，对于提升国民的文学素养起到了重要的作用。但是部分作品的写作时代与背景跟当下初中生生活脱轨，导致他们无法全面理解那些时代国人的思想和举动，无法从根本上理解文本。因此学生课前应进行一些准备。

（1）了解文章创作时代。通过课本给出的写作年代结合学过的历史知识了解作者生活的时代特点。以宗璞的《紫藤萝瀑布》为例，在文章最后有标注写作时间1982年5月6日。通过查找资料并结合历史知识可以了解到那正是改革开放开始的时间，整个国家充满着勃勃生机。同样文中插入作者回忆10年前也就是1972年左右，正是"文革"时期，了解特殊时期的时代特点，也就能理解为何文中10年前的藤萝花的不盛和"花和生活腐化有什么必然关系"。

（2）了解作者的人生经历。宗璞一家，在"文化大革命"中深受迫害。这篇文章写于1982年5月，当时他的小弟身患绝症，作者非常痛苦。徘徊于庭院中，见一树盛开的紫藤萝花，睹物释怀，由花儿自衰到盛感悟到生的美好和生命的永恒，于是写成此

文。由此可以理解文中第七段提到"这些时一直压在我欣赏的关于生死的疑惑，关于疾病的痛楚"。

一篇文章具有它所处时代独有的特征，在了解文章的写作背景的同时，我们也更了解了自己国家的传统，理解了中华文化不同历史时期的特点，体会中华文化的精神，传承了中华文化。

（二）欣赏藤萝之美——散文教学中的审美鉴赏与创造

审美鉴赏与创造是指学生在语文活动中体验、欣赏、评价、表现和创造美的能力及品质。《紫藤萝瀑布》是一幅极为精细的工笔画，在这里，我们可以尽情欣赏那花的色泽，花的神采，花的气味。作者以文字为笔绘出了一幅美丽的画卷，仿佛我们眼前就展现出了一条紫色的瀑布。在这样的大美面前"我欲无言"，由学生自行感受文中字里行间的美。

首先用笔勾画出感受到藤萝之美的句子，并标注美在哪里。

接下来小组享美，小组内部分享各自感受到美好的句子，由组长记录后全班分享对美的感悟，其他组补充。

全班总结出作者怎样描绘紫藤萝花的：由整体到局部，展示花的形态美，色彩美。由外形到内蕴，展现情趣美。

（三）在散文阅读中培养学生的思维能力

如何在教学过程中进行思维训练呢？

训练学生思维，要不断地创设问题情境，让阅读成为"质疑—解疑—质疑—解疑"的螺旋上升的过程。

读懂作者（作者的写作意图），语文学习需要用心去触摸作品的意境和作者的心境。只有我们的心和作者的心交融在一起，才能感受到震撼人心的东西，从而提升语文素养。在本文中，作者看似在写紫藤萝，但是仅仅是在写紫藤萝吗？作者写紫藤萝想要表达的是什么？作者是如何表达的？引出本文的写作手法：托物言志。

读懂形象（借助形象进入作者内心），教学过程中引导学生抓住文中的紫藤萝的形象。眼前所见的紫藤萝瀑布是实写，十年前家门外那株紫藤萝是回忆，作者用二者对比，表达了文中的主题：生命的长河是无止境的，一时的不幸，不足以使人畏惧人生，要对生命的美好保持坚定的信念，扬起生命的风帆，像紫藤萝花一样，以饱满的生命力，投身到伟大的事业中去，让自己的生命更加绚丽多彩。

读懂自己（反省自己，浸润灵魂），阅读是人与作品的对话。爱默生说，会读书的人，应该是一个发明家。读屈原，感到自己的卑琐；读陶渊明，感到自己的势利；读李白，感到自己狭窄。这里"卑琐、势利、狭窄"的自责，正是读者在读到了屈原、陶渊明、李白的高尚、淡泊、飘逸之后的反观效应。语文阅读，就是要让这些美好的情愫滋润、感化读者的心灵，点点浸润，滴滴沉淀，使人走向睿智，走向成熟。

论中学语文德育渗透的原则

摘要：2017年版《普通高中语文课程标准》提出对学生语文学科核心素养的培养，并强调"立德树人"的课程理念。相较于其他学科课程，中学语文课程在德育渗透方面具有显著优势。在实际的渗透过程中，应坚持立足语文课程特点的原则，适度原则和以生为本的原则，以便促进中学语文德育工作的顺利开展。

关键词：中学语文；德育渗透；原则

中学生身心渐趋成熟，自我意识逐渐增强，正处于人生发展的重要阶段，对他们施行德育很有必要。德育旨在形成受教育者一定思想品德的教育。实现德育的途径多种多样，包括思想品德课、其他学科教学、社会实践活动以及共青团、少先队组织的活动等。当下的学校德育现状，"讲起来重要，做起来次要，忙起来不要"，学校教育利益相关者（包括学校领导、教师、学生、家长等）"唯分数论"的功利主义倾向，以及思想品德课的自身缺陷，常使得德育工作陷入举步维艰的困境。为了扭转当前学校德育工作的困局，在学科教学中渗透德育成为力挽狂澜的一大法宝。

语文课程作为学校课程体系的基础课程，课时多，德育资源丰富，在德育工作方面显示出重要价值。语文课程是"一门学习祖国语言文字的综合性、实践性课程"。其课程内容以语言文字承载起了丰厚的人文内涵，即"文道统一"。在语文教学的过程中，"语言形式教育和思想政治教育是同一教学过程的两个方面，其中思想政治教育是内潜于语言形式教育之中的"。这便是所谓的"语文德育渗透"。

然而，中学语文德育渗透的合理性并不能成为语文教学应该进行纯理论化的道德说教，使语文课等同于政治课的必要性，所以开展中学语文德育渗透工作还应该遵循一定的原则，以免背离语文课程的本质，而走向本末倒置的深渊。

一、中学语文德育渗透的必要性

（一）健全学生的人格

近年来，青少年犯罪的报道屡见不鲜，比如此前12岁男孩因母亲管教太严而残忍弑母的新闻，校园暴力事件频发的新闻，等等。面对这些新闻报道的时候，我们不禁唏嘘不已，感叹这些学生在本该绽放青春光芒的花样年纪，却做出让人大跌眼镜、不寒而栗的行径。深究这些孩子犯罪背后的原因，或许各不相同，但无疑都与缺少道德教育有密切关联。

中学生的心智渐趋成熟，不过由于身心素质和成长环境的差异，他们的道德发展水平又表现出参差不齐的特点。同时，身处一个信息大爆炸的时代，他们接收的信息良莠不齐，很可能因为缺乏理性判断而受到不良信息的影响。因此这个时期，如果不给中学生进行相应的道德教育，他们难以构建系统的道德认知，拥有丰富的道德情感，树立坚定的道德意志和养成正确的道德行为。德育的缺失，势必对他们身心的健康发展、人格的健全产生不利影响。

中学语文作为基础课程，是学生每天都会接触的必修课程，再加之其德育资源丰富，因此中学语文德育渗透不仅可以保证学生长期浸染于德育环境中，同时也能对他们身心的完善、人格的健全产生潜移默化的作用。

（二）国家教育文件的支持

2017年，教育部发布了《中小学德育工作指南》，对新的历史时期在基础教育阶段深入贯彻立德树人的根本任务，加强中小学德育工作进行了正确指引。该指南强调课程育人的重要性："充分发挥课堂教学的主渠道作用，将中小学德育内容细化落实到各学科课程的教学目标之中，融入渗透到教育教学全过程。"

同时，语文课标进一步强调了语文课程的育人功能。《义务教育语文课程标准（2011 年版）》提出："应该重视语文课程对学生思想情感所起的熏陶感染作用。"《普通高中语文课程标准（2017 年版）》在对高中语文基本理念的阐释中，将"坚持立德树人，增强文化自信，充分发挥语文课程的育人功能"作为一条重要说明。

可以看到，国家高度重视中小学生的道德发展问题，出台的相关文件对德育工作的开展指明了方向，为学科教学的德育渗透提供了政策上的支持。中学语文课程有必要在促进学生道德水平提升，身心健康发展方面发挥应有的作用。

（三）弥补中小学德育工作的不足

当前中小学的德育工作虽然在稳步开展，相较于之前"重智轻德"的状况已有了很大改善，但仍表现出功利化和形式化的倾向。首先，"育德"和"提分"之间的矛盾依旧存在。一些学校将学生成绩的提升、升学率的提高作为工作重心，开设大量提分训练课程，压缩思想品德课课时，导致思想品德课被边缘化。学生的知识拓展了，答题技能增强了，但人文修养却萎缩了。其次，在具体的思想道德教育中，任课教师只是满足于教学任务的完成，急于将课本知识灌输给学生，他们在讲台上不厌其烦地说教，根本没有在意学生是否理解。在灌输式教学过程中，学生被动地接受枯燥乏味的知识，兴趣与积极性受到严重打击。所以在思政课上常常看到这样一幅画面：老师在讲台上夸夸其谈，学生在下面或昏昏欲睡，或明目张胆地干着其他事情。

中小学德育工作的问题不仅影响基础教育阶段的整体教学质量，也制约着学生的道德发展水平。语文课程作为学校教育的重要组成部分，理应根据学科特点的优势，和其他德育途径相互补充，以弥补德育工作的不足，实现德育的顺利推进。

"学校道德教育只有借助各科教学，才能培育学生形成敏锐的知性与丰富的道德情操，形成深厚的文化能力。"中学语文德育渗透应该在国家相关教育文件的指导下，填补当前德育工作的缺漏，以健全学生的人格，提高他们的道德素质为己任。总之，在中学语文中渗透德育有必要进行，也必须进行。

二、中学语文德育渗透的原则

与专门开设的思想品德课相比，学科教学中的德育渗透受制于该学科课程的性质。一旦逾越其中的界限，德育就喧宾夺主，鸠占鹊巢，阻碍学科教学任务的完成，扰乱学生对该门课程的学习进程。固然语文课程在德育方面有其得天独厚的优势，但这并不代表在平常的语文教学中，教师要刻意为之——为了德育而德育。语文老师更应该关注如何在语文教学中将语言形式教育和思想政治教育完美结合，在培养学生语言能力的同时又能给予他们潜移默化的道德影响。因此应该遵循以下三点原则。

（一）立足语文课程特点的原则

2017年发布的《普通高中语文课程标准》对语文课程特点做了如此表述："工具性与人文性的统一是语文课程的基本特点。"语文课程的"工具性"表现在使学生学会正确使用祖国语言文字这一工具，即能够在学习和工作中学以致用。语文课程的"人文性"体现在"使学生自觉接受中华民族以及全人类优秀文化的'影响''化育'，增强文化意识和规范意识，提高思想文化品位，遵循社会文明的准则和语言文字运用的规范"。"工具性与人文性的统一"要求语文教育不仅要培养学生的四大核心素养（语言建构与运用、思维发展与提升、审美鉴赏与创造、文化传承与理解），还要帮助学生树立正确的世界观、人生观和价值观。换言之，"语文教学应引导学生通过理解、运用祖国语言文字的训练，再现语言文字蕴含的内容，进而领会它们所表达的思想感情，并给予恰当的评价。因此，培养学生的思想品德，要以形感人，以情动人，以理服人"。所以在立足语文课程特点的基础上，要坚持语文德育渗透的形象性、情感性和合理性。

1. 以形感人

语文教学的重要凭借是教材中一篇篇文质兼美的课文，课文中一个个真实可感、有血有肉的人物形象，一件件具体深刻、惊心动魄的事件，都能给学生带来心灵上的触动。这些形象化的教学内容赋予语文教学中的德育渗透形象化的特点。教师要善于将这些内容转化为德育资源，在阅读教学中引导学生走进课文人物的内心世界，感受他们的灵肉冲突。这些人物或许有好有坏，高尚的人物形象为学生树立了良好的榜样，从正面激励他们完善自身的道德修养；卑劣的人物形象引发学生的道德冲突，从反面教育他们杜绝不良行为。学生在不断地"有则改之，无则加勉"的道德反思中强化道德认知，提高道德水平。

教材中具有高尚道德情操的人物形象最能给学生带来直观的冲击。《沁园春·长沙》中"独立寒秋"，看着广袤天地，不禁呐喊"怅寥廓，问苍茫大地，谁主沉浮"的革命伟人形象；《烛之武退秦师》中在国家危亡的千钧一发之际，临危受命，顺利完成使命的爱国谋士形象；《离骚》中追求高洁人格，不与世俗同流合污，并为实现国家理想而坚持不懈，唱到"路漫漫其修远兮，吾将上下而求索"的文人形象；《定风波》中"沙湖道中遇雨"，"同行皆狼狈，余独不觉"，不管"也无风雨也无晴"的洒脱豁达的词人形象……学生在学习这些课文时，人物身上人性的闪光点会照亮他们的内心，引起他们心灵上的触动与共鸣，这比生硬地讲解道德理论知识更加行之有效。

2. 以情动人

白居易在《与元九书》中说"感人心者，莫先乎情"。情感于人而言至关重要，所以在德育的过程中，对学生进行情感教育也是一种重要方式。道德情感是个人品德心理结构的组成部分之一，起着调节器的作用。学生对道德概念的认识只有转化为道德情感，并在此基础上坚定道德意志，才能有效调节自己的道德行为。语文教学的情感性和德育中的情感教育具有相通性，中学语文德育渗透要"以情动人"，发挥情感教育对学生的感染作用。正如苏霍姆林斯基所说："我一千次地相信，没有一条富有诗意的情感和审美的清泉，就不可能有学生的全面发展。"

"以情动人"首先应该从课文入手。教材中的大部分课文都是用汉民族共同语写成，而学生在从小到大运用祖国语言文字交际的过程中，潜意识里已经对母语产生了深厚的感情。所以在语文教学中，教师应该考虑如何在以祖国语言文字为中介的课文学习中，灵活地调动学生的情感，帮助他们获得心灵的净化和升华。"《文心雕龙·知音》说'缀文者情动而辞发，观文者披文以入情'。阅读理解的过程，就是'披文以入情'的过程。教学上称之为'因文解道'，即引导学生调动已有的知识经验，转化文字符号，领悟作者透过作品传递出来的立场观点、思想感情、见闻想象等。"《小狗包弟》流露出的作者对小狗包弟的怜惜与缅怀，以及对特殊时期自己为明哲保身放弃包弟的深切忏悔；《边城》中的湘西小城，人们在这里自得其乐，其中充盈着爷孙情、乡人情和朦胧的爱情等人间温情；《孔雀东南飞》中夫妻两人被世俗分开，双双殉情中体现出的二人坚如磐石的夫妻情……学生在朗读和理解这些课文的时候，课文中流露出的珍贵感情也会随着一字一句的阅读深入学生的内心，随着血液的流淌灌注全身，给予学生情感上的慰藉与启发。

同时，教师还可以运用德育方法之一的陶冶教育法，为学生设置相应的情境，"有目的有计划地利用情感和美的环境在品德形成中的特殊作用，通过教育者的爱，以情染情的迁移作用和借以一定的境，以境触情、以境陶情的原理对受教育者进行潜移默化、耳濡目染的熏陶、感化、冶炼，使受教育者在品德情感和品德认识乃至性格上逐渐完美化"。这种情感和美的环境可以是教师人为创设的，也可以是良好的班风本身所带有的。前者如教师在上课时运用现代化的多媒体手段，创造氛围。像苏轼词《念奴娇·赤壁怀古》，全词借古抒怀，雄浑苍凉，大气磅礴，教师可以在课前播放名家朗诵片段，让学生感受词作给人的撼魂荡魄的艺术力量，同时体验作者功业未成、忧心国家的忧愤之情和关注历史与人生的旷达之情的交织。后者需要师生共同努力打造良好班风，发挥集体的教育作用。班级成员之间互帮互助，和睦相处，道德行为良好的同学自然而然地会影响其他同学，大家在充满情感与爱的环境中共同成长。

"以情动人"还可以通过教学过程中的朗读得以实现。教材中的课文是作者运用语言文字表情达意的产物，字字句句都蕴含着作者的感情。教师可以通过范读来打动学生的心灵，同时也要指导学生在声情并茂的朗读中发挥声音的传情功能。比如《大堰河——我的保姆》，学生齐声朗读，不仅可以感受作者对亲如生母的大堰河的无尽思念，以及对像大堰河一样生活在底层的劳动人民的深切同情和热情讴歌，同时也能感受作者对黑暗旧社会的抨击。学生朗读的过程也是和作者产生情感共鸣，受到熏陶感染的过程。

3. 以理服人

虽然语文课程囿于课程性质的限制，不能和思想品德课一样讲解系统的理论知识，但是并不代表老师在德育渗透过程中仅仅将学生的道德认识停留在感性层面，而不加以适当升华。"情必依于理，情得然后理真"（王夫之《原诗·内篇下》语）。在形象化的教学内容激发学生内心情感的时候，应抓住时机，引导学生进行理性思考。《论语·子罕》中说："夫子循循然善诱人。"教师在"以形感人""以情动人"的基础上，应步步引导学生将自己的感性认识上升为理性认识，使他们的情感得以升华，认识得以深化，以便增强德育渗透的效果。

中学语文中的德育渗透是一个以形感人，融情入理，情理交融的过程。语文教学的对象是一个个活泼的生命体，在训练学生语文能力的同时，也要紧扣语文自身的特点，塑造学生的健全人格。

（二）适度原则

中学语文课程是"一门学习祖国语言文字的综合性实践性课程"，以培养学生学会正确使用祖国语言文字为教学目标。语文课程的本质属性和教学目标决定了德育在语文教学中不能成为独立的教学目的，也不能构成独立的教学内容，自然也不能形成完整的德育过程。因此，在语文教学，乃至任何一门学科教学中渗透德育都要把握好尺度问题。"语文教学德育渗透的'度'就是以保持语文学科的性质和特点为前提，语文教学渗透在内容、时间、空间和方法等方面的数量限度。"从哲学的角度看，"度"是保持某事物之为某事物的数量界限。如果超出这个限度，事物将发生质变，变成另外一种事物。而语文教学中的德育渗透一旦超出一定的"度"，就会让语文课成为单纯施以道德教化影响的思想品德课，或仅仅是提高语言能力的"语言文字训练课"，这时语文课将失去自身的学科属性和特点。

对"度"的认识偏差有两种情况，一是超出限度，一是不及限度，正所谓"过犹不及"。回顾中国历史，"文化大革命"时期由于奉行极"左"路线，片面强调以阶级斗争为纲，此时的语文课成为政治的附庸和对学生进行思想政治教育的工具。语文教学成为教育领域政治斗争的"重灾区"。虽然拨乱反正之后，人们逐渐认识到语文的工具属性，即交际工具的作用，但矫枉过正，又开始片面强调语文在学生学习和工作方面的工具价值，导致语文课程人文性的缺失，语文课沦为提高学生语言技能的语言文字训练课。可以看到，在语文课程建设的发展过程中，人们对德育渗透"度"的问题的理解偏差，对语文课程和语文学科建设都造成了不同程度的影响。因此，如何在中学语文教学中把握德育渗透的尺度问题成为一线教师面临的难题。

1. 明确语文课程的性质

中学语文课程的语用特质决定了语文教学目标的确立，教学活动的开展要以学生的语言文字运用为"标杆"。教师正确认识语文课程的性质，在德育渗透时可以避免犯"过"或者"不及"的差错，从而保持语文课本身的价值。同时，教师在备课时，挖掘课文中的德育因素应力求简单明确，这样在渗透时才能有的放矢，张弛有度，语文训练和德育影响两手抓，教学效果更加明显。

2. 选择合适的德育渗透点

教师追求德育渗透的良好效果，就需要钻研教材，找准课文中能对学生产生启发意义和引起心灵震动的渗透点，但并不是说每一篇课文都需要挖掘它的德育价值。有些课文的价值主要体现在对学生语言文字运用能力的提升上，如果此时还强行地抠取一星半点的德育因素意义并不大，也并不能给学生带来多大的影响。比如孟子的《寡人之于国也》，该文出现在议论文单元，参考单元说明可知本单元的教学任务主要是让学生体会这几篇文章的论证风格，了解相关的议论文写作知识，并进行相应的写作训练。所以教学时，对孟子的政治思想和人格魅力点到为止即可，大肆讲解反而模糊了教学重、难点。作品的思想内容有固定的有限恒量，这要求教师在实际教学中要认真考虑应不应该渗透德育，以及渗透多少的问题，选择恰当的德育渗透点可以起到事半功倍的效果。

3. 正确区分语文德育渗透与普通道德教育

中学语文德育渗透和普通道德教育既有联系也有区别。由于二者均能影响学生道德思想的形成和健全人格的养成，所以某些方面难免会有一些相似之处。首先是内容上的相关性，比如爱国主义教育、思想教育、道德教育等内容都会有所涉及。其次是方法上的相通性，中学语文德育渗透也会使用普通德育的方法，比如上文提到的在语文教学中设置情境的陶冶教育法，用教材中优秀的人物形象来"以形感人"的榜样教育法等。

然而，语文课程的本质属性规约着语文德育渗透不能和普通道德教育一概而论。首先，目标不同，语文课程的根本目标是促进学生语言文字运用能力的提高，故语文德育渗透要有限度，而普通德育本身就致力于学生道德修养的提升。其次，道德认知要求有所不同，"渗透"二字体现了德育渗透是伴随着语言文字教学进行的，不必强求学生形成系统的道德知识，而普通德育则强调道德知识的体系化。

关于语文德育渗透的适度原则，我国的语文教育大家叶圣陶先生早已表达过如下见解："引导学生细读文本，获得透彻之理解，则学生非徒理解而已，其思想感情必受深切之影响。语文教学之思想政治教育之效果，宜于此求之。舍本文而大讲一通，不克臻此也。"因此，语文教师应严守语文德育渗透的界限，实现文道统一。

（三）以生为本的原则

教育过程是在教育者和受教育者共同参与下，运用各种教育措施实现教育目标的进程，是教育者有目的、有计划地运用教育影响，引导或促进受教育者身心向教育者预期的目标转化的过程。语文的教育过程是语文教师对学生进行语言文字训练和道德教育相统一的过程。在这一过程中，学生是学习的主体，教师是引导者、促进者。中学语文教学要立足学情，发挥学生的主体性，实现教学效果最优化。在语文教学中进行德育渗透自然也要坚持以生为本的原则。

1. 立足学生道德发展水平的实际

学生道德发展水平的现状直接影响教师在德育渗透时所用的方法和内容。教师可以在平常的师生互动中了解学生的思想动态和目前道德发展的状况和水平，在学生道德发展的"最近发展区"内展开德育渗透。

课堂提问、学生讨论和习作都不失为行之有效的方法。科尔伯尔提出"道德认知发展方法"，这种方法强调通过为学生设置各种问题情境（道德两难问题），以引起学生的道德冲突，激发他们的兴趣，唤醒他们的道德动机，以促进道德水平的提高。比如针对《小狗包弟》的作者在特殊时期放弃自己的小狗，而免除为自己带来不必要的麻烦的行为，教师可以适时安排学生进行课堂讨论：如果自己身处在那个自身难保的时代，是否会和作者做出同样的行为。由于学生个体的差异性，对这个问题会产生不同的答案。在学生激烈讨论的过程中，老师可以仔细观察讨论情况，再通过课堂提问获知学生的答案，了解他们的道德认知情况。同时，学生的写作也有助于教师的了解。比如议论文的写作练习，可以布置一些能引发学生各持己见的选题，像"看到老人摔倒会不会前去搀扶？""看到同学考试作弊会怎么做？"等类似问题。知悉学生目前的道德发展水平有利于教师在进行德育渗透时准确把握心理时机。《孟子·尽心上》主张化育要做到"有如时雨化之者"。恰到好处地对学生进行"点化"，的确可以起到"随风潜入夜，润物细无声"的效果。

2. 发扬民主，实现学生的自我教育

所谓自我教育，"是指人们形成良好的道德品质而自觉进行的思想转化和行为控制活动，自我教育能力是几种能力的完备组合，包括自我认识、自我激励和自我控制等能力"。叶圣陶先生提出语文教学应该追求"教是为了达到不需要教"的境界。也就是说，教师不仅仅要教给学生知识，还应该教会他们学习的方法，培养终身学习的能力。语文教学如此，语文教学中的德育渗透也是如此，要努力实现让学生能够进行自我教育的目标。

实现学生的自我教育是充分发挥学生主体性的体现，这需要构建足够民主的环境。反思当下的语文教育现状，虽然课标明确指出转变传统的学习方式，鼓励自主合作探究式学习，但实际的语文课堂，一些教师仍然将灌输式的教学方式奉为圭臬，学生的主体性被剥夺，无法发挥学习的主观能动性，只能被老师牵着鼻子走。学生语文学习的主体性受到遏制，更别提学生能在民主的教学环境中，通过德育渗透提高自我教育能力了。

首先，教师要转变陈旧的教育观念，该放手时就要放手，给予学生充足的自我修养的空间。中学生已经能进行自我教育了。教师要对学生予以足够的信心，减少强制性的要求，让他们根据自己的实际情况拟定修养目标，并根据变化调整目标，逐渐提升自我教育的水平。其次，教师的信任和民主需要建立在学生的主观能动性上，毕竟外因只能通过内因起作用。要学生形成稳定而持久的自我教育动机，需要学生认识到自我教育的作用，以及道德修养对个人成长的重大意义。中学语文课程内容富有人文性，带有强烈的生命意识和道德意识，通过教师的德育渗透，可以引发学生的内心需要和情感共鸣，这样他们才能主动地吸取积极的德育因素，并内化在自己的头脑中。

学情是教师顺利开展教学工作的前提，中学语文德育渗透也要关注学情，了解学生的道德发展水平，这样才能在具体渗透的过程中有目的性、有指向性。同时也要发扬民主，确立学生自我教育的主体地位。只有加强自我教育，才能优化语文德育，促进语文教育的整体建设。

三、结语

立德树人是我国教育的根本任务与目标，事关我国教育发展的方向。学校德育工作的开展不仅影响学校教育的整体质量，也影响学生的未来成长，故德育应得到广泛重视。中学语文课程作为基础教育阶段的基础课程，因其自身的课程特点和丰富的德育资源，在弥补当下德育工作的缺陷，以及塑造学生的健全人格上都具有得天独厚的优势，中学语文德育渗透有施行的合理性，也有其必要性。

然而在实际的德育渗透过程中，一些语文教师由于认识的片面化、概念化，无法达到德育渗透的最佳效果，此时应及时反思自己的教学行为。同时，还应该坚持立足语文课程特点的原则，适度原则和以生为本的原则，有效地将语言形式教育和思想政治教育统一起来，促进中学语文德育渗透工作的顺利进行。

2019 年 10 月发表于省级刊物《文学教育》

【参考文献】

[1] 曾骞:《学科语文方向》,华中师范大学。

[2] 赵翰章:《德育论》,吉林教育出版社 1987 年版。

[3] 王松泉主编:《语文教学心理学基础》,社会科学文献出版社 2002 年版。

[4] 杨四耕:《论语文教学德育渗透的适度艺术》,《教学研究》,2002 年第 1 期。

[5] 姜鸿翔:《浅议语文教学中思想政治教育的适度问题》,《江苏教育》,1991 年第 1 期。

[6] 倪文锦:《读文必须悟道,悟道要会读文》,《语文学习》,1991 年第 5 期。

[7] 于安利:《初中语文德育要适度合情》,《天津教育》,1994 年第 1 期。

[8] 刘光明:《语文德育渗透的心理时机》,《江西教育》,2010 年第 Z3 期。

[9] 祁彩红:《中学语文课程教学中的德育渗透研究》,《语文学刊》,2015 年第 4 期。

[10] 杨绍刚:《道德教育心理学》,上海教育出版社 2007 年版。

[11] 巢宗祺:《关于语文课程性质、基本理念和设计思路的对话》,《语文建设》,2012 年第 3 期。

[12] 饶杰腾:《语文学科教育学》,首都师范大学出版社 2001 年版。

[13] 倪文锦:《读文必须悟道,悟道要会读文》,《语文学习》,1991 年 5 期。

[14] 叶圣陶:《叶圣陶语文教育论集》,教育科学出版社 1980 年版。

[15] 教育部关于印发《中小学德育工作指南》的通知(http://www.moe.gov.cn/srcsite/A06/s3325/201709/t20170904_313128.html)。

[16] 中华人民共和国教育部:《义务教育语文课程标准(2011 年版)》,北京师范大学出版社 2011 年版。

[17] 中华人民共和国教育部:《普通高中语文课程标准(2017 年版)》,人民教育出版社 2018 年版。

浅谈基于中学语文核心素养下
初中文言文教学内容的组织

四川省成都市新都区繁江中学　王熙力

　　核心素养在当前国际教育改革进程中越来越受到人们的重视，2016 年秋季公布的《中国学生发展核心素养》，明确了我国的教育目标是：培养全面发展的人。借鉴当前研究成果，要将核心素养真正落地，核心素养的实现必须借助课程来落实，而将核心素养落实到语文学科即表现在四个方面：语言建构与运用、思维发展与提升、审美鉴赏与创造以及文化传承与理解。目前很多初中语文老师没有站在核心素养培养的高度来设置初中文言文的教学内容，只是单纯地讲解文言知识点，轻视甚至忽视核心素养的培养。现在初中文言文应站在核心素养理念的高度来审视教学内容。文言文教学，要解决的问题就是文言文要"教什么"，即文言文教学的内容，而文言文教学内容又是根据文言文教学目标来确定的。接下来就以此和语文课程标准为依据，结合初中学生的学情特点，试探索基于中学语文核心素养下初中文言文教学内容的组织。

一、积累文言字词，建构语言素养

　　语言建构与运用是语文核心素养的重要组成部分，要在初中文言文学习的过程中培养学生的核心素养，首先就是要让学生有丰富的文言积累，在文言文教学当中应该注重培养学生阅读和理解文言文的能力，需要学生掌握基本的字词，熟记重点的实词、虚词、通假字、古今异义、词类活用、文言句式等。现代汉语和古代汉语是一脉相承的，它们在词汇和语法上还有很多相通之处。所以要让学生学习文言的字词与现代汉语的相通和差异，积累一些文言字词和文言现象，扫除理解文章大意的障碍，学为己用，提高自己语言运用能力和阅读理解能力。因此，字词的积累在文言文教学当中要处于基础地位，只有掌握了一定的文言字词，才能为更好地理解文章、提升思维能力和审美能力、积累文化知识以及传承优秀的传统文化打下基础。

文言文中有很多语法知识，包括通假字、一词多义、文言实词、文言虚词以及文言句式等。每一个文言知识点教师都要结合具体的文章来分析，对容易混淆的文言实词和虚词更要强化理解和记忆。如文言虚词"之"有很多用法，初中学生对理解其中的"主谓之间，取消句子独立性"和"宾语前置的标志"这两种用法就比较困难，这时就要联系现代汉语的语法知识，给学生讲清楚句子成分，进而理解其用法，做到举一反三。教师还要在文言文教学当中进行补充，引导学生对文言现象进行归纳整理，提高学生的阅读迁移能力，从而更好地去阅读其他课外文言文。

二、理解文章内容，提升思维素养

"思维发展与提升是指学生在语文学习过程中获得的思维能力发展和思维品质的提升。"语文教学要重视借助语言的学习，进而理解文章内容，训练学生的思维，提升思维素养。语言是思维的工具，没有语言的思维是不存在的；思维是语言的内容，没有思维就不可能有语言。正如程颐所说："学者先要会疑。"初中生正是处于想象力丰富、思维活跃、求知欲望强烈的时期，所以在初中阶段发展学生的思维能力，培养学生的创新和批判精神就显得尤为重要了。在考试的压力下，绝大部分初中的很多语文老师往往厚此薄彼，注重文言知识的训练而轻视思维素养的提升，这也就导致了学生读了很多篇文言文，依然没有较强的思维能力。历代选入初中语文教材中的文言文都是专家们反复考量、综合分析之后选入的精篇，要么文辞优美，要么意蕴深远，更多的是兼而有之。如《三峡》《与朱元思书》等山水类文言文，以描山画水、传达山水神韵为主，具有较强的画面感。对于这类文言文，教师应把作者对山水的描画与作者自己的人生经历结合起来分析，进而锻炼学生的思维能力，体会山水类文言文熔叙述、描写、抒情、议论于一炉的写作特色。又如《论语》十二章、《诫子书》《陋室铭》《爱莲说》等道理类文言文，就要把思维训练的重点放在文章直接或间接地阐述观点、道理，了解它们较强的说理性和思辨性。总而言之，初中文言文有很多训练学生思维的方式，教师们要在同学们理解文章内容的基础上，带领同学们去理解其中的思维，使学生能够在文言作品的学习中提升思维品质。

三、积累文化知识，理解传承文化

语言不仅是一个符号体系，更是认识世界、阐释世界的意义体系和价值体系。符号因意义而存在，语言更深刻的存在意义便在于其文化承载的效能，由此种语言写就的文章，其存在留存的深层意义亦应如此。这也就是说语文教学也承担着让学生学习优秀传统文化，继承传统文化的使命。而文言文作为民族文化的载体，其本身也是文化的组成部分。所以让学生学习一定的文化知识，积累古典语言文化和文化常识，积淀一定的文化素养，从而去更好地传承民族文化，也是文言文教学的一个重要内容。

文言文是传承传统民族文化的载体，是我们学习传统文化的最重要的途径。因此，在学习文言文的过程中，教师对文化的传承是不容忽视的，但传统文化不应被动地吸收，而应该去主动地探究。教师要注意从语言文字入手，对文言字词中所记载和包含的文化知识和文化意义进行挖掘，并注意把文言字词的文化内涵与作品的主题思想所包含的文化意蕴结合起来分析，让学生在理解词义的基础上，进而深化对中国传统文化知识的学习。例如学习《岳阳楼记》"滕子京谪守巴陵郡"一句时，可以让学生主动去探究我国古代官职升降的称谓和含义，从而去了解古代官职的文化内涵。由此既可以让学生积累一定的文化知识，又可以让学生更好地去理解文章内容。

四、加强文言熏陶，基奠审美创造

文言文是中学语文教学的重要组成部分，是中学生了解祖国传统文化的重要途径。语文课程应通过优秀文化的熏陶感染，通过品味文言文语言的意韵魅力和生动的人物形象，来完成对人物形象的再创造，挖掘文本蕴含的丰富情感和厚重思想，让学生在品读鉴赏过程中接受美的熏陶，从而形成良好的审美情趣和审美能力。语文核心素养的内涵之一也包括审美鉴赏与创造。文学作品是审美和认识交融的产物。而文言文正是用其语言功能记录了我国古代灿烂的文化，可以说是人类文明历史的一个载体。选入中学语文教材的篇目更是属于经典，具有多方面的审美价值。初中生正处于价值观形成时期，需要有正确的价值观引导，在初中文言文中实行审美教学，让他们去感受古人的情怀，触摸古人的心灵，产生审美体验，进而奠基审美创造。

文言文的审美首先表现在品味文言文语言之美，从选入教材作品的语言特色来看，有的美在韵律，有的精于炼字，有的擅长情景的描绘，每一类作品都各具特色。这就要求教师在教学中，首先要把握准文体特点，然后挖掘语言特色，引领学生去学习欣赏其语言之美。其次要品析人物形象之美，教材中文言文里的正面人物身上有许多美好的品质，教师应带领学生去细细品味其形象之美。再次是感悟思想情感之美，不论是山水类的还是人物类的文言文，其中都寄托着古人的思想情感，也体现着古人的价值取向。最后还要感悟自然之美，在文言文中有一些是描山画水的佳作，作者用他那善于捕捉的眼睛发现自然之美，并通过遣词造句用心把心中之境描摹出来，我们可以带领学生展开想象的翅膀去充分领略自然之美。

基于中学语文核心素养的
小说课堂教学模式研究

关键词： 核心素养　小说阅读　自主发展　创新活动

一、关于中国学生发展核心素养

学生发展核心素养，主要指学生应具备的，能够适应终身发展和社会发展需要的必备品格和关键能力。《中国学生发展核心素养》以培养"全面发展的人"为核心，从文化基础、自主发展、社会参与三个方面，凝练出"人文底蕴、科学精神、学会学习、健康生活、责任担当、实验创新"六大素养。中国学生发展核心素养的提出，明确了学生应具备终身发展和社会发展需要的必备品格和关键能力。

二、关于小说阅读

纵观我国历史发展的长河，诗歌、小说、散文、戏剧等文学作品在中华大地上扎根开花。小说这一文学类别，以其鲜明的人物形象，典型的环境描写，完整而生动的故事情节吸引着广大读者，成为他们的良师益友、精神食粮。

在初中语文教学中我们发现：谈到小说，有些学生就以为它是一种消遣、娱乐工具。其实，小说这种通过塑造典型人物形象反映社会生活的文学样式不仅具有娱乐消遣作用，它更能通过塑造典型形象的特殊方式，让读者受到思想教育，从中获得美的享受。

小说课堂教学一般会从小说的三要素出发，分析人物形象，典型环境和梳理故事情节，从中分析归纳出小说主旨。常用的模式是从以下四方面组织阅读。

1.厘清事件发展的线索和过程，把握小说的结构

要搞清楚事件发生的时间、地点、起因、经过和结果，记叙中具体的明线是什么，暗线又是什么，再具体分析结构。通过这些具体的分析，就可以整体把握小说的大致内容了。

2.分析小说的表现手法

小说的表现手法较多，应着重分析小说的情节、环境以及细节。小说一共有几个情节，用了几个细节，这几个细节侧重表现人物的哪些方面，处于怎样的环境等。

3.鉴赏人物形象

阅读小说一定要把握人物形象的特点，小说通过情节刻画，表现了主人翁哪些具体的特点，这一形象又有怎样具体的作用。

4.归纳作品的主题

通过事物和人物叙写，就可以大致把握作者在文中流露出的态度，进而去推测小说的主题。

这种模式一般由教师设计好过程，教师按照预设环节引领启发学生，学生也能在教学环节中锻炼自己的思维能力，但学生在这样的环节中，往往缺乏创新活动，不能很好地体现自主发展。

三、关于小说课堂教学模式与中学语文核心素养

为了在小说课堂教学中更好地落实语文核心素养"文化育人"

之语言构建与运用，思维发展与提升，审美鉴赏与创造，文化传承与理解，让学生面对具体的现实生活情境时，有分析情境、发现问题、提出问题、解决问题、交流结果的综合品质，我根据小说教学的特点，在小说的课堂教学中尝试了一些方式。把以学生为主体的对话式教学转变为以学生为主导的探究活动式教学。具体我做了以下这些课本剧方面的尝试。

1. 让学生合理改编故事情节

例如，在进行《我的叔叔于勒》的教学中，我就让学生分两组改编游船上遇到于勒的情节。给出了改编前提：不改变人物形象和小说主旨。其余时间就完全交给学生。学生在改编过程中积极讨论，大胆想象，分析情境、提出问题、解决问题、相互交流讨论出结果。然后小组分享，阐述自己的构思，又互评优点或不足。学生在语言运用和构建过程中，思维得到发展和提升，创新能力得到锻炼。

2. 放手让学生设计表演课本剧

预设角色，学生自荐和相互推荐饰演角色。确定好角色后，每个角色视情况配几名助理，辅助分析人物形象，塑造人物形象，尽可能使参与面广一些。通过从课堂到课后再到课堂舞台的过程，让学生经历自主认识到思维创新，再到自主展示历练。依然以《我的叔叔于勒》为例，游船相遇的情节就可以让学生以课本剧的形式展现。

3. 人物形象重新塑造

以《我的叔叔于勒》为例，我们可以要求学生尝试改变人物形象，表现其善良友爱、富有亲情的性格。创造新的人物形象后，再将其演绎出来，同学们反而看到了任务内心深处的虚伪，收到了意想不到的效果。

通过以上这些形式，让学生把课文改编成剧本，并且要表演。形式一翻新，学生的兴趣自然来了，学生的学习就显得主动、积极。

在编演过程中，对学生语文知识的要求是多方面的。首先要有扎实的语文基础知识。把记叙性文章改编为戏剧，剧本里有简单的舞台说明，大部分是对话。对话语言要规范，就要求用词要准确，句子要完整。表演时读音要准确，对话要与人物性格相符合。这些要求的落实都需要学生有较扎实的语文基础知识，编演过程是学生主动学习语言的过程，也是训练得到提高的过程。如编演《皇帝的新装》，老大臣看新装时的语言就很有个性化，词句都很讲究。若没有认真分析反复推敲，是不能编演好的。

改编课文成剧本，还要把很多叙述性语言转化为对话，因为课本剧是通过对话来推动情节发展的。对话语言强调性格化，学生需要对人物性格进行把握并注意对话语言表达的技巧。表演中的动作也如此。如《孔乙己》中孔乙己出场一幕：孔乙己来一碗酒，一碟茴香豆（排出九文大钱），孔乙己摆着读书人高人一等的架子，此时还能炫耀自己，动作夸张的语言、迂腐的性格一览无余，学生在改编中可能会增加其他对话语言，使人物形象更鲜明。表演时，须把孔乙己的有意炫耀的声调、动作表现细致生动。学生如能做到，也就说明学生既掌握了基础知识，同时对人物的性格作了准确地把握。我们也可以肯定，学生已具备了把语文知识迁移至实际生活的能力，已具备了对生活的观察分析能力。

编演课本剧同时又是一种创造性活动。改编是一种创造，表演更是一种创造。一千个观众就有一千个哈姆莱特，每个学生在课文的阅读理解中都有自己独特的体会。改编后进入表演，个人的创造性发挥达到巅峰，围绕剧情的推进和人物性格的表现，动作、表情、对话都达到高度的个性化。会演时，观看的学生把台上形象与自己创造的形象进行对照，把别人对形象塑造表现的技巧与自己的努力结果相对照，不断调整充实，使形象更为丰富，台上台下，交流创新成果，共同提高语文素质水平。

在这样的过程中，中学语文的核心素养也就得到了有效的提升。

立足核心素养的语文综合性
活动序列化实践探究

四川省成都市新都区旃檀中学　曹殊文

摘要：在当前深化教育改革、关注学生核心素养发展的时代背景下，提倡独立思考，探究合作等多样化的学习方式，注重理论与实践并重，知识与经验整合，注重发展学生的创新精神、实践能力、社会责任感以及良好的个性品质。语文活动的开展对学生核心素养的培养具有独特价值。在核心素养导向的中学课程中，语文课堂教学只有将核心素养观念理论转化为具体可操作的实施策略和行动方案，语文核心素养才能真正落地。

关键词：核心素养　语文活动　序列化

作为一名语文老师，我深知语文综合性活动，不仅有利于学生在感兴趣的自主活动中提高语文素养，而且是培养学生主动探究、团结合作、勇于创新精神等核心素养的重要途径。结合一线教学的经历和观察，在近几年的教学实践中，我们发现在语文综合活动的设计开展、成果展示、反馈总结、思考提升等环节均存在很多问题。有的学校认为中考不会直接考查，所以直接忽略了语文活动的开展，也有部分学校虽然也开展很多活动，但是杂乱无章，活动设计随意性大，形式化的成分多，没有真正在活动中锻炼学生的语文素养，提升学生的语文能力。因此，我和学校备课组的其他老师一起，查阅资料，精心设计，反思总结，希望能有序有效挖掘综合性活动这个宝藏，就语文综合性活动的序列化实践为例，进行了一些探索和思考，希望结合不同年级学生的能力发展特点，顺应学生的认知规律，重新整合活动教学内容，使语文综合性学习活动逐步形成较完整的知识系统，构建训练学生能力提升学生素养的较完善的知识体系，从而形成适合学生的校本课程。

一、何为"核心素养"

《中国学生发展核心素养》以培养"全面发展的人"为核心，从文化基础、自主发展、社会参与三个方面，凝练出"人文底蕴、科学精神、学会学习、健康生活、责任担当、实验创新"六大素养。中国学生发展核心素养的提出，明确了学生应具备终身发展和社会发展需要的必备品格和关键能力。在中学语文课堂上，基于语文学科的特点，落实语文核心素养"文化育人"之语言建构与运用、思维发展与提升、审美鉴赏与创造、文化传承与理解模块四个方面对于中学生个人发展意义极为重大。语文核心素养是学生面对具体的现实生活情境时，分析情境、发现问题、提出问题、解决问题、交流结果的过程中表现出来的综合品质，是学生个体解决语言文学领域和现实生活问题时所需的语文学科关键能力和必备品格。学生发展核心素养是课程设计的依据和出发点，这与语文综合性学习的内涵是一致的。语文综合性学习就是以学生自主、合作、探究为学习方式，以语文课程与其他课程相沟通、书本学习与社会实践相结合的语文综合性活动为主体活动，整体提高学生核心素养的学生自主学习过程。

二、语文综合性活动序列化实践与探究

1.立足教材，培养学生的自主、合作、探究能力

教科书是语文教学资源之一，学生在校期间，主要进行的是课堂学习。因此我们首先以教材为依据，充分利用好课堂这个阵地，改进教学方法，提高课堂教学效率，把生活中丰富的语文学习资料与教材相结合，建立开放的语文课堂教学，积极开展丰富的语文综合性实践活动，使学生真正地行动起来，在活动中提高学生的核心素养。所以，部编本教材的每一次综合性学习我们都通过精心的活动设计，引导学生认真参与。例如我们在教学七年级下册综合性学习《我的语文生活》时，是这样做的：以"我的语文生活"为主题开展一系列综合性活动，引导学生走进社区、公共场所……分组收集生活中的语文现象，如广告、小区公示标语、车载公益广告、店铺招牌、公园对联等。七年级孩子已经具备了开展综合性学习的能力，在活动中了解了语文作为工具学科的重要作用，并在多姿多彩的语言现象中体会到语文的趣味性。

活动后的反馈更是精彩纷呈，有手抄报，有思维导图，有专场报告会，同时训练学生听、说、读、写的综合能力。因此，活动教学中，要充分体现孩子学习的自主、探究、开放的特征。老师在活动中重点抓好策划、活动、交流展示、评价这几个环节。

在教学九年级下册综合性学习《岁月如歌——我们的初中生活》时，学生以学习小组为单位，共同回忆、共同寻找班级成长的足迹，制作成班级纪念册；书写难忘的人和事，给同学、老师写下离别的赠言，策划文艺演出。在最后的汇报阶段，孩子们通过诵、写等语文形式表达了对同学、老师、母校的感激之情，还通过唱、演、舞等形式的文艺会演表达了对初中生活的回忆与怀念。在综合性学习活动实施的过程中，坚持让学生自主选择和主动参与，充分发挥学生的合作探究能力，由重结果转向重过程，培养了学生策划组织协调能力以及团结合作的精神，提高了学生的核心素养。

2. 在课外实践活动中，提高学生的核心素养

"语文学习的外延与生活的外延相等"，这说明语文活动课的内容无处不在，语文活动课的延伸点无时不有。充分利用课外资源，课后适当地进行拓展、延伸、指导课外活动，这对扩大学生的知识面，提高学生的核心素养有着重要的作用。作为老师，我们要善于利用生活中丰富的教学资源，精心设计，来引导学生进行探究性的学习。语文课外的课程资源很多，如演讲会、辩论会、戏剧表演、图书馆、博物馆、纪念馆、展览馆、布告栏、报廊、各种标牌广告等贴近生活的课程资源。此外，自然风光、文物古迹、风俗民情，国内外的重要事件，学生的家庭生活，以及日常生活话题等也都可以成为语文课程的资源。我们在进行八年级综合学习活动设计时，就结合新都丰富的历史文化资源，布置了很多贴近学生生活实际的课外活动。例如《走进状元故里——升庵文化探究》，鼓励学生参观升庵祠，课后收集杨升庵生平事迹和诗文，既丰富了知识，也提升了学生对家乡文化的认知与认同感。

新冠肺炎疫情期间，我们的网上开学第一课，就结合时事热点，开展了丰富的综合性探究活动，《援助物资上的古诗词》，收集"致敬最美逆行者""全民抗疫，每个你都算数"等素材，孩子

们在活动前分学习小组，搜集、整理资料并和同学分享讨论，完成片段写作，展示学习成果。"这场灾难和每个人息息相关……"语文教育的初衷，从来不是培养"象牙塔中"两耳不闻窗外事的书呆子，而是心系家国天下的热血少年。

3. 设计序列化校本活动，培养学生的创新思维能力

语文综合性活动的实践性和应用性都很强，它要求学生要不断地联系生活实际，自主地进行语文学习的实践。所以形式要不拘一格、新颖别致，才能让学生在活动课前的准备中主动投入，自觉参与，才能让学生在实践中积极动脑、动口、动手，才能让学生在活动中主动感受、体会、理解，先自悟自得。因此，我们根据学生的年龄特征，根据我校的实际情况，分年级设计了序列化的语文综合性校本活动，培养孩子的创新思维能力。比如，初一孩子刚进校，我们需要在活动中提升班集体的凝聚力，同时，需要引导诵读这种基本的语文学习方式，我们就开展了《诵经典诗文，做儒雅少年》的班级经典诵读活动；从培养积累表达习惯出发，我们设置了"课前三分钟"系列展示活动，比如为你读诗，成语故事，好书推荐……在课前的展示活动中，有效锻炼了学生的胆量及表达能力，也规范了学生在语文学习中养成积累交流的好习惯，同时让这件事更有趣味性。在实践过程中我们发现，学生通过分享能更高效地积累知识，要求班级其他同学点评又培养他们学会倾听和思考，一举多得。

初二年级孩子的探究欲望很强，孩子也具备更强的动手动脑能力。根据学生这一阶段的发展特点，我们设计了《我的第一本书》个人文集创编活动以及《阅读有痕——语文轻轻来》百人读书笔记展示，活动中让不同层面的学生都能各展所长、各有所得，努力展示自己的聪明才智和创造思维能力，发展自己的个性和特长。学生的语文能力也得到了提高。我们在课堂上只做选编文集的步骤、方法指导和规范要求。然后给足学生时间（暑假和寒假），让他们自己准备，两个月后，交上来的作品，让我们耳目一新。从封面的设计来看，既有出版社出版封面的精美，也有孩子独特的个性。从内容上看，题材多样、书写工整。从编排上看，构思新颖、个性鲜明……一本本文集都凝聚着孩子的智慧和心血。

学生对自己感兴趣的事物，总是更加专注、重视，希望尽快地认识它、解读它，从而能较快地获得丰富的知识，学会各种操作的技能，体验到成功的乐趣。医学家指出：好的心理状态能促进人的身体健康。同样，好的心理状态能激发人的思维灵敏度，收到事半功倍的效果。有了成功的体验，才能对自己的能力不再怀疑，才有了较强的自信心。当学生在生活实践中运用语文，获得了美好的生活与情感成功的体验，就会无比热情地根植到语文的学习中去。学生的核心素养才能真正得到提高。

初三学生有了更强的思辨能力、表达能力，所以，我们也设置难度较大的辩论比赛、演讲比赛。学生经过层层选拔，精心准备，最终的呈现也是精彩纷呈。我校的语文备课组、教研组还在不断地探究，努力设计出一些既新颖、又令学生感兴趣的语文综合性活动，既能提高孩子的语文能力，也能培养孩子其他方面的素养。

在当前深化教育改革、关注学生核心素养发展的时代背景下，提倡独立思考，探究合作等多样化的学习方式，注重理论与实践并重，知识与经验整合，注重发展学生的创新精神、实践能力、社会责任感以及良好的个性品质。语文活动的开展对学生核心素养的培养具有独特价值。在核心素养导向的中学课程中，语文课堂教学只有将核心素养观念理论转化为具体可操作的实施策略和行动方案，语文核心素养才能真正落地。

经过几年的实践探究，我校的语文综合性活动设计与实施，基本呈现序列化系统化的特点，打破了原来陈旧低效的教学模式，使学生主动参与到语文学习活动中，充分展示自己的才能，激发学习语文的兴趣。通过老师精心设计和组织实施，培养了学生的核心素养，凸显其意义与价值。总之，在语文综合性活动的序列化实践过程中，我们必须牢固树立大语文的教学观，摒弃急功近利的应试教育思想，把"语文学习的外延与生活的外延相等"这句话作为座右铭，着力于学生核心素养的提高。当然，我们还在继续思考与探索，继续补充和完善，以期形成更科学更高效的语文综合性活动校本课程。

【参考文献】

[1] 中华人民共和国教育部：《全日制义务教育语文课程标准（实验稿）》。

[2] 郭元祥主编：《综合实践活动课设计与实施》。

[3] 郑国民等：《基于学生核心素养的语文学科能力研究》。

基于核心素养背景下的作文教学模式研究

四川省成都市新都一中　谭红军

摘要： 在作文教学过程中：重视阅读、留心积累、养成摘抄的习惯，让学生有话可说；感受生活、体验生活、让学生养成抒情的习惯，是写作的源泉；去粗取精、去伪存真、透过现象看本质，让学生养成思考的习惯；记诵经典句、段、篇，学会借鉴，让学生养成锤炼语言的习惯。这四个方面是一个有机的整体，也是作文教学行之有效的方法。

关键词： 作文　素材　语言　文体　模式　研究

对学生写作能力的培养，是高中语文教学中不可缺少的环节。写作是反映学生实际运用语言能力的一种综合体现，是运用语言文字进行书面表达和交流的重要方式，是认识世界、认识自我、反映世界、反映自我并进行创造性表述的过程。

《普通高中语文课程标准（实验稿）》中又指出："写作教学应着重培养学生的观察能力、想象能力和表达能力，重视发展学生的思维能力，发展创造性思维。鼓励学生自由地表达、有个性地表达、有创意地表达，尽可能减少对写作的束缚，为学生提供广阔的写作空间。"普通高中作文教学占据了语文教学的半壁江山，新的课程理念给作文教学又带来了新的挑战。如何在语文课程改革的大背景下，创新性地进行作文教学，让学生既能自由地发挥，又能正确地反映世界、反映自我，这是每一个高中语文教师必须面对的课题。

　　语文教学的目标，就是培养学生听、说、读、写的能力，而阅读与写作是语文教学的两个最主要的目标。但在实际教学过程中，这两个目标恰恰是语文教学的重、难点。学生不会阅读、不会写作。尤其是写作，大多数学生的作文都呈现出：偏重技巧，忽视体验；偏重形式，忽视内容；偏重模仿，忽视思维。内容大多空洞无物，泛泛而谈；感情大多矫揉造作，无病呻吟；语言大多直白乏味，不知所云。学生只是为了写作而写作，为了应试而凑字数。面对这样严峻的现实，我们将怎样来改变它，进而提高学生的作文水平呢？我个人认为可以从以下方面入手。

一、重视阅读、留心积累、养成摘抄的习惯，让学生有话可说

　　现在有许多学生对写作文感到望而生畏、无话可说，原因就是缺乏写作素材。要使学生作文有话可说，有物可写，必须注意积累写作材料，提倡多阅读文章。古人说："读书破万卷，下笔如有神。""博观而约取，厚积而薄发。"这是说书读得要多，知识才厚实，写起文章来才能左右逢源，游刃有余。阅读是吸收，写作是运用。只有大量地广泛地阅读吸收，才能有丰富的、自如的写作运用。没有读的"耕耘"，就没有写的"收获"。因此强调学生读书要熟读精思，融会贯通，积累材料，让它成为自己写作的"源头活水"，学会迁移，并运用到作文中去。

　　那么，怎样才能做到有效地收集素材，"厚积而薄发"呢？那就得养成摘抄的好习惯。我个人认为可以从以下两个方面入手。

　　1.重视课内素材的积累

　　由于高考内容很少直接从课本取材，导致许多学校在语文教学中轻视甚至放弃课本的学习，将大量时间放在做模拟题上，这是一种舍本逐末的短视行为，尤其有害于作文。许多学生在作文时常常"难为无米之炊"。其实，课本里许多文质兼美的文章，是经过几代人不断筛选积累下来的，是很有代表性的，我们可以将其摘抄下来作为重点掌握的对象。例如，高中第一册第二单元史铁生的《我与地坛》中就有许多经典的语句："一个人，出生了，这就不再是一个可以辩论的问题，而只是上帝交给他的一个事实；上帝在交给我们这件事实的时候，已经顺便保证了它的结果，所以死是一件不必急于求成的事，死是一个必然降临的节日""他被命运击昏了头，一心认为自己是世界上最不幸的一个，不知道儿子的不幸在母亲那儿总是要加倍的"……

除了这些文章本身的价值外，我们还可以直接吸取课本的例子作为作文的素材。这也可以从两方面着手：一方面可以通过背诵书目来积累素材；另一方面可以通过写单元总结的形式来积累素材。例如，在上完高中第四册第五单元后，我就给学生做了一次通过写单元总结来积累素材的范例，范文如下。

生命如歌
——高中第四册第五单元总结

以双眸为舟，以视力为桨，穿越文字的河流，到达心灵的彼岸。从一扇扇敞开的心扉里，传来发自灵魂深处的呼唤：忠孝两难的境地，聚少离多的永诀，怀才不遇的悲愤，仕途多舛的洒脱。用生命的琴弦演奏着人生的乐章，生命如歌吹奏着人生的酸甜苦辣，生命如戏演绎着人世的爱恨情仇……

李密，当我泪眼婆娑、忧愁感伤、肝裂心碎地听完你至真至性的生命之歌时，我知道你成功了，即使是晋武帝也无法翻越你情感的堡垒：你悲怆幽怨的哭诉，你互诉衷曲的凄婉，你魂泣魄哀的低吟，能使草泣花悲，人何以堪？你用生命的真爱为盾牌，挡住了来自怀疑的暗箭，试问有谁能抵挡真情的叩问！

李密我想对你说，真爱无敌！李密我想对你说，守住自己！在名缰利锁的罗网中，你选择了亲情，守住了感情的圣地，用真爱的阳光拂去名利的细菌，用情感的月亮，照亮功名的死角。

其实，你是幸福的，你比韩愈幸运：韩愈聚少离多，未及见面，却成永诀。你至少还有亲可赡，人世间又有多少"子欲孝而亲不在"的遗憾而悔恨。在名利的彩云飘过以后，只有真爱的甘露才能洗涤我们灵魂的尘埃，滋润我们干涸的生命。

你用血浓于水的亲情为我们谱写了一曲人性美的牧歌，亲情这个永不褪色的话题，在你们这里弃旧出新，用灵与肉注入新的内容。

正如不是所有的春天都繁花似锦，不是所有的夏天都阳光铺地，不是所有的秋天都硕果如山，不是所有的冬日都粉妆玉砌。生命亦如是，在生命的大海上，焉能没有蛟腾龙吟、波愤涛怒、暗流涌动、意外触礁的时候。

生命永远这样变幻无常：一件极小的事既可以成就你也可以败坏你，生命的跌宕起伏诠释着人生的规律。可是又有几人真正体会过"树倒猢狲散"的孤寂与落寞，"墙倒众人推"的凄惨与无助。柳宗元体会到了，迁谪后的他"茕茕孑立，形影相吊"。永州的荒芜，仕途的失意，胸中的愤懑，让他欲诉无人，欲哭无声，呼天抢地无回应；他只能将胸中块垒外化于客观的景物，在永州的山水之间徜徉，在情绪的颠簸之中徘徊，无声地宣泄着他郁结的悲愤。

与柳子厚相比，苏东坡迥然相异，他豪放的性格，洒脱的气质决定：他永远不会像李密、韩愈那样用缠绵哀怨、如泣如诉、魂萦魄绕的浓得化不开、溶不了的凄婉来诉说他命运的多舛，官场的失意，贫苦的无奈，但我们依然能从他豪放的外衣下洞悉他哭泣的灵魂，东坡也多情才子，东坡亦性情中人。

"知者乐山，仁者乐水"，其实，你们都是绝顶聪明的智者，无人企及的仁者，用充满灵性的山水作为音符，弹奏人世浮沉的悲歌，如诗如画、如梦如幻，真是美煞人也，连失意也失意得那么诗情画意、浪漫诱人，不知得意时的得意，又该是怎样的一番景致！

剥开文字的外衣，洞悉灵魂的内里，就能聆听先贤们用生命为琴，以际遇为弦，演奏的一曲曲悲欢离合、沉浮顿异的生命之歌。

这不仅能帮助学生积累素材，而且也能促进学生练笔，并做到有感而发。其实，近几年的高考满分作文，有许多都是直接从课本中选取的典型材料。老师可以通过教材提供的各种典型的、规范的语言材料，让学生不断地积累和丰富自己的作文素材库。

为学生有话可说做好充分的准备。

2.注重课外素材的积累

加强阅读，厚积薄发，不能只限于教材内容，还应该超越教材，关注课外。如果只关注课内，视正常的课外阅读为歧途，一心只读课本教材，结果只能孤陋寡闻、知识贫乏、才能萎缩、灵感枯竭；只有博览群书才能视野开阔、见识增长、写作灵感迸发。古人曰："老于读书，逸于写作。"各种书籍是写作者获得写作材料不可或缺的源泉之一。读和写不是孤立地发生和发展，而是相辅相成、相得益彰。夸美纽斯早已指出："阅读与写作的练习永远应当结合在一道。"当代著名女作家斯好女士也道出了她的写作成功经验："多读书，是可以使人尽快步入写作之门的。"因此，多阅读别人的文章，是提高自己写作能力的有效途径之一。

中学生生活的圈子小，接触社会机会少，生活阅历浅，来自生活的素材毕竟有限，这样课外阅读就显得举足轻重。为了保证学生的课外阅读量，我们就必须上好阅读课。在阅读课上，除了让学生阅读《读者》《意林》《智慧背囊》《思维与智慧》外，还让学生有计划、有步骤地阅读一些古今中外的名篇佳作，指导学生搜集文章，让学生在美文园地里精心采撷，把自己喜爱的、可借鉴的美文编成集子，变为自己的"美文集"。一是多方面、多角度地搜集，即从报刊上裁剪下来，从学校、老师、同学那里转抄过来，从计算机网络中下载过来，从自己的作文中挑选出来；二是规定一定的时间阅读、筛选。多写片段，多记日记。建立在大量阅读基础上的读书笔记，不仅摘录所阅读文章的好词、好句、好段，还将自己的所感所悟也记录下来。教学实践证明，学生阅读的材料越多，写作思维就越活跃，写作思路也就越宽，表达也就越清楚。书读多了，生活积累丰厚了，就会引起倾诉和表达的欲望，最终做到善于表达。

二、感受生活、体验生活、让学生养成抒情的习惯，是写作的源泉

"问渠那得清如许，为有源头活水来。"社会生活是作文取之不尽、用之不竭的活水源头。叶圣陶先生说："生活如泉源，文章如溪水，泉源丰富而不枯竭，溪水自然活泼地流个不歇。"也是这个意思。"生活单薄，思想贫弱，不善于观察，不长于想象，缺乏'发现'的能力，就等于你切断或削弱了'客体'和'主体'在认识上的联系，那么你'反映'什么？又怎么能做到完整、准确、生动的反映呢？"关心生活，是作文教学长期以来的一项重要任务，世间百态，都来之于作者对生活的观察和感受。"哀乐之心感，歌咏之声发"，作者感受生活时触发美感，触景生情，经事生情，激起写作欲望，触动灵感，继而营构成篇，发言成文。因此，可以说美感产生美文，这是文章写作的客观规律，我们的作文教学乃至整个语文教学都必须遵守这一规律。因此，学生生活感受能力和美感体验能力的培养、提高，是作文教学之根本，是提高学生作文水平的源泉。

学生进入高中以后，生活感受能力和美感体验能力，已经有了一定的基础，只要教师在高中三年的作文教学中时时相机引导，着意培养，学生的生活感受定能日益深刻，美感体验定将日见真切，学生的作文灵性也会逐渐显露。那么，如何引导和培养呢？

首先，确定内容，即感受什么体验什么。

具体内容大致可概括为：感受家庭，体验亲情美；感受交往，体验友情美；感受交际，体验人情美；感受风俗，体验风情美；感受自然，体验风物美；感受时代，体验崇高美；感受历史，体验悲壮美；感受艺术，体验形象美；感受科学，体验理性美；感受人生，体验人性美。

其次，划定步骤，即感受体验如何落实。

把"感受＋体验"落实到具体的作文教学之中，就是围绕"现实人生"这一中心，逐层展开，螺旋上升，以求水到渠成。具体步骤分解为：高一年级，指导学生感受家庭、交往、交际、自然与社会，体验亲情、友情、人情、风物风情；高二年级，指导学生感受时代历史与科学自然，体验崇高与悲壮、形象与理性；高三年级，指导学生感受人生，体验人性，并将生活体验，人生感悟抒发出来。

再次，设定途径，即怎样去感受体验。

具体途径，一是教师现身说法，给学生指路。教师在教学中，少谈或不谈空头理论，多说自我生活中的切身感受体验，让学生得法于教师的身教言传。二是教师"下水"，教师给学生导路求途。教师有目的地组织带领学生深入社会实际生活实践感同身受，走进名胜人文景观身临其境地领会，踏上历史古迹省视人类文明进程。三是教师布置任务，鞭策学生赶路。每一个时间段，按照计划的统筹安排，给学生布置具体内容的感受体验任务，让学生独立感受体验，养成用心感受、深入思考生活的良好习惯，形成健康的美感体验和审美意识，认美识美赞美。

最后，引导学生将生活感受，美感体验真实地抒发出来。

语文教师在作文教学过程中，必须注意引导学生在作文中动真情，做到有感而发，以情感人。"没有情感这种品质，任何笔调都不能打动人心。"（狄德罗语）没有真情实感，作文也就失去了灵性。作文是学生认识水平和语言表达能力的体现。写作教学是以提高个体言语能力为目的的，它强调在言语形式上个体表达的"贴切"，更强调"自由表达"。这就要求学生自主选择表达内容，说真话、写真感、抒真情。文章有了真情就有了灵气，有了生命；就能打动人、感染人，文章也就有了活力。

三、去粗取精、去伪存真、透过现象看本质，让学生养成思考的习惯

现象是事物的外部联系和表面特征，事物的本质往往通过表象反映出来。每一个客观事物，都是多种规定的复杂统一体，这些复杂的规定通过丰富多彩的现象表现出来。人们接触一个事物，总是先认识到它丰富多彩的现象，由感觉、知觉而到表象，取得关于这个事物整体的、感性的认识。通过分析事物的现象，可以帮助我们认识事物的本质。

事物的本质是蕴含在事物的现象之中的，往往很难一眼看出；同时，其本质也有层次深浅或主次的区别，不易一下抓准。因此，动笔写作前须仔细审度，深入探究，不可贸然做出判断。

1. 要独具慧眼，认真细致地观察事物

对阅历尚浅的高中生来说，观察时不放过生活中那些"不起眼儿"的凡人小事，如果能开动脑筋，透过那些"芝麻绿豆"的小问题去发现蕴含的深刻含意，同样可以得到"寻常中显本质，微尘中见大千"的卓尔不群的立意。

2. 掌握把握本质的一些方法

要用理性的睿智之光，对观察到的表象下一番"振叶以寻根，观澜而溯源"的功夫。注意运用比较的方法，对事物的现象进行概括，去伪存真，去粗取精，由此及彼，由表及里，进而"上升""飞跃"，形成对事物理性化的认识。同时，注意对事物发展过程进行动态分析，探求事物在各个不同的发展阶段上的特殊性。如 1995 年高考作文题中的寓言诗《鸟的评说》，描述了一群鸟互相揭短、互相攻击的怪现象。在审题立意时，首先必须揭示出这一群鸟的本质特征：不能正确地、全面地、辩证地看待自己和别人。否则，议论就无从谈起。

在探究事物的本质特征的时候，一定要特别注意：相同、相似的现象可能反映不同的本质，不同的现象也可能反映相同的本质。再如，1997 年高考大作文，要求把试题提供的两则材料结合起来思考，联系实际展开议论。第一则材料讲的是大多数青少年最赞赏"助人为乐"的品格；第二则材料讲的是不少人碰到别人有麻烦时会"悄悄走开"。粗看起来，这两则材料反映的现象截然相反，然而，透过现象做仔细的分析，我们就会发现，这两种不同现象的本质恰恰是相同的：那就是自私心理在作怪，不少人总是希望别人帮助自己，而当别人有困难时却不肯伸出援助之手。

3. 掌握一些"理论武器"

事物的现象是错综复杂的，往往真假交织，鱼龙混杂，不易分辨，同时事物的本质往往也有个逐步暴露、逐渐展开的过程；因而，对事物本质的认识并非易事。这就要求我们平时多积累，政治课本里的一些辩证唯物主义和历史唯物主义观点要注意吸收消化，其他一些理论书籍和文章里的精彩论析，也得时时留意。这样，带一点"理论武器"走进考场，根据需要，适当地、妥帖地加以运用，往往会收到很好的效果。

说到底，事物"本质"的核心是"人心"，即人们的思想根源。任何不良的社会现象，追来追去，最后一定能追到"私心"上；任何好的社会现象，追来追去，一定能追到"公心"上。比如环境问题，似乎是与"私心"没什么联系，是人类的共性的问题，如果刨根问底地问几个"为什么"，就会发现问题的根源。草原为什么会衰退？是因为过度放牧。人们为什么要过度放牧？是为了满足人们对牛奶、牛皮、羊毛越来越大的需求，是为了多赚钱。所以问题的关键，在于人们越来越大的贪欲。由此推想，所有破坏环境的行为，都是为了满足人们的各种贪婪的欲望。所以，每个人对环境的破坏都有不可推卸的责任。人类把本属于这个地球所有生命的环境当成只供自己消费的资源。如果能分析到这一点，就是找到了问题的本质，文章就很深刻了。

四、记诵经典句、段、篇，学会借鉴，让学生养成锤炼语言的习惯

在实际教学过程中，我们会发现学生的作文：语言平淡、琐碎，苍白无力，冗长赘余，空洞乏味，言之无物。那么，怎样来解决这个问题？我想除了增强自身的文学积淀外，我们还可以通过记诵经典句、段、篇，学会借鉴，来养成锤炼语言的习惯，从而达到提升语言质量的目的。前辈们为我们留下了许多智慧的结晶，留下了许多优秀的作品，他们都以深刻洗练的语言记录下自身的经历、感受和认识，从而形成他们独特的语言风格。与他们对话，就是对自身的一种观照，一种提升；向他们学习，向他们借鉴，可以让我们在写作中少走弯路，从而达到更快提升语言精确性的目的。如：

"夫祸患常积于忽微，而智勇多困于所溺""娟娟戏蝶过娴幔，片片轻鸥下急湍"……用简洁凝练的语言，为我们揭示出深刻的生活哲理和如诗如画的意境。如果我们把这样的语句记诵下来，并恰当地引入文章中，不仅在语言上能达到以一当十的效果，而且还能让文章内容深刻、语言洗练、文采飞扬，充满浓厚的文化气息。

再如：歌馆妓楼是什么地方，是供人享乐、使人堕落、教人挥霍、引人轻浮、教人浪荡之地，任你有四海之心、摩天之力，在这里，也要销魂蚀骨，化作一团烂泥，但柳永却成就了他的梦。柳永曾言：才子词人，自是卿相寒酸的衣服裹着闪光的才华，糜烂的外表下藏着一颗多愁善感的心。有人责备柳永，说他胸无大志，作为词人，却不像辛弃疾那般："男儿到死心如铁，看是手，补天裂。"不像陆游那般："自许封侯万里有谁知，鬓虽残心未死。"但柳永也曾抱着极大的政治热情投身建功立业中，他碰了钉子，于是转头向市井深处，这片肥沃的土地拥护着他，托举着他，他像田禾在养分充足的土地中疯长，淋漓酣畅地发挥着自己的才华，手拿笔墨书写自己华丽的人生之词。

当我们把这样一段文字记诵下来之后，它的意义就不只是我们多记了一则典型的素材、扩展了我们的视野，更在于我们可以借鉴它阐述材料的方式和组织语言的方式。这样反复的记诵，反复的琢磨，就能帮助学生养成锤炼语言的习惯。

五、结合感受体验，对学生进行作文文体的训练，老师养成写"下水"作文的习惯

学生生活感受能力和美感体验能力增强了提高了，学生作文就有了源泉有了活力，作文教学的经线就罗织成功了。在指导学生感受生活、体验美感的同时，开展相应的作文文体训练，指导学生把感受体验心得熔铸成各式各样文章，犹如在经线上编织纬线，只要精心绾结，作文教学的有序有效之网就结成了。那么，如何进行作文文体训练呢？

1. 结合感受体验内容的不同特点，进行不同体裁的作文训练

高一年级着重进行记叙文与说明文的写作训练，指导学生写好叙事散文、写景散文与小品文；高二年级着重进行议论文与文学体裁的写作训练，指导学生写好一般议论文、说理性散文、随笔札记，尝试诗歌小说戏剧创作及消息新闻报告文学的写作；高三年级着重进行话题作文综合训练，指导学生写好一题多作的话题作文，运用不同体裁形式写同一个话题，指导学生写好话题记叙文、议论文、抒情散文、片段式散文、对话式散文、故事新编及童话寓言日记书信等。

2. 结合感受体验的具体内容，进行立意、选材、谋篇布局等的作文章法训练

实际上，各年级所安排的感受体验内容就已经给定了作文立意选材组材的范围，每次作文训练，主要是具体指导学生如何提炼主题、如何围绕主题选材组材安排层次等。而具体指导的最有效方式就是教师"下水"作文。如以"感受家庭，体验亲情美"为内容的叙事散文作文训练，我就亲自给学生写了一篇"下水"

作文：

好想牵你的手

岁月的车轮碾过春的轻柔温婉，夏的热烈奔放，秋的澄澈静美，来到冬的酝酿与封存。但季节的地窖封存不了记忆的酒香。在剥去了尘世的纷扰与铅华之后，记忆的列车鸣起长笛，在心灵的轨道上长驱直入，驶至灵魂的终点。一双瘦弱龟裂、刚劲灵巧，而又温情的手模糊了我的视线，淹没了我的记忆。

噢，好想牵你的手，母亲！

记不起最后一次和你牵手的时间，虽然你还健在，距离是那样近，回忆是那么……

还记得那个花团锦簇、芳气流淌的季节吗？懵懂年幼的我迷上了玩扑克，竟然偷偷地躲在邻居家里不去上学，终于你还是发现了，两次劝说无效后，有一天中午，你推开邻居家的门，蓬松着头发、纵横着眼泪，紧握木棒的手不停地战栗，两眼浑浊无神地盯着我。

我知道厄运降临了，于是夺门而逃，你竟没能抓住我，我心中一阵窃喜，便跑得更快。你追上来了，就在你快要抓住我的时候，我灵机一动，转向狭窄曲折的田间小路，这是我机智的体现。效果很明显，你的速度很快慢了下来，正当我跃过一个缺口，为自己的胜利而得意的时候，我看见你的身子一晃，一个趔趄——掉落在积水很深的田里，还好你的脚先落水，人还站着，水没至你的腰，双手为了自救而丢掉了木棒，陷入田埂旁的污泥里，蓬松的头发彻底散乱，你哭了，从哽咽到哭泣，我记忆中那是你第一次哭。我被吓坏了，拼命地冲回来，跳进水里抓住你的手大哭到：妈，对不起！对不起，妈！我再也不打牌了，我再也不逃学了。你哀伤而无助地抱起正哭得一塌糊涂的我，从田里挣扎着爬起来。

从此我不再逃学，但却没有想过父亲在外，你独自教养我的艰辛，也没有注意你手的模样，只觉得仿佛很瘦弱。

人生就是这样，在成长的足迹里总是包含着心酸与悔恨，每个年龄段都彰显着它独特的个性和气质。

转眼已是高中，这个年龄段的孩子，总是打着叛逆的幌子，名正言顺地和父母对着干，找个貌似合理的缘由，把自己的意图在父母身上延伸。我也不例外，当母亲把农忙时节熬夜做成的一双布鞋交给我的时候，我以不好看、跟不上潮流、高中生不应该再穿布鞋等冠冕堂皇的理由拒绝了，并要求母亲为我买一双皮鞋，母亲只好慌忙而羞涩地缩回了手。一周以后，母亲为我买了双新皮鞋。

后来才知道，为了纳那双布鞋，母亲在煤油灯下熬了整整一个月的夜；为了纳那双布鞋，母亲有几次头发被火焰灼焦了；为了纳那双布鞋，母亲的手磨起了老茧，也不知她的手被扎了多少针孔。

而为了买那双皮鞋，母亲帮别人锄了整整一周的草，这时，我才知道：母亲的那双手不仅瘦弱，而且灵巧、刚劲，即使已经龟裂。

我恨自己用母亲的血汗来满足自己物质的虚荣。用貌似合理的借口作为强加给母亲的圣旨，殊不知，我的一言一行都烙在父母的心里，并成为他们奋斗的目标。

三十而立，四十不惑，五十知天命……如今，已是人到中年，在外工作，与母亲聚少离多。今年秋天回到家里，我发现母亲更苍老了：两视茫茫，两耳失聪，而发苍苍，而齿牙动摇。可她依然可以用双手为我们烹制美味佳肴，为孙子缝制小巧的衣衫。我知道：母亲在用她一生的时间为我们罗织亲情的网，让我们每个人都无法逃出这个网。

现在是冬天，但我很温暖，因为我牵住了母亲的手。

老师与其讲得天花乱坠，不如从自我切身感受体验出发，写一篇赞美亲情的散文，用自己的写作经验告诉学生，既有利于学生理解，又能激起他们强烈的写作兴趣，激发他们强大的写作欲望，其教学效果当然远远超过那些借鉴他人范例、老师凭空的说教。实践证明，在作文教学过程中，老师现身说法，将自己如何构思，如何选材，如何安排结构，如何组织语言的过程，真实地讲解给学生，能起到以一当十的效果。令人遗憾的是，当今语文教坛，教师"下水"作文者日见其少，寥若晨星，作文教学只停留在出题与讲评的层面上，学生厌倦作文、不会作文、写不出好作文也就不奇怪了。

六、让学生身体力行，养成自我评改作文的习惯

评改，是作文教学中的重要环节。传统的作文评价是教师改，教师评，教师是习作的唯一裁判，结果学生写得辛苦，教师改得辛苦，大家都苦多甘少，却收效甚微。如何变苦为乐，提升学生的作文水平呢？在作文的评改这一环节中，强化学生评改，突出学生的主体地位，充分发挥学生的主观能动性，可以让大家变苦为甘。

叶圣陶先生说："文章要自己改，学生学会了自改的本领，才能把文章写好。"《普通高中语文课程标准（2017年版）》也明确要求："能独立修改自己的文章，结合所学语文知识，多写多改，养成切磋交流的习惯。"可见，大胆地改变传统的"精批细改"的做法，把作文批改的主动权还给学生，彰显其主体地位，让学生自己来主宰其作文的命运，评判其作文的得与失，应该是当前语文教改中一个不容忽视的方面。

总之，语文教学是最有发挥空间的，不同的教师有不同的教法，教学也有不同的风格，是最能体现"教无定法，教学有法"的特点了。我们每个老师只要从教学实际出发，就可以采取行之有效的方法，从而达到我们的教学目的。真可谓"八仙过海各显神通"。以上，只是我个人在教学过程中，关于作文教学的一点感受，不妥之处，还望多多指教。

【参考文献】

[1] 李军霞：《中学作文教学的感悟》。

[2] 段永亮：《作文教学感悟》。

[3] 董晓霞：《作文教学反思》。

[4] 王亨桂：《新课标下作文教学心得》。

学习任务群与高中语文教学模式探究

四川省成都市新都一中语文组　易凌沁

摘要：《普通高中语文课程标准（2017年版）》中提出了"学习任务群"的概念。"学习任务群"教学模式的目标是"立德树人"。"学习任务群"教学模式与传统单篇教学模式比较，由课堂语境向真实语境转变，单线性向整合性转变，教师主体性向学生主体性转变，单一性向多元性转变。在"学习任务群"具体教学实践中，还应该注意文本细读与任务群的平衡，把握任务设置的难易度，任务设计与教师能力匹配统一。

关键词：学习任务群　立德树人　教学模式　问题应对策略

《普通高中语文课程标准（2017年版）》中提到"以语文核心素养为纲，以学生的语文实践为主线，设计'语文学习任务群'。'语文学习任务群'以任务为向导，以学习项目为载体，整合学习情境、学习内容、学习方法和学习资源，引导学生在运用语言的过程中提升语文素养"。在此依据上，课程标准在高中语文必修、选择性必修、选修三类课程中各设置了7到9个，共计18个学习任务群，每一任务群都做了详细的内容阐释。"学习任务群"以完成"任务"作为语文课程的活动中心，以"群"的综合性方式组织整合语文教学内容，以学生提升运用能力和思维品质为落脚点，高中语文传统单片教学模式也需要作出相应的转变。

一、高中语文教学模式转变的必要性

（一）突破语文教学困境的需求

在近年来，学生语文学习只重视语文应试知识技巧的获得，在生活中却运用不来语文。同时，现有的教学模式让教师着眼于碎片化的知识点的讲解，语文教育教学同质化、单一化现象严重。语文教学模式脱离了实际需求，激发不了学生的学习动力，提升不了语文素养，语文教学模式急需改变。

（二）适应新教材的需求

新课标颁布后，教育部于 2019 年发布了普通高中语文教材，并在北京、上海等六省（市）投入使用。教材均以人文主题和学习任务群双线索组织单元。以必修一上册为例，该册就涉及了"文学阅读与写作""整本书阅读""当代文化参与"等学习任务群。语文教学方式的转变，为统编新教材的开展提前做好准备。

（三）实现"立德树人"的需求

十九大提出："全面贯彻党的教育方针，落实立德树人根本任务。""立德树人"又通过语文四大核心素养来实现。"学习任务群"是核心素养的具体实现途径和载体。"语文学科核心素养是纲，课程内容是目，纲举而目张。"学习任务群能够最大程度上凸显核心素养，更好实现"立德树人"的根本目标。

（四）世界教育发展的需求

21 世纪不同的国家都提出了不同的核心素养的理念。"沟通与交流能力""团队合作""信息技术素养""母语能力""学会学习"成为世界教育的共同诉求。21 世纪教育力求培养一个知识、能力、态度整合统一的健全个体。学习任务群的设置目的也在于此。

二、语文教学模式转变的实施策略

"模式"释义为"方式""样式""形式"，学习任务群的设置，意味着高中语文教学的形式的重新编排整合。笔者以统编语文教材作为参照，以人教版高中语文教材为蓝本，提出对高中语文教学模式的转变的关键点。

（一）由课堂语境向真实语境转变

受学科分化理念和我国教学资源水平等因素的影响，我国语文教学变成了刻板的备考流程，语文的"学习环境抽象化、学习内容知识化、学习目的应试化"。一旦脱离学校考试语境，学生既得语文知识变成了与现实语言实践活动脱节的无用知识。学习任务群要求把任务置于真实的语文学习情境中，在完成任务中创设符合生活实践的真实情境，运用符合个体真实情感的语言。语文的课堂力图"接近于真实、自然、个性化的学习环境和状态"。不同于以往教学的"创设情景"式课前导入。"创设情景"式课前导入只是在课前插入一段与此后课文学习讨论无关的前导。而创设真实情境是有语文活动特性，与文本内容相关联，贯穿引导语文实践活动的情境。

以人教版高中语文必修一第一单元为例，该单元教学内容是现代诗歌，篇目涉及《沁园春·长沙》《雨巷》《再别康桥》《大堰河——我的保姆》，传统的单片教学要求是品味诗歌的意象、意境和情感。在"创设情景"式课前导入中，教师往往会播放诗歌为歌词的歌曲。而在真实的情境教学中，我们发现高一学生正处于青春期这一真实特点，该单元篇目创作时间都在作者的青年时代。该单元以青春为话题创设情境，学生会有感同身受的共鸣。比如以"你的青春梦想"让学生展开联想，接着再让学生体味诗人的青春心声，从而得出以天下为己任的情怀，青春成长中无名的忧伤，追求爱、美、自由的浪漫，对亲人一腔的爱和对不公制度一腔的恨等青春主题，从而让学生真正走进诗歌。

（二）由单线性向整合性转变

学习任务群"不是学科知识逐点解析、学科技能逐项训练的简单线性链接和排列"。"目标—达成"的单线性教学模式使语文学习过于知识化，只看到了语文科学性的一面，忽视了语文的人文性。单线性教学模式达不到"追求语言、知识、技能和思想情感、文化修养等多方面、多层次目标发展的综合效应"的要求。"学习任务群"以"任务"为中心，以"群"为整合方式。围绕任务，语文教学重点转向在完成任务实践过程本身中，学习个体的语言、知识、技能、思想情感、文化修养得到全面的发展。以"群"为整合方式，意味着18个学习任务群，任务群下的子任务，子任务下的语文篇目并不是绝对孤立。不同时代、文化、学科、媒介、文体的语文素材可以围绕子任务群放置一起学习，互相补充映照。一个任务群可以有多个子任务，指向不同的主题。单一学习任务为主导的同时，又可以以其他的任务群进行补充辅助，从而形成一个"整合性"的教学结构模式。

比如我们学习人教版必修四第一单元戏剧。对于莎士比亚的《哈姆莱特》，我们可以放在"外国作家作品研习"任务群中，了解外国古典戏剧的特点，也可了解以莎士比亚为代表的同时期欧洲作家人文主义精神。也可以把它放在"跨文化专题研讨"任务群，和汤显祖的戏剧作品比较，再加入《罗密欧与朱丽叶》和《牡丹亭》的比较，探讨同时期中西方文化思想的差异。

（三）教师主体性向学生主体性转变

在以往的单线性语文教学中，语文教师充当"传道授业解惑"的知识传授者角色，教师单向度向学生输出知识，学生是知识的接受者，教师是课堂的主宰。在学习任务群的教学模式中，学生可以在任务的指导下进行自主、合作、探究性学习，教师与学生之间，学生与学生之间可以互动交流，教师可以在过程中启发、引导，教师成了组织者，协调者甚至同伴，学生变为了学习的主体。

（四）单一性向多元性转变

学习任务群的课程篇目具有多元化的特点，学习任务群涉及的活动文本，有中国古今名篇，也有外国作家作品，还有科学与文化论著，文本内容呈现出丰富性和多样性，具有跨文化和跨学科的特点。

学习任务群的课程活动方式也有多元化的特点，学习任务群要"充分顾及问题导向、跨文化、自主合作、个性化、创造性等因素，并关注语言文字运用的新现象和跨媒介运用的新特点"。在进行语文活动实践中，学习任务群可以运用多种多样的教学形式补充扩展文本，比如辩论会，观看纪录片，朗诵大会，制作PPT等。语文的书面训练形式也不仅局限于纯知识点的选择填空，还可以囊括制作表格，撰写论文，文学创作等形式。跨媒介、多形式的参与，指向语文教学不是仅仅得到一个答案，而是思维品质的提升，目的是为了学习个体的个性化和创造性发展。

学习任务群在课程选择方面也有多元性特点，学习任务群设置了7个必修任务群，6个选择性必修任务群，6个选修任务群。选修任务群不要求所有学生都进行学习，而是留给学有余力的学生进一步提升。选修任务群在必修和选择性必修任务基础上更加细化、窄化、专题化。三个类型的任务群具有层次性和差异性，来服务不同语文学习水平的人，因材施教，避免"一刀切"的教学现象，有利于学生多元化发展。

比如在《红楼梦》的整本书阅读中，我们可以进行影视与原著的比较鉴赏,《红楼梦》诗词朗诵比赛,《红楼梦》人物鉴赏,《红楼梦》语体研究,《红楼梦》手抄报设计等丰富多元的教学活动。

三、学习任务群教学中出现的问题对策

一个新事物的产生,必然需要不断改进与完善。传统教学模式向学习任务群教学模式转变下,教师在具体操作实践中,相应会伴随一些疑问与困惑,为此我们应该用辩证的策略来应对。

（一）文本细读与任务群的平衡

学习任务群是以任务带领多个文本进行探讨分析,一些教师在实际操作中,陷入了唯任务论,即为了任务而组织文本,文本服务于任务。学习任务群的跨文化、跨媒介的组织活动特性,部分教师又陷入了形式主义,即满堂课都是活动,学生思维停留在浅层无法深入分析文本。为了避免上述情况,我们应该做到文本细读与任务群的平衡,在学习任务群的教学实践中,也要兼顾传统单片教学中文本细读和知识点的解答,不能完全忽略语文的基础知识。在多元教学活动中,注意活动组织一定要与文本解读密切关联,活动要有语文味和人文关怀。如果说传统单片教学模式"只见树木,不见森林",那么学习任务群教学模式要"既见树木,又见森林"。

（二）把握任务设置的难易度

学习任务群需要教师结合文本设计具体的子任务。一些语文教师文学素养高,对学生的要求高,设计出的任务过高估计高中生的语文水平,任务远远超出学生的能力范围,造成学生无法顺利完成任务,课堂又变回了教师的一言堂。而一些老师为了课堂气氛的活跃,又把任务设置过低,学生完成无效任务,学生的思维品质得不到提升。对此,教师在任务设计和教学前,应该充分了解学生的学情,立足教学情境的真实性来设计任务和引导点拨步骤,设计适合学生的学习任务。

（三）任务设计与教师能力匹配

学习任务群的提出,对教师自身的语文功底素养有了更高的要求。传统的单片教学有固定的教学模式,知识任务作为教师教学参考,虽然造成了教学的同质化,但是也有教学内容稳定统一的特点。而学习任务群的教学效果好坏,受到教师自身能力的极

大影响。不同素养的教师，不同文化教育水平的地区，呈现出的教学效果会产生巨大的差距。学习任务群指向的核心素养完成度参差不齐。为了解决这一问题，一方面，教师应该提高自身的专业素养，做到持久学习；另一方面，学校、教育行政单位应该多组织新课标下的教师培训，让教师适应熟悉新的教学模式。此外，相关部门应该多编写出版匹配新课改的教材教参，除了统编教材以外，鼓励教育者出版教学专著，让教师教学有章法依据可寻，有相对确定统一的执行标准、评价标准。

综上所述，学习任务群语境真实性、整合性、学生主体性、多元性各个要素互动共生，在具体的教学实践活动中不断改进完善，为完成国家新时代的教育任务而发挥更大作用。

【参考文献】

[1] 中华人民共和国教育部：《普通高中语文课程标准（2017年版）》，人民教育出版社2018年版。

[2] 王湛等：《普通高中语文课程标准（2017年版）解读》，高等教育出版社2018年版。

[3] 王意如等：《普通高中课程标准（2017年版）教师指导·语文》，上海教育出版社2019年版。

[4] 刘飞：《高中语文"学习任务群"：布局、特点与实施路径》，《基础教育课程》，2019年第243-244期。

[5] 刘飞：《高中语文"学习任务群"的内容转译与教学创生》，《中学教育教学》，2019年第12期。

核心素养下，翻转课堂之诗词教学与信息技术的融合实践

——以《醉花阴》的教学实践为例

四川省成都市新都二中　孙阿利

摘要：新时代，高中语文的教学目标不仅是培养学生的听、说、读、写能力，更应该关注学生语文的核心素养。它主要包括了"语言的建构和运用""思维的发展和提升""审美的鉴赏和创造"以及"文化的理解和传承"总共四个方面。而"互联网＋"背景下，基于核心素养，借助信息技术与高中语文翻转课堂教学的融合，促进学生的个性化、精准化学习，培养学生合作探究、质疑精神，是有效应对和克服高中语文教学困境的新形式：课前网上任务驱动自主感知，课中信息技术发掘教学重点，课后资源整合内化提升。本文以李清照《醉花阴·薄雾浓云愁永昼》的教学为例，对信息技术与高中语文翻转课堂教学的融合实践进行初步探索。

关键词：核心素养　信息技术　翻转课堂　高中诗词教学　融合实践

现在，传统的课堂模式已经很难满足高中师生的教学需求，而信息技术的使用也不应仅局限在课件的制作和播放。教师必须寻找新的突破口，实现课堂资源的整合、教学水平的提高，学生主体地位的实现。此时，借助信息技术与高中语文教学翻转课堂的融合，是提高高中语文教学水平的有效举措。此举可以调动学生学习的积极性，实现主体性，也可以帮助教师拓展教学资源，提高教学的针对性。

一、课前网上任务，驱动语言建构与运用

（一）课前网上任务旨在引导学生实现语言建构

语文学科核心素养由语言的建构、文化的理解、思维的发展

和审美的鉴赏组成。而且，语文学科核心素养具有基础性与发展性。高中生经过多年的学习已经初步具备一定的语言建构和审美鉴赏。因此课前网上任务，可从语文教学内容中需要学生掌握基本的字词、文常等入手，实现学生的自主学习。实现教学"初级目标"，由课前学生自我达成。

比如，在《醉花阴·薄雾浓云愁永昼》（以下简称"醉花阴"）的教学设计中，本人在网上爱学平台设计了以下任务：

任务一：自主背诵《醉花阴》，预设20分钟。

设计意图：人教版必修4语文教师教学用书在单元教学建议中，明确指出"无论采取哪一种教学方式，都应该让学生把所学的作品先背诵下来。因为背诵是鉴赏的前提，不能充分的诵读就谈不上深入的鉴赏……每首词在课堂讲解之前要做到大体熟读成诵，要养成强记的习惯"。

任务二：完成爱学平台选择题，预设3分钟。

1.下列对《醉花阴》的赏析，分析有误的一项是（　C　）。

A.全词内容单纯，上阕主要写秋日无聊秋夜凉，孤寂之感自生。

B.下阕写重阳独酌，倍觉销魂，人比菊瘦。

C.词中作者善于以正侧结合点染之笔来塑造自我形象，词中对人物的容貌、服饰进行了简约的描述，便使一个闺阁佳人的形象呼之欲出。

D.全词正笔、点笔是实中有虚，情中有态，因此人物意态、形象立现，正所谓"不着一字，尽得风流"。

2.《醉花阴》中你的理解、诵读障碍在哪里？

A.薄雾浓云愁永昼

B.有暗香盈袖

C.佳节又重阳

D.瑞脑销金兽

E.人比黄花瘦

F.东篱把酒黄昏后

G.莫道不销魂

H.帘卷西风

设计意图：题1旨在引导和检测学生自主学习中对词的理解情况，题2旨在进一步找出理解的障碍之处，为课堂上结合问题的精准讲解做铺垫，避免不必要的串讲。

课前网上任务驱动的自主学习，爱学平台的反馈很精准，比如为任务一学生的背诵障碍19人集中在"有暗香盈袖"，16人集中在"瑞脑销金兽"，5人集中在"薄雾浓云愁永昼"，5人集中在"人比黄花瘦"，4人集中在"莫道不销魂"，2人集中在"佳节又重阳"，2人集中在"东篱把酒黄昏后"。

通过对数据的分析，教师进行二次备课时便调整教学内容，在课堂中具体针对学生有理解障碍的句子进行讲解，避免了不必要的串讲。

（二）课前网上任务挖掘学生元认知，走向语言运用

传统课堂更多的是呈现教师或前人的认知给学生理解和掌握，进而引发学生的认知，往往存在引导性或主观性。但是，课前网上任务驱动的学生自主学习，则更容易获取学生的元认知。

以《醉花阴》教学设计为例：

任务三：要求学生阅读爱学平台资料《李清照生平及创作》，并写下自己的理解，预设7分钟。

附：李清照生平及其创作——邓魁英

李清照（1084—1155），宋代女词人。自号易安居士。济南章丘（今属山东省）人。父格非，官至礼部员外郎、京东路提点刑狱，出自韩琦门下，又曾以文章受知于苏轼，学识渊博。母王氏，是状元王拱辰孙女，也知书善文。

【生平】李清照一生经历可以宋室南迁为界，分作前后两个时期。

前期。李清照早年随父住在汴京、洛阳，受过较好的文化教育。她工书，能文，兼通音律，"自少年便有诗名，才力华赡，逼近前辈"。1100年左右，写有《浯溪中兴颂诗和张文潜》，受到当时人们的好评。1101年18岁时，与吏部侍郎赵挺之幼子赵明诚结婚，夫妻志同道合。1121年，赵明诚又重新出仕，他们开始编写《金石录》，在学术上取得了很大的成绩。靖康次年，赵明诚母死于金陵，赵明诚携书十五车南下奔丧。高宗即位后，赵明诚起

知建康府。这时北方大乱，李清照只携小部分文物随人群逃难，从此开始了她在南方的苦难生活。

后期。1128 年，李清照怀着国破家亡之痛南逃至建康。她极关心国家命运和当时的政治形势，写有诗句表达对于南宋朝廷苟且偷安的极大不满。次年，当李清照从池阳乘舟赶到建康探望赵明诚时，赵明诚已经病危，不久死去。她怀着极大的悲痛殓葬了丈夫。这时金兵又大举南侵，建康形势紧急，朝廷已开始疏散、逃亡。赵明诚死后，她便追随着高宗逃难的路线辗转避乱，这期间她不但承受着政治上的压力，而且大量书画、砚墨被盗，孤独一身，各地漂泊，境况极其悲惨。

【创作】因她在北宋和南宋时期生活的变化而呈现出前后期不同特点。

前期。李清照前期的词比较真实地反映了她的闺中生活和思想感情，题材集中于写自然风光和离别相思。如《如梦令》《凤凰台上忆吹箫》《一剪梅》等词，通过描绘孤独的生活和抒发相思之情，表达了对丈夫的深厚感情，婉转曲折，清俊疏朗。她的词虽多是描写寂寞的生活，抒发忧郁的感情，但从中往往可以看到她对大自然的热爱，也坦率地表露出她对美好爱情生活的追求。

后期。李清照南渡后的词和前期相比也迥然不同。国破家亡后政治上的风险和个人生活的种种悲惨遭遇，使她的精神很痛苦，因而她的词作一变早年的清丽、明快，而充满凄凉、低沉之音，主要是抒发伤时念旧和怀乡悼亡的情感。她在词中充分地表达了自己在孤独生活中的浓重哀愁，如《武陵春》通过写"物是人非事事休"的感慨，表达了自己难以克制、无法形容的"愁"。

设计意图：李清照的作品内容在其南渡前后有很大的变化，想要很好地理解其作品，就必须了解其平生经历与创作的关系。

教师在分析学生的元认知时，发现很多学生的都有自己的个人感悟。

这些认知是学生未受任何引导而形成的元认知，对于他们的语言建构、文化理解、思维发展和审美鉴赏均具有重要的意义。

二、课中信息技术发掘教学重点，聚焦审美鉴赏能力

传统课堂的教学重点，大多来自教学参考或教学经验，而非当下受教育的学生，因此存在经验主义和教条主义。但经过了信息技术与高中语文翻转课堂的融合，教学重点摆脱了以上困境，真正做到了"量体裁衣"，从当下的学生实际出发。这使得教学更具针对性，也可以调动学生学习的积极性，提升学生的诗词鉴赏能力，让教师的教学更具价值性和成就感。

比如，在《醉花阴》的教学设计中，本人利用爱学智慧课堂软件中的出题功能，设计如下问题：

你认为最富表现力的词句是哪句？

温馨提示：

1.读书切忌在匆忙，涵咏工夫兴味长。诗词鉴赏要注意咬文嚼字，揣摩感情。

2.发言要准确、流畅。

通过实时统计显示超过60%的同学均喜欢"有暗香盈袖"和"莫道不销魂，帘卷西风，人比黄花瘦"，这也是该词历来为人称道的句子。所以，本人从投票相对较少的词句开始，比如在"佳节又重阳"的审美鉴赏中，学生最初的元认知，在教师的引导下，更加深刻和易于掌握。

三、课后资源整合内化提升，提升文化理解能力

传统的高中语文教学模式中，学生的学习素材基本围绕着课本、练习册，而信息技术与高中语文翻转课堂融合后，学生的学习素材将是可以来源于网络的海量资源。学生可以利用网络资源对其课本进行扩展和印证，也可以结合自我兴趣进行选择性学习和研究。这将极大地扩大学生的视野，也可以充分调动学生的积极性。

比如，在《醉花阴》的教学设计中，本人设计了如下作业：

请同学们利用平板电脑，上网搜集李清照南渡前后的诗词，运用本节课学到的知识点探讨其内容、词风的变化及其原因。

在此次作业中，教师并没有限制学生学习的具体篇目，而让学生利用网络进行自我搜集和锁定学习目标，这对于他们的思维能力和审美鉴赏都是大有裨益的。

通过作业，能反映出学生不仅完成了教师规定的对于李清照南渡前后诗词的比较阅读，而且发掘了李清照前后诗词风格的转变及其原因，这种学生感悟绝非传统模式之下，教师结合课本和练习册所给予的练习题之提升可相提并论的。

四、教师的实践反思

信息技术与高中语文翻转课堂的融合，充分利用了现代信息技术与网络平台，以多样化的课前网上自主学习任务，快速准确地掌握了真实学情。并且，教师在此基础上的二次备课授课，充分体现"高效"和"量体裁衣"原则，发挥了引导作用，把课堂还给了学生。同时，翻转课堂充分培养了学生必要的语文知识。引导学生进行了丰富的语言积累，加深其文化素养，培养其高雅的言谈举止等语文核心素养，还调动了学生自主学习文言文的兴趣，提升了学习语文的能力，也加深了学生对语文学科的热爱。

【参考文献】

[1] 杨正：《高中语文教学与信息技术的整合》，《西部素质教育》，2020 年。

[2] 吕晓蒙：《信息技术整合下的高中语文教学分析》，《互联网＋教育》，2020 年。

[3] 张晓坤：《互联网＋背景下高中语文教学变革的思考与实践》，《科技资讯》，2019 年。

核心素养背景下古典诗词
课堂教学"八步法"

湖北省十堰市郧西县上津镇九年一贯制学校　朱春霞
四川省成都市新都一中　魏定乾

摘要：古诗词阅读教学是高初中语文教学的重要内容之一。目的在于培养学生的诗词鉴赏能力，提高学生的古文化素养。在高中新课程标准中，明确指出"古代诗文的阅读，应指导学生学会使用有关工具书，自行解决古诗文阅读中的障碍。文言常识的教学要少而精，重在提高学生阅读古诗文的能力"。但落实到新高考背景下具体的课堂教学中，又该如何贯彻和执行呢？笔者通过多年的高中古典诗词教学。逐步形成了一套较为系统高效的古诗词课堂教学"八步教学法"模式，在此整理成一个顺口溜："一预二导三巧查，四读五抓鉴赏法，六读破译重难句，七读归总八伸花。"

关键词： 核心素养　古典诗词　课堂教学　八步法

　　古诗词阅读教学是高初中语文教学的重要内容之一。目的在于培养学生的诗词鉴赏能力，提高学生的古文化素养。在高中新课程标准中，明确指出"古代诗文的阅读，应指导学生学会使用有关工具书，自行解决古诗文阅读中的障碍。文言常识的教学要少而精，重在提高学生阅读古诗文的能力。要求学生精读一定数量的优秀古代散文和诗词曲作品，教师应激发学生诵读的兴趣，培养学生诵读的习惯。可通过多种途径帮助学生阅读和鉴赏，如加强诗文的诵读，在诵读中感受和体验作品的意境和形象，得到精神陶冶和审美愉悦；采用多媒体教学辅助手段，帮助学生感受和理解作品；提供必需的作家作品资料，或引导学生自行从书刊、互联网搜集有关资料，丰富对作品的理解"。这些"说明"都在古典诗词阅读教学方面给了我们很好的理论指导和方法指导。但落实到新高考背景下具体的课堂教学中，又该如何贯彻和执行呢？对于教材的经典篇目，在新高考背景下我们如何对它进行课堂教学，让学生能够举一反三、触类旁通呢？笔者通过多年的高中古典诗词教学，逐步形成了一套较为系统高效的古诗词课堂教学"八步教学法"模式，在此整理出来，用一个顺口溜："一预二导三巧查，四读五抓鉴赏法，六读破译重难句，七读归总八伸花。"以飨同人，相互切磋。

　　一预：即第一步老师借助《学生导学案》或《点金训练》指导学生课前预习。

　　根据新课标的要求，在中学语文课堂教学中，传统的教师全堂讲述与学生的被动接受已让位于教师的组织引导和学生的自主学习。因此，课前预习成为十分重要且不能忽视的重要环节。预习是语文学习的第一环节，也是最重要的环节之一。它是学生在教师指导下自己阅读、思考、练习有关学习内容的准备活动，是一项复杂的智力活动。在教学中，教师只有很好地教授学生课前预习的方式、方法，积极引导，教学效果才能事半功倍。例如我在教学《念奴娇·赤壁怀古》时，就布置学生课前自行阅读原文两遍，并阅读勾画配套资料《学生导学案》该课中的"学习目标""解文题""识作者""知背景""晓常识"及《点金训练》该课中的"自主构建 基础梳理"，完成《学生导学案》该课中的"学习导引"和"基础知识"作业，为课堂教学打下坚实的基础，并提高了学生的学习积极性和课堂的有效性。

二导：良好的开端是成功的一半。课堂导入是课堂教学的重要环节。在课堂教学中如能精导妙引，必能集中学生的注意力，明确思维方向，激发学习兴趣，引起内在求知欲，使学生在学习新课的一开始就有一个良好的学习状态，为整个教学过程创设良好的开端。在教学《念奴娇·赤壁怀古》导入时，我借用了播放豪放深沉的歌曲《滚滚长江东逝水》。"滚滚长江东逝水，浪花淘尽英雄……"听着豪放悲凉的歌声，学生的思绪仿佛回到了三国古战场。战场上刀光剑影、血流成河。时势造英雄，一大批英雄应运而生。雄姿英发、羽扇纶巾的周瑜就是最好的代表。歌曲阐发的哲理与苏轼诗词的特色"豪迈之中见雄浑，苍凉之中见豁达"不谋而合，从而达到引入课题的作用。（板书课题）

三巧查：作业检查作为检验教学效果的手段之一，一方面反映了教师自己课堂设计的合理性，另一方面也反映了学生对教师授课的接受能力。而作业的检查评改、及时反馈对培养学生的能力，提高教学质量有着重要意义。我在教学《念奴娇·赤壁怀古》导入后，就提问学生：你对这首词知道多少？包括作家作品、写作背景及与此文相关的逸闻逸事等话题，尽可能让学生自由发言，畅所欲言，老师再适当补充或矫正。课堂气氛活跃，同时也巧妙地检查了学生预习及掌握情况。

四读：此处既指第"四步"要朗读，也指第四步要"四次"朗读。学生"一读"正音准，学生"二读"知大意，教师"三读"作范例，学生"四读"强韵律。俗话说"熟读唐诗三百首，不会作诗也会吟"，可见诗词的教学是需要通过朗读去感受其韵律美、绘画美以及情感美的。另外，由于我国古代诗词的特质也决定了朗读是教导学生感受和领悟古代诗词语言意境之美的重要方法。著名教育学家叶圣陶先生对朗读教学古代诗词的方法也是推崇备至，他指出"朗读是母语教学的优良传统"。可见，朗读在汉语教学中，尤其是古代诗词的教学中是一种不可或缺的重要手段。所谓"朗读"即是要用清晰响亮的标准语音有感情地读出来，是将书面语言转化为有声语言的活动。我在教学《念奴娇·赤壁怀古》时，就是通过这"四读"来让学生一遍遍咏读，一步步理解，一层层深入的，在朗读中初步理解内容和作者情感。

五抓鉴赏法：即指"抓标题，抓注释，抓作者，抓关键词句，抓景、事、情"的"五抓"阅读法，这是读懂古诗词的重要方法。

1. 抓标题。标题是诗词内容和形式等信息的丰富载体，是我们理解诗词的重要切入点。读标题可以从以下方面来读。

①揭示写作的时间、地点、对象、事件、主旨；②交代写作缘由或目的，暗含情感；③奠定作品的感情基调；④揭示作品的线索；⑤表明诗词的题材；⑥暗示诗词的表达技巧。

诗题	重要信息
夏日游山家同夏少府	①点明了写作时间(夏日) ②交代了事件(游山家) ③表明了诗歌题材(山水田园诗) ④暗示了诗歌的感情基调(闲适愉悦)

2. 抓注释所蕴含的信息。诗歌的题材多种多样，大多附有注释。注释的类型及作用一般有如下几种。

类型	作用
介绍疑难词语、地名	帮助读懂诗句
介绍写作背景	暗示本诗的思想主旨
介绍相关诗句	暗示本诗的用典或意境
介绍作者	暗示本诗的思想情感或写作风格
提供与"此诗作于作者贬官或流放之际"类似的注解	与诗人仕途失意、对现实不满，或报国无门、壮志难酬、愤懑孤寂等情感有关

3. 抓作者。"知人论世""愤怒出诗人"，诗歌本身就是作者当时心境、感情的一种表现，了解作者当时的处境、经历，就会对

诗歌表达的思想感情有较直接、准确的把握。

4.抓关键词句。中国古典诗歌大都篇幅短小，语言高度凝练、概括、含蓄而有跳跃性。因此，读诗时千万不能匆匆一扫而过，这样绝对是读不懂、读不透的。而应一个字一个字地品读，边读边想其意，力求还原诗歌画面。当然，最重要的是抓住关键词句，迅速定位情感基调。如：表明诗眼的字句和结句，往往直接透露了诗的主旨。诗词中的一两个字往往揭示了其情感，这样的字叫"情感语言"。如抓住了这些字，把握思想感情往往既快又准。它作为诗眼词眼，有时藏在写景叙事句中。

5.抓景、事、情。任何类别的诗词都离不开景、事（典故）、情三要素，其中景、事是表象，情是诗的内核。我们要做的就是，仔细阅读全诗，对文字信息进行检索分类，注意诗中出现的景物意象、人物事件，由意象、事件生发开去。只有一个意象的画面，如荷花、菊花、竹子，本身就含有诗人全部的思想感情；众多意象组成的画面意境，其中也以一两个意象为主体。通过对景、事的提炼、理解，围绕人之常情，推导出诗的主旨。

我在教学《念奴娇·赤壁怀古》时，就让学生抓住课题"赤壁怀古"是怀古诗，推测词人可能是借古（赤壁之事）讽今或借古（赤壁之事）言志；抓注释②③，这首词作于宋神宗元丰五年，正是苏轼被贬黄州团练副使游黄州的赤壁矶，并非赤壁大战处而作，知道这是词人借地发挥，可能要抒发个人际遇、情怀的感慨了；抓作者苏轼，其不被当朝保守派和革新派所容，"乌台诗案"被贬，却有乐观旷达的情怀，是豪放词派的集大成者，知此词也可能有这些情感的表达；抓关键词句时，学生找到上阕结句"江山如画，一时多少豪杰"，下阕最后两句"多情应笑我，早生华发。人生如梦，一尊还酹江月"，可知作者有对河山的热爱，对英雄的仰慕，渴望像他们一样建功立业，然而时光流逝，岁月不再，功业未就，表现了一种壮志难酬的感慨，同时也有人生难测，及时贪欢的消极情绪，更有以酒慰藉自己的超然和洒脱；抓景、事、情，让学生概括出赤壁神奇壮美之景，抓住词人对英雄，尤其是周瑜的英雄壮举之事，抒发自己功业未就、壮志难酬及超然豁达之情。

六读破译重难句：在以上"五抓"之后，学生就基本读懂这首词了。第六步朗读，要求学生有感情的、重音律的、有节奏的朗读，读出苏轼的慷慨激昂、豪放豁达之情及人生如梦的五味杂陈之感。然后要求学生结合课文注释，借助《高中文言文译注及赏析》参考书，破译文本重难句。而后就重难点句设置一些问题，再深入理解苏轼的情感。比如当堂教学时我找了几句重难句让学生翻译，然后设置这样的问题：①苏轼是公认的古代词坛豪放派的代表人物，请说说，本首词描绘了哪些赤壁景观，这些景物有何特点？②下阕作者是从哪几个角度描写周瑜的？③作者有那么多英雄可以怀念，却为何只怀念周瑜这样一个英雄呢？④"羽扇纶巾"在人们心目中一直是诸葛亮的打扮，而周瑜在人们心目中一直都是刀剑在手、戎装在身的形象。为什么在《念奴娇·赤壁怀古》中周瑜的形象会不同于人们心目中的惯常印象？⑤"多情应笑我，早生华发。人生如梦，一尊还酹江月"体现的是积极还是消极的情感？反映词人怎样的人生观？联系所学的《赤壁赋》等，对文章的内容、主题及手法有了更多更深的认识和理解。

七读归总：第七步强化朗读《念奴娇·赤壁怀古》，要声情并茂，更加充分地理解全文内容及苏轼情感。这样规范的、高质量的六次朗读，加上预习的两次阅读，本文至少就有八次朗读了，大多数记忆力强的同学几乎就能熟读成诵了。然后对课堂进行小结或总结就显得十分重要了。课堂总结是一节或一次授课中必不可少的一部分，是在较短时间内对某次或某节所讲授内容做一个简短的、系统性、概括性、延伸性的总结，能起到画龙点睛的效果。比如，在总结教学《念奴娇·赤壁怀古》时，在学生总结后，我就展示了这样的图片：

八伸花：课堂拓展应在立足文本的基础上，突破"文本"的限制，对文本进行有效的拓展与超越。因为教材提供的文本是有限的，"教材无非是个例子"，学生阅读能力的提高、语文学习能力的发展最终必须超越课堂、超越文本。所以教师在对课文拓展延伸时，首要的就是深挖教材、紧扣文本，尊重教材的价值取向。我在教学《念奴娇·赤壁怀古》后，就进行如下延伸和拓展，要求学生使用上文学到的"四读""五抓"鉴赏法阅读此文而解题，收到了较好效果，让课堂教学锦上添"花"。

赤　壁
杜牧
折戟沉沙铁未销，自将磨洗认前朝。
东风不与周郎便，铜雀春深锁二乔。

比较阅读杜牧的诗歌《赤壁》，谈谈两文的相同点与不同点。

合作答案：

相同点：都是咏史怀古诗，假赤壁之名，写赤壁之战，借以寄托壮志难酬的感慨。

不同点：（1）写作背景不同，诗人情感不同。杜诗是写于晚唐内忧外患的背景下，表达自己对国家兴亡的感叹；苏诗则是被贬黄州、仕途沉浮时所写。（2）凭吊的古人不同，感情不同。杜牧贬周瑜侥幸时机慨叹曹操败北，抒发生不逢时怀才不遇之情；苏轼追慕周瑜功成名就表达自己功业无成的愁苦之情。

总之，这"八步法"是古诗词教学的一种流程、一种模式，但愿能起到抛砖引玉的作用。"八步法"做到了较充分发挥学生的主体性、主动性、自主合作探究性的人本思想和原则。既注重鉴赏能力的培养与提升，又注重鉴赏方法、技巧的授予。"授之以鱼，不如授之以渔"，"教是为了不教"。这样学生就能真正做到举一反三、触类旁通，即使是新高考，又有何惧哉！

2021 年 8 月 16 日

【参考文献】

[1]《高中新课程标准》。

[2]《点金训练高中语文必修四》，四川教育出版社。

[3]《新都一中"三优"课堂导学案高中语文必修四（校本教材)》。

[4]《2017 高考总复习语文三维设计》，光明日报出版社。

[5]《唐诗宋词三百首》，航空工业出版社。

[6]《高中文言文译注及赏析 2011 年版》，长春出版社。

核心素养背景下三优语文课堂教学中教学评价策略初探

四川省成都市新都一中 李凤萍

摘要： 基于"优化教育资源、优化学习方式、优化评价方法"的"三优课堂"改革过程中，笔者充分认识到优化评价方式的重要性。在语文课堂教学中尝试自评、他评、互评相结合的方式，调动学生学习积极性，有效提升课堂质量。

"三优课堂"教学改革过程中，笔者充分认识到优化评价方式的重要性。"三优化"好似氧化剂，优化评价方式好似催化剂，共同催化"三优课堂"这个反应物，有效提升"三优课堂"质量。

一、理论依据

联合国教科文组织在谈到教育质量时，提出了一个耐人寻味的公式：（学生 1 分 + 教材 2 分 + 教学方法 3 分 + 教育资源 4 分）× 教师素质 = 教育质量。

联合国教科文组织提出的"教育质量公式"中指出，影响课堂质量的诸多因素中，教学方法和教学资源成为权重最大的因素，而教师的主导作用是教学质量优劣的决定性因素。教师的主导作用不是抽象的，而是体现在对学生的关心（开发其非智力因素），对教材的恰当处理（使之扬长避短），对教法的恰当选择和娴熟运用（使学生轻松愉快地接受知识，掌握技能），对社会环境的巧妙利用。教师的专业知识、专业能力在教学中体现为对教育资源的优化能力、学习方式的优化能力、评价方法的优化能力。教师的专业知识、教学技巧是素质的重要内涵，教师的课堂评价方式也成为重要的一环。

二、文献综述

（一）学习评价内涵的研究综述

对学习评价进行专门研究的期刊论文数量非常有限，更多的国内外学者对"评价"内涵进行研究的成果较为丰富。美国教育评价标准委员会在1981年指出"评价是对某些现象的价值如优缺点的系统调查"，这一定义得到大部分研究者的认同，并被当作权威性的定义。对"学习评价"内涵的界定还处于空白，但联合国教科文组织国际教育发展委员会对"教育评价"的内涵做出了界定，提出："教育评价是依据一定的教育目标，通过系统地收集和分析信息资料对教育的价值作出判断，并对增值的途径进行探索的过程。"有研究者从马克思主义教育价值观的角度指出教育评价的实质，即"是对学校教育满足社会与个体需要的程度做出判读的过程，是对学校教育现实的或潜在的价值做出判断，以期不断完善教学，达到教育价值增值的过程"。学习评价虽然不等同于教学评价，但是教学评价的实质即达成教育价值增值，促进教学质量也正是学习评价的目的所在。因此，现有研究中关于"教育资源"内涵的界定对本课题"学习评价"概念的确定具有重要的理论价值。

（二）优化学习评价的研究综述

学习评价随着时代的发展进行了转变，有学者就指出了传统学生学习评价存在的局限性，加强学习评价的优化就具有现实意义。"传统学生学习评价受到传统教学模式和教学视野的影响，往往将学生学习评价单纯定格为知识性的学业成绩，而学生的活动能力和职业能力并未放入教学评价的范畴，对学生的定性评价依然为知识性的测评。"

"评价具有导向功能，学生的学习态度、学习时间以及学习方式的运用等，与评价方式与评价内容密切相关。"有研究者指出要对现有的学习评价进行发展，即"在评价的方式上，改变传统的、单一的考试评价方法，综合运用诸如表现性评价、档案袋评价、探究型学习评价等方式，促进学生综合素质、学生的创新精神和实践能力的发展培养"。本课题在实践中不断建立和完善了立体化的评价体系研究，包括师生互评、生生互评、小组内评、小组互评等；从对学生进行终结性评价和增值性评价，开展对学生学习毅力影响的研究；建立反思性自评机制研究，研究通过信息输入引起学生反思，激活信心兴趣系统，激发创新思维，加强思维能力培养，从而加强学习意义建构，培养学习毅力作用。

（三）相关述评

关于优化学习评价的相关研究比较薄弱。在现有研究中，有学者把学习评价分为诊断性评价、过程性评价、终结性评价，并从各自的作用、主要目的、评价重点、手段、测试内容、测试难度、分数解释、实施时间、主要特点等方面进行了对比研究。这一研究成果对于丰富和完善本课题关于优化学习评价体系具有较大的借鉴价值。

三、优化学习评价

学习评价包括学生自评与互评、师生共评、阶段性评价、总结性评价。

综合使用自评、他评、小组评价、师生共评等多种评价方式，把终结性评价和进步评价相结合，创设三优课堂评价系列量表，从情感、态度、价值观上加以评价，提高了师生自省能力，激活了学生的感知系统，从而提高参与的效率和效果。

（一）三种评价方式

我们采用不同的评价方法，如教师课堂评价、学生互相评价等方式对学生进行评价。

【典型案例】从学生进校开始，我就打破了一贯的班委会、团委会管理限制，不再局限于某部分人来管理班级。因为"我们是相亲相爱的一家人"，所以一个家的管理要靠大家的努力。我把学生分成了9个小组，每个小组既是学习小组，也是工作小组，同时还是轮流值周小组。班级值日、卫生打扫保洁由各小组轮流完成，同时各小组也轮流做班级量化考核任务，轮流更新班级文化展板。

在一个学习小组中设一名组长，每名同学都担任至少一门学科的学科组长，负责本小组同学在该学科的作业检查、收发；在小组值周时候，该小组就承担以前班委会的职责，负责本周班级及与学校之间联络的一切事务。同时，工作时的具体分工由本小组成员协商，各司其职。而在承担考核任务时，也由本小组成员协商，各自承担相应的考评任务。这样一来，基本上是每个同学每天、每周都会有相应的为班集体服务的机会，这对于学生来说也是很好的锻炼机会。这种方式打破了原有的干部永远是干部，百姓永远是百姓的局面，而是人人都当过班长，当过干部。这样在他们的档案中也可以很自豪地写上曾任班长一职。

个人评价，小组评价都采用了量化积分的形式，我同各小组组长一起共同制定班级量化考核方案，经全班同学讨论通过方案。然后我设计了几个表格，包括常规类的学科考核、课堂考核、纪律考核、卫生考核、体育活动以及学习类的平时成绩考核系统，每周由考核小组对全班各小组进行公平公正的考核评价打分，最后将各个表格得分进行汇总，得到小组考核周考评表。每一周小结，第一名总结经验，最后一名拿出整改方案。同时评出五星学习小组、四星学习小组、三星学习小组，将小组的集体照片都张贴到班级文化展板上，这是他们应得的荣誉。

（二）使用三种评价方式过程中应注意的问题

1. 用美的语言进行动情的评价，激起学生内心的真实感受

教师充满真情的激励语言能让学生不断获得走向成功的动力。"真能干""多聪明""就是与众不同""多么富有创造性的思考啊"，这一句句话语就像蜜汁一样流进学生的心田，化作前进的不竭动力。这样的语言不仅让学生听了很美，而且还能帮助老师把自己的课堂变成和学生情感交流的平台，让语文的美和它的魅力在课堂中闪现，同时又增强了学生学习语文的自信。

2. 注重学生个体差异，尊重每一个生命个体

上白居易的《琵琶行》一课接近尾声时，我发现学生们对琵琶女意犹未尽，仿佛还有很多话想说，于是就出了一道题，让全

班学生用对联的形式写这个琵琶女。几分钟后学生吟成一联，上联：少年欢歌歌楼上，盛唐琵琶曲。中年容颜已成空，门前冷落，何处觅知音。下联：如今嫁作商人妇，对月守空船。悲欢离合总无情，一任天下，皆叹世无双。接着一个女孩站起来读她的对联，上联：昔时才貌双全纨绔子弟争相追捧，纵情欢笑；下联：今日年老色衰唯有明月水寒环绕，孤寂凄凉。读罢他们的对联，我首先是非常惊异地表扬他们反应快，文思敏捷，短短几分钟把琵琶女的形象描绘得如此逼真形象，尤其是居然写那么长的对联。全班同学为她鼓掌。这个孩子非常开心。我紧接着说，对联有什么要求啊？请大家再仔细回想一下这两个同学的对联，想想有没有更好的写法？立刻有学生说了一句，老师我的对联不工整，我下来重新改。我想，这样的评价既发现了学生的个体差异，又尊重了每一个生命个体，是否比直接指出他的问题更好呢。

3. 以学生身心健康评价为主，促进学生健康成长

在上《边城》一课时，设计了这样一个问题：你想对课文中三个年轻人说点什么吗？一个学生站起来说，我想对二老说，他不该离家出走。因为他的离家，大老的付出甚至死亡都失去了意义，更何况还让一个他那么爱的姑娘一个人孤独终老，这不是一个男人该做的。话音刚落，教室里各种哗然，大家很敬佩这个孩子。我这样说，也就是你觉得一个男人应该有担当？那相信将来的你一定是个能担当的人。我的话说完，我看见很多学生都在认可的点头。我想这样的评价，一定会在学生的心里种下"担当"的种子，对他将来的人生哪怕产生一丁点好的作用呢，那也是我们作为语文教师的成功。另外还有一个例子：有一个学生，从他进校第一天起，我就从他的眼睛里读出了对我的敌意，不喜欢。他仿佛总是在课堂上沉浸在他的某个世界里，我讲的内容丝毫引不起他半点兴趣。后来整整一个学期，他几乎都是这样，上语文课也不做其他的，也在看语文，但就是从没有听过我讲课。我也一直在观察他，从他的考试成绩，偶尔的发言，周记的内容……我发现，这个孩子语文基础很好，字很漂亮，内敛，沉稳。但是我为什么不能把他吸引到我的课堂上呢？百思不得其解。我没有打算找他谈话，因为当你发现他有明显的敌意的时候，谈话是无

效的。后来有一次，我从他的周记上读到了这样一句话：一个语文老师连最简单的字都要读错，还要喊我们翻字典解决，那我不敢相信她的语文水平。我终于明白了，原来第一次上课时，我故意为之的一件事，在他的心里是这样的！找到了症结，我在他的本子上写下这几句话：我想每一个人都是向往阳光的。每一个人也都是有他的优点和不足的，我们应该去发现优点。就像我，从你的文字里，我读出了你的认真、执着；你漂亮的书法，一定是你漂亮的思想的表现，所谓字如其人嘛。我也看见了你藏在心里的苦闷。相信，将来，你的人生会像你的字一样灿烂阳光！能不能试着去改变一下自己，站在他人的角度去悦纳他人？……一个月之后，这个学生在晚自习上主动要求念他的文章《感谢我的语文老师》，那一刻，作为听众的我流下了眼泪。

这也许是我在践行三优课改中体会很深的一点。用温柔的心，走进学生的内心，以关注他的人格形成，塑造健康的人为评价出发点，也许语文老师的责任更显得意义重大。

四、形成新型的师生关系

"三优课堂"改革之前，教师和学生之间的关系以教与学为主。随着改革推进，大多数学生的参与从学习资源的整合开始，逐步参与到评价方法的优化工作中来，多种评价方式的有效使用，促进了课堂质量提升。

"三优课堂"改革过程中，优化学习评价策略，不仅改变了课堂学习模式，有效地提升了课堂效率；而且促进了教师能力提升，促使教师之间的同事关系向深度工作研讨延伸，有效地促进了教师合作文化的逐步形成，学校也因此勃发出更强的生命力。

五、问题与思考

本研究实施四年来，"三优课堂"改革取得了阶段性成果，实施策略逐步完善。

研究过程中，我们也发现一些一线教师尚未能解决的问题，如对评价中的自变量、因变量中无用数据的排除原因分析，我们日前还比较困惑。

本研究探索本就是一个持续长期的研究过程。在今后的研究过程中，我们需进一步思考研究方式：把握一个关键——积极行动，引导教师对"三优课堂"作更深入的探索与实践，从实践中确实收获成功，感受乐趣。

【参考文献】

[1] 转引自《中小学外语》（英语版）1987年第10期。

[2] Joint Committee on Standards for Educational Evaluation: "Standards for Educational Evaluation Programs".Projects and Material.1981.

[3] 联合国教科文组织国际教育发展委员会：《学会学习》。

[4] 汪晓赞：《我国中小学体育学习评价改革的研究》。

[5] 卓水英：《基于行动导向下的中职德育课学生学习评价的探讨》，《企业导报》，2015年第19期，第83-84页。

[6] 李本友、李红恩、余宏亮：《学生学习方式转变的影响因素、途径与发展趋势》，《教育研究》，2012年第2期，第122-128页。

高中语文教学中培养学生审美情趣素养探究

四川省成都市新都一中 朱 胜

摘要：随着教育教学改革的不断深化，语文教学在一方面起着给学生灌输知识和培养学生技能的作用；另一方面，语文还需要促进学生形成树立自由、独立的精神和崇高的审美品格。

关键词：高中语文 审美情趣 语文教学

审美的素养是学生的核心素质之一，也是语文教学的主要目标之一。它是引导人们发现、欣赏和热爱美的核心和基础。因此，培养学生的审美情趣素养应该成为语文教育的一个重要的内容。针对高中语文审美教育的不足，本文提出了语文教学过程中培养学生语文审美情趣的措施。

一、语文教学中的问题

高中语文的审美教育对学生的重要性不言而喻。长期以来，语文教学忽视了审美教育的内在价值，传统的教学方法和练习训练虽然强调学生知识和能力的培养，却忽视了学生情感、态度和价值观的发展。再加上教师审美素养缺乏的影响，对学生的审美教育培养难以深入开展。目前高中的语文教学过程缺乏变通，单调乏味。在课堂上，部分教师直接用课件来将课文内容展示给学生，一成不变地划分课文结构。这种教学方法在培养学生的理性思维能力方面具有一定的作用，但它却不利于学生审美情趣的培养。

二、在语文教学中培养学生的审美情趣素养

（一）教学渗透理论，激发学生的审美

教师在语文教学中需要渗透审美理论的知识，为学生搭建桥梁，建构属于学生的符合文学作品时代背景的审美标准。也就是说，随着时代的变迁，民族文化心理必然会发生变化。而高中生和作家不在同一时代，因此他们不可避免地会有不同的审美感知。教师有责任通过审美理论知识的渗透消除这种差异，让学生在文学作品中创造审美趣味，更好地理解文本的内涵。老师可以结合多媒体设备给学生呈现相关的视听内容，进而要求学生们反复阅读某一段落并联想出相应的场景，细细品味作者所描写的内容。这可以使学生在学习过程中能顺利地将自己的情感体验与作者的情感输出结合起来，完成主客体的情感封闭循环，将自身的审美素养提高到一个新的高度。

（二）扩大语文视野，促进教学的延伸

除上述课堂教学策略外，教师还应加强教学在课外的延伸，使学生在更多的实践活动中培养审美情趣，提高自己的审美能力。中华民族有着深厚的文化底蕴，大量的知识可以对培养高中学生的审美情趣起到重要而积极的作用。所以老师需要重视传统文化在学生课余时间潜移默化的影响。教师需要引导学生阅读经典作品，扩大他们的阅读范围和视野，积累文学内涵，培养自己的思想气质。在充分挖掘作品美的基础上，教师应充分展示和引导学

生对作品美的认识，以支持学生审美能力和审美情感的认知和发展。老师可以在线下组织学生通过经典诵读、传统节日手抄报等活动让学生在多元化的实践活动中将自己的积累表达出来。通过这种活动，我们能有效地帮助学生厘清自己的审美体验和思维，通过这种表达和交流传播自己的审美观念，然后借鉴他人的评价进行相应的反思，弥补自己审美的缺点，同时能够利用每个人的思维优势，拓宽自己的审美视野。

（三）把握文本内涵，加强对课文的分析

在教学过程中，教师应引导学生探究作者在文本中独特的表达方式和蕴含的情感，思考作者如何通过文本作品传达情感，让学生发现和选择表达作者情感的客观事物。然后引导学生以理性的态度，结合作者的生活经历、时代背景和客观因素，通过重点分类和筛选等手段，把握作者的真实意图。教师应积极鼓励学生在心中创造美的形象，及时鼓励和引导学生的创造性成就。例如在学习秦观《鹊桥仙》的时候，老师可以引导学生发掘对诗歌意象和意境的审美体验以及相关诗歌对审美趣味和审美表达的培养，要求学生根据在阅读过程中所感受到的认知，运用语言来描绘出自己的所思所想。另外在人教版课文《故都的秋》的教学中，老师们常常花费大量的精力试图用各种方法来证明作者所描述的秋天是多么的宁静和悲伤。但是纯粹的描绘不会使学生感同身受。近代文人所描写的秋天往往与家国思想与怀旧情结密切相关，而到了现代，我们笔下的秋天总体上是活泼、欢乐的，因此学生们在理解这两类秋天的美时就容易产生障碍。所以教师要将这些理论知识渗透到文本欣赏过程中，让学生了解文本的独特之美，将文本世界与现实世界联系起来，形成学生强烈的审美情趣。

（四）注重文本的细读，丰富学生的体验

高中语文教学中学生审美素质的培养离不开文本。以文本为基础的细致阐释是教师培养学生审美情趣的基础。在语文教学中，审美素养培养的出发点是学生对文本的直接审美感受，即最初的阅读感受以及学生对语言、内容等表层信息的整理和收集。只有让学生摆脱理性分析的束缚才能感知文本的美，进而与作者的思想产生碰撞，获得丰富的审美体验。但如果学生对生活的理解较少，他们就不能与课文内容产生共鸣。因此，教师应该强调认真阅读课文，引导学生从多个方面理解课文。教师应根据教学的特点，结合教学目标来调动学生的各种感官体验，使他们能够运用联想、想象等方法实现对思想情境的再现，从而缩短学生与文本之间的时空差距，实现与作者的跨时空的对话。

三、结语

审美能力的培养是时代进步迫切的需要，因为它是提高人们判断力的一种手段，也可以提升人们的洞察力，促进审美素养的跨越式发展。在未来，我们还要继续加强对语文教学的研究，持续推动对学生审美情趣素养的培育。

【参考文献】

[1] 刘禹阳、耿涛、王艺潼：《高中语文诗歌教学中学生审美情趣养成的困境及路径》，《当代教育实践与教学研究》，2020 年第 5 期，第 64-66 页。

[2] 张树苗、郭利婷、曾毅：《高中语文阅读教学中发展语文核心素养的原因及意义探究》，《职业技术》，2020 年第 3 期，第 65-69 页。

[3] 徐鸿军：《核心素养背景下高中语文教学中的审美教育》，《语文教学通讯·D 刊（学术刊）》，2019 年第 3 期，第 24-26 页。

核心素养背景下高中名著导读教学的几点思考

四川省成都市新都一中　刘竹宇

摘要：《名著导读》是高中语文教材中特有的板块，旨在通过对古今中外名著的节选，提高学生的阅读兴趣和能力，逐步培养他们自身的语文修养。但是现阶段的语文名著导读教学却逐步偏离了既定的教学目标，存在着多方面的问题，值得我们广大教育工作者深思。

关键字：高中　名著导读　教学思考

阅读可以拓宽视野，可以增长见闻，还可以提升文化素养。因此，虽然名著导读并非是考试中的重点，但是对于学生的综合素养来说，这部分的内容是非常重要的，所以老师应当对此加以重视，很好地引导学生正确认识名著阅读的价值和目的。

一、高中名著导读教学的现状

（一）名著选篇不够合理，缺乏全面性

虽然目前语文教材中的名著导读都是经典，涉及了古今中外很多名作家的创作思想和人生感悟，但是也不可避免地存在一些问题。首先是这些作品所反映的时代与学生的生活实际严重脱节，导致学生难以理解和掌握一些社会背景类的内容，阅读过程中困难较多。其次缺乏现代作家的作品，与学生世界观和价值观的构建过程存在一定距离，无法帮助学生更好地树立人生目标，难以激发出他们潜在的能力；最后是名著的节选，缺乏选择性和自主性，容易导致学生知识面狭窄，例如一旦出现不喜欢某一创作手法或者内容等的现象，学生就不会认真阅读，相应的学习目标将无法完成。

（二）教师指导过程中科学性不足

首先，很多教师传统观念里依然以高考为主，认为名著导读的作用不大，很多时候会选择直接跳过，或者就是安排学生课后阅读，但至于学生会不会完成任务，教师通常不会检查，导致名著导读形同虚设。

其次，教师在名著导读的过程中以讲解为主，试图通过自己的感悟来引导学生，实则忽略了学生的个性化发展，同时抑制了他们创新性思维的发挥，甚至会在教学的过程中让学生产生反感。

最后，不少教师太过于注重基础知识的讲解，这就使得他们把名著也分解成单个的字词和句子，编成讲义，让学生当成普通课文来阅读和掌握，其弊端可见一斑。

（三）学生阅读时间无法保障

毋庸置疑，高中语文教学过程课时紧，任务多，教师担心知

识传授不完，学生抱怨内容太多无法掌握，尤其是现阶段语文必修一到五册要求在高一学年全部学完，因此学生的阅读时间根本无法保障。一方面阅读被师生普遍忽视，除非特别喜欢阅读的学生，其他的学生基本上只是随便看看，大体上了解故事情节，人物角色张冠李戴的现象仍普遍存在；另一方面名著导读课被教师安排成其他内容，例如教师在名著导读课时，布置学生预习新课，或者直接改成作文课等，学生的知识和眼界只能被固定于高考狭隘的内容之下，离新课改下的教学目标相去甚远。

二、高中名著导读教学过程中的应对策略

苏霍姆林斯基指出："把每一个学生都领进书籍的世界，培养对书的酷爱，使书籍成为智力生活中的指路明星——这些都取决于教师。"教师在名著导读过程中起着重要的"导"的作用。

（一）完善导读内容，关注学生个性发展

首先，及时更新教材内容，注入时代精神，倡导学生树立与时俱进的学习思想，同时教师不应该局限于现有的语文教材，在名著导读的过程中，依据最近的学习内容和学生的实际状况，增加一些新的贴近名著要求的内容。例如，发现学生学习《论语》倦怠没有目标时，教师可以适当地增加于丹的《〈论语〉心得》、李泽厚的《论语今读》、南怀瑾的《论语别裁》、钱穆的《论语新解》和李零的《丧家狗——我读论语》等阅读内容。

其次，学生要掌握正确的阅读态度，一是要心静，二是要坚持。所有的阅读过程都不是一蹴而就的，需要学生长期坚持下去，这样才会有意想不到的收获。我们可以引导学生制订阅读计划，并按时完成阅读笔记，还可以在班级内定期举办阅读沙龙活动，让大家在交流过程中进一步加深对作品的认识。

最后，关注学生个性发展，提高他们的参与度，彻底贯彻落实教师主导和学生主体地位相结合的教学思想。例如在名著导读课之前，教师可以布置学生自己搜集喜欢的名著，在完成课堂任务的同时，可以阅读自己喜爱的内容，这样还可以进一步提高他们的学习效率。

（二）选择正确引导方式，多种教学手段并用

首先，教师要教授正确的名著导读方法，使学生在阅读的过程中少走弯路。例如，在实际的名著导读过程中，大多采取"精读为主，泛读为辅"的方式，泛读过程中要掌握基本的故事梗概和文章浅显的表面意思，而精读过程中则要深层次理解作者的创作背景，挖掘出作者隐藏的思想情感。

其次，鼓励学生在阅读的过程中，结合自身生活实际，大胆表达自己的看法。例如可以采取小组合作式阅读方法，即教师在导读课上拿出一定时间用于学生讨论，鼓励他们大胆质疑，对于学生普遍存在理解困难的地方，教师可以重点讲解，其他的环节则要尽可能放手，让学生自己解决。

再次，善于利用现代化教学手段，苏霍姆林斯基认为："培养学生的学习兴趣和求知欲是推动学生完成学习任务的重要动力"，多媒体相较于传统教学能更好地激发学生的学习兴趣。我们可以利用多媒体播放经典名著小短片，激发学生的视觉美感，触动他们的心灵，这样学生掌握起来就容易多了。如引导阅读《巴黎圣母院》这部作品时，作品的社会背景离学生生活较远，学生缺少阅读兴趣，不易理解作品主题。这时我利用电影从视觉和听觉的直观冲击，充分调动起学生的主观能动性，使学生能够轻易地解决内容和主题方面的难点。引导学生阅读《红楼梦》时，众多的人物和复杂的人物关系一直是学生阅读的难点，这时我利用多媒体教学，进行图文结合讲解，学生很快就弄清了主要人物之间的关系。

最后，引导学生重视自己的阅读体验。教师不能把自己或者教参资料对书籍的解读硬向学生灌输，应该让学生意识到他们自己才是阅读的主体，让学生尝试自己的阅读体验。教师必须尊重学生的自我解读，尊重学生真实的阅读体验，教师决不能以自己的分析代替学生的阅读实践。教师还要摆正自己的主导地位，为学生提供文学名著欣赏必备的知识储备，为学生提供背景资料，让学生在课堂中有理有据地畅所欲言，真正实现教师发挥主导作用，学生成为教学主体。

（三）合理安排阅读时间，组织多样化的阅读活动

首先，要制订合理的名著导读计划，同时根据学生的实际情况，及时调整计划。例如，教师规定学生每周阅读多少内容，摘

抄多少笔记，学生则按照自己的完成情况，及时反馈今天的学习计划完成如何，是否达到了预期要求。其次，把握正确的导读时机，合理安排时间。例如，鼓励学生多读名著，当然在课程进度和名著相挂钩时，也可以适时地指导学生进行名著导读，合理安排时间则是指教会学生利用零碎的时间，养成随时随地阅读的习惯。最后，是开展多样化的名著导读辅助活动，丰富学生的阅读形式，提高他们的兴趣。例如，写读后感、创作经典名著小话剧、编写文艺墙报等，让教师、家长和学生自身都参与到综合评价中来，推动阅读进一步开展。

三、结语

"一本有丰富智慧、有鼓舞力的书，往往能决定一个人的命运。"这是苏霍姆林斯基在《教育的艺术》中的一句话。读书，尤其是读好书，对学生有着重要的意义，它可以帮助学生树立理想、获取智慧、陶冶情操。现在高中生的名著阅读量不够，而名著导读将打开一个切入点，启发和引导学生的阅读兴趣，进而加强学生的阅读热情，增强学生的文化内涵。因此，我们必须要在思想意识上重视名著导读，同时师生共同努力探寻出更加多样化的阅读方式，使学生更好地适应未来社会的发展，成为国之栋梁。

【参考文献】

[1] 陆生发：《关于〈文学名著导读〉课的几点教学思考》，《大众文艺》，2014年第5期，第250-251页。

[2] 赵枫：《品经典文化 悟智慧人生》，《文学教育（下）》，2014年第8期，第94-95页。

中篇：科研课题篇

群文阅读教学研究

刍谈群文阅读教学中的几个深阅读问题

四川省成都市新都一中　魏定乾
四川省万源市万源中学　夏志英

摘要： 群文阅读教学是师生围绕着一个或多个议题选择一组文章，而后师生围绕议题进行阅读和集体建构，最终达成共识的过程。群文阅读教学理念其实就是一种深阅读教学理念。群文阅读教学是一种比较（或观照）性、异同分析性深阅读教学，群文阅读教学是一种质疑思辨性、批判性、探究性深阅读教学，群文阅读教学是一种深化性、升华性深阅读教学。

关键词： 群文阅读　教学　深阅读　问题

语文学科核心素养四项关键能力的培养和发展，是群文阅读教学的出发点和归宿点，也是群文阅读教学的中心任务和核心职责。那么，什么是群文阅读教学呢？群文阅读教学究竟是一种什么样的阅读教学呢？群文阅读教学简称群文阅读，是最近几年在我国悄然兴起的一种具有突破性的阅读教学实践。群文阅读就是师生围绕着一个或多个议题选择一组文章，而后师生围绕议题进行阅读和集体建构，最终达成共识的过程。利用默读和浏览策略，发挥群文阅读的优势。利用小组对话和讨论策略，拓展群文阅读的深度和广度。利用比较阅读策略，发现群文阅读恰切的教学路径。利用探究性策略，推进群文阅读中深层阅读能力的培养。

深阅读就是深度阅读、深层阅读，与浅阅读相对。同浅阅读相比，深度阅读提高了知识源的覆盖面，整合了多方面的数据源，扩展了知识的纵深，增强了知识点之间的语义关联，实现了智能知识推荐，在书籍内容理解和阅读行为理解的前提下，实现个性化知识推荐和具有情景感知能力的知识推荐。深度阅读是以提升学识修养和理论思维、工作能力为目的的深层次阅读形式。而"浅阅读"是指一种浅层次的、以简单轻松甚至娱乐性为目的的阅读形式。虽然对大多数人来说深度阅读费时费事，但深度阅读不仅提高你的文学素养，陶冶你的情操，还会提高你的质疑思辨能力，让你真正做一个有思想的人和有智慧的人。

而群文阅读教学理念其实就是一种深阅读教学理念。群文阅读教学是一种比较（或观照）性、异同分析性深阅读教学，是一种质疑思辨性、批判性、探究性深阅读教学，也是一种深化性、升华性深阅读教学。下面我就刍谈一下群文阅读教学中的几个深阅读问题。

一、群文阅读教学是一种比较（或观照）性深阅读教学

群文阅读教学是一种比较（或观照）性深阅读教学，是一种异同分析性深阅读教学。比较性阅读是语文教学中应对"大阅读"板块的技巧模式，它是对传统的定位阅读或本位阅读的一种格局的突破与技术的提升，是语文阅读教学纵横环境的反观与对照。所谓的比较阅读，主要是指将两篇或多篇文章放在同一阅读境况下，从各个不同角度来审视其异同之处，以此来达到对阅读对象或文本的彻底理解与参透的目的。这样说来，语文教学中比较阅读的有效性即其教学所产生的价值是很明显的。比较性阅读具有互为"阶梯"的作用，拓宽了阅读主体的视野和文本本身的价值，递推学生的文本构建能力。总之，群文阅读教学中的比较性阅读是中学语文阅读教学一种有力的手段，应用这个手段进行阅读教学，有效改变了传统阅读教学的文本本位阅读思想，从而达到多重效果。

群文阅读教学中比较性阅读大致可分为以下几类阅读。

（一）从比较的项量来分，有宏观比较阅读和微观比较阅读。宏观比较是多角度、多层次的综合比较。

（二）从材料的时间关系为控制范围作比较，有横向比较（共时比较）和纵向比较（历时比较）阅读。把同一作者的不同时期的用相同创作方法创作的作品作比较是纵向比较阅读；把同一流派的不同作者的作品作比较，把同一时期的作者的同一题材的作品作比较是横向比较阅读。

（三）从文章的内容、形式来作比较则有选材比较阅读、结构比较阅读、立意比较阅读、语言风格比较阅读、表达方式比较阅读、文体比较阅读等。

（四）从阅读的目的来分，则有理解性比较阅读、评价性比较阅读、鉴赏性比较阅读、分析参考性比较阅读等。

群文阅读教学中运用比较阅读法应注意以下几点。

（一）确定比较的范围，选好比较的角度，即确定好议题。比较的范围和角度的确定由阅读的目的来决定，随着阅读目的千差万别。那么阅读的比较形式自然也就各有不同。

（二）比较要找出阅读材料中的相同点与不同点，即群文阅读中异同分析性深阅读。这是掌握和运用群文阅读教学中比较性阅读法的关键性一环。只有准确地找出阅读材料的异同点才有可能进行具体的比较工作。

（三）比较是使思维深化的重要手段，比较贯穿于阅读思维的全过程之中。在对材料作比较时，思维必须要有条理性，特别是做宏观比较时，应有比较的侧重点。

（四）在群文阅读教学的比较阅读整个过程中，应根据个人实际情况，灵活运用多种阅读方法，尤其要注意仔细研读文本、材料。研读有利于分析文本、材料的异同，发现文本、材料之间的细微差别。阅读中，要随手做好必要的笔记，以便对照检查、分析鉴别。群文阅读教学的比较阅读中的笔记形式，可以用表格的形式，也可以用文章的形式，要灵活运用。

在群文阅读教学中常见的比较阅读有以下三种。

（一）群文阅读教学中相同题材的作品的比较阅读。

（二）群文阅读教学中不同观点的作品的比较阅读。

对同一事物持有完全相反观点的文章的比较阅读，可以正反对照，对砥砺思想、提高认识具有特殊的作用。试读下面两首短诗。

贾 生

李商隐

宣室①求贤访逐臣，贾生才调更无伦。

可怜夜半虚前席，不问苍生问鬼神。

贾 生

王安石

一时谋议略施行，谁道君王薄贾生？

爵位自②高言尽废，古来何啻万公卿。

［注］①宣室：汉未央宫前子室。②自：由，有尽管的意思。

这两首诗都是对汉代贾谊的评述，但见解不同：李商隐认为贾生治国安邦的才学得不到施展，王安石认为贾生并未受到君王的薄待。

（三）群文阅读教学中不同表现手法作品的比较阅读。

二、群文阅读教学是一种质疑思辨性深阅读教学

群文阅读教学是一种质疑思辨性深阅读教学，是一种探究性、批判性深阅读教学。质疑思辨是开启学生思维的金钥匙，培养学生良好的读书习惯和发现问题、提出问题、解答问题的能力，是对新课标和核心素养精神的真正贯彻。质疑思辨性阅读，必然是一种探究性阅读、批判性深阅读。批判意识是一切思考活动的前提条件。有研究表明，学生学习成功与批判性思维相关系数高达84%。

批判性阅读，是一种强调思考、评析的阅读法。它是构成自学能力的核心因素，也是个体智力发展水平的标尺，是深入学习、研究和不断进取的基础。真正有价值的阅读，应该是积极进取的，这就需要读者独立思考，需要通过批判与扬弃，逐步获得真知。

那么在群文阅读教学中如何培养学生批判性阅读能力呢？

（一）提高群文阅读中对批判性阅读的认识。批判性阅读的实质是批判性思考，属于高层次认识行为，它兼容创造性思维，包含着四个重要的认识行为：一是探询或探索，即对知识的追求与热爱，能主动地发现问题或提出问题，对可疑、新奇的事物充满兴趣并积极进行探索、探讨；二是沉思或深思，即运用想象、联想和创新方法去寻找问题，以及问题的解答；三是鉴赏，即依据审美原则或逻辑原则对内容、表现形式等进行评审；四是建构，即对事物、事理的部分与整体间关系、联系的研究与把握。

（二）认识到群文阅读中批判性阅读是一个不断探索、积极再创造的过程。阅读读物时，应该主动进取，努力介入评价、怀疑、批判，而不是被动或消极地"照单全收"。别人的东西，只能是一种"原型启发"而不是定论、休止符号。这样的以我为主的批判性阅读，才有助于发现、突破或创新、提高阅读价值和效果。

（三）群文阅读中批判性阅读必须在充分理解文本的基础上进行。

（四）群文阅读中提高对文本内容的敏感性。在阅读过程中，提高对读物内容的敏感性，并不断地向自己提问质疑，向读物或作者提问质疑，与之争论，或进行反驳。阅读时，还要注意克服习惯性思维，敢向权威挑战，努力从乍一看无甚问题处看出问题而加以分析批判。

（五）群文阅读中批判是为了有更多的收获与吸收。

（六）群文阅读中批判要有破有立。批判性阅读要包括相互联系的两个重要方面：一方面是对读物的科学批判，另一方面是对自己认识局限性、片面性的批判，使自身通过正确利用批判性思维，把自己的思考逐步引向深入、辩证，引向创建。正如德国教育家所主张的，批判后要拿出自己的建设性意见或设想，破而后立，有破有立。

三、群文阅读教学是一种深化性、升华式的深阅读教学

群文阅读教学是一种深化、升华性深阅读教学。例如主题的升华，指的是扩大群文文本所叙事件的意义、提高主题的容量，使群文的意旨能够进入一个更加开阔、更加高远的境界的手段和过程。群文阅读教学中主题升华，得力于作者和读者思想的升华。没有作者和读者高尚的思想境界就不可能有升华的主题。只有站得高，看得远，战胜了种种糊涂的观念或者说是世俗褊狭，才能写出和读出优秀作品的瑰丽风光。在群文阅读教学中如何做到主题升华式的深阅读教学？我以一例证来说明。

例如，我在教学群文篇目《短文三篇》(《热爱生命》《人是一根能思想的苇草》《信条》)，《人生的境界》的时候，设定议题为"生命价值观"，让学生反复自读预习后从"重点句（分点写出）""不同点（主题）""相同点（都谈了什么话题）""相互关系（用一段话概括几者间的关系）"等几方面填写前置学习单，在这个过程中分析异同、质疑思辨，然后通过合作分享、合作探究、老师点拨等方式来进行深阅读，提炼出人生、生命价值的话题，最终升华四篇文本主题为"人生应该热爱生命、热爱生活，从遵守最基本的信条、规则做起，做一个有思想、有价值、有意义、有

崇高境界的人"。这样，就较好地在群文阅读教学中完成了主题升华式的深阅读。

2021.4

【参考文献】

[1]《高中语文新课程标准（2017 年版）》。

[2] 贡如云、冯为民：《高中语文核心素养的实质内涵》。

[3] 黄婷、魏小娜：《基于语文核心素养的课程重建与教学策略》。

[4]《中国学生发展核心素养》，《中国教育学刊》，2016 年第 10 期。

[5]《语文学科核心素养：内涵及构成》，《教育探索》，2016 年第 11 期。

[6] 魏定乾、夏志英：《语文核心素养培养的有效课堂模式初探》，《中学语文》，2020 年第 18 期。

[7] 魏定乾、夏志英：《浅谈高中语文核心素养培养的课堂教学有效策略》，《中学语文》，2019 年第 6 期。

[8]《群文阅读：从形式变化到理念变革》，《中国教育学刊》，2013 年。

[9] 倪文锦：《语文核心素养视野中的群文阅读》，2017 年。

[10] 蒋晶军：《群文阅读探索历程》，2019 年。

[11] 何立新：《群文阅读的教学化思考》，2020 年。

[12] 于泽元、王雁领、石潇著：《群文阅读理论与实践》，西南师范大学出版社 2018 年版。

[13]《中学生阅读技巧辞海》，索书号：H151-458/4。

[14] 朱寿春：《中学语文教学之比较性阅读的有效性探究》，2019 年版。

群文阅读教学中核心素养四项关键能力培养的教学策略浅议

四川省成都市新都一中　魏定乾　魏爽

摘要：语文学科核心素养四项关键能力的培养和发展，是群文阅读教学的出发点和归宿点，也是群文阅读教学的中心任务和核心职责。那么，在群文阅读教学中究竟如何培养和发展学生的语文学科核心素养四项关键能力呢？这得遵循群文阅读教学中培养和发展学生语文学科核心素养四项关键能力的教学规律、教学原则及有效教学策略。

关键词：群文教学　文化传承　理解　教学　策略

高中语文新课标中明确指出，高中语文学科核心素养是学生在积极的语言实践活动中积累与构建起来，并在真实的语言运用情境中表现出来的语言能力及其品质；是学生在语文学习中获得的语言知识与语言能力，思维方法与思维品质，情感、态度与价值观的综合体现。"高中阶段语文核心素养包括语言建构与运用、思维发展与提升、审美鉴赏与创造、文化传承与理解等，它们是语文学科落实立德树人总目标的四大构成要素，也是高中语文新课程标准制定的核心依据。"（贡如云　冯为民《高中语文核心素养的实质内涵》）所以我们在高中语文课堂教学中，一定要紧扣这四个维度的核心素养来设计和安排课堂，发展和培养学生必备品格和关键能力。

语言建构与运用奠定语文素养的语言基础，是语文核心素养的本体性要素，也是发展语文核心素养的首要和基础任务，语文教育必须以发展学生语言素养为根基，它的形成对个体生命的发展具有极为深远的影响。它作为语文素养整体结构的基础层面，是"思维发展与提升""审美鉴赏与创造""文化传承与理解"实现的途径；"思维发展与提升""审美鉴赏与创造""文化传承与理解"是语文素养的重要组成部分，三者应当在语言建构与运用的过程中达成。

思维发展与提升奠定语文素养的认知基础，是语文教育的重要使命与目标。语言与思维之间存在密切的关系，语言是思维的外壳，思维是语言的内核，语言的建构和运用需要借助思维，而语言的建构和运用又能够促进思维的发展与提升。

审美鉴赏与创造奠定语文素养的文学基础。高中语文教育如果不突出审美素养的培育，就丢失了学科教学的重要价值取向，所追求的通过培养学生核心素养使之成为一个健全者的终极关怀就不可能实现。审美活动既是一种对象化把握世界的方式，也是一种自我确证、自我超越、自我发现、自我塑造的非对象化的活动，审美鉴赏与创造是高中语文核心素养的重要内容。文学鉴赏与表达是语文学科素养中不可缺少的一部分，同时也是语文教育中一个较高的发展层级。

文化传承与理解奠定语文素养的文化基础，也是高中语文核心素养的重要组成部分，包括了对本土文化的传承，对国际文化的理解、向生活文化的回归和对自然文化的关爱，是学生语文素养形成和发展的重要表征之一。从本质上说，深化语文课程改革就是进行深刻的文化变革。语文是母语学科，它是文化的存在。语文教育的过程就是以汉语文化为依托、以人类文化为背景的文化传承与理解过程。语文教育需要对文化进行转换，强化文化认同、适应、同化与融合，传承传统文化和理解多元文化，繁衍出新的、健康的文化意义，实现文化的"增值"，并形成学生的人文素养，使学生在实现文化成长的同时，也获得精神的成长和生命的成长。高中新课标指出，文化传承与理解是指学生在语文学习中，继承和弘扬中华优秀传统文化、革命文化、社会主义先进文化，理解和借鉴不同民族和地区的文化，拓展文化视野，增强文化自觉，提升中国特色社会主义文化自信，热爱祖国语言文字，热爱中华文化，防止文化上的民族虚无主义。

由此可见，语文学科核心素养的四个方面是一个整体，语文学科核心素养四项关键能力的培养和发展，是群文阅读教学的出发点和归宿点，也是群文阅读教学的中心任务和核心职责。那么，在群文阅读教学中如何培养和发展学生的语文学科核心素养四项关键能力呢？这得遵循群文阅读教学中培养和发展学生学科核心素养四项关键能力的教学规律、教学原则及教学策略。

何为群文阅读呢？群文阅读是群文阅读教学的简称，是最近几年在我国悄然兴起的一种具有突破性的阅读教学实践。群文阅读就是师生围绕着一个或多个议题选择一组文章，而后师生围绕议题进行阅读和集体建构，最终达成共识的过程。相关的实践探索大体上分为五个层级：第一个层级以教材为主，强调单元整合，以"单元整组"阅读教学为代表；第二个层级突破了教材，强调以课内文本为主，增加课外阅读，基本上是"一篇带多篇"这个思路；第三个层级把范围扩展到整本书的阅读，强调"整本书阅读"或者"一本带多本"的阅读；第四个层级提出阅读教学需要围绕一个核心主题展开，以"主题阅读"为代表；第五个层级把课内和课外阅读打通，具体形式以"班级读书会"为典型，更加灵活的则以"书香校园"的建设为典型。利用默读和浏览策略，发挥群文阅读的优势。利用小组对话和讨论策略，拓展群文阅读的深度和广度。利用比较阅读策略，发现群文阅读恰切的教学路径。利用探究性策略，推进群文阅读中深层阅读能力的培养。

那么，在群文阅读教学中究竟如何培养和发展学生的语文学科核心素养四项关键能力呢？下面就群文阅读教学中培养和发展学生的语文学科核心素养四项关键能力的有效教学策略，谈谈个人之见。

一、在群文阅读教学内容上，重抓学习任务群

群文阅读教学围绕着一个或多个议题选择一组文章或一本文本或多本文本，而后师生围绕议题进行阅读和集体建构，最终达成共识的过程。这点正契合了高中新课程标准中学习任务群课程理念，也正是在发展语文学科核心素养背景下群文阅读悄然而起、方兴未艾的重要原因之一。抓好了群文阅读教学，也就抓好了学习任务群教学；抓住了学习任务群，也就让群文阅读教学有了落地生根、发芽、开花、结果的肥沃土壤和落脚点。高中新课标指出，根据学生的发展需求，围绕学习任务群，创设能够引导学生广泛、深度参与的学习情境。积极倡导基于学习任务群的专

题学习，围绕语言和文化、经典作家作品、科学论著等，组织学生开展合作探究、研讨交流活动，鼓励学生以各种形式相互协作，展示与交流学习成果。所以，在群文阅读教学中培养和发展学生"文化传承与理解"能力时，我们就要重抓新课标中的学习任务群，充分理解学习任务群的特点，处理好学习任务群之间的关系，再在学习任务群课程理念下，选定具体的议题文本组，进行群文阅读。普通高中语文课程设计了 18 个学习任务群：即学习任务群 1——整本书阅读与研讨；学习任务群 2——当代文化参与；学习任务群 3——跨媒介阅读与交流；学习任务群 4——语言积累梳理与探究；学习任务群 5——文学阅读与写作；学习任务群 6——思辨性阅读与表达；学习任务群 7——实用性阅读与交流；学习任务群 8——中华传统文化经典研习；学习任务群 9——中国革命传统作品研习；学习任务群 10——中国现当代作家作品研习；学习任务群 11——外国作家作品研习；学习任务群 12——科学与文化论著研习；学习任务群 13——汉字汉语专题研讨；学习任务群 14——中华传统文化专题研讨；学习任务群 15——中国革命传统作品专题研讨；学习任务群 16——中国现当代作家作品专题研讨；学习任务群 17——跨文化专题研讨；学习任务群 18——学术论著专题研讨。每个任务群都有各自的学习目标与内容，彼此之间又渗透融合、衔接延伸。教师可根据 学习任务群的特点、学生的学习程度，结合自身的专业优势、教学风格，有规划、创造性地实施群文教学。教学中应统筹考虑各个学习任务群的特点，要明确不同学习任务群的定位和功能，妥善处理各个学习任务群之间的关系，避免遗漏缺失；要关注共同任务群在必修、选择性必修、选修课程中学习重点、呈现方式和深度广度的差异，避免简单重复。在这些学习任务群的具体群文阅读教学中对文化有很好的传承与理解。语言文字是文化的载体，又是文化的重要组成部分，学习语言文字的过程也是文化获得、传承、理解的过程。所以，群文阅读教学的过程，其实就是学生学习任务群完成的过程，也是学生学科核心素养四项关键能力发展和培养的过程。当然，高中新课标还指出，普通高中语文课程应具有相对稳定的结构和富有弹性的实施机制。应在课程标准的指导下，提高教师水平，发展教师特长，引导教师开发语文课程资源，有选择地、创造性地实施课程；把握信息时代新特点，积极利用新技术、新手段，建设开放、多样、有序的语文课程体系，使学生语文素养的发展与提升能适应社会进步新形势的需要。因此，在群文阅读教学内容上，在培养和发展学生语文学科核心素养四项关键能力的教学活动中，我们要着重抓新课标中的 18 个学习任务群，但又不仅囿于此。

二、在群文阅读教学活动上，加强语文实践性

高中新课标中明确指出，语文课程作为一门实践性课程，应着力在语文实践中培养学生的语言文字运用能力。学习运用祖国语言文字的资源和实践机会无处不在，应增强学生学语文、用语文的自觉意识，积极利用信息技术以及身边的各种资源和机会，通过阅读与鉴赏、表达与交流、梳理与探究等语文实践，积累言语经验，把握语文运用的规律，学会语文运用的方法，有效地提高语文能力，并在学习语言文字运用的过程中促进方法、习惯及情感、态度与价值观的综合发展。所以，我们在群文阅读教学中，应切实抓好阅读与鉴赏、表达与交流、梳理与探究等语文实践性活动。例如，本人在教学《短文三篇》(《热爱生命》《人是一根能思维的苇草》《信条》) 时，就进行了这样的群文阅读教学。拟定的议题是"天生我材必有用——生命价值观探讨"。设计了这样的教学实践活动。

感知与辨识（一）（阅读与鉴赏）

（前置学习单）

群文阅读：《短文三篇》中的生命价值观

填写"前置学习单"：

分项 内容 篇目	重点句 （分点写出）	不同点 （主题）	相同点 （都谈了什么话题）	相互关系 （用一段话概括 几者间的关系）
热爱生命				
人是一根能思维的苇草				
信条				

教学过程：

一、导入激趣

1.课前五分钟听轻音乐，营造课堂氛围。

2.学生齐读"生命之光"名言警句。

3.导入语：关于生命，是人类永久的一个敏感话题。全球每年有80万人自杀，800万人自杀未遂，每40秒有1人死亡；我国每年有28.7万人自杀，200万人自杀未遂，每两分钟就有1人死亡。这说明现代人越来越脆弱，越来越轻视生命。那么我们该如何对待生命呢？又如何提高自己的生命价值和意义呢？那就让我们从《短文三篇》中寻找答案吧。

二、感知与辨识（阅读与鉴赏、表达与交流）

检查、展示前置学习情况，辨识和矫正错误。（详见下表）

感知与辨识（二）

群文阅读：《短文三篇》中的生命价值观

填写"前置学习单"：

分项内容 篇目	重点句 （分点写出）	不同点 （主题）	相同点 （都谈了什么话题）	相互关系 （用一段话概括几者间的关系）
热爱生命	（略：见原文勾画。）	热爱生命、热爱生活，珍惜时光，享受生命赋予的快乐，让生活过得丰盈充实，对于死亡也不会觉得烦恼	人生、生命价值	人生应该热爱生命、热爱生活，从遵守最基本的信条、规则做起，做一个有思想有价值、有意义有崇高境界的人
人是一根能思维的苇草		人本身很脆弱，伟大之处在于能思想，人应该"努力地好好思想"，不断提升自己		
信条		人们在生活中，实际上只需要遵守那些最基本的信条、规则，而这些规则在幼儿园里已学过		

三、比较与整合（阅读与鉴赏、表达与交流、梳理与探究）

1.短文中重点句、关键句的哲理理解与探讨分享。（详见课件）

2.深入理解各篇主题和相互关系。

四、探究与拓展（阅读与鉴赏、表达与交流、梳理与探究）

分组讨论、展示，结合几篇文章，谈谈：

你认为怎样的人生才使我们的生命更有价值呢？

五、思维导图（阅读与鉴赏、表达与交流、梳理与探究）

请同学们用思维导图画出人生与几篇短文内容的内在关系图。

```
                有崇高境界
                    |
有思想          ——  人生  ——        热爱生命
有价值                            热爱生活
                    |
               遵守最基本
               信条、规则
```

六、结束语

生命之光：学生再朗读另三句关于生命的名言警句。（详见课件）

结束语：虽然我们无法改变生命时光的长度，但我们可以丰厚生命思想的宽度，追求生命境界的高度。（完）

这样的群文阅读教学设计，很好地突出了新课标中的"阅读与鉴赏、表达与交流、梳理与探究"等的语文实践性活动，收到了传统单篇教学难以企及的群文阅读教学效果。

三、在群文阅读教学方式上，突出学生主体性

高中语文新课标明确指出，创设综合性学习情境，开展自主、合作、探究学习。应关注学生学习方式的转变，做好学生语文学习活动的设计、引导和组织，注重学习的效果。根据学生的发展需求，围绕学习任务群，创设能够引导学生广泛、深度参与的学习情境。可通过多样的语文实践活动，融合听说读写，跨越古今中外，打通语文学科和其他学科、语文学习和学生的生活世界，运用优质的素材和范例，激发学生的学习兴趣和动力，提高语言文字运用能力。加强课程实施的整合，通过主题阅读、比较阅读、专题学习、项目学习等方式，实现知识与能力，过程与方法，情感、态度与价值观的整合，整体提升学生的语文素养。由此可以看出，突出学生主体性学习，开展好学生自主、合作、探究性学习，既是培养和发展语文学科核心素养能力的主要教学方式，也是群文阅读教学中培养和发展学生学科核心素养四项关键能力应遵循的最重要的教学方式。在教学《短文三篇》(《热爱生命》《人是一根能思维的苇草》《信条》) 培养学生语文学科核心素养四项关键能力的群文阅读教学中，本人的群文阅读教学设计就充分体现了学生自主、合作、探究的主体性教学方式。

所以在群文阅读教学中，我们要根据学生身心发展和语文学习的特点，保护学生的好奇心、求知欲，鼓励自主阅读、自由表达，激发问题意识，引导他们体验发现问题、解决问题的过程。积极倡导基于学习任务群的专题学习，围绕语言和文化、经典作家作品、科学论著等，组织学生开展合作探究、研讨交流活动，鼓励学生以各种形式相互协作，展示与交流学习成果。合理利用信息技术，优化整合课堂教学，促进知识的迁移与运用。教师还要注意引导学生在自主学习的基础上，学会倾听和分享、沟通和协作，掌握探究学习的方法，提高实践和创新能力。

四、在群文阅读教学手段上，充分应用多媒体

高中新课标指出，要改变因循守旧的语文教学习惯，也要打破唯技术至上的观念，把握好技术与语文的关系，合理利用信息技术。要创设运用语言文字的真实情境，形成有意义的互动学习环境，帮助学生有效投入语文实践；要借助信息技术优化整合课堂教学，引导学生经历多样化的学习过程，促进学生在更广阔的语言环境中主动学习，实现知识的迁移与运用。要积极探索基于网络的教学改革，利用具有交互功能的网络学习空间，创设线上线下一体化的"混合式"学习生态，为课堂教学和课外学习服务。在信息化环境下，需要进一步探索教学流程、资源支持、教学支持、学习评估等影响学生学习的各种要素所发生的新变化，积极探索信息化环境下的语文教学模式。所以在群文阅读教学中培养和发展学生语文学科核心素养四项关键能力时，我们应充分发挥

多媒体技术功能，探索信息化背景下教与学方式的转变。在群文阅读教学《短文三篇》(《热爱生命》《人是一根能思维的苇草》《信条》) 中培养和发展学生语文核心素养四项关键能力的教学设计时，本人就注重了音频、视频、PPT 等信息技术的综合应用，让学生更形象、更直观、更省时、更省力地进行学习，提高了课堂现代教育教学效率。

2020 年 6 月 11 日

【参考文献】

[1]《普通高中语文课程标准（2017 年版)》。

[2] 贡如云、冯为民：《高中语文核心素养的实质内涵》。

[3] 黄婷、魏小娜：《基于语文核心素养的课程重建与教学策略》。

[4]《中国学生发展核心素养》,《中国教育学刊》, 2016 年第 10 期。

[5]《语文学科核心素养：内涵及构成》,《教育探索》, 2016 年第 11 期。

[6] 魏定乾、夏志英：《语文核心素养培养的有效课堂模式初探》,《中学语文》, 2020 年第 18 期。

[7] 魏定乾、夏志英：《浅谈高中语文核心素养培养的课堂教学有效策略》,《中学语文》, 2019 年第 6 期。

[8]《群文阅读：从形式变化到理念变革》,《中国教育学刊》, 2013 年。

[9] 倪文锦：《语文核心素养视野中的群文阅读》, 2017 年。

[10] 蒋晶军：《群文阅读探索历程》, 2019 年。

[11] 何立新：《群文阅读的教学化思考》, 2020 年。

[12] 于泽元、王雁领、石潇著：《群文阅读理论与实践》, 西南师范大学出版社 2018 年版。

群文阅读教学中培养四项关键能力的课堂教学模式初探

四川省成都市新都一中　魏定乾

四川省万源市万源中学　夏志英

摘要：语文学科核心素养四项关键能力的培养和发展，是群文阅读教学的出发点和归宿点，也是群文阅读教学的中心任务和核心职责。那么，在群文阅读教学中究竟如何培养和发展学生的语文学科核心素养四项关键能力呢？这得遵循群文阅读教学中培养和发展学生语文学科核心素养四项关键能力的教学规律、教学原则及有效教学策略。加上当前国内外群文阅读课堂教学模式研究，还呈现出碎片化、零散化倾向和功利主义思想。正是基于这些原因，我课题组提出了《群文阅读教学中培养四项关键能力的课堂教学模式研究》的国家级子课题，已取得一些初步的探索成果。

关键词：群文教学　四项　关键能力　教学模式

高中语文新课标中明确指出，高中语文学科核心素养是学生在积极的语言实践活动中积累与构建起来，并在真实的语言运用情境中表现出来的语言能力及其品质；是学生在语文学习中获得的语言知识与语言能力，思维方法与思维品质，情感、态度与价值观的综合体现。"高中阶段语文核心素养包括语言建构与运用、思维发展与提升、审美鉴赏与创造、文化传承与理解等，它们是语文学科落实立德树人总目标的四大构成要素，也是高中语文新课程标准制定的核心依据。"（贡如云　冯为民《高中语文核心素养的实质内涵》）所以我们在高中语文课堂教学中，一定要紧扣这四个要素、四个维度的核心素养来设计和安排课堂，发展和培养学生必备品格和这四项关键能力。

语言建构与运用能力奠定语文素养的语言基础，是语文核心素养的本体性要素，也是发展语文核心素养的首要和基础任务，语文教育必须以发展学生语言素养为根基，它的形成对个体生命的发展具有极为深远的影响。思维发展与提升能力奠定语文素养的认知基础，是语文教育的重要使命与目标。审美鉴赏与创造能力奠定语文素养的文学基础。高中语文教育如果不突出审美素养的培育，就丢失了学科教学的重要价值取向，所追求的通过培养学生核心素养使之成为一个健全者的终极关怀就不可能实现。文化传承与理解能力奠定语文素养的文化基础，也是高中语文核心素养的重要组成部分，包括了对本土文化的传承，对国际文化的理解、向生活文化的回归和对自然文化的关爱，是学生语文素养形成和发展的重要表征之一。从本质上说，深化语文课程改革就是进行深刻的文化变革。

语文学科核心素养四项关键能力的培养和发展，是群文阅读教学的出发点和归宿点，也是群文阅读教学的中心任务和核心职责。何为群文阅读教学呢？群文阅读教学简称群文阅读，是最近几年在我国悄然兴起的一种具有突破性的阅读教学实践。群文阅读就是师生围绕着一个或多个议题选择一组文章，而后师生围绕议题进行阅读和集体建构，最终达成共识的过程。相关的实践探索大体上分为五个层级：第一个层级以教材为主，强调单元整合，以"单元整组"阅读教学为代表；第二个层级突破了教材，强调以课内文本为主，增加课外阅读，"一篇带多篇"基本上是这个思路；第三个层级把范围扩展到整本书的阅读，强调"整本书阅读"或者"一本带多本"的阅读；第四个层级提出阅读教学需要围绕一个核心主题展开，以"主题阅读"为代表；第五个层级把课内和课外阅读打通，具体形式以"班级读书会"为典型，更加灵活的则以"书香校园"的建设为典型。利用默读和浏览策略，发挥群文阅读的优势。利用小组对话和讨论策略，拓展群文阅读的深度和广度。利用比较阅读策略，发现群文阅读恰切的教学路径。利用探究性策略，推进群文阅读中深层阅读能力的培养。

那么，在群文阅读教学中如何培养和发展学生的语文学科核心素养四项关键能力呢？这里，本人就着重谈谈我课题组对高中语文群文阅读教学中培养和发展学生的语文学科核心素养四项关键能力的有效课堂教学模式探究的一些初步成果。我们将高中语文群文阅读教学中核心素养四项关键能力培养的课堂教学模式概括为"两导两自两合作，导图提升拓展歌"，即"导学质疑、导入激趣、自主分享、自主释疑、合作探究、合作展评、导图提升、拓展结曲"的八步课堂教学法。具体阐释如下。

一、导学质疑

我们知道，有一种叫"质疑导学"的教学方式，而我们这里要谈的是"导学质疑"。有效课堂往往是先学后教，可是我们的学生会自己主动先学吗？因此，教师要给予学生有效的帮助，给他们一个自主学习的路线图，那就是导学案（前置学习作业）。有效课堂的教学，不再是教师精彩的表演，教师的专业水准转而体现在导学案（前置学习作业）的精心设计上，体现在导学案（前置学习作业）对学生思维能力、创造能力培养的潜移默化上。有了导学案（前置学习作业），学生的自学有了方向，按照导学案（前置学习作业）来导学。所编制的导学案（前置学习作业）的容量以学生预习时间不超过30分钟为宜，必须把握好对群文阅读教材或文本，能够深入浅出，要做到知识问题化，问题层次化，层次梯次化，梯次渐进化。教师要放手给学生必要的个人空间，为学生创造、发现、表现提供更多的机会，养成良好的学习态度、学习习惯和思维品质。这也正是中学语文核心素养形成所需要的。我课题组在研究探索中，充分利用学校已开发的较成熟的部分群文阅读校本教材《学生导学案》（或根据本次群文阅读教学目标新拟定前置学习作业）导学，引导学生自学质疑，让学生主动参与到学习活动中去，并把导学中新产生的、自己不能解决的质疑问题记下来，为高效的课堂教学奠定问题基础和带来驱动力，留待课堂再解决。例如，在学习"高中考常用三文体（记叙文、议论文、散文）辨析及写作"的群文阅读教学中，我就给学生准备了三种文体考场范文、满分作文共20余篇及本堂学习内容知识清单，要求学生阅读后，用思维导图或表格完成导学案"前置学习作业1"，归纳、总结记叙文、议论文、散文各自特点和常用写法，并举前范文或已学课文例子加以阐述。

二、导入激趣

著名特级教师于漪曾说过："课的第一锤要敲在学生的心灵上，激发起他们思维的火花，或像磁石一样把学生牢牢地吸引住。"新课的导入就是一节课的序幕，将直接影响学生的学习兴趣和好奇心。也有人说"导入激趣"就像发动机的火花塞一样，虽然每一节课只点燃一次，但它产生的能量足以持续整整一节课，甚至多节课。通常我们可以采用音乐（歌曲歌谣）感染激趣、多媒体视频图片激趣、质疑悬念激趣、创设（故事、表演对话）情境激趣、猜谜解谜激趣、简笔绘画激趣、动作导入激趣等等导入方式来进行学生课堂学习的组织和调动。我们课题组认为成功的"导入激趣"是一堂好课、一堂高效课不可或缺的重要的标志之一。在"高中考常用三文体（记叙文、议论文、散文）辨析及写作"的群文阅读教学中我就采用了诗歌情景"文学是一幅意境深远的山水画，你尽可流动明眸，欣赏蓝天白云，飞湍瀑流；文学是一首婉转动人的古曲……"等四个排比句来导入激趣，把学生带入优美的文学殿堂，然后引出课题，收到了很好的教学效果。

三、自主分享

有人这样说，你有一个苹果，我有一个苹果，我们彼此交换，每人还是一个苹果；你有一种思想，我有一种思想，我们彼此交换，每人可拥有两种思想。这句话告之我们学习中的分享有多么重要。我们课题组研究认为，在导入激趣后，"自主分享"就很重要了。即各学习小组学生把在"导入质疑"中的导学案（前置学习作业）中的最重要部分自主展示分享给大家，再把自主发现的最大的质疑点或问题分享给大家，老师摘录问题要点于黑板上，让学生各自合并归纳为几个亟待解决的突出问题，并让学生记于学习本上。若突出问题中没有文本研究的核心问题，那么，为了保证提出问题的研究价值和方向性，老师还要适当补充文本研究的一些核心问题。然后让学生带着质疑问题，走进文本的深阅读中去，为下一步的"自主释疑"作好"质疑导入"。例如，在教学"千古词人李清照"群文作品赏析时，学生先展示了前置学习作业单，并谈了他们初学《声声慢》的感受和收获，然后就分享了两个很有研究价值的问题：①词人为什么要以叠词开篇？②文本是怎样写出"愁"的？然后我又补充了一个问题：③《声声慢》与《醉花阴》都写到了"愁"，此愁是彼愁吗？

四、自主释疑

充分发挥学生主观能动性，让学生自主释疑，自主形成的思辨能力，是中学语文核心素养形成的必备能力。学习过程是个不断发现问题、提出问题、解决问题的过程。问题由学生提出，最终还应由学生自己解答，教师不可包办代替，全盘端出，而应"疏""引""拨"，用不同的方法启发和激励学生自己分析问题，解决问题，让学生成为学习的真正主人。总之，质疑问难是开启学生思维的金钥匙，培养学生良好的读书习惯和发现问题、提出问题、解答问题的能力，是对新课标和核心素养精神的真正贯彻。例如，在教学"千古词人李清照"群文作品赏析时，学生在老师的有效组织和指导下，展示讲解了上环节前置学习作业单内容，并通过反复阅读、朗诵、思考和查找资料，很快就解决了《声声慢》的导学案中提出的前两个问题，分享的效果较好。而第③问的回答就显得模棱两可，交代不清了。于是我果断地将第③问放在了下一环节"合作探究"。

五、合作探究

对于上一步"自主释疑"还未能解决的问题，就由这一步"合作探究"来解决。"合作"学习是指学生在学习群体中为了完成共同的任务，有明确的责任分工的互助性学习。"合作"学习既有小组活动，也有个人活动；合作过程中也不排斥竞争。"探究"学习是指学生在实际问题或实践中进行学习，在学习中独立地发现问题，获得自主发展的学习方式。在探究学习中，学生自己发现问题，探究解决问题。探究学习的主动性、独立性、实践性、体验性、问题性和开放性等主要特征都是以自主为前提的。可以这样说，探究学习是以自主学习为前提、以合作学习为动力的一种学习方式。教师的角色发生了改变，真正成为学生学习的合作者、引导者和参与者。教学过程是师生对话、交流和共同发展的互动过程，是动态的、发展的、愉悦的、富有个性化的创造过程，是一个接纳的、支持的、宽容的教学氛围。因此，我课题组认为，需要合作探究的"疑难杂症"，就应该放手给学生，分组探究、讨论，并由中心发言人记下探讨结论的要点，再由学习组共同分点梳理、修正、补充后交给中心发言人，作好下一步的"合作展评"准备。例如，在学习"高中考常用三文体（记叙文、议论文、散文）辨析及写作"的群文阅读教学时，学生自主分享、释疑了"前置学习作业"中记叙文、议论文、散文各自特点和常用写法后，老师及时发现学生的的困惑，然后引导，补充了"①讨论比较记叙散文与记叙文异同；②讨论比较议论散文与议论文异同；③讨论比较记叙文与小说异同"这三个问题，让学生合作探究，然后再在下一环节"合作展评"中展示分析，收到了良好的学习效果。

六、合作展评

合作展评，即合作展示评价。这里指把学生上一步合作探究的结果或作品在课堂上公开呈现出来，让大家分享。可以采取登台展示、座位展示、口头展示、书面展示等多种形式。分人或分组展示后，再分人或分组进行评价、矫正，或同学补充，或老师补充。因而，评价时，一般通过对操作过程、结果的分析，来激励或引导展评者，启发或提醒其他学生，从而进一步丰富或完善问题的结果或作品，积累经验，发展能力。因此，这里的评价，至少应具有激励功能、启发功能和纠偏功能。教师点拨指导重在解决学生小组学习中无法解决的问题和生成的问题，而不是根据老师自身的经验和预设面面俱到。例如，在教学"千古词人李清照"群文作品赏析时，在这一环节要求学生分组展示探讨结果以分享，其中一组展示如下：①《声声慢》以"愁"作结，《醉花阴》以"愁"发端。前者写丧夫之愁、亡国之愁、孀居之愁、沦落之愁，后者写思念之愁和孤独寂寞之愁。②两词中"愁"的风格不同，人物形象也不同。前词孤苦凄凉，痛彻肺腑；后词迷蒙华丽，有着孤独相思的幸福感。问题抓得牢，要点抓得准。在同学们相互竞争、分享、比较、思辨、评价中完成了这环节任务。再如，在学习"高中考常用三文体（记叙文、议论文、散文）辨析及写作"的群文阅读教学时，针对上环节提出的几组"合作探究"问题，老师通过这样"①（一二小组）讨论比较记叙散文与记叙文异同，二小组分享，一小组补充。老师再点拨。②（三四小组）

讨论比较议论散文与议论文异同，四小组分享，三小组补充。老师再点拨。③（五六小组）讨论比较记叙文与小说异同，六小组分享，五小组补充。老师再点拨"的探究和展示过程，既让学生解决了学习中实际困惑问题，指导了写作，又很好地培养了他们质疑思辨的核心素养能力。

七、导图提升

导图结曲和提升，是指让学生用思维导图形式，自行归纳总结本课学习重点、难点、要点、闪光点，来结束全课的学习，以达到对学生高效整理、科学梳理、合理归纳、抽象概括和创造创新能力培养的目的。思维导图又叫心智导图，是表达发散性思维的有效图形思维工具，它简单却又很有效，是一种实用性的思维工具。它运用图文并重的技巧，把各级主题的关系用相互隶属与相关的层级图表现出来，把主题关键词与图像、颜色等建立记忆链接。它充分运用左右脑的机能，利用记忆、阅读、思维的规律，协助人们在科学与艺术、逻辑与想象之间平衡发展，从而开启人类大脑的无限潜能。它因此具有人类思维的强大功能，是一种将思维形象化的方法。因此，我课题组研究认为，用思维导图作结和提升课堂，是最明智和最科学的选择。例如，我们教学"黄州一贬多失意，成就千古一旷才"苏轼群文作品《赤壁赋》《后赤壁赋》《念奴娇 赤壁怀古》《定风波》快结束时，就让学生在鉴赏比较、分析概括归纳的基础上，提炼提升出苏轼作品中苏轼的旷达豁然的人生观和精神，用丰富多彩的思维导图形式总结描绘出来。然后再由"突出精神重围的苏轼"又拓展开去，为下一环节"拓展结曲"蓄势、张本。这对学生的抽象概括、形象描绘、思辨能力和创新创造能力的培养都有不可低估的作用。

八、拓展结曲

高中新课标指出，普通高中语文课程应具有相对稳定的结构和富有弹性的实施机制。应在课程标准的指导下，提高教师水平，发展教师特长，引导教师开发语文课程资源，有选择地、创造性地实施课程；把握信息时代新特点，积极利用新技术、新手段，建设开发多样、有序的语文课程体系，使学生语文素养的发展与提升能适应社会进步新形势的需要。初中语文新课标也指出，教师应创造性地理解和使用教材，积极开发课程资源，沟通与其他学科之间的联系，沟通与生活的联系，扩大学生语文学习的视野，提高学生学习运用语文的积极性，从而丰富语文课程的内涵。它们都要求语文教师教学时应该由语文课内向课外适当延伸拓展，扩充语文课堂教学的容量。这种拓展式教学实际上是一种迁移教学，即由课内向课外的适当延伸。拓展延伸就成了教师们引导学生融会贯通课文内外知识的好方法。语文实践拓展不仅要植根于课本，更要结合实际，融入生活。语文拓展教学的目的在于使学生由小课堂迈入大课堂，思维得到拓展，视野得到开阔，知识积累得更加扎实。教师在丰富课堂教学形式、提高课堂效率的同时，也要注意与实际相结合，激发学生学习语文的兴趣，更好地实现语文学习的目的。由此看来，在课堂教学中拓展延伸是多么重要和必要。所以，在群文阅读教学中培养四项关键能力的课堂教学模式研究时，我们十分重视拓展延伸的重要环节，并以此环节作为课堂结束环节，即"拓展结曲"。例如，我们在教学"黄州一贬多失意，成就千古一旷才"苏轼群文作品时，在上环节"导图提升"提炼提升出苏轼作品中苏轼的旷达豁然的人生观和精神后，又以"突出精神重围的苏轼"拓展开去，让学生分小组合作探究"为什么苏轼能突出精神重围？给你有何人生启示？"然后引出古今中外"没能突出精神重围"的名人（如老舍、三毛、海子、海明威、莫泊桑、梵·高等）、"突出精神重围"的名人（如司马迁、张海迪、史铁生、海伦、周婷婷、残疾运动员、汶川地震中的少年等）事迹，来提升孩子们永远向着阳光生长、永不屈服于黑暗的认知和"旷达豁然"的人生观和精神境界。至此，本堂群文阅读教学课完美收官，收到了良好的教学效果。

【参考文献】

[1]《高中语文新课程标准》（2017）。

[2] 贡如云、冯为民：《高中语文核心素养的实质内涵》。

[3] 黄婷、魏小娜：《基于语文核心素养的课程重建与教学策略》。

[4]《中国学生发展核心素养》，《中国教育学刊》，2016年第

10 期。

[5]《语文学科核心素养：内涵及构成》,《教育探索》, 2016年第 11 期。

[6]魏定乾、夏志英：《语文核心素养培养的有效课堂模式初探》,《中学语文》, 2020 年第 18 期。

[7]魏定乾、夏志英：《浅谈高中语文核心素养培养的课堂教学有效策略》,《中学语文》, 2019 年第 6 期。

[8]《群文阅读：从形式变化到理念变革》,《中国教育学刊》, 2013 年。

[9]倪文锦：《语文核心素养视野中的群文阅读》, 2017 年。

[10]蒋晶军：《群文阅读探索历程》, 2019 年。

[11]何立新：《群文阅读的教学化思考》, 2020 年。

[12]于泽元、王雁领、石潇著：《群文阅读理论与实践》, 西南师范大学出版社 2018 年版。

[13]《中学生阅读技巧辞海》, 索书号：H151-458/4。

[14]朱寿春：《中学语文教学之比较性阅读的有效性探究》, 2019 年。

[15]魏定乾：《刍谈群文阅读教学中的几个深阅读问题》, 2021 年。

《史记》整本书阅读的教学实践及反思

四川省成都市新都一中　赵然舟

摘要：《普通高中语文课程标准（2017 年版）》提出整本书阅读的任务群，旨在"引导学生通过阅读整本书，拓展阅读视野，建构阅读整本书的经验，形成适合自己的读书方法，提升阅读鉴赏能力，养成良好的阅读习惯"。面对课程标准的新要求，笔者基于自己的教学实践，以《史记》为例进行了整本书教学的反思。

关键词：高中语文　整部书阅读　史记

《史记》是二十四史之首，它记载了上起黄帝下至汉武帝约2000多年的历史，是传统国学精品中无与伦比的"百科全书"。鲁迅先生称《史记》"史家之绝唱，无韵之离骚"。而我们选取《史记》作为整本书阅读的材料，不仅是因为它的文学地位和史学价值，更是因为它能很好地落实"课程结构"中对整本书阅读的具体要求。

一、教学过程

围绕楚汉之争这个历史事件，选取8篇经典篇目，《项羽本纪》《高祖本纪》《留侯世家》《淮阴侯列传》《曹相国世家》《陈丞相世家》《琼布列传》《樊郦滕灌列传》。其中前四篇精读，后四篇略读。

（一）第一阶段：自主阅读

时间：2个月（每周一篇）。

阅读要求：每周完成一篇阅读记录。

1. 概括人物事件：人物主要事迹，人物关系图，事件的起因、经过、结果；

2. 重难点文言知识积累；（实词、虚词、文学常识）

3. 人物简评：表示对人物的认识和看法。（每次一篇600字左右）

（二）第二阶段：探究引导

时间：两周（两次阅读课）。

阅读要求：

1. 形成总体阅读意识，把8篇文章中所提到的人物形成人物关系结构网；

2. 培养问题意识，引导学生围绕学习活动的重点，确立一些本质性的问题，培养学生有目的质疑的能力。

（三）第三阶段：解决问题

根据学生提出的问题，进行分析讨论，选定篇目，收集相关材料，选好切入角度和方式分组探讨解决问题，根据不同的途径分工与合作，最后综合交流、汇总。

教师在此阶段要给学生充分的自主权，教师要注意自己的角色，只是一个参与者、组织者、引导者、帮助者、沟通者、鼓励者，决不能是包办者、管理者、武断者。但自主绝不是放任自由，教师要适时根据问题的重点，引导学生学习的方向，一定要给予学生足够的关注和引导。

（四）第四阶段：成果展示

成果展示可以采用形式多样的交流方式，可以是性格与人生的专题辩论，也可以是读书报告会，还可以举办系列比赛，也可以是话剧小品表演。总之，要发扬团队精神，互相协作，发现问题，共同探讨解决，群策群力，用灵活多样的方式展示同学们的综合素质的提高。

二、教学反思

这次探究性的学习实践活动，促进了学生的全面发展。这次整本书阅读活动的开展，绝不是学生阅读《史记》的终点，而恰恰是一个很好的起点。

在这次阅读活动的开展中，有些做得不错的地方，在后面的活动中可以继续发扬，主要是如下几点。

（一）精读和略读的有机结合

学生在学校的阅读时间其实是相对有限的，如何在有限的时间中提高阅读效率是很重要的。这次笔者选篇是围绕楚汉之争这一历史事件进行筛选的，目的除了加强课内外阅读的联系之外，还是避免学生在传记类文本阅读可能出现的时间线模糊的问题。精读的《项羽本纪》《高祖本纪》《留侯世家》《淮阴侯列传》这四篇描写的都是可以改变历史结局的人物，略读的《曹相国世家》《陈丞相世家》《琼布列传》《樊郦滕灌列传》这四篇描写的是在后勤、军事中不可或缺的人物。阅读完这八篇传记，学生对楚汉之争就可以有一个比较全面的认识了。

（二）知识的落实与丰富的活动相结合

笔者在多年的教学中发现文言文阅读始终是学生学习的难点，这与只重视课内文言文教学，没有相关的、大量的、成体系的课外文言文阅读是不无关系的。这次的《史记》整本书阅读中，笔者特意强调和落实了基本知识的问题。首先，根据阅读进度学生每周要做好积累；其次，我们还开展了一些活动激发学生的学习热情。如《史记》知识竞赛、《史记》中的成语熟语接龙。这些活动学生都踊跃参加，《史记》也不再是那要束之高阁、不敢接触的书籍。在最后的成果展示环节，同学们更是发挥出主观能动性，自己去表演展示，有很多意想不到的惊喜。

（三）把培养整体阅读意识和深入探究意识相结合

《史记》是纪传体史书，本纪、世家、列传、表、书，这五体看似是独立的个体，实则紧密联系。笔者在设计探究问题时，特意以"刘邦的性格"这个问题入手，让学生在深入研究这个问题的时候，注意到不同篇目之间的区别与联系。如《高祖本纪》主要刻画了刘邦的具有神异色彩的发迹史，以及他的雄才大略、知人善用；而《项羽本纪》则让我们通过范增之口了解到刘邦贪财恋色；《萧相国世家》《留侯列传》则让我们知道了刘邦猜忌功臣；《樊郦滕灌列传》披露了刘邦兵败时，弃子而逃的自私本性。在研究韩信这个人物的时候，也是培养和锻炼学生整体阅读意识和深入研究意识相结合的很好实践经验。

在课后的反思中笔者还发现了一些不尽如人意的地方。

1. 只围绕一个历史事件去读《史记》太单薄

《史记》一共 130 篇，体例宏大又篇篇经典。只围绕楚汉之争这一历史事件去读《史记》是远远不够的，所以《史记》的第二阶段阅读，笔者将围绕主题的相关性展开。笔者围绕《史记》中的崇高精神，选取了《屈原贾生列传》《刺客列传·豫让》《伍子胥列传》的片段进行了阅读主题课教学，收到了很好的效果。笔者围绕其他主题，分小组再次展开主题阅读。

2. 要重视选读篇目的段落筛选

在进行主题阅读的时候，往往需要学生对两篇以上的传记进行比较阅读，此时让学生阅读全部不现实也不高效，就需要教师在教学前对篇目的片段进行筛选，然后再让学生对主题进行探究、总结。

3. 多读相关研究论文加深对相关问题的认识

在很多深入问题的探讨上，教师如果只读《史记》不读相关的学术知识，在思想上没有深度是无法引领学生的。如阅读中有关人物形象这类知识，学生共读讨论一般还是可以得出一个比较准确和完备的结论的。但如涉及《汉书》与《史记》在描写刘邦时的不同比较这类问题，学术论文的阅读能很好地帮助笔者加深认识，进而引导学生。

最后，笔者想说《史记》博大精深、体例完备，是特别值得也特别适合学生进行整本书阅读的教材。笔者也将进行更多的阅读教学的尝试，在尝试中不断总结，最终一切为了落实学生更丰富、更高效的阅读去服务。

【参考文献】

[1] 司马迁撰，李翰文整理：《史记》，北京联合出版社。

[2]《普通高中语文课程标准（2017 年版）》，人民教育出版社。

[3] 王晓晖：《〈史记〉与〈汉书〉人物评价异同个案分析——以汉高祖刘邦的对比研究为例》，《文艺评论·大观》。

[4] 荣倩倩：《基于核心素养发展的语文整本书阅读——以〈论语〉为例》，《中学语文》。

[5] 黄小燕：《基于语文核心素养的高中整本书阅读指导策略研究——以〈史记〉整本书阅读为例》，《语文月刊》。

2021 年发表于国际刊物《中小学教育》2021 年第八期

群文阅读下中学生
"批判性思维"的培养

四川省成都市新都一中　彭　蹊

摘要：批判性思维是一种人类应该普遍具有的高阶思维能力，当前中学生批判性思维能力普遍偏弱，这是我国长期以来重视知识教育，忽略思维能力培养的结果。几十年的语文教改，也基本上是在知识与人文两极左右徘徊，思维能力培养，特别是批判性思维能力培养长期缺位。批判性思维是革除语文教育痼疾、改变阅读教学的良方，而引入群文阅读既是《普通高中课程标准（2017 年版）》的新要求，更是培养学生核心素养，特别是"批判性思维"能力的最佳途径。群文阅读既可以采用以思想争鸣为议题的方式组织文本以训练学生批判性思维，也可以以读写共生的方式来深化和外化学生的批判性思维成果。

关键词： 群文阅读　批判性　思维

一、何为批判性思维

什么叫"批判性思维"？据"百度百科"，所谓"批判性思维"（Critical Thinking）就是通过一定的标准评价思维，进而改善思维，它是一种合理的、反思性的思维，它既是一种思维技能，也是一种思维倾向。

美国作家布鲁克·诺埃尔·摩尔和理查德·帕克所著《批判性思维：带你走出思维的误区》一书是这样定义的：批判性思维就是指"审慎地运用推理去断定一个断言是否为真的思维方式。值得注意的是，批判性思维往往不是指断言的真假本身，而是指对我们面临的断言进行评估的过程。也可以说批判性思维的主旨是关于思维的思维——当我们考量某个主意好不好的时候，我们就在进行批判性思维。由于思想决定行动，我们如何考量自己的思想和观念往往就决定了我们的行动是否明智。"

哈佛大学原校长博克在《回归大学之道：对美国大学本科教育的反思与展望》一书中，根据对哈佛学生的观察并且根据心理学的研究，把大学本科生的思维模式分为三个阶段。

第一阶段是"Ignorant Certainty"，即"无知的确定性"。这是一个盲目相信的阶段。刚从高中毕业进入大学的新生，往往都处于这个阶段。在中学，学生认为学到的知识是千真万确的，这个确定性来源于学生知识的有限性，因此是一种无知下的确定性。

第二阶段是"Intelligent Confusion"，即"有知的混乱性"。这是一个相对主义阶段。学生上了大学之后，接触到各种各样的知识，包括各种对立的学派。虽然学生的知识增加了，但是他们往往感到各种说法似乎都有道理，"公说公有理，婆说婆有理"，而无法判断出哪个说法更有道理。这就是一种相对主义。

博克观察到大多数本科生的思维水平都停留在第二阶段，只有少数学生的思维水平能够进入第三阶段，就是"Critical

Thinking"，即"批判性思维"阶段。这是思维成熟阶段。在这个阶段，学生可以在各种不同说法之间，通过分析、取证、推理等方式，作出判断，论说出哪一种说法更有说服力。

批判性思维是人的思维发展的高级阶段，它有两个特征：第一，批判性思维首先善于对通常被接受的结论提出疑问和挑战，而不是无条件地接受专家和权威的结论；第二，批判性思维又是用分析性和建设性的论理方式对疑问和挑战提出解释并做出判断，而不是同样接受不同解释和判断。这两个特征正是分别针对"无知的确定性"和"有知的混乱性"的，因此批判性思维不同于这两种思维方式。

由此可见，我们所谓"批判性"（critical）并不是"批判"（criticism），因为"批判"总是否定的，即别人说 A，我们总是说非 A；而"批判性"则是指审辩式、思辨式的评判，多是建设性的，即别人说 A 时，我们会思考为什么是 A，为什么不是非 A，可不可以是非 A……

以上理论似乎都是针对大学生而得出的结论，但在中学教育中，我认为有意识地加强培养学生的批判性思维也是可行的，甚至是必要的。思维是一种素质，也是一种习惯，一种技能，而一个人的这种思维的技能不可能一蹴而就，它必须经历一个长期培养而形成的过程，这个过程提前到中学，甚至到小学都完全必要。据说犹太人小孩回到家里，家长不是问"你今天学了什么新知识"，而是问"你今天提了什么新问题"，甚至还要接着问"你提出的问题中有没有老师回答不出来的"，这就是批判性思维的起点，而我们这个起点显然太迟了！

二、加强中学生批判性思维的培养的必要性

（一）学生批判性思维的培养是多年来我国中学教育的最大缺陷

1921 年，爱因斯坦获得诺贝尔物理学奖后第一次访问美国，当他到达波士顿后，一个记者问他"声音的速度是多少"。他当然知道，但是他拒绝回答。他说你可以在任何一本物理学教科书上找到答案，没有必要记住。爱因斯坦说："大学教育的价值，不在于学习很多事实，而在于训练大脑会思考。"（The value of a college education is not the learning of many facts but the training of the mind to think.）爱因斯坦所说的事实（facts）就是知识。他提出教育的价值不是记住很多知识，而是训练大脑的思维。这就提出了教育价值超越知识的另一个维度——思维。而恰恰是在这个维度上，我们中国教育是薄弱的。学生的思维发展正是我们教育中的短板。

回顾我国的教育教学历史，环顾我国当前中小学教育教学现状，尽管我们提倡素质教育已经过去了多少年，但是我们的教育仍然是重知识的传授而轻能力的发展，所谓素质教育的内涵就是"德、智、体、美、劳"全面发展，而这"全面"其实也无非就是增加了思品、政治、历史等文化知识的教育，或者再增加了音乐、美术等艺术知识的教育而已，更何况这增加的内容在实际教学中往往只沦为点缀，或者即使真正实施了，也更多还是停留在知识的学习上，很少把它们真正作为学生德行和艺术修养的教育手段。除此之外，我国从小学到大学，学校教育承担的主要教育职能便是知识技能的传承，当代中国的教育直接的终极的甚至也是唯一的目标就是升学考试，高中的各门学科的教育目标就是完成高考的教学任务，学校对老师教育效果的评价就是学生的成绩达标率。小学初中虽然名义上是义务教育，但除个别地方之外，小学、初中学生仍然普遍存在着小升初、初升高的择校热，家长和学生依然只看重升学的目标，各学校为了在生源大战中出人头地，占据优势，依然把升学率作为学校教育的最高目标。高考初中化，中考小学化，中国家长们追求着"孩子不输在起跑线上"的理想，学校、老师在家长和社会的压力下集体有意或无意识地把学生作为知识的被动接收器，大家也许都看到了这场滚滚的洪流的弊端，虽然也有较为清醒的一批人在与这一强大的洪流抗衡，但作为个体，谁也难以改变其走向。

（二）批判性思维是革除语文教育痼疾的良方

从20世纪70年代以来，语文教育先是生硬的政治响应以及由此而升级为道德说教，后来随着思想的解放，人们普遍厌恶并摒弃了这种虚假空洞模式，却理所当然地选择了关注知识与文本，当人们再一次将此推向极致而走向反面，人文精神的引入似乎又成了人们解救语文教学的稻草，但后来人们发现凌空高蹈的人文精神也并未能拯救语文于水火，新一轮的失落与彷徨又开始了，于是，支离破碎的文本解读又再一次卷土重来，而且有过之而无不及，以前还遮遮掩掩，现在却直截了当，教学直奔"考点"而去。历年来"语文教育总在两个极端之间跳跃。一端是价值与理念，另一端是知识与能力。空洞的价值灌输让人厌倦了，我们就以知识为武器来抵抗；当知识泛滥成灾了，我们便操起价值的大棒，挥舞一气，从灌输到训练，从教条主义到技术主义，我们在两端轻快自如地转换与跳跃"。

在这两端机械地转换，其本质的弊端则是对学生的思维方式上的培养缺陷，学生在知识的接收和道德或人文的熏陶上，都只是作为一个信号的接收器般的存在。学生紧紧地跟随着老师的脚步，亦步亦趋；或者学生紧紧地追随着考点的旗帜，心无旁骛。除了思维培养的缺陷，另一个因素就是作为一门学科，其学术性的严重缺乏。"谈到语文教育，我们纠结于思想性、人文性、工具性之类的'性'问题，但'学术性'似乎少有人提及。即使稍有触及，也基本上停留在'知识'层面。""什么是学术？简单地说，就是一切结论都要尊重文本及其结构，根据可靠的文献和背景资料，依靠严密的逻辑和理性推断，做到事实、逻辑与情理的一致，追求最大的'合理性'。"

而且这种理性与逻辑的缺乏在写作中表现得尤为突出，学生对于稍微复杂而含蓄的文本材料，就不能作出由表及里、由此及彼、由现象到本质的逻辑分析，在对观点的阐述上，也多只是观点加论据的机械组合，难以对论据作合理而深入的阐述，更不能对观点作由浅入深的逻辑推理，写作的支离破碎、前后脱节比阅读更甚。

（三）语文阅读教学呼唤批判性思维

"新课改"以来，标新立异的文本解读与主体弱化的对话教学流行一时。在我看来，"不仅文本阅读需要批判性思维的介入，课堂教学也需要一场批判性思维的洗礼。'批判性思维'是以理性的开放性为核心的理智美德与思维能力的结合，既是一种追求公正思维与合理决策的思维技能，也是一种持多元、理性与审慎的人格。在文本分析中，批判性思维是学术性的基本前提；而在教学行为中，批判性思维则是平等对话、合理质疑与省察性反思的人格保障。"

我们的阅读只在乎结论的正确性，而不在乎解释的合理性，概念化的对号入座依然大行其道，琐碎繁重的知识切割依然风行一时。比如我们解读《装在套子里的人》，老师通常让学生找出他生活、工作、行为、语言、思想等方面的"套子"后，在这最表层的探讨上纠缠流连，而在揭示"套子"的本质意义时，老师往往便由沙皇专制的时代背景直接引出别里科夫的"奴性"。学生只是概念化地接受这一观点，而不能从文本中去探索人物身上的"奴性"的形成原因，只看到别里科夫身上的"奴性"，而不能看出周围人身上或多或少的奴性，更不能思考别里科夫的"奴性"如何导致人物走向毁灭的根源，不能看到或者只由只言片语理解科瓦连柯的反抗性。

三、引入群文阅读对培养学生批判性思维能力的优势

群文阅读，就是在语文课堂上围绕一个议题选择一组相关联的文章，引导学生围绕这一议题展开立体式的自主阅读，在阅读中发展自己的观点，进而提升阅读力和思考力，并进行多方面的言语实践。这是拓展阅读教学的一种新形式，它更关注学生的阅读数量和速度，更关注学生在多种多样文章阅读过程中的意义建构，更关注学生在阅读过程中思维品质的发展与提升，对全面提高学生的语文素养具有十分重要的意义。群文阅读建立了立体紧致的课堂结构，让学生发展系统思维、创新思维、批判思维等高阶思维能力，在多文本人文滋养中，获取正确的道德认知与方法论，凝练终身受益的核心素养。

（一）引入群文阅读是对学生高阶思维能力培养的最佳途径

美国著名心理学家布卢姆把人的认知领域的教育目标分为六级：知道、领会、运用、分析、综合和评价。前面三类通常被称为"低级思维能力"，后面三类通常被称为"高级思维能力"。在传统教学中80%的时间都花在低级思维能力上，只有20%的时间学生才真正运用在高级思维能力上。高阶思维能力主要指创新能力、问题求解能力、决策力和批判性思维能力。高阶思维能力集中体现了知识时代对人才素质提出的新要求，是适应知识时代

发展的关键能力。传统的阅读当然也在培养学生的各种思维能力，但群文阅读以不同议题为核心，它不像传统的单篇文章的阅读，其阅读对象单一，思维层级相对较浅。群文阅读可以根据不同的需要设计不同的思维训练途径，可以是同一题材的横向拓展，可以是同一现象的纵向拓展，可以是从古到今的时代变迁，也可以是从中到外的地域跨越。特别是在阅读方式上，由于是多篇文章的组合，所以在阅读时要求学生运用比较阅读的方法，在不同的文本中运用比较、分析、归纳、综合等多种思维方式对信息进行深度的加工处理，这便极大地强化了学生思维能力的提升。

（二）引入群文阅读对学生进行思维能力的培养是《普通高中语文课程标准》的新要求

作为国家教育部制定的指导中学语文教育的权威文件，2017年版的内容有两个最大变化。一是学习任务群的提出，在"课程结构"部分，《课程标准》提出："从祖国语文的特点和高中生学习语文的规律出发，以语文学科核心素养为纲，以学生的语文实践为主线，设计'语文学习任务群'。'语文学习任务群'以任务为导向，以学习项目为载体，整合学习情境、学习内容、学习方法和学习资源，引导学生在运用语言的过程中提升语文素养。"其中，提出了设置7个必修课程、9个选择性必修课程和9个选修课程，而"思辨性阅读与表达"便是必修课程的任务群之一。

新《课程标准》的重大变化之二是凝练了语文学科核心素养。为建立核心素养与课程教学的内在联系，充分挖掘各学科课程教学对全面贯彻党的教育方针、落实立德树人根本任务、发展素质教育的独特育人价值，各学科基于学科本质凝练了本学科的核心素养，明确了学生学习该学科课程后应达成的正确价值观念、必备品格和关键能力，对知识与技能、过程与方法、情感态度价值观三维目标进行了整合。其中对语文学科核心素养的阐述是："语文学科核心素养是学生在积极的语言实践活动中积累与构建起来，并在真实的语言运用情境中表现出来的语言能力及其品质；是学生在语文学习中获得的语言知识与语言能力，思维方法与思维品质，情感、态度与价值观的综合体现。主要包括'语言建构与运用''思维发展与提升''审美鉴赏与创造''文化传承与理解'四个方面。"而思维发展与提升是指学生在语文学习过程中，通过语言运用，获得直觉思维、形象思维、逻辑思维、辩证思维和创造思维的发展，促进深刻性、敏捷性、灵活性、批判性和独创性等思维品质的提升。由此可见国家对新时期学生思维能力素养的重视，特别是对其中的批判性思维的重视。

四、群文阅读中对学生批判性思维培养的两大具体路径

（一）通过以思辨性思想为议题的群文阅读，在比较与碰撞中培养学生批判性思维

阅读是一个由感受到领悟的过程，但单篇文章的阅读，更侧重的方式是一种精细的阅读，在这个精细的阅读过程中，学生停留在感受的时间就会更长。而群文阅读作为组文阅读，其基本的阅读方式则是以议题为引导的比较阅读，在这个比较的过程中，学生的分析、综合、评价的思维训练便得到深度发展。为了把阅读更直接引向学生的批判性思维，我们甚至可以直接设计一些争鸣性的主题材料，让学生在矛盾冲突中辨别思想的合理性。

比如我们以教材文章王羲之的《兰亭集序》、苏轼的《赤壁赋》、陶渊明的《归去来兮辞》，加上一些课外文章，比如《晋书·阮籍传》、张曼菱的《择生与择死》、林觉民的《与妻书》、司马迁的《报任安书》、谭嗣同的《狱中题壁》。我们可以引导学生梳理这一组每篇文章作者的不同的生命意识与人生选择，我们就会发现不同的人在面对各自的人生苦难时，他们的选择却是各不相同的，而这些不同的选择既表现了他们各自不同的人生观、价值观，也表现出不同的人在历史长河中不同的人生意义，对后世产生的不同影响。而在这些各不相同的选择中，如果我们进一步思考，去其异而求其同，则又会发现他们的选择又有一些相同的因素，即自我人生价值的实现。这种人生价值当然有的是物质的，有的是精神的，有的是利我的，有的则是利他的，不论是哪一种选择，最终都能产生极大的正能量，如一颗颗闪耀的星辰照亮着中国历史的夜空。

再比如，我们选择王安石的《游褒禅山记》、苏轼的《石钟山记》、清初蔡士瑛的《石钟山记》、曾国藩的《石钟山名考异》、《邹忌讽齐王纳谏》作为一个系列，探讨每篇文章中对待疑问的不

同态度。王安石提出的"学者不可以不深思而慎取之也"，苏轼的叹郦道元之简，笑唐李勃之陋，经过自己一番实地考察而得出的"声如洪钟"，曾国藩同样的实地考察而得出的"形如覆钟"，可以看出随着实地考察的深入，人们越来越接近真相。为什么苏轼也可能陷入到他对别人所嘲笑的"浅陋"之中呢？我们才会发现，苏轼所考察的时间正是七月水盛期，他便不可能像曾国藩那样深入到山洞内部去，所以人们的认识的片面性来源于多方面，有的是因为自我的主观臆测，有的是因为外在的客观条件，而他们告诉我们一个共同观点，实践出真知，而这种实践还需要在不同条件下反复多次地进行，面对疑难问题，既要深思慎取，也要像邹忌一样学会反思。

（二）通过读写共生的群文阅读，以写作强化并外化学生批判性思维成果

有一种群文阅读课叫读写共生的群文阅读，这种议题的设置有的是直接服务于某一种具体的写作手法，比如修辞的运用、句式的运用、中心句的设置等等，这些都重在技法的运用。为了强化学生批判性思维能力培养，我们也可以从思维的角度设置阅读议题。其实，多年以来的命题作文、材料作文，以及后来的话题作文、时评类作文，都带有对学生批判性思维的考查。

比如 1991 年全国卷作文：某班开辩论会，一方的观点是"近墨者黑"，一方的观点是"近墨者未必黑"。请你选定一方，写一篇发言稿参加辩论。"近墨者"会"黑"还是"不黑"，这便需要学生作出批判性思考。

再比如 2004 年全国 1 卷作文：

走你自己的路，让别人去说吧！（但丁）

常问路的人不会迷失方向。（波兰谚语）

应当耐心地听取他人的意见，认真考虑指责你的人是否有理。（达·芬奇）

相信一切人和怀疑一切人，其错误是一样的。（塞纳克）

面对各种说法，有人想：我该相信谁的话呢？也有人想：还是相信自己最重要。请以"相信自己与听取别人的意见"为话题，自定立意，自选文体，自拟标题，写一篇不少于 800 字的文章。

所写内容必须在话题范围之内。

像这种选择性的话题作文，要求学生在 A 与非 A 的排他性观点中进行比较，结合现实生活进行分析，要在这数者中作出合理的选择，便要对各方观点列出各自的利弊清单，最后对各利弊作出综合性的轻重判断，这便要求学生具有极高的批判性思维能力。

再比如 2015 年逐渐开启的任务驱动型作文：

当代风采人物评选活动已产生最后三名候选人：大李，笃学敏思，矢志创新，为破解生命科学之谜作出重大贡献，率领团队一举跻身国际学术最前沿；老王，爱岗敬业，练就一手绝活，变普通技术为完美艺术，走出一条从职高生到焊接大师的"大国工匠"之路；小刘，酷爱摄影，跋山涉水捕捉世间美景，他的博客赢得网友一片赞叹："你带我们品味大千世界""你帮我们留住美丽乡愁"。

这三人中，你认为谁更具风采？请综合材料内容及含意作文，体现你的思考、权衡与选择。

考生要回答谁更具风采，首先便要确立"风采"的标准，这种标准可以是国家层面，也可以是集体或个人层面，可以是对社会产生的影响大小，也可以是个人价值的实现大小。而在阐述中，既要展示你思考的逻辑，也要表现你在这三者中的权衡，也就是按照你确立的标准对这三者进行比较，形成判断，作出选择，这便是一个批判性思考的过程。

这种对学生批判性思维能力的考查作文比比皆是，关键问题便是如何在平时的阅读中培养学生的批判性思维能力，从而达到以不变应万变的效果。我们可以选择一组这样的选择性思维议题，如"自我与集体""理想与现实""平凡与辉煌""坚守与放弃""独立与凭借""协作与竞争""权利与责任""残缺与完美""自由与规则""宽容与原则"等议题。比如关于"宽容与原则"的议题，我们选择鲁迅先生的《论"费厄泼赖"应该缓行》、王蒙先生的《论"费厄泼赖"应该实行》，《论语·宪问》："或曰：'以德报怨，何如？'子曰：'何以报德？以直报怨，以德报德。'"王贺鸿的《包容决定和谐》，以及基督教、佛教中一些关于宽容的故事，在宽容与不宽容的思想博弈中，探讨他们各自观点的针对性，观点合理性的条件，并进一步讨论在当今社会生活中这些观点的可取之处，最后把我们思考的过程和选择的结果用文章的形式外化出来。在这种阅读加写作的方式中，阅读是对学生批判性思维的训练和强化，是对写作的思想和材料的积累；而写作又是对学生批判性思维的深化和提高，是对学生阅读的逻辑整理和思想呈现。

五、在群文阅读中培养学生批判性思维，共建彼此平等相遇的伙伴关系

犹太哲学家马丁·布伯有一本书叫做《我与你》，他把人们的关系分为两种：一种是"我与你"；一种是"我与它"。"我与它"的关系就是，当我和一个对象去建立关系的时候"我"总是以"我"的预期和一个对象建立关系。在马丁·布伯看来，"我与它"这种关系中，它在"我"的面前沦为了"我"实现"我"自己的预期和目的的工具。马丁·布伯说："教育的目的不是告诉后人存在什么或者会存在什么，而是晓谕他们如何让精神充盈人生，如何与'你'相遇。"他说真正教师与学生的关系应该是"我与你"关系的一种表现，就是把学生视为伙伴而与之相遇。

总而言之，未来的教育，教师不能再把学生当成被动接受知识的工具，而要当成结伴前行的探索者。教师不再是教育的中心，在课堂上我讲什么你听什么、我教什么你学什么，而应该把学生作为学习活动的本源，让学生主动担当起学习的重任，把教师和学生共同从应试的模式中摆脱出来，让学生在阅读、写作中自己开口说话！

德国有位哲学家说过，教育是什么？教育是一棵树摇动另一棵树，一片云推动另一片云，一个心灵唤醒另一个心灵。只有这样，我们的教育才回到了真正的原点。

【参考文献】

[1] 德雷克·博克（Derek Bok），侯定凯译：《回归大学之道：对美国大学本科教育的反思与展望（美国）》（第 2 版），华东师范大学出版社 2012 年版。

[2]〔美〕布鲁克·诺埃尔·摩尔、〔美〕理查德·帕克，朱素梅译：《批判性思维：带你走出思维的误区》，机械工业出版社

2012 年版。

[3] 钱颖一：《批判性思维与创造性思维教育：理念与实践》，《清华大学教育研究》，第 39 卷第 4 期。

[4]〔德〕马丁·布伯，陈维刚译：《我与你》，商务印书馆出版 2015 年版。

[5] 于泽元、王雁玲、石潇著：《群文阅读的理论与实践》，西南师范大学出版社 2018 年版。

立足核心素养，共建研究课堂
——以群文阅读的研究型课堂培养语文优秀学生

四川省成都市新都一中　黄晶晶

摘要：本文从当下语文教育热词"群文阅读""语文核心素养"入手，提出研究型课堂模式，并具体阐述了立足核心素养的群文阅读研究型课堂的构建，用共读共情带领学生，以深度参与激活学生，从而实现良好的课堂效果，培养语文学科的优秀学生。

关键词：研究型课堂　群文阅读　语文核心素养　共读共情

语文教育向来百家争鸣，各有所长。在语文教育蓬勃发展的浪潮中，"群文阅读"和"语文核心素养"尤为高显，成为当下语文教育人口中的热词。这一切不是偶然，而是在教育发展中应运而生的。"群"是一种大阅读观念的体现，也是思维交织与碰撞的要求，是基础之上的整合，是彰显语文核心素养的方式，更有利于拥有良好文学底蕴和语言表达能力的优秀学生的培养。群文阅读的课堂模式还处于不断的探索中，笔者更倾向于研究型的课堂模式。

一、何为研究型课堂

研究型课堂重在学生自己的研究和发现、体会和领悟。求知分为主动求知和被动求知。研究型课堂是为了激发或鼓励学生主动求知的热情。在学习中，个人的内驱力很重要，而对一门课程的兴趣、创造性和成就感是组成内驱力的重要因素。研究型课堂恰好满足了这些重要因素。

研究型课堂会把课堂时间更多地归还给学生，教师是引导者，但更多的是参与者、讨论者、共情者。教师把自己深度地融入课堂，与学生共读共研、共鸣共情。研究型课堂不需要十分确定的观点，不用一节课论证"必须是如此"的看法，而是辩证多角度地提出问题、看待问题和解答问题。在这样的课堂里，除了对文本不断深入的理解和感悟外，没有什么是绝对的。开放兼容、活泼乐思，以精准丰富的语言表达自己领悟到的思想感情，发现文本吸引读者的内在奥秘，然后让思想锋芒交锋、搏击，越是相持不下，越是妙趣横生。

二、立足核心素养的群文阅读研究型课堂

语文核心素养，意在从语言建构与运用、思维发展与提升、审美鉴赏与创造、文化传承与理解四个维度来培养学生的能力。

群文阅读是一种教学理念，用一个议题将几篇文章整合教学。群文阅读中"群"法各不相同，有的教师选择单本教学后进行整合，有的教师要求学生进行章节预习后直接整合，有的只针对一种文本类型进行整合，有的打破文本类型整合，有的以一位作者不同时期的多部作品整合，有的以不同作者在同一时期的作品整合……无论如何，群文阅读课一定是有内在同质性的一组文本。群文阅读，再一次将阅读的地位提高，而且强调大量的阅读，从阅读中领悟和理解。这对阅读能力较弱的同学是种挑战，而对优秀的学生来说，是很好的自我提升方式。

拥有群文阅读的理念，立足核心素养的培养，运用研究型课堂，可谓相得益彰！群文阅读可以有效地培养学生的语文核心素养，而研究型课堂可以让群文阅读绽放更美的思想火花，进一步促进学生的语文核心素养的培养。

三、立足核心素养的群文阅读研究型课堂的建构

（一）课前的准备

研究型课堂基于什么研究呢？我想，是基于学生阅读后的感悟。所以，要真正建构这样的课堂，是需要前期规划的，是要做

"真阅读"的。真正的阅读需要时间，更重要的是要有为阅读花时间的意愿，这份意愿在当今功利化的学习氛围下实属难得。不可否认，作为语文老师的我们或多或少也要承担些责任。为了激发学生的阅读热情，我想，课堂中所使用的群文文本可以先从学生有兴趣的文本入手。语文是工具性的科目，更是一种润物细无声的熏养，所以我把它称为"慢热"的科目。"慢热"的性格一旦热起来，那该是多么的亲密无间啊，以后的一切看起来都是那么美好。

阅读，不只是读，还要思考，和作者对话，并且在阅读的过程中随时留痕写下所思所想。学生喜欢小说，但选入课本的小说却不爱了；喜欢作家的逸闻趣事，但课本中的作品却不爱了。这是为什么呢？因为生硬死板，如果课堂再教条一点，那就彻底不爱了。因此，通过前期的阅读，要让看似冷冰冰的文字热起来，让每一位作者鲜活起来，跨越时空，让学生真正感觉到，这位作家就像自己在这世上走过一遭一样。前期阅读尽可能增加带入感。

而后，教师要以学案的方式了解学生阅读感悟的深度，收集学生的思考热点和争议点。这一步实在重要，有温度有趣味的课堂一定是以学生为本的，了解学生就抓住了他们的"味蕾"，更容易在课堂上摆一桌"饕餮盛宴"。

（二）课堂中的研究

研究的问题是构成一节课最核心的内容，问题的选择要有热度，就像微博的头条。同时，要有渐进的深度和研究的价值，明确答案的问题坚决舍弃。如果，在课堂上，学生旁逸斜出，也不妨就此深入下去，或许可以一石激起千层浪。思考、活跃、互动、启发，这是多么喜人的画面。

教师的位置在哪里？我最希望自己没有位置，或者虚化位置，不过，这太需要功力了，我还做不到，尤其是我在课堂上急于把自己的看法变成标准观点灌输给学生的时候。深入参与研究，把自己化身为学生，换位思考，共读共情，不显山不露水，却能深入其中默默影响学生，真有种"大隐隐于市"的快乐。

研究是需要呈现结论的，以个人或者小组的形式都可以，说不定还可以意外收获一场辩论赛。"还政于民"的课堂，是最具活力的课堂。

（三）课后的升华

如果课中已经吊足了胃口，那么，也不必强求得出一致的结论，不如课后落笔成章，将心中雄辩一泻千里，多么畅快淋漓。写作不再是难题，而是韩愈所说的"发不平之鸣"，是不得不说的胸中块垒。写作更是一种慢回放式的反思，越写越清晰，还会有更多的发现。

四、总结

研究型的课堂在培养学生的语文核心素养方面有很大的优势，在语言建构与运用、思维发展与提升、审美鉴赏与创造、文化传承与理解四个方面都有促进作用。群文阅读完全可以采用这样的课堂模式来调动学生的学习热情。研究型课堂是我不断追求的方向，也是我要继续实践的模式。化身于学生，我想我会一直年轻和开放。

以语文核心素养为基础的群文阅读教学策略

四川省成都市新都区新都一中　刘曦曦

摘要：群文阅读教学是近年来在我国兴起的一种新的阅读教学手段，这一教学活动实际上就是教与学的过程，其中老师怎样教、教的结果如何和学生如何学、学的效果如何是群文阅读教学的关键。加之兴起时间短，目前群文阅读教学中存在一些问题，鉴于此，本文以语文核心素养为基础，从议题的选择、文本的组合、阅读方法来探究群文阅读教学策略，以学生的阅读能力、主动思考、发现问题、合作探究等具体的语文核心素养来指导和改讲群文阅读教学。

关键词：素养　阅读　议题　文本　教学

一、以群文阅读教学为依托，提高学生的语文核心素养

学生发展核心素养，主要是指学生应具备的能够适应终身发展和社会发展需要的必备品格和关键能力。语文核心素养即有一定的语文基础知识，同时，语文是与人有关联的学科，需要从表层知识理解其中的复杂人性，理解他们的人文精神，上升为审美，进行传承，形成特有的文化底蕴。所以，在中学语文课堂教学中，教师不仅要传授知识、培养能力，也要兼顾把课堂让位学生，要更多的与学生交流，循循善诱，激发学生学习语文的兴趣，引导他们进行自主思考，让他们集体合作探究，在小组合作中发现问题、解决问题。语文老师不仅要懂得教书，更要懂得育人，使学生能够养成正确的价值观。目前，阅读几乎占据了语文的半壁江山，以群文阅读教学为依托，是培养学生语文核心素养的有效途径。

《义务教育语文课程标准（2011 年版）》指出："要重视培养学生广泛的阅读兴趣，扩大阅读面，增加阅读量，提高阅读品位"[1]群文阅读与这一标准交相辉映。群文阅读教学正是围绕一个议题选择一组相关联的文章引导学生进行立体式的自主阅读，这种以"一篇带多篇""课内带课外""课内多篇"来进行的阅读教学，它有利于整合课内课外阅读文章，增加学生的阅读量，拓展学生的知识面。一节课阅读多篇文章，也在无形中使学生的阅读速度得到强化训练和提高，信息内容量增大，使得学生要学会梳理、学会归纳、学会整合、学会比较、学会增删、学会辨析，从而可以更好地促进学生养成良好的阅读习惯，其间，学生自主参与增多、深度参与加强，在对文本的感悟、共鸣、体验中形成自我的人文思想和建构，获得心灵成长。群文阅读教学既实现了阅读教学的意义，又实现了教育的意义。

二、以语文核心素养为基础，实施有效的群文阅读教学策略

群文阅读教学的概念包含三个层面，一是文，二是群文，三是群文阅读教学。"文"不是指文章而是范围更广的文本，是指一切可供阅读的信息载体，包括课内文章、图稿、报纸、表格等等。"群文"是指围绕着议题所选择的与之相关的一组或一群呈结构化的文本。"群文阅读教学"是师生围绕议题、立足文本主动建构的过程，这一过程意在突出"教与学"的特点，是实现学生的思考、讨论、反思等表现性和生成性目标。所以，群文阅读教学有重要的三个环节：确定议题、选择文本、施教，围绕着这三个环节，探究有效的群文阅读教学策略。

（一）议题的选择

群文阅读教学的出现，把课内课外文章相结合，希望借助这一教学方法组合起一定数量的群文，增大学生的阅读量，拓宽知识面，使阅读更贴近时代、生活。为避免群文阅读的杂乱无序、群龙无首，教学前要有确定的议题。所谓"议题"就是"一组选文中所蕴含的可以供师生展开议论的话题"，议题是教学的灵魂和核心，是一堂课的主线，教师围绕议题进行精心的教学活动设计，议题应是能体现教师明确的教学意图，也就是这堂课老师围绕议题来教，学生围绕议题来学习，师生围绕议题共同探索、一起讨论、不断建构，所以，议题的选择至关重要，教学因它而施，文本因它而选，建构因它而生。在具体的群文阅读教学过程中，议题是具有多元性、可议性、开放性，它并不是固定的，也不是唯一的。但由于一堂课时间的限定，大多数情况下一堂课围绕一个议题进行讨论、建构，可以把"作者"作为议题，把某个作者的多篇文章组成群文教学；可以把"体裁"作为议题，把几篇小说或者诗歌等相同体裁文章组成群文；可以把"题材"作为议题，把写酒或者写柳的文章内容放在一起；可以把"表达方式"作为议题，把同是议论文或者抒情文组成群文；可以把"修辞手法"作为议题，把拟人或者夸张等相同修辞的文章组成群文；可以把"观点"作为议题，把群文中涉及"学历高就能找到好工作"或者"科技推动了社会的发展"这样的观点的文章组成群文；可以把"语言风格"作为议题，把同是口语或者书面语的文章组成群文。可供选择的议题随处可寻，既可以依照课标，也可以依循教材，亦可来自生活，一句话、一张图都可以作为我们议题选择的根源。总之，议题是师生一堂课共同聚焦的话题、主题，议题的关键在于要明确、清晰，根据学生的知识、能力、兴趣来定，难易适度，确保贴近学生的认知水平，让学生有兴趣讨论、有深入思考、有情感的升华，驶入语文核心素养提升的站台。

（二）文本的组合

群文阅读教学是围绕一群、一类即多篇文章的阅读教学模式，这些文章的选择、组合对于议题的讨论、思考、建构和教学效果非常重要。群文阅读教学的"文"指的是一切可供阅读的信息载体，涵盖了多种文本类型，如课内的神话故事、中外戏剧、小说，等等；也可以是课外的广告标语、图表、说明书、报纸新闻等；还可以是生活中电视电影片段、手机短信，等等。文本的来源多、数量大，那如何在大量文本中选出几篇组成阅读教学中用得上的群文呢？第一，注意文本量，这个量包括数量和质量。数量多了，就会冗长、庞杂，学生既没了兴趣，老师也不便在课堂内操作；数量少了，就会片面、不透、不深，浅尝辄止，不利于学生思考、升华；选得杂了，就会混乱，没有主题，什么都想教，往往学生什么都没有学到。文本最好要保质、保量。第二，文本之间要有互文性。什么是互文性？"狭义的互文性指一个文学文本与其他文学文本之间可论证的互涉关系……广义的互文性指任何文本与赋予该文本意义的知识、符码和表意实践之间的互涉关系"[2]，简而言之，文本之间要有关联，关联的核心就是议题，文本的选材是围绕同一议题展开的，可以围绕议题从多个角度选择文本，文本之间可以是类似的，也可以是互补的，也可以是冲突的，增加文本张力，使师生多角度来讨论、探究、建构主题，互文性要强、关联性要高，这样才能取得好的群文阅读教学效果。第三，文本有一定的梯度。群文阅读教学中，文本不是一篇一篇孤立地、无序的呈现，最好有一定的梯度。首先，文本吸引了他们的眼球，使他们产生阅读的强烈欲望，因此选文时要考虑学生的阅读兴趣。其次，让学生有思考，学生读完以后，尽可能通过文本魅力，领悟文本本身的精妙之处，打开学生的思索空间，或者产生有与人交流的强烈欲望。最后，师生在文本基础上一起建构，文本起到审美熏陶和提升人文素养的作用。在具体的群文阅读教学实践中，围绕一个议题只进行一堂课的教学，这个时候可以由老师根据议题事先选好所需文本，这样看起来学生缺乏参与，但是既节约了时间，也可以让学生更高效、更有明确的主题。如果要进行较长时间的群文阅读教学，可以确定议题后让学生选择群文文本，这样学生有更多的主动权，更容易激发他们的参与兴趣。

（三）阅读施教

问题是老师进行教学的一种手段，也是引起学生思考、打开思维的一种方式。老师根据议题、立足文本从整体上来设计问题，对群文共同发问，让群文成为一个有机的阅读整体，所以，问题要具有整体性。此外，问题还应有结构性、比较性、冲突性等特点，以便学生带着这些问题对文本进行梳理、整合、比较、讨论、求异、推断等等，然后完成立体式阅读、实现建构。

1. 速读

一堂课所用到的群文一般是三篇甚至更多，所以速读是必要的。单篇阅读更偏重于精读、字字琢磨；而群文阅读篇目多，课堂时间有限，就要求学生有一定的阅读速度。速读不是没有思考、走马观花，也不是简单的浏览，而是边读边思考，阅读时注意力要集中，围绕议题从多篇群文中提炼关键信息，根据问题从多篇群文中对应思考、理解，在教学中教师也可以教给学生一些速读方法。例如，以"苏轼思想魅力"为议题选的《定风波》《赤壁怀古》《惠州一绝》三篇诗歌，首先，老师可以明确学生读什么、默读时间等，有一定明确的指向，学生的阅读速度就会提高。其次，让学生根据提前设计的问题去阅读，"三首诗歌分别描写的苏轼哪些方面？"有了问题的引导，学生围绕问题去阅读，就能从整体上把握，跳过一些与问题无关的信息，要删除不重要与重复的信息，实现长文短读，提高了阅读速度。最后，文本关键词语、句子。诗歌中"人生如梦""日啖荔枝三百颗，不辞长作岭南人""轻""风雨""晴"等词语、句子是理解苏轼思想的关键，从整体上合并、归纳诗歌的大意后，在这些词语、句子上面边读边思考，让阅读更加省时高效。

2. 比较阅读

群文阅读教学固然有技能的训练，但更多的还是对学生思维的引导。比较阅读是群文阅读教学中实用的、高频率的阅读教学方法，可以是横向比较，也可以是纵向比较，可以比较相同点，也可以比较不同点，可以比较同一作者的前后时期不同思想，也可以比较塑造同一人物的不同描写手法，等等。总之，"比较"是让学生在阅读中有所收获，通过比较，提高学生的分析、比较能力，还促进他们主动思考、不断探究、自我建构、思维提升。例如，以"人物侧面描写手法"为议题选的《咏怀古迹》《登岳阳楼》《秋兴八首》三首诗歌，通过比较，会发现这三首诗歌有同有异，相同的是都有用侧面描写手法来展现杜甫，不同的是借助侧面描写的事物不同，有的是以人衬人，有的是以物衬人，有的是以景衬人，通过比较，学生的深层次阅读能力、思维能力和语文素养能够得到显著提升。

3. 探究性阅读

阅读的根本是思考，群文阅读不仅有读，更要有思。不然，大量的阅读之后，学生也只是停留在认读能力等浅层面，在鉴赏、评价、创新等深层次能力提升上，效果微乎其微。如何进行探究性阅读呢？在阅读的过程中，需要通过对已知信息进行推理，实现对文章内涵的理解。语文教师在群文阅读教学中通过设计问题、提醒关键词、提供暗示等引导学生进行联想、猜想、推理、认证。还可以鼓励学生在阅读文本之后大胆提问，发表自己的看法，甚至对文本提出质疑、批判，因循内在一致性的、逻辑推理的模式，激发学生理解特定立场中蕴含的假设和偏见[3]，这是培养学生形成批判思维、理性思维、创新思维的重要途径。老师在群文阅读教学中，更多的是引导学生自己去发现，自己去深入，或是小组讨论。例如《小狗包弟》这篇文章，让学生去探究"怎样看待巴金为了自保抛弃包弟？"有的学生认为巴金自私，有的学生认为特殊环境下的行为可以理解，对学生的回答不作价值上的判断，而是充分调动、鼓励、引导，给学生创造探索性的氛围，探究不在于结论，而在于引发学生的思考。如果没有学生的思考、质疑、推断、讨论、反思、建构等探究性阅读，那么群文阅读教学就只是流于形式，华而不实。

群文阅读教学给予学生知识、技能，更拓展他们的视野、思维。激起兴趣、助其思考，因为好奇而阅读，因为阅读而收获，因为收获而喜悦。通过群文阅读教学，使学生看到的是一个个丰满的人物，一段段动人的故事，能对善良之举发扬传承，能对不幸之人心生悲悯，能对不公之事呐喊抗争，能在困难之境从容应对，在真正意义上实现语文核心素养的提升。

【参考文献】

[1] 中华人民共和国教育部：《义务教育语文课程标准（2011年版）》，北京师范大学出版社2011年版。

[2] 李玉平：《互文性新论》，《南开学报（哲学社会科学版）》，2006年第3期。

[3] 钟志贤：《信息化教学模式——理论构建与实践例说》，教育科学出版社2005年版。

培养良好阅读习惯　促进写作水平提升
——群文阅读教学效果初探

四川省成都市新都区蜀龙学校　牛玉兰

摘要： 课文是文学艺术大师们思想智慧的结晶，是打开写作大门的钥匙；笔者决定，引进群文阅读的教学模式，期待能带给笔者，带给学生别样的惊喜。群文阅读引进语文课堂的必要性不言而喻，想来会带来阅读习惯的改变以及写作水平的提高。

关键词： 群文阅读　阅读习惯　写作水平

阅读名著，回味经典一直以来是语文教学中永恒的话题。而在人类艺术历史上，先贤们创造了浩如烟海的文学名著，中学生精力有限，如何取舍，如何选取适合学生年龄段的阅读鉴赏水平的名著，又成了一个不容小觑的问题。

在语文教科书里，课文是文学艺术大师们思想智慧的结晶，是打开写作大门的钥匙；但是如果单单拘泥于课文片段，不了解整部作品的时代背景，作者其他文章的行文特征，以及与同类文章的异同，学习课文就会盲人摸象，味同嚼蜡，不利于写作水平和鉴赏能力的提高。所以，笔者决定，引进群文阅读的教学模式，期待能带给笔者，带给学生别样的惊喜。

一、群文阅读引进语文课堂的必要性

笔者曾经采访过某些学生，是否有时间进行课外阅读。得到的回答不出笔者所料，学生普遍回答现在的学习压力太大，仅有的娱乐时间也花在了手机的短视频软件上，获取碎片化的娱乐信息，能抽出时间进行课外阅读的学生少之又少。而且在不多的进行课外阅读的学生里，阅读网络小说的又占大半，真正阅读名著的学生屈指可数。固然，学生们背负着沉重的学习压力，但是在学习语文时只关注试卷上的题目和分数不保证自己的阅读量，岂不是本末倒置，在越来越强调发展学生综合素质的大环境下，即使在现在的语文考试中能取得较为理想的分数，也不利于更高阶段语文的学习和理解。

但是学生阅读能力参差不齐，某些学生在阅读课内比较长的文章，或者比较偏文言文化的文章已有极大的难度，针对这种学生不可好高骛远，要及时调整策略，打好学习语文的基础，否则会打消其学习积极性，得不偿失。

二、群文阅读对学生良好阅读习惯的培养

群文阅读势必会带来学生阅读习惯的翻天覆地的变化。由于教师在带领学生进行群文阅读时，阅读字数极速上升，那么就必然会导致学生阅读速度不得不加快，从以往习惯的精读转变为如今的泛读、略读等，这是学生在语文学习过程中必须经历的过程。也许转变的过程是非常坎坷的，但是这对更高阶段的语文学习大有裨益。

在进行阅读量的测评里，教师可以利用概括文章大意的题型对学生的阅读速度和阅读质量进行测试评价，便于教师日后的教学。

三、群文阅读对学生写作水平的提升

在同一主题的基础上，提高学生的创作水平主要集中在更新写作小组的语言、观念、选材、结构、标题和风格等方面，使之更加生动、活泼、新颖、富有表现力，达到优秀作文的标准。

学生的写作水平是教师检查自己的教学模式，学生检测自己的学习模式的成果最直观、最便利的手法之一。笔者在教学生涯

里观察到，在课堂上阅读量大的学生往往写起文章游刃有余，某些天资极高、悟性过人的学生的文笔连笔者都自叹不如。

（一）同分异构的写作方式

在进行了课文的学习之后，激发自己的灵感，挖掘自己的生活里细碎而美好的瞬间，进行立意写作相似的文章，即为同分异构的写作方式。

在课堂上讲述朱自清先生的《背影》时，笔者感慨良多。文章中对父亲的描写质朴而真实，令笔者无论是在备课还是在讲课中都会忍不住会想起自己的父亲。由此可以见得，只有真正融入自己的血脉情感的描写，才能打动人心，《背影》才成为当今文学史描写父爱的经典之作。

学习了《背影》之后，笔者布置了一篇描写自己父母的作文，检测学生在经过阅读写作训练后的学习成果。想来若是在没有经历过系统的群文阅读的学习，那描述的显然会是俗套的父母照料生病的孩子之类，情感虚假，与高分作文无缘。

其中一篇标题为《手》的文章令笔者印象深刻。文章的作者描述了自己在外面摆摊卖鸡蛋饼的父母，为了养家糊口出摊风雨无阻，青春期叛逆的孩子一度认为这是一个丢脸的工作，甚至为了维护自己的自尊心在外面与同学逛街时遇到自己的父母假装不认识，父母在难过的同时也对孩子表示理解。在一次孩子看到了父亲的手因为长期在外工作已经生了冻疮而心疼不已，也为曾经因为一点可笑的虚荣在同学面前不敢认自己的父母而感到内心非常羞愧。文章虽然质朴，但是情感真挚，得高分是理所当然的。

另一篇令笔者印象深刻的文章为《母亲的背影》。作者的母亲是一个忙碌的呼吸科医生，在 2020 年，一场未知的传染病席卷中华大地，全国人民陷入对未知的病毒的恐慌时，母亲主动请缨上战场，给在武汉的重病患者带来了生命的希望。作者在作文里面坦言，在新年前夕，合家团圆的日子在机场送别母亲到那个与病毒交锋的前线城市，他和父亲望着母亲匆匆上飞机的背影哭得撕心裂肺。最后，作者感叹道：他是个坚定的唯物主义者，常常会怀疑，这个世界上到底有没有真正意义上的天佑中华？经过这次疫情后中华民族的浴火重生，他才恍然大悟，这个世界上有真正意义的天佑中华，但是所谓的天，不是帝王，不是上帝，更不是官僚，而是十四亿的中华儿女；笔者在征得学生本人同意后在班级与其他学生对这两篇文章进行了分享。

（二）不拒创新，奇文共赏

笔者曾经布置过以对项羽的看法为主题的写作作业，最后学生的作文文体大多数为议论文，主旨无非大同小异，赞颂无颜见江东父老自刎是在维护自己最后的尊严者有之，批评其不能卧薪尝胆带领江东子弟卷土重来者有之，除此之外，也并无新颖的观点和文体。但是，笔者批改到了一篇令笔者印象深刻的文章，在文章里，不是普遍的议论文，而是一篇以项羽骑下的乌骓马为第一视角的小说。乌骓马在面对"血与水的时候"，面对"无尽的鲜血染红了乌江，世界刹那间变成血红色"，面对"争帝图王势已倾，八千兵散楚歌声"的局面，选择了投入乌江追随主人而去，而不是在敌人胯下偷生。里面穿插了几首楚国风的歌谣，文章里虽然对任何一方不置评价，但是却在字里行间明显传达出了作者的写作意图。

笔者激动地把文章在办公室里传阅，某些同事在惊叹初中学生能写出如此富有文采、立意深刻的文章的同时，也认为文章略微有些偏激，传达了现代已经不提倡的愚忠的价值观；而且文章引用了《诗经》《楚辞》里面大量的歌赋，利用了以乐景写哀情的写作手法，对人物语言描写的刻画也颇具难度，基本为半文言风，对于普通的初中学生来说写作难度过大，若是学生盲目跟风，效果容易适得其反。出于以上的考虑，似乎并不适宜在班级里面广泛传阅。笔者经过仔细考虑之后，还是决定在教室里分享这篇文章，对这位学生的文章给予了很高的评价——不拒创新，奇文共赏。

（三）勤于练笔，坚持周记

之前笔者曾经尝试过监督学生每天坚持写日记，但是中学生课业繁重，难以坚持。笔者于是决定改变了方法，监督学生写周记——记录一周里面，你认为最细碎但是美好的瞬间。在开始这项任务的早期，学生们普遍回应写无可写，不知道写些什么；经历了一段时间的坚持，笔者在批改他们的周记时，明显感受到了他们写周记选取事物、文采、文章连贯流畅度的变化。

四、通过群文阅读学生对课文的理解力明显增强

笔者在教授课文《香菱学诗》时，遇到了很大的"瓶颈"。例如，香菱是贾府的什么人？香菱的身世是什么？因何来到贾府？香菱为什么突然想要学诗了？为何香菱学诗要去找黛玉而不是找近在眼前的宝钗？黛玉指导香菱学诗体现了她的什么性格特征？不理解这些，就永远无法准确地理解课文内容。如果全都由笔者在课堂上面讲述，未免过于味同嚼蜡，吸引不了学生的兴趣了。于是，笔者采取了主题阅读的形式，组织学生对原著进行了阅读。原著《红楼梦》被称赞为中国封建社会的百科全书，对建筑、艺术、文学、中医、礼仪、服饰甚至厨艺等都有涉及，表达了在当时非常超前的初步民主自由的思想，堪称中国古典小说的巅峰。因为种种原因，后四十回已经遗失，至今仍然是众说纷纭，所以至今给中国文学史留下了一个永远凄美而又无解的谜团。

出于中学生繁重的课业压力，在阅读这样一部小说时，要精读全书显然不现实。笔者指导学生进行详略得当的阅读，不要忘记阅读本书的目的是为了更好地学习理解课文《香菱学诗》，了解在封建时代男尊女卑、阶级分明、婢妾制度的悲剧；了解主人公香菱的原名甄英莲的含义；了解薛蟠曾经为了争夺她而惹下人命官司、最后葫芦僧判断葫芦案视国法如无物；了解香菱日后可能的人物命运轨迹，以及最后可能被薛蟠的正妻夏金桂折磨而死的结局，而不是盲目地泛读。在进行过对原著的阅读后，学生曾与笔者激烈地讨论过香菱的判词"自缘两地生枯木，致使香魂返故乡"是何意，究竟是不是个桂字，香菱的结局是否是被薛蟠的正妻夏金桂折磨而死，当然答案已经不重要，学生们已经在阅读中拓宽了自己的视野，取得了良好的效果。

在讲述课文《孔乙己》时，笔者采取了一篇带多篇的模式，将鲁迅先生另外两部著作《药》和《故乡》作为群文阅读的示范。《孔乙己》表达对封建制度的憎恨，对社会的批判，对孔乙己这一类迂腐守旧的旧中国知识分子的深切同情，以及对黑暗的若有若无的希冀。作者以极俭省的笔墨和典型的生活细节，塑造了孔乙己这位被残酷地抛弃于社会底层，生活穷困潦倒，最终被强大的黑暗势力所吞噬的读书人形象。孔乙己那可怜而可笑的个性特征及悲惨结局，既是旧中国广大下层知识分子不幸命运的生动写照，又是中国封建传统文化氛围"吃人"本质的具体表现。

《药》突出受封建思想迫害的人们的愚昧和麻木，揭露了封建统治阶级镇压革命、愚弄人民的罪行，颂扬了革命者夏瑜英勇不屈的革命精神，惋惜地指出了辛亥革命未能贴近群众的局限性。小说以茶馆为背景，也是精心选择的。茶馆是各阶层群众聚集的场所，便于表现社会面貌，实际上成了整个社会的缩影。

《故乡》的主题思想是：这篇小说以"我"回到故乡的见闻和感受为线索，通过闰土20多年前后的变化，描绘了辛亥革命后10年间中国农村衰败、萧条、日趋破产的悲惨景象，揭示了广大农民生活痛苦的社会根源，表达了作者改造社会、创造新生活的强烈愿望。

三者主旨相似但不相同，是进行群文阅读的训练极佳的材料。

五、结束语

群文阅读本为学生的鉴赏和写作水平而服务，引导学生学习语文这门博大精深的学科。同时学生评价及考试测评也要跟进，否则教师难以得到学生目前水平的反馈。

【参考文献】

[1] 于泽元：《群文阅读：从形式变化到理念变革》，《中国教育学刊》，2013年第6期，第16-28页。

[2] 蒋军晶：《群文阅读：阅读教学的跨越式变革》，《语文教学通讯，2014年第3期，第13-34页。

[3] 李开忠：《小学语文群文阅读教学策略研究》，《学周刊》，2014年第2期，第45页。

[4] 李淑萍：《群文阅读活水来，引习作添色生香》，2018年。

浅析群文阅读在高中古代
诗歌教学中的应用
——以《短歌行》教学设计为例

四川省成都市新都区香城中学　胡潇文

摘要：随着新课改的不断推进，语文教学上涌现出许多新的阅读教学理念、教学方法。"群文阅读"，是一种新兴的具有突破性的在议题驱动下的教学实践，因其理论基础深厚、实践优势明显，切实可行，对弥补单篇阅读教学不足、培养学生语文核心素养、提高教师专业化成长等有着重要作用。科学的教学设计是保证群文阅读高效开展的重要手段，需要关注议题的确定、文本的组合、集体构建和共识达成过程。以曹操四言诗代表作之一《短歌行》为例，探讨群文阅读在高中古代诗歌教学中的应用。

关键字：群文阅读　诗歌　议题　文本　短歌行

在当今的教育大背景下，课程改革如火如荼，学生的主体地位愈加凸显。教育工作者不断更新自己的教育理念、改进教学方法，从而改善教学效果，提高教学质量。古代诗歌教学是高中语文教学的重中之重，是十分考验教师能力的难点，也是提升学生语文修养的关键点。"群文阅读教学法"，简称为"群文阅读"，是一种值得实践也确实可行的创新教学方法，能有效改变高中古代诗歌教学学生兴趣不高、重视不够、被动学习、消极听课的教学现状。《短歌行》是普通高中课程标准实验教科书语文必修二第二单元第七课"诗三首"的第二首，该诗继承了《诗经》《楚辞》和汉乐府民歌的优良传统，重振了四言诗，其诗前半部分情调和汉乐府诗歌相近，后半部分古雅雄浑、气度非凡，富有强烈的个性：慷慨悲壮，代表了"建安风骨"的特色。作为曹操四言诗的代表作之一，结合初中对《观沧海》《龟虽寿》的学习，对其诗体、诗风、其人、其诗歌特点有一定的了解，便于确定一个或多个议题，进而选择恰当的文本，学生也易于表达，发挥个人智慧，畅所欲言，实现多元对话，从而逐渐达成共识。因而，以《短歌行》的教学设计作为具体事例呈现出来，鲜明生动，对于在诗歌教学中如何应用群文阅读教学具有参考价值。

一、群文阅读在高中古代诗歌教学中的价值

群文阅读教学法是一种以先进教学理念为基础、适应语文课程标准要求的全新的行之有效的实践形式，是对传统"满堂灌"教学课堂的创新，是对长期以来盛行的单篇教学阅读的弥补，能够有效激发学生的阅读兴趣，提高学生对诗歌阅读的重视程度，变被动学习为主动学习，提高语文核心素养。在这期间，教师适应新课改需求，不断更新教育观念，一直探索新的教学方法，积极实践群文阅读教学法，努力做一名研究型教师，实现了较大的专业成长。

（一）教学实践：弥补不足

当前，语文教学主要有单篇阅读、主题阅读、整本书阅读、群文阅读等教学方法。单篇阅读一直是我，也是大多数教师主要采用的实践形式，多用两至三课时对同一篇文章进行深入细致充分的理解，具有显著优势；也有其不足，主要体现在教学内容（教材内一篇文章）、师生关系（教师主导学生被动）和教学效率（知识点多且分散）上。而在群文阅读中，教师在针对议题选择文章时突破了教材的束缚，充分考虑整个学段的篇目和学生个体差异，学生主动，教师引导、倾听、点拨、总结等，从整体出发制订宏观教学计划，教学设计科学，教学进程合理。这就弥补了单篇阅读教学法存在的不足，需要强调的是，群文阅读是对单篇阅读的补充，不是替代。

（二）教学现状：创新改善

在目前的教学实践中，高中古代诗歌教学主要存在固定死板、高耗低效的现象，具体问题主要体现在三个方面：一是教学目标上，侧重理解、识记字词句等基础知识，把对标高考考点完成作业作为教学重点；二是教学方法上，以"解词释义"为主，比较单一，"满堂灌"依然是诗歌教学的主要方法，教学模式固化，主要按照解诗题、朗读、梳理字词、分析内容情感、布置背诵的教

学步骤，备课流程死板，主要以知识点的整理为主；三是教学内容上，局限于教材，集中于考点、情感内容讲授，单薄枯燥。因而学生学习兴趣不足、积极性不够，"分数论"和"学习无用论"深入人心。群文阅读确定一个或多个议题，选取教材内外丰富资源，鼓励学生自主思考、合作交流、探索实践，强调了学生主体地位，创新了教学方法，改善了教学现状。

（三）学生层面：素养提升

以上意义是从教学实践和具体操作来说的，那从教学效果来看，采用群文阅读对老师和学生的价值何在呢？学生层面上，主要体现于语文核心素养的培养。随着课程改革的不断发展，教学目标从"两基"到"三维"再到"语文核心素养"，群文阅读议题的确定就是根据核心素养目标的设定。价值具体主要体现在三个方面：一是提高阅读量，形成大语文观。相比于单篇阅读，群文阅读选择多文本，学生扩大了阅读量，积累了大量丰富的语言文学材料，同时，通过学习课外优秀篇目，加深和巩固了对课内知识的理解，实现了迁移学习，达到了复习的效果，提升了阅读效果。二是强调了学生主体地位，调动了积极性。相对于传统教学方式，群文阅读注重自主合作探究性学习，教师不再是单一知识输出者，学生是阅读主体。三是激发学生阅读兴趣，提高阅读能力。相较于传统教学模式，群文阅读不以解词释义为主，而是选择学生感到新奇、困惑、挑战、共鸣的议题为文本阅读的生长点，教学活动丰富，学生阅读兴趣浓厚。丰富的文本阅读也促进了学生阅读策略的训练和能力的提高，为终身学习、自主阅读奠基。

（四）教师层面：专业成长

教师层面上，主要体现于专业水平的提高。新时代给教育带来了新的发展机遇，同时也对教育工作者提出了更高的要求，全面深化新时代教师队伍建设改革，要培养造就党和人民满意的高素质专业化创新性教师队伍。群文阅读教学法的推行就是对此的积极响应，其对教师的影响主要体现在三个方面：一是改变教法学法，成为群文阅读的推行者。为适应新课改要求，群文阅读势在必行。这需要教师改变以教材为主、聚焦字词讲解的传统模式，挖掘教材的深层内涵，确定合理有效的议题，组合科学系统的文本，从而推进群文阅读高效开展，形成教学课堂常态化。二是丰富知识储备，成为终身学习阅读的践行者。教师是一个需要终身学习、与时俱进的职业，用已有知识吃到老早已不适用。且要保证群文阅读在实际操作中切实可行，需要教师有相当大的阅读量和广阔的阅读视野，只有先自己有，才能去浸润学生。三是更新教育观念，成为高素质的研究型教师。教师作为学生的引路人、教育改革的实践者，必须紧跟课程改革的步伐，积极钻研课程标准、教育专著、教育理念等，提升专业水平，落实群文阅读。

二、群文阅读在高中古代诗歌教学中的可行性

群文阅读作为一种新的教学实践，是否适合高中古代诗歌的教学，已是毋庸置疑的，近几年各省市区学校的自主实践成效可以充分证明这一点。此外，群文阅读符合新课改要求，是对新课程标准中语文核心素养要求的积极呈现，其提出经过了长时间的研究过程，理论基础雄厚。

（一）理论基础深厚

1. 最近发展区理论

该理论的代表人物维果斯基认为学生有两种水平，即实际发展水平和潜在发展水平。前者是学生独立处理和解决问题的水平，后者是在老师的引导帮助下可以达到的水平。

在开展群文阅读作为单篇阅读的补充时，教师在备课前需要发挥好学情调查机制的作用，做好学情分析和调查报告，以人为本，发现学生的真正问题，引导和帮助学生适应最近发展区，并最终跨越最近发展区而达到新的发展水平。值得注意的是，随着教学实践研究的进一步推进，关于最近发展区的描述不再是学生蹦一蹦伸手能达到的水平，而是学生跳起来伸手将能碰到的水平。为了达到这个水平，教师在了解学生学情的基础上，设计议题时把握好难度，选择文本时掌握好学生的最近发展区的能力水平。

2. 文本互织理论

该理论的最早提出者法国克里斯蒂娃认为"任何文本都是其他文本的吸收和转化"，即任何一种文本都和别的文本具有一定的相关性。在文学创作中，用典、通感、改编、引用等具有交互性质写作手法的应用，体现了这一点。读者在阅读中会因为文本间相互交织的特点而产生丰富且符合逻辑的想象和联想，进而产生有趣的阅读体验和深刻的阅读感受。

群文阅读在高中古代诗歌教学的应用中，因其多文本间的互织性而切实可行。教师在备课选择文本时，就需要在教材的基础上运用文本互织理论，选取具有一定关联、规律性强的文本，经过筛选、排列、组合等形成一个文本系统。由此，学生方能高效高质量地自主阅读、独立思考，利用不同文本之间的特殊关系，如承接关系、对立关系、相近关系等，达成对同一议题下不同文本的深刻感悟。

3. 建构主义理论

该理论的第一个提出者皮亚杰认为学习者在自主学习的过程中对学习内容进行意义的生成和理解的建构，即学生必须通过自身的自主性建构学习获得新知识、提升能力，而教师起辅助学习的作用。

群文阅读是一个集体建构的过程，即学生围绕议题针对问题，畅所欲言，发表自己的见解，倾听他人的观点，互相交流沟通并达成共识的过程。其中，"集体"主要由学习者和辅助学习者的教育者组成，这与"学习共同体"的概念相呼应，都强调在尊重个体个性发展的基础上，成员之间分享交流、相互合作、共同完成任务，注重发挥群力的作用。因此，群文阅读充分体现了以"学生为主体"的新课改教育理念，是对建构主义和学习共同体理论的高效应用。

（二）实践优势显著

将群文阅读应用于高中古代诗歌教学中既具有深厚的理论基础，也具有明显的实践优势，主要体现在以下三个方面。

1. 顺应学习任务群

伴随课程改革的发展，《普通高中语文课程标准》也不断修订，2017 年发行的版本中明确指出"'语文学习任务群'以任务为导向，以学习项目为载体，整合学习情境、学习内容、学习方法和学习资源，引导学生在运用语言的过程中提升语文素养"。学习任务群，从该教育理念名称就可以看出，一共包含三个要点：一是"学习"，强调学生自主学习；二是"任务"，强调任务导向型的学习方式；三是"群"，强调学习的集群性，通过设置多个学习项目，组成任务集群。由此，我们可以认为其和群文阅读存在强调整合观念、多文本阅读和学习驱动原理等相通之处。群文阅读教学法顺应学习任务群的教学理念，能为以后者为基础的教学实践提供参考价值。

2. 契合教材特点

通观人教版语文教材，每单元文章存在文体样式集中化的特点，如在必修二、三、四中专门学习古典诗词鉴赏，其中必修二第二单元的诗歌选材广泛，涉及《诗经》《楚辞》《古诗十九首》和汉乐府民歌等。针对这种集中化的诗歌单元，传统教学通常是一篇篇割裂来教学，学生极易产生厌倦感，也不能将教材知识迁移运用。而采用群文阅读教学法，教师围绕一个或多个议题确定一组文本，这组文本既可以包含教材文本，也可以充分利用课外优质资源，且学生主体地位突出，在愉悦、平等、自由的教学情境中，充分实现自主合作探究交流。这既锻炼学生自主学习、表达交流的能力，也提高了解决和处理问题的能力，促进学生全面发展，提升语文核心素养。比如必修二第二单元的诗歌，在《诗经》中以"复沓结构"为议题，组合教材内课文《氓》《采薇》和课外文本《关雎》《桃夭》等；在诗歌体裁上，可以"曹操四言诗特点"为议题，组合《短歌行》《观沧海》《龟虽寿》等课内文本。群文阅读的教学实践是对教材特点的有效契合，丰富了教学内容，整合了课文。

3. 符合心理学情

首先，相较于初中生，高中生独立、自主、自尊意识觉醒较快，渴望获得关注和表扬，且十分在意他人看法，一旦表达失误会过分羞恼，产生闭锁性心理，意见埋藏心底。而群文阅读强调学生自主学习、积极分享、表达交流，相较于传统教学方式，每个学生都为意义建构和共识达成贡献了自己的力量，更易获得成就感和自我效能感。其次，高中生的学习能力也有明显提升，思维更具有独立性、批判性，能更全面地分析、解决问题。而群文阅读充分考虑学生学情，根据最近发展区理论，确定具有一定挑战性的议题，是对这种心理的积极反应。最后，高中生的知识积累增多，知识迁移能力和联想能力大幅提升，但认识水平不够，需要教师引导。群文阅读围绕某个议题组织文本，相互交织的文本促进学生思维发散的能力，而学生为主体教师引导的教学方式也弥补了学生认识上的不足。综上，高中生独特的心理特点为开展群文阅读提供了心理支持，群文阅读教学法也符合高中生的心理发展特征，是充分认识学情的体现。

三、群文阅读在高中古代诗歌教学中的应用

在高中古代诗歌教学中，群文阅读具有独到的价值，从理论和实践上也证明其确实可行。那么，群文阅读教学实践具体该如何操作呢？这从其概念"一般指围绕一个或多个议题选择一组文章，而后教师和学生围绕议题展开阅读和集体构建，最终达成共识的过程"可见，有效应用主要包含以下三个重要环节。

（一）议题设计

议题贯穿整个群文阅读教学过程，是选择文本的依据，是所选文本的突出特点，主要具有以下四种特征。首先，议题具有指向性，需要贯彻"语文核心素养"教学目标。其次，议题具有可议论性和开放性。前者是指可议论的议题才能给学生留出充足的思考空间，提供发表意见、合作交流、集体建构的条件；开放性主要体现在议题类型和理解的多样上。议题可以是关于字、词、句等的语言类，也可以是关于内容主旨、情感态度等的内容类，还可以是关于文体文本特征等的形式类。议题所达成的共识，不一定有标准答案，也不一定是唯一确定的。再次，议题具有激趣性的特点，需要在充分尊重学生身心发展规律的基础上激发学生的好奇心和学习兴趣。最后，议题具有可比较性，能引导学生对多文本进行对比探究，总结异同，彰显特色。

议题是群文阅读开展的出发点，其合理有效的设计关系着教学实践的高效进行。确定议题主要有以下四个要点：一是立足教学目标，根据"语言建构与应用""思维发展与提升""审美鉴赏与创造""文化传承与理解"教学目标的设定；二是基于学生学情，主要是学生的知识、能力水平和学习态度等；三是依据教材内容，主要是课文重点、单元教学安排、作业设计等；四是关注教材编写者的意图，主要是选文类型、教学功能和整体价值等。由此，确定有效议题，实现高效教学。

（二）文本选择

文本是进行群文阅读的重要工具，选择恰当的文本关系到教学效果的质量。文本组合是备课时的关键步骤之一，主要遵循以下四个原则：一是选文围绕议题，且文本之间具有互文性，即选择代表不同观点、有差异性与整合效果的文本；二是选文要有结构化、规律性的特征，即多文本之间有明显的线索和逻辑关系；三是选文立足教材并服务于教材，即文本可以重组课文，也可以组合课内外资源，都是要加深对教材的理解；四是选文立足学情，难度适中，即文本选择要充分考虑高中生学识、能力水平等。按照以上原则严格组织文本，围绕议题展开多角度、多方面的群文阅读。

以上原则是对文本组合提出的宏观要求，需要遵循，而在具体教学实践中有哪些实际方法可供参考呢？这主要有三种组文方法：一是"作者类"组文方法，指依人选文，知人论世，促进人文修养；二是"内容类"组文方法，包括以"意象""主题""情感""手法""题材"等为线索，深入探索文本内涵；三是"考点类"组文方法，包含以"识记""理解""分析综合""鉴赏评价""表达应用""探究"等为线索，夯实学生知识基础，应对考试。依据以上方法，选择丰富、贴切的文本，为议题讨论提供切实素材，提高群文阅读的教学效果。

（三）共识达成

集体建构中，师生处在平等开放的教学环境下阅读文本，针对议题发表不同的见解，倾听他人的发言，实现生生、师生、生本等多元对话。自主、合作、探究性活动的有序展开需要教师设计高质量的学科核心问题，可以从学生对该课程感到新奇、困惑、共鸣、挑战等地方着手。这一方面需要教师充分了解和理解学生，可通过学前调查、评估量表、学习评价等入手；另一方面也需要教师树立整体观念，综合把握学科知识，具有较强的引导能力和问题情境创设能力。由此，学生方能畅所欲言，积极表达、主动思考，实现深度学习，形成正确价值观念、必备品格和关键能力。

共识是在集体建构后对议题达成的共同理解或认识，也是开放的，非标准、唯一、固定答案。在群文阅读中，要充分调动学生积极性参与到集体建构和共识达成的过程中，除了在议题确定、文本选择上下功夫外，教师还应该注意以下三点：一是打造和谐、平等、尊重、开放的对话环境，让学生积极表达交流无障碍，并学会倾听；二是灵活转变角色，适时隐退留足思考空间，恰当引导、点拨启发思维；三是强调学生的主体地位，还课堂给学生，让学生自主活动。由此，群文阅读才能真正落实到课堂实践中。

四、群文阅读在高中古代诗歌教学中的设计

（一）学情分析

《短歌行》的授课对象是高一年级的学生，已学过《诗经》《楚辞》和汉乐府的某些诗歌，对其诗体、诗风有一定的了解，除此之外，初中也学过曹操的代表作《龟虽寿》《观沧海》，对其人其诗歌特点有所认识。这为本篇诗歌的研读奠定了一定的基础。但他们的感悟能力，即理解更深层次更复杂的精神内涵"壮"的能力不足；群文阅读能力，即以诗解诗、解词"沉吟"的阅读能力有待加强。

（二）教学目标

根据语文学科核心素养的要求，同时结合课文特点和学情，我将教学目标确定为以下三点：（1）通过反复朗读课文，理解作者"忧"和"壮"的内涵；（2）借助群文阅读，体会不同层次的"壮"情和曹操形象；（3）通过写作交流，巩固对作品和诗人的认识，把握其现实意义。由此，我的教学重难点确定为感受"壮"之情。

（三）教法学法

根据以上教学目标，我主要采用以下四种教学方法：一是多媒体辅助教学法：展示图片、播放音频、拓展资料等，激发学生学习兴趣。二是提问法：环环相扣，逐渐深入。三是分析点拨法：展开联想，拓展思路。四是总结点评法：点评有效反馈，总结加深理解。

为了有效达成教学目标，根据新课改要求，我将以自主、合作、探究性学习为主要学习方式，具体有三法。一是朗读法：反复吟咏，体会诗歌的思想感情。二是勾画圈点法：勾画重要语句，圈点关键字词。三是小组合作探究法：小组合作，探究学习。

（四）教学过程

依据学情、课文特点、教学目标等设置五个学习项目，组成学习任务群。课前，学生要根据导学案，做好相关准备。课上，以评书式诗人介绍导入，意图是通过简要介绍诗人生平、名人评价，学生能初步感知其形象。

任务一：体会情感

先感"忧"，设置有四个小问题：一是找出诗歌中多次出现的最具感情色彩的字；二是勾画诗中与"忧"有关的诗句；三是总结"忧"何；四是分析三"忧"之间的联系。

再体会"壮"，设置有两个小问题：一是勾画诗中与"壮"有关的诗；二是体会为何而"壮"（四层）。

教学活动有二：①播放音频，教师范读，学生跟随教师齐读整首诗。②学生勾画、多形式朗读相关语句，如个体读、换位读、小组互读等。其意图是通过反复吟咏、勾画圈点等，初步感知诗歌内容，既要读到表面的三层"忧"，更要深刻体会到诗中更复杂的精神内涵"壮"。

任务二：对比阅读

根据"壮"的第一层含义：慨当以慷之激情，进行本诗与《怨诗行》的对比阅读。选取《怨诗行》的原因有二，一是体裁类似；二是具有相同的感慨：人生苦短。

教学活动有三：①齐读。②同桌相互讨论。③通过动作、语言、神态等简单演绎这两种不同的生活态度。其目的是通过对比两首诗情调上的不同，初析"壮怀"，让学生体会曹诗化忧苦为慷慨的气概和"享忧"的主题。

任务三：群文阅读

根据"壮"之第二层含义：沉吟至今，拓展阅读《诗经·郑风·子衿》和《小雅·鹿鸣》，理解"沉吟"所饱含的丰富意蕴，设置了两个小问：一是"沉吟"什么；二是"沉吟"中情感的变化。

教学活动有三：①齐读，男女生分组读。②小组讨论，成果写下来。③实物展台展示答案，上台分享，小组互评，教师总结。

其目的是通过群文阅读，进一步感知"壮"情由慷慨之激情转为"悠悠"之温情。

任务四：分析意象

依据"壮"之第三层：何枝可依和第四层：天下归心含义，设计了分析意象的任务。首先请同学们圈点这两层所包含的所有意象，然后重点分析"乌鹊""山""海"的含义，体会其形成的意境。

教学活动有三：①自主圈点意象。②自我探究不同意象含义，把握意境。③教师点评，重点总结"乌鹊"（百姓）"山""海"（广纳）的含义。其目的是借助意象的分析和意境的把握，加深对"壮"志不同方面的理解。

任务五：相遇感悟

我们与这位乱世中的英雄相遇于此，悟其壮歌，体其风骨；于今，和平时代，你又有什么感想呢？

教学活动有二：①用两三句话写出感悟。②教师示范，学生口头表达。其意图是通过写作交流，理解《短歌行》的现实意义，升华课堂效果。

（五）教学反思

本课例以"感受'壮'之情"作为教学重点，也是议题，设置了五个学习项目，其中在任务二中，对比阅读了《怨诗行》与《短歌行》，采用的是"内容类"中的"情感类"组文方法，发现两者同发人生有限的感慨，但诗人采取不同的生活态度，体现出不同的感情基调，凸显出本诗的化忧苦为慷慨的气概和"享忧"的主题。在任务三中，采用了"内容类"中的"意象类"组文方法，选取了《诗经·郑风·子衿》和《小雅·鹿鸣》，结合本诗中相同意象"子衿""鹿鸣"的含义，深刻体会作者的"悠悠"之情。任务二、三中，群文阅读教学法的应用是服务于本篇课文，深入挖掘文章内涵情感的。

《短歌行》意蕴丰富，情绪的断续、起伏、变化大，要深刻解析议题，需要发挥学生主观能动性，积极参与到教学活动中来。学生要做好课前准备，如背诵诗歌，熟知译文，了解作者简介及建安风骨等。课上，教师引导学生反复吟咏、小组合作探究学习、交流倾听观点、全班沟通总结等，把握内容，达成情感共识。

在当今语文教育的大背景下，群文阅读教学法的推行势在必行。群文阅读具有弥补单篇阅读教学不足、改善教学现状、提升学生语文素养、促进教师专业化成长等重要价值，具有最近发展区、文本互织、建构主义和学习共同体等理论的支撑，具有在具体操作中顺应学习任务群教学理念、契合教材特点、符合高中生心理特征等优势。在教学实践中，教师要立足教学目标、综合学生学情、结合课文内容、考虑教材编写者意图等方面来确定议题，通过"作者类""内容类""考点类"等方法组合文本，创建平等、尊重、开放的教学情境，实现集体构建和共识达成。在推行过程中，教师需要不断研究和积极实践，加强理论学习，备好、上好每一堂课，为群文阅读的落实贡献自己的力量。

【参考文献】

[1] 中华人民共和国教育部：《普通高中语文课程标准（2017年版）》，人民教育出版社 2018 年版。

[2] 郎秋叶：《语文核心素养下古诗文群文阅读教学策略》，《延边教育学院学报》，2021 年第 35 卷第 1 期，第 190-193 页。

[3] 刘尊礼：《基于群文阅读的古诗文教学》，《文学教育（下）》，2021 年第 2 期，第 82-83 页。

[4] 彭咏梅：《群文阅读在小学中高年级古诗词教学中的应用研究》，上海师范大学 2020 年。

[5] 王羲蓉：《人教版高中古诗文群文阅读教学研究》，河北师范大学 2019 年。

[6] 吴燕：《初中古诗文群文阅读的问题及有效策略》；福建省商贸协会：《华南教育信息化研究经验交流会 2021 论文汇编（五）》；福建省商贸协会 2021 年。

[7] 于泽元、王雁玲、黄利梅：《群文阅读：从形式变化到理念变革》，《中国教育学刊》，2013 年第 6 期，第 62-66 页。

[8] 余晓栋：《招揽人才的诗歌"求贤令"——曹操〈短歌行〉新解》，《名作欣赏》，2012 年第 21 期，第 124-125 页。

[9] 张东昀：《"雅好慷慨"——曹操诗歌品赏》，《鄂州大学学

报》，2019 年第 26 卷第 1 期，第 62-64 页。

[10] 张超：《"群文阅读"教学法在高中古代诗文教学中的应用》，华中师范大学 2016 年。

[11] 宁秀艳：《群文阅读教学法在高中古代诗文教学中的应用》；教育部基础教育课程改革研究中心：《2021 年课堂教学教育改革专题研讨会论文集》；教育部基础教育课程改革研究中心，2021 年。

论高中语文整本书的阅读教学策略
——以《家》为例

四川省成都市新都二中　　王官蓉

摘要： 高中语文教学中，阅读教学的重要性越来越明显，特别是整本书阅读，它在语文阅读教学中的受重视程度也在不断提升。整本书阅读的范围不断延伸，从学校到社会再到全世界。但是对于整本书阅读教学模式还需要进行长期的研究和实践，并从中不断总结经验，才能摸索出一条有效的方案。特别是在高中阶段学生面临巨大的压力，因此需要循序渐进的开展。

本文以整本阅读巴金先生的《家》为例，从读前导读、读中跟进和检验、读后延伸几个方面对整本书阅读教学进行了探讨，旨在激发学生整本书阅读兴趣，培养和提升学生的整体阅读能力，为阅读积累和写作打下扎实的基础。

一、导读——做好阅读前的教学准备

导读课是开展高中语文整本书阅读的起始课，设置导读课的目的在于激发学生对《家》这本书的阅读兴趣，并引导学生制订阅读计划。激发学生阅读兴趣是开展整本书阅读教学的关键环节，关系到学生是否能够认真完成整本书的阅读，所以需要教师对导读课进行精心设计。

第一，激发和培养学生对整本书的阅读兴趣。《家》这本书虽然是文学名著，但实际上和学生的实际生活存在很大不同，且内容方面比较深奥，具有一定的哲学道理，为阅读增加了一定的难度，在很大程度上影响了学生的阅读兴趣。教师可以利用现代化的教学技术，如多媒体将书中的图片、视频等内容和资源有机结合起来，通过视频、图片、播放《家》的影视资料，同时提出一些如视频中的人物有什么样的经历等来引导学生，或以此问题作为悬念，让学生到书中去寻找答案，激发学生的好奇心和阅读欲望。通过多媒体展示为学生营造轻松的课堂氛围，激发学生主动阅读的兴趣。另外，教师还要为学生普及一些有关作者的相关知识内容，如人生经历、写作背景、相关事迹等，了解巴金先生创作作品时的经历，帮助学生加深印象，更好地学习和领悟这本书的内涵和阅读价值，让学生自然而然地融入到整本书阅读中。

第二，制订整本书的阅读计划。制订有效的阅读计划对培养和提升学生阅读定力、收获阅读经验具有重要的意义。首先需要教师对学生的阅读状况进行摸底调查，了解和掌握学生对整本书阅读的具体情况，并从中找出学生在阅读中存在的问题和不足，比如，一些学生缺乏整本书阅读的经验，针对不同种类、深度和背景的书籍没有进行阅读区分等。因此在制订阅读计划时必须综合考虑学生的阅读学情、书籍之间的差异等问题，针对不同的书目要依据其特点的不同进行有针对性的阅读。《家》这本书的内容主要以20世纪五四运动前后为背景，讲述了在新旧思想相互碰撞影响下高公馆走向衰败的故事。故事发生的年代虽然和学生当前生活的时代截然不同，但本书的故事情节曲折动人，对人物的刻画细腻生动，加之学生对中国近代史已有一些了解，所以在整本书阅读中不会有很大难度。基于对本书的分析，可做出如下阅读计划：整本书阅读时间为21天，每天阅读大约20页，期间设置一节跟进课，在阅读结束后再设置一节检验和写作课。

二、跟进——了解和掌握学生阅读进度

跟进课的设计主要目的是在学生阅读过程中方便教师及时了解和掌握学生的整体阅读情况和进度，并对学生在阅读中遇到的问题进行指导，分析学生的阅读差异化水平，有针对性地调整阅

读计划或内容，帮助学生从阅读中收获更多。通过跟进课的具体反映情况，如果学生整本书阅读效果良好，那么教师可以给予学生简单性指导，并让学生继续阅读，反之如果多数学生对书的内容理解存在困难，则需要教师开展有针对性的指导。比如一些学生阅读时不专心导致理解上有偏差，则要求学生对关键内容进行二次阅读。

三、检验——多种方式展示阅读效果

在学生完成整本书阅读后，就可以进行阅读效果的检验，首先，教师让学生写阅读大纲、制作读书笔记、分享精彩内容和故事情节、分享人物特点、表演故事情节等，在这个过程中，教师要发挥引导作用，并督促学生自主完成，帮助学生在整本书阅读过程中感受阅读的乐趣和意义。其次，教师也可以让学生把自己的阅读方法、阅读时的心路历程等进行分享，学生在相互分享阅读心得的过程中，进一步加深对整本书阅读方式的深入体会，对培养学生的阅读习惯和提升阅读能力具有重要意义。最后，在整本书阅读教学中，作为教师应对学生的阅读书目进行全面的了解，如对写作背景、人物和情节进行深入分析，整体把握这本书的主题思想和主要内容，同学生进行共同交流和探讨，指导学生了解小说的艺术成就以及阅读价值，深化学生的阅读体验，使其情感得到升华。

四、延伸——借阅读积累培养写作能力

通过阅读体验，可以积累很多写作素材和写作方法，学生将这些方法灵活运用到作文创作中，一定会有所收获。《家》是一本反映社会环境对于家和个人的影响的书，同时也是映射了20世纪中国新旧社会制度发展的书。但实际上，不同时代、不同社会背景对于不同的家庭和个人产生的影响是不同的，虽然如此，国家、家庭和个人确实是紧密相连在一起的。从这个角度出发，教师可以让学生展开整本书的延伸阅读，并运用到写作中。教师可以在检验课程的基础上，引导学生分析和探讨觉新、觉民、觉慧三兄弟的性格特点有何不同，并分析二人不同性格形成的原因。通过问题的提出，学生很快就能体会到整本书的阅读优势，即学生通过对小说背景、内容的深入了解，可以很快分析和总结三人的不

同性格特点，其原因也不难分析，他们成长于封建大家庭背景下，但是随着新旧思想相互碰撞在不同程度的影响下，三人的性格和命运也逐渐改变。沿着这样的思路可以让学生通过找寻其他关于"家"主题的文本进行分析。例如，梁晓声的《父亲》《母亲》，其写作背景也是在 20 世纪，不同的是具体的年度则是中华人民共和国成立后不久，国家正处于百废待兴之时又逢三年困难时期，对国家、家庭和个人对产生了巨大的贫穷、落后的阴影。这两部小说中统一也有很多关于家的描述，教师可以带领学生了解这两部作品，感悟这一时期的国与家。

考虑到学生阅读时间的限制，教师可以让学生整本阅读《家》的基础上，结合《父亲》《母亲》的单篇阅读方式开展教学。也可通过央视的《朗读者》节目，播放梁晓声《母亲》里的片段"慈母情深"的音频资料，通过有声朗读，增强学生的体验。这样学生能够进一步体会和感悟国家贫穷带给家庭和个人的巨大影响，以及当时背景下人们对于文化知识的强烈渴望。接着教师带领学生把目光和情感收回到当下，在新时代背景下，让学生讨论自己对于"家"的理解和感悟。学生在分享过程中更多的是体现出了幸福、自由、和谐、依靠等内涵，教师继续追问学生：为什么我们对家的理解和感受会与巴金和梁晓声的有很大不同呢？此时学生会强烈感受到随着国家不断强大，时代不断发展，人们的幸福感也在不断增强，更加坚定了人们的民族自豪感和自信心，充分展示了人们强烈的家国情怀。通过对整本书的延伸阅读，教师让学生在阅读积累的基础上，以"家国"为话题开展写作锻炼，这样一来学生在选材立意、情感表达上都有了明确的方向，再通过对语言的灵活运用，对提升学生的写作能力和效果均有十分重要的指引意义。

以上，是以巴金《家》为例对整本书阅读教学策略进行的实践探索，在阅读过程和方法上还有待完善。但是从整本书阅读的教学意义来看，在教学实践中，作为教师还需进一步拓展自身的阅读量，并在阅读中和学生共同成长，充分领会文学作品的精髓，以推动整本书阅读教学模式的探索实践。

【参考文献】

[1] 窦利兵：《薄弱高中突破整本书阅读困境的有效策略探究——以〈边城〉为例》,《高考》, 2021年第13期, 第135-136页。

[2] 周丽萍：《高中语文整本书阅读教学实践探究》,《牡丹江教育学院学报》, 2020年第10期, 第115-116页。

[3] 姚雪婧、朱华：《整本书阅读在高中语文教学中的应用》,《文学教育（上）》, 2020年第9期, 第110-111页。

2021.5 被中国中小学教育学会评为一等奖

下篇：文学艺术篇

诗海泛舟

新都一中风雨八十载

魏定乾

烽烟风雨望黎明，纾难毁家庠序生。
星火燎原巴蜀地，金银吐桂锦官城。
梧桐总惹凤凰舞，花语自招百鸟鸣。
高地见峰又高地，奔腾万马复征程。

注：①纾难毁家：本指捐献所有家产，帮助国家减轻困难，解救国难。这里指抗日英雄王铭章将军遗嘱捐建铭章中学，即今日成都市新都一中前身。②庠序：指学校。

2021.10.21 观纪念陶行知 130 周年诞辰
暨新都一中 80 年成果展天下云集响应有感而赋

新都一中八十年校庆文娱晚会即景

魏定乾

凤舞龙飞百鸟鸣，绕梁天籁破香城。
金风喜雨芙蓉笑，细数一中功与名。

2021.10.21 作于成都市新都一中 80 年校庆晚会现场

英雄儿女

魏定乾

百万雄师鞭断流，下山猛虎势难收。
山摇地动贼人死，天下武林远未休。

2020.10.14 高一新生军训汇报检阅有感而作

之贡嘎山下红石滩公园途中

魏定乾

云蒸霞雾入蓬莱，野旷湖粼日月摘。
一步登天翱瀚海，长驱飞骑下雪台。
冷杉大材不高调，鹃木寒身为静开。
红石千壑牦牛马，雪域冰河踏梦来。

注：①鹃木：指藏区高山杜鹃。②红石：指海螺沟石头上布满的红色物质，是一种微生物，在高山特有的生态环境内得以繁衍，构成生命与历史相融共存的奇特景观。

2019.10.20 随成都市新都一中语文组采风
去贡嘎山下海螺沟红石滩公园途中所作

267

折多山雪峰攀顶

魏定乾

折多天镜九回环，恰似云花日海边。
雪照金山秋色醉，攀峰何惧骨风寒！

2020.10.31 四川康定折多山有感而作

包公祠

魏定乾

参天古木意悠悠，舒卷白云语不休。
荷盖田田断丝藕，黑鱼娓娓诉春秋。
高悬明镜震朝野，长食廉泉治暗流。
铡美打袍怒国丈，忠奸明辨敢国忧！

注：①廉泉：指包公祠中廉泉亭下的一口清泉，据说喝了此井水，就会成为清廉之官。②铡美打袍怒国丈：指包公在《铡美案》《打龙袍》《怒弹国丈》三故事中的不畏权贵、秉公执法的清廉形象。

2019.7.26 安徽合肥包公祠爱国教育而作

悼杂交水稻之父袁隆平

魏定乾

乘凉禾下人，圆梦九成真。
华夏三餐满，寰宇五谷深。
平生怀济世，单骑结草心。
星落黄河雨，恨遗大江沉。

注：单骑（jì）：指袁隆平常去杂交水稻基地所骑的陈旧两轮摩托车。

2021.5.23 惊闻袁隆平院士殒落噩耗而悼

登珠峰

魏定乾

风雪傲立啸珠峰，折翼弄险多少重？
窗口适逢乘势上，旌旗画梦笑英雄。

注：窗口：即窗口期，指登珠穆朗玛峰的最佳时机。

2020.12.15 评四川省中小学正高级教师有感

敦煌鸣沙山月牙泉

魏定乾

鸣沙飞啸雨沙蒙，欲立山脊西打风。
遥叹金山刀断壁，近抚苍柳斧晴空。
但闻春水随东去，却见流沙低向峰。
不倒胡杨千载语，丝绸驼队月泉东。

2018.7.27 游敦煌鸣沙山月牙泉而作

飞天圆梦

魏定乾

万里啸天飞火轮，天崩地坼省远亲。
八千十万遥相问，做客星河圆梦人。

注：①坼（chè）：裂开。②省（xǐng）：探望。
2021.6.17 于成都贺"神舟十二号"与天和空间站
交会对接圆满成功而作

八台山仙境

魏定乾

去路连峰十九弯，长驱鞭策胆心寒。
东边雾锁西着雨，山下日出山上关。
劲草疾风呼蓼叶，龙吟虎啸翳云巅。
凌云壮志众山小，嬉闹无人且做仙。

注：关：关隘，关口，险要的地方。

2020.7.18 游四川省万源市八台山即景

采风夜宴对歌

魏定乾

对歌天籁绕梁出，飞越折多贡嘎湖。
虞美一吟南后主，装神弄酒笑愁无。

注：①折多：指康定折多山，位于四川省甘孜州境内，海拔
4298 米，是康巴第一关。②贡嘎：贡嘎山，又叫岷雅贡嘎，位于
四川省康定以南，是大雪山的主峰，周围有海拔 6000 米以上的
山峰 45 座，主峰更耸立于群峰之巅，海拔 7556 米，高出其东侧
大渡河 6000 米，是四川省最高的山峰，被称为"蜀山之王"，藏
语"贡"为雪，"嘎"为白，意为洁白无瑕的雪峰，贡嘎山是横断
山系的第一高峰，也是世界著名高峰之一，为国家级风景名胜区。
③湖：指高原湖，也称海子。④虞美：指李煜词《虞美人·春花
秋月何时了》。

2019.10.19 新都一中语文组康定采风男女夜宴饮酒对歌、吟词作对有感而作

271

成都大运会主会场东安湖公园

魏定乾

万亩绿云千岛湖，一环彩带锁湖姝。
零星点缀玉宇起，百艳争鸣飞鸟出。
闲步品茗解竹语，泛舟戏酒笑蓉浮。
二十桥四玉吹奏，十二景燃大运途。

注：①千岛：实为七岛，一眼看去有无数岛屿。②一环：指环湖绿道。③姝：美丽、美好。④百艳：指盛开的百花。⑤笑蓉：指怒放正艳的成都市花芙蓉花。⑥玉：指玉笛、玉笙之类的乐器。⑦十二景燃：指园里十二胜景已成游人火热打卡之地，已燃起大运会的高人气。

2021.10.25 骑行成都市龙泉驿东安湖公园即景而作

过康定折多山

魏定乾

飞骑一尘万里远，金山雪画照折山。
才识秋色山滋味，忽见草原卓玛仙。

注：①折山：指折多山，位于四川省甘孜州境内，海拔 4298 米，是康巴第一关。②见：同"现"。③卓玛：是藏族对女子的称呼，它的意思是"度母"，很美丽的女神。

2019.10.19 随成都市新都一中语文组采风

过康定折多山即景，并于晚宴上赋诵

黄山宏村

魏定乾

牛村曲水流，富甲有春秋。
月沼期圆月，南湖过客楼。
画桥荷箭满，书院古声幽。
错落民雕异，重娘何处求?

注：①宏村：牛型村，是一座经过严谨规划的古村落，其选址、布局和美景都和水有着直接的关系。而水系的设计师，是一位叫胡重（zhòng，又叫胡重娘）的女人，据介绍，这位女性知书达礼，对风水学很有研究。②民雕：民居徽雕。

2019.7.30 观安徽黄山宏村即景而歌

黄　山

魏定乾

黄山不改色，千载秀石峰。
风雨观云海，闲守万峭松。

2019.7.29 登安徽黄山而歌

长在麦香里的姑娘

魏定乾

秋分时节
小麦和姑娘播下了希望
在银装素裹的冰雪世界
换了绿妆
悄悄地
酝酿着一个春天的故事

东风来了
阳春来了
柳絮芳飞了
麦浪与姑娘一样
麦浪似彩蝶一般
衣袂飘飘
翩翩起舞
舞出了一派派
绿的海洋

一夜暑语蝉虫鸣
唤熟了麦浪的金香
赚得了金色的梦
姑娘掬起麦香
千万次地吻个够
久久不撒手
哼着狂野的
天籁之音

舞动了金色的麦浪
舞动了金色的世界

此时
幸福的她
心儿早已奔向了诗和远方
还有那个人

2020.5.17 赏曾世美校长《麦香金夏》美图有感而作

黄山松

魏定乾

峰奇石怪万仞松，拨雾穿云心向空。
绝壁缝生千载苦，今番始有万人躬。

2019.7.29 登安徽黄山而作

黄山晚宴

魏定乾

黄山南麓酒一杯，义若金兰马上催。
更待晨曦山水画，无限风光戴月归。

2019.7.28 于黄山脚下与林校、道哥、马哥等
十余兄弟晚宴畅饮有感而作

九皇山猿王洞

魏定乾

高山深涧蔓藤长，仙女嬉来作二乡。
静待芳心宫殿起，情人桥浪诉猿王。

注：据说千万年前猿王带着猿群栖息繁衍于此，而此人间美景常有飞仙眷顾，猿王每天攀上高山绝壁，抓住藤蔓荡过对面等待仙女，并建造猿人洞如宫殿般辉煌，终于打动芳心而赢得爱情。

2019.5.1 游北川县九皇山猿人洞而作

塞外红侠女嫁对山东郎

魏定乾

欲穷千里目，万里唤鹏远。
才上刘公岛，又寻天下泉。
长风拜孔庙，顺道问蓬仙。
追迹南天外，情归锁泰山。

注：刘公岛、天下第一泉、孔庙、蓬莱仙山、泰山等均为新郎故乡山东风景名胜。

2019.1.5 为新娘甘肃女王玉琼与新郎山东汉空军王鹏结为百年伉俪而取其名谐音于成都作，祝新娘新郎爱如泰山之重，情如蓝天之纯！

清明归故遇雨

魏定乾

清明时雨好洗尘，别样春风有故人。
问暖嘘寒一瓮酒，桑田沧海泪花亲。

2021.4.4 于故土四川万源清明作

四渡赤水出奇兵

魏定乾

深涧高山万里险，金蝉脱壳赤河边。
赚回九日长征路，万马千军开陕川。

2018.11.23 游红军"四渡赤水"抢滩登陆地丙安古堡及土城有感

"天之大" 赠黄兄诞辰

魏定乾

天迥云舒仙鹤松，蓬莱亭榭浣溪中。
流觞曲水蟠桃会，载满东溟长顺风。

注：①迥：远。②流觞曲水：古民俗，文人雅士每年农历三月三日在弯曲的水流旁设酒杯，流到谁面前，谁就取下来喝，可以除去不吉利，祈福，同时也有欢庆和吟诗作对的宴饮之乐。出自王羲之《兰亭集序》。③蟠桃会：相传农历三月三日为西王母诞辰，当天西王母大开盛会，以蟠桃为主食，宴请众仙。据说蟠桃三千年一开花，三千年一结果，再三千年才能长出成熟的蟠桃来，吃了之后能够长生不老。④溟：海。
2020.6.16于成都新都"天之大"雅闲庄贺省特级教师黄兄朝晖诞辰而作

江城子·悼袁隆平院士

魏定乾

昨日生死两阴阳，国有殇，自难忘。十里长街，孤鹤叫凄凉。问聘华佗妙回春，挽音容，心如霜。
曾来禾梦好乘凉，金穗长，白米香。从此无饥，霹雳泪千行。须知黄河断流处，九回肠，月无光。

注：①问聘：这里是访寻聘请。②华佗：东汉神医。
2021.5.23晚再悼国士袁隆平而赋，国士之逝，山河同悲！

安徽学习有感

魏定乾

千载包公忠孝廉，鸿章负重马当先。
书香南院钟声起，甘作云松万仞山。

2019.7.31 新都名师工作室领衔人及部分核心成员
赴安徽合肥学习提升结业有感而作

巴山蜀水

魏定乾

清雨蜀山城浥新，滔滔长水欲脱尘。
奔流到海不屈志，一片冰心有故人。

注：浥：湿润。

2020.7.21 故土四川万源老友相聚遇雨而作

藏家儿女蓉城求学

魏定乾

雪域雏鹰万里远，锦城新凤舞翩跹。
寒窗苦载知风雨，衣锦还乡策马喧。

2020.7.2 赠高三（2）班、（3）班西藏弟子留念

藏家卓玛

魏定乾

藏家卓玛闯祈连，踏步锅庄舞草原。
一曲远歌归大雁，几声笑语逗神仙。
甩鞭万马白云走，响箭一发豺豹翻。
蒙古巾帼愧出帐，高低不敢较人前。

2019.8.13 赏徐永梅同学祈连山大草原蒙古包前
《藏族姑娘》起舞翩翩图而作

茶卡盐湖

魏定乾

雪玉皑皑千百池，天空之镜镜天衣。
汽笛鸣晌当心画，仙女红纱始弄姿。

注：①天空之镜：指茶卡盐湖。②汽笛：指盐湖中穿梭行驶
的观光火车发出的鸣笛。③仙女：这里指湖中拍照留念而美若天
仙的姑娘。

2018.7.25 游青海茶卡盐湖而作

乘机赴云南紫中讲学赠紫中学子

魏定乾

大鹏负我飞楚雄，直上九霄奔九宫。
驾雾穿云唤风雨，紫气东来数紫中。

2019.5.4 作于乘机赴云南楚雄紫溪中学讲学途中

乘机观云

魏定乾

云海茫茫波浪天，朝霞一线绣金边。
狂风忽掳几云去，坐看云归且做仙。

2020.10.8 晨乘机飞新疆云景

乘九皇山索道咏怀

魏定乾

飞梭索道万筐人，直上云霄风雨迎。
足过千山轮作雾，訇然仙界九皇神。

2019.5.1 游北川九皇山乘索道有感

赤水大瀑布

魏定乾

高谷密荫红土风，抱竹藤绕卧桥虹。
峰回涧道雷雨响，飞瀑直出重九宫。

2018.11.23 观贵州赤水大瀑布而作

初恋情缘

魏定乾

茫茫人海映同心，青涩果瓜风雨云。
好酒尘封开启日，瓜熟蒂落总知音。

2021.10.9 观《27 年前初恋终成眷属》短片有感而作

川西竹海其一

魏定乾

万山竹海万千竹，粗细矮高旁倚出。
山大深知有曲长，成材早晚纸新书。

注：长（zhǎng）：生长。

2021.5.2 游川西竹海有感

川西竹海其二

魏定乾

下山容易上山难，崖壁攀缘斩五关。
敢过天河险栈道，风光无限玉生烟。

2021.5.2 游川西竹海有感

春　趣

魏定乾

快马催城问道深，春风得意舞蝶芬。
归程误入水桃处，野语深山酒美人。

2019.3.28 为新都一中高二语文组树德中学教研归来而作

春　望

魏定乾

空山人语响，百鸟凤朝天。
豪酒青梅煮，春风度九关。

2019.4.13 酬答大丰兄弟小聚赋诗助兴

大丰柴火鸡印象

魏定乾

暖响歌台人沸腾，霓虹水榭最高城。
参天大树出头日，览尽人间风雨声。

2020.12.19 成都大丰兄弟聚会于大丰柴火鸡有感

大丰兄弟

魏定乾

曾暖同巢鸟，飞走泪两思。
好在汪伦义，月圆总有时。

2020.8.26 城北大丰兄弟相聚而作

大寒迎春

魏定乾

锦城料峭有雪山，万里鹏程煮酒喧。
盘算一年归故日，大寒过后快春天。

2019.1.21 晚成都市新都大丰兄弟欢聚即席赋诗助兴尔

大师作画

魏定乾

白石虾趣泛舟行，水墨丹青妙笔声。
尽染层林秋有味，顷之有酒画已成。

2019.5.10 受邀晚宴，观黄弟妻兰妹油焖大虾厨艺有感而作

丹巴中路藏寨

魏定乾

百转千回藏寨群，青山绿水海天鹰。
碉楼遥望云深处，万马千军刀箭鸣。

2021.7.19 观丹巴中路藏寨即景

登黄山

魏定乾

雄山千壑秀峰石，索道入天人语低。
仰望奇松悠然在，俯察云海暗潮移。
怪石飞栈倚绝壁，闲鸟瀑流挂万尺。
一线天高追步苦，天梯尽处客松时。

注：客松：指迎客松，在黄山玉屏楼左侧、文殊洞之上，倚青狮石破石而生，高 10 米，胸径 0.64 米，地径 75 厘米，枝下高 2.5 米，树龄至少已有 800 年，黄山"四绝"之一。其一侧枝丫伸出，如人伸出一只臂膀欢迎远道而来的客人，另一只手优雅地斜插在裤兜里，雍容大度，姿态优美。

2019.7.29 登黄山作

登李白故里太白楼

魏定乾

太白楼上遇诗仙，陆海潘江蜀道难。
仗剑金樽空对月，挥毫泼墨下河川。

2019.5.2 作于李白故里四川绵阳江油市青莲乡太白楼

登云顶山赠唐姑父

魏定乾

盘山云路上青天，过海八仙衣袂翩。
握瑜怀瑾伏枥志，冰心一片又春山。

注：①握瑜怀瑾：形容怀藏美玉一般美好的品德。②伏枥：三国魏曹操《步出夏门行》："老骥伏枥，志在千里，烈士暮年，壮心不已。"老马站在槽头，还想着驰骋千里。比喻人虽年老，仍有雄心壮志。骥（jì）：好马。枥（lì）：马槽。③冰心："一片冰心在玉壶"是唐王昌龄《芙蓉楼送辛渐》诗中的名句，意思是：请告诉他们我依然冰心一片，装在洁白的玉壶中。冰在玉壶之中，比喻人的清廉正直。

2021.2.12 正月初一登广安邻水云顶山兼闻唐老姑父人生真谛有感

东北二人转

魏定乾

百媚千娇粉墨乡，莲花口吐剑舌长。
鸳鸯对对活嬉宝，笑尽人间百味凉。

2019.7.17 作于长春刘老根大舞台观东北二人转有感

东北军少帅张学良

魏定乾

弱冠请缨万马蹄，斡旋乱世飒英姿。
骊山一夜毁纾难，血雨腥风总有期。

注：毁纾难：即毁家纾难，指不惜牺牲个人所有，解救国难的大义行为。

2019.7.20 游沈阳少帅府有感而作

东北师大学习即景

魏定乾

古木绿天林，青松傲半城。
满园红杏果，鸟语号长春。

2019.7.16 于东北师范大学研修学习而作

都江堰

魏定乾

都江横水浪掀天，鱼嘴飞沙瓶口翻。
势向平原大都市，南桥伫目万千年。

注：鱼嘴、飞沙堰、宝瓶口：系都江堰三大水利工程。南桥：位于都江堰宝瓶口下侧的岷江内江上，是南街与复兴街之间的一座雄伟壮丽的廊式古桥。原名为"普济桥"。

2019.6.26 都江堰市参加四川省高中语文群文阅读
优质课赛观摩研讨活动而作

敦煌莫高窟

魏定乾

大漠无春鸟不喧，平沙风起蕴沙山。
千锤万凿窟千万，丝路飞天惊万年。

2018.8.28 作于敦煌莫高窟

多情的玫瑰

魏定乾

逛逛停停商号街，逢人便笑逊一截。
玫瑰有意赠姝女，一片冰心知玉洁。

注：逊：差，矮。

2019.7.19 傍晚作于沈阳俄式中街闹市街头

二十载同窗锦城小聚

魏定乾

金风玉露却相逢，丹桂吐香城不同。
酒醉芙蓉人易老，曾经年少笑春风。

2021.9.13 于成都龙泉驿晚宴助兴即席而作

访友人

魏定乾

日暖问在家，桃李正芳华。
金凤择良木，曲高百鸟喳。

2021.2.22 新春成都龙泉访翔兄

飞夺泸定桥

魏定乾

千里奔袭隔岸军，呼号夜雨火龙行。
平明大渡河横断，灭此朝食铁索城。

2021.7.22 游泸定县红色圣地泸定桥而作

佛光岩

魏定乾

不见佛光徒近岩，但缘随遇雨封天。
犹喜薄雾莲花座，坐看人间几做仙。

2018.11.23 观贵州佛光岩有感而作

观高一弟子军训有感

魏定乾

万马千军迷彩服，沙场征战论赢输。
文韬武略长缨志，直教豺狼不敢出。

注：长缨：本指兵器，这里指杀敌报国。

2020.10.12 作

观克一号井抒怀

魏定乾

千叩万击人海愁，孰言戈壁不出油？
一朝一井城一座，大漠战歌曲未休。

2020.10.4 夜观克拉玛依市第一口井有感而作

观杨特级寄弟子诗化评语

魏定乾

佳音骈俪飞艳阳，字字珠玑论短长。
情动泉涌知肺腑，春风化语陆潘江。

注：①杨特级：指成都市新都一中四川省外语省特级教师杨
应国。②陆潘江：指陆海潘江。陆，晋朝陆机；潘，晋朝潘岳。
陆机的文才如大海，潘岳的文才如长江。比喻学识渊博、才华横
溢的人。

2020.1.10 作

冠疫之后游雾山

魏定乾

久做樊篱鸟，春风唤野飞。
雾山花语笑，说好醉不归。

2020.3.22 游大邑县雾山乡大坪村山

国庆寄怀

魏定乾

林荫大树好乘凉，航海避风总有港。
铁血戍边千万里，通明灯火是故乡。

2021.10.3 于成都晚宴为祖国 72 周年诞辰即席赋诗

过江汉平原

魏定乾

一马平川万里新，江南五谷水乡人。
芙蓉出水无穷碧，一片春心总是春。

2019.7.25 路过湖北江汉平原即景有感而作

和博涵兄弟寄弟子新奇评语

魏定乾

早岁那知世事艰，飞驰八骏过险滩。
风霜雪雨寒暑日，乘幂加减力向山。

注：那：同"哪"。
2020.1.13 因物理教师博涵弟以物理学和数学术语
寄弟子新奇评语有感而作

和陈兄《养生有句》

魏定乾

幡悟半生半世流，英雄挽弩力发愁。
华佗再武身板骨，起舞闻鸡春夏秋。

2020.5.19 拜读陈兄守平《养生有句》："肩周发炎百日愁，精油推拿满
背走。拔罐去湿皮肤紫，刮痧疗疾度春秋。"而和之

和省特级杨兄应国赋诗

魏定乾

伯仲才情诗圣高，莲花口吐弄风骚。

东风敢与周郎便，大破曹营笑二乔。

注：杨兄应国原诗《贺魏定乾兄弟大作面世》见后。

2019.4.12 作

荷塘观景

魏定乾

荷伞一塘出水高，红花万点起风摇。

绒鸭嬉戏追赶路，待看三年鱼美娇。

2020.9.10 赠高一弟子

荷塘即景思弟子高考

魏定乾

荷盖亭亭绿浪桥，繁星红缀笑花娇。
丑鸭戏水昨晨柳，今月天鹅万里高。

2020.7.5 赏新都一中校园荷塘赠高三（2）班、（3）班弟子

贺博涵、邓波弟晋职

魏定乾

千山万壑木成林，大树参天有几根？
雪雨风霜苦寒志，向阳花木总逢春。

2021.4.17 晚聚为博涵、波弟晋职中层干部即席而歌

贺博涵三十而立之喜

魏定乾

月季玫瑰君子兰，满园春色蝶蜂欢。
今番日上蒸蒸喜，来日方长情满山。

2021.4.17 晚贺博涵兄弟三十而立即席赋诗助兴尔

贺博涵兄弟悬弧之辰

魏定乾

天地回春万籁声，嫣红姹紫绿柳轻。
芝兰玉树悬弧喜，遥见长空一将星。

注：悬弧：古代风俗尚武，家中生男，则于门左挂弓一张，后因称生男为悬弧。悬弧之辰：这里指男儿诞辰。

2019.4.14 博涵兄弟诞日聚宴即席赋诗助兴而作

贺弟子娇娃满月

魏定乾

茫茫人海锦城音，蜀水蜀山别样新。
莫笑娇娃方几许，酒香遥指杏花村。

注：杏花村：指其祖籍山西杏花村，这里指山西老家，有思故念亲之意。

2019.11.30 为弟子然冉（山西人）小娇娃满月之喜宴
而作于成都市新都盛世老铺酒楼

贺范兄二千金之喜

魏定乾

月老巧拨线，锦城鱼水欢。
植成幸福树，桂子满春山。

2021.9.25 于新都"四海庄园"恭喜范文祥兄弟即席赋诗而贺

贺姑母古稀寿诞

魏定乾

飞雁总归乡，浓情酒最长。
时逢寿桃会，朝凤喜春光。

2019.2.1 贺姑母祝寿即席赋诗而作

贺年酒

魏定乾

未到飞雪春早开，笑颜喜鹊闹梅来。
凤凰栖聚梧桐树，无悔平生风雨台。

2020.1.15 名师兄弟贺年聚会即席赋诗助兴尔

贺伟弟四十不惑

魏定乾

桂蕊满城情未了，黄花吐艳势难消。

芙蓉笑口河山壮，红叶青春似火烧。

2021.11.3 作于成都

赠兰妹诞日

魏定乾

最美人间五月天，邻家阿妹貌如仙。

隔壁黄郎歌万曲，青春不老爱无边。

注：隔壁黄郎：指兰妹夫君黄兄弟，内江资中人，兰妹内江隆昌人，故称隔壁。

2021.5.3 成都"大福蓉"兰欣妹生宴即席而赋助兴尔

贺邬燕、张馨月二美老师获最佳人气奖

魏定乾

归燕飞春揽月明，乌云难翳凤凰声。
芬芳桃李满天下，独秀两枝馨桂城。

2020.4.16 晚闻讯即席而歌

贺杨特级应国兄高足入围全国赛

魏定乾

生若夏花本绚烂，扶摇九万耀一枝。
三尺冰冻非一日，犹忆长风凭借时。

2021.6.6 恭祝一中及杨特，同时更预祝一中高考大捷，再创新高

鹤鸣山晨景

魏定乾

夜雨捎春晨雾轻，脱尘万物鸟新鸣。
青山直入更青处，高瀑飞欢笑语声。

2020.9.26 鹤鸣山即景

红裙嫂子

魏定乾

黄山万斑绿，栈道怪石松。
一线飞来客，江山点染红。

注：红裙嫂子：指当时游黄山穿着红裙十分美丽的康老师。
2019.7.29 安徽黄山即景而作

花乡农居即景有感

魏定乾

鸟语花香车马喧，闲庭信步似神仙。
柴门竹网众生过，岂管网结困兽关。

2021.2.20 与友人游成都三圣花乡"花乡农居"有感而作

寄弟子

魏定乾

银河浩瀚星，日月铿锵明。
蓄势一发力，蟾宫折桂声。

2020.9.23 晚宴即席赋诗赠高 2020 级 2 班弟子袁瑞同学，
预祝三年后花开香城，金榜题名

嘉峪关

魏定乾

天下一雄嘉峪关，巍峨御寇坐如山。
冰河铁骑枕戈旦，胡马南尘枉作烟。

2018.7.29 游甘肃嘉峪关而作

教师节贺新都一中

魏定乾

金秋知喜雨，百鸟凤凰歌。
桂子香如故，来年盛事多。

2018.9.9 名师欢聚即席赋诗助兴尔

教师节赠弟子

魏定乾

树高万丈叶根情，仗剑天涯心有筝。
结草衔环千古事，春风化雨润无声。

注：结草衔环：典故最早出自《左传·宣公十五年》。"结草衔环"的原意是指"结草"和"衔环"两则神话传说。前者讲一个士大夫将其父的爱妾另行嫁人，不使殉葬，爱妾已死去的父亲为替女儿报恩，将地上野草缠成乱结，绊倒恩人的敌手而取胜。后者讲有个儿童挽救了一只受困黄雀的性命，黄雀衔来白环四枚，声言此环可保恩人世代子孙洁白，身居高位。后将二典故合成一句，比喻受人恩惠，定当厚报，生死不渝。这里指袁老回馈祖国和社会的大恩深情。

2021.9.10 三十七届教师节为高 2020 级弟子而作

锦城重聚

魏定乾

北雁南飞聚，锦城朝凤嬉。
疯狂歌舞酒，无论北南西。

2018.8.3 兰兄成都聚即席赋诗

酒　歌

魏定乾

诗书自古酒一家，万马征程玉液发。
盟誓冰嫌三碗酒，悲欢嫁娶桂浆花。

注：①玉液、桂浆：均指美酒。②冰嫌：即冰释前嫌。

2020.3.22 晚酒醉酒醒叹作

康定溜溜的城

魏定乾

高原雪域劲风幡，起凤腾蛟茶马喧。
跑马溜溜歌俏妹，隔山一曲染红山。

2020.10.31 作于康定

康定情歌

魏定乾

跑马溜溜跑马城，情歌一夜总关情。
琴弦唱断几壶酒，白浪晨钟澎湃声。

2021.7.21 康定 K 歌而作

柯弟令爱诞日

魏定乾

五彩飞花恰是春，高楼摘月笑星辰。
新樽嘱酒说新绿，不醉不归多友君。

2021.3.28 即席作于柯弟豪宅晚宴

克拉玛依九龙潭夜景

魏定乾

金银亭榭万灯红，两岸飞龙月近空。
横卧长虹波打浪，九龙归驯入城中。

2020.10.4 夜游克拉玛依市区九龙潭即景

客　至

魏定乾

金桂万千一夜金，暗香喜客桂心银。
临风把酒桃园义，直教蓬莱欲下尘。

2019.9.24 美哥杨美剑客至受邀恬园有感即席而作

乐山沐川龙门大峡谷漂流其一

魏定乾

万丈深渊漂浪声，天堂入坠地鬼城。
千般恨怒卷生死，轻筏踏波如履平。

2020.7.28 漂流有感而作

乐山沐川龙门大峡谷漂流其二

魏定乾

飞湍澎湃九天险，漂筏落魂天地翻。
欲挽狂澜身不已，但闻潮水有悲欢。

2020.7.28 漂流有感而作

两棵胡杨

魏定乾

胡杨大漠立千年，不管春秋冬夏天。
以沫相濡共风雨，肝胆相照美人间。

注：①胡杨：即胡杨树，生于沙漠或戈壁，千年不死，死了千年不倒，倒了千年不腐，象征着坚韧不拔的民族精神。②以沫相濡：即相濡以沫，本指泉水干涸，鱼靠在一起以唾沫相互湿润（语见《庄子·大宗师》），后用"相濡以沫"比喻同处困境，相互救助。③肝胆相照：比喻真心诚意，以真心相见，互相坦诚交往（出自《史记·淮阴侯列传》）。

2020.10.5 作于克拉玛依赠新婚外侄儿朱晓辉及外侄媳温雅

聆听香城创新表彰会新都蓝图有感

魏定乾

天公作美及时雨，洗净桂荷分外香。
忽有惊雷光耀起，黄山云海画图长。

2020.7.31 参加新都区城北新中心城区全面深化改革
创新先进奖颁奖会有感而作

刘兄嫁女

魏定乾

一樽美酒快哉风，并蒂花开闺绣红。
了却人间佳话事，放筝有线有晴空。

2020.6.20 刘兄天泽千金出嫁花夜酒而作

龙泉驿宝狮湖夜景放筝

魏定乾

清凉湖畔好乘风，信步入流闲语中。
虫闹唧唧蛙鼓瑟，远筝灯火满星空。

2021.6.4 龙泉驿夜景即景而作

萌春寄一中

魏定乾

朔风呼啸峭寒行，欢雀梧桐闹桂城。
抚今追逝多桃李，化作春风春又生。

2021.2.13 正月初二寄一中，祝一中牛年牛气冲天再创辉煌

猛虎与雄狮的较量

魏定乾

龙吟虎啸下山高，一剪一扑执意嚣。
岂料雄狮群布阵，血盆大口早一招。

2018.11.19 观新都一中高二（3）班篮球决赛夺冠有感而作

绵竹麓棠温泉浴即景

魏定乾

云蒸雾绕野瑶池，漫步太空东倒西。
出水芙蓉嬉戏舞，不眠王母梦生疑。

注：王母：在古代中国的神话传说中，瑶池圣母又名金母、西王母。在中国人的心中圣母的形象是雍容华贵，地位超然的慈祥女神，仙居于天山的瑶池圣境。

2019.11.30 浴中有感

苗人部落

魏定乾

苗寨张灯鼓浪翻，寨花银角酒如川。
热歌红舞飞赤水，万马千军早渡关。

2018.11.22 重走红军路贵州赤水苗人部落而作

漠上聚客栈

魏定乾

阑干瀚海几人烟？客栈此番无客眠。
瑰宝敦煌重今古，可怜道士换薄钱。

注：道士：指清代曾为几个小钱盗卖莫高窟文物于洋人的王
圆箓道士，给敦煌艺术造成了不可弥补的损失。

2018.7.27 游敦煌于敦煌"漠上聚客栈"
甘老板盛情之邀挥毫泼墨即席而赋

墨石公园即景有感

魏定乾

林立墨石万剑松，危亡成败有英雄。
丹心五士说铁血，松赞文成史册功。

注：墨石公园：格萨尔王发祥地之一，世界地质奇观，中国
唯一高原石林景观。

2021.7.20 作于四川甘孜州道孚八美镇墨石公园

跑山鸡

魏定乾

丛林赤足健如飞，竹秀风巅翩舞回。
梦寐以求做凰凤，枉成麻辣酒香炊。

2020.8.9 品绝色川味"麻辣鸡"有感而作

平乐古镇

魏定乾

千载老屋吊脚楼，古榕街井诉春秋。
竹筏自在喊撑渡，水笑高低入野流。

2019.8.11 游邛崃市平乐古镇即景而作

兄弟五里村小聚

魏定乾

千里风光五里香，淡妆浓抹喜人狂。
鹊桥不见飞星恨，但有人间情意长。

2021 七夕即席而作于新都五里村"五里香火盆烧烤"

妻芳辰有感

魏定乾

南柯一梦又春秋，风雨人生一叶舟。
总有晴空放春日，何须计较事烦忧。

注：芳辰：指女性诞辰。

2021.11.5 即席而赋

妻知命之春赴归

魏定乾

千里心潮飞骑归，冰心一片有阿谁。
芙蓉笑口轻寂寞，恨误花期多少回。

2020 年作于妻天命之年诞辰由蓉归故途中

祁连山大草原

魏定乾

万马响鞭跃草场，白云深处撒牛羊。
蓝天碧草红衣笑，一曲郎歌妹断肠。

2018.8.30 游祁连山大草原而作

青春与梦想

魏定乾

　　滚滚长江水，浩浩汤汤，生生不息黄河催。锦城悠悠乐思蜀，蜀道迎歌吹。三香好客香城情，一湖桂荷，别样莺啼映日辉。

　　英雄少年气，气如虹，壮若山，豪情锦绣回。沙场且点兵，欲执牛耳，天马行空奋蹄追。青春热血，激情全运，中国梦想飞。

2019.6.21 为四川省成都市新都协办全国中学生运动会而作

青海湖即景

魏定乾

　　浩渺湖天一色蓝，沙翁飞艇下凡间。
　　远山碧草白云朵，蒙舞藏歌仙女翩。

2018.7.24 游青海湖作

秋日黄弟诞辰寄语

魏定乾

桂香未了木芙开，累累金秋红叶来。
还看黄花遍茱萸，浮云不畏待雪白。

注：①木芙：指盛开的木芙蓉花。②黄花：指九月菊花。
③遍茱萸：指遍插茱萸，出自唐朝王维《九月九日忆山东兄弟》
一诗中"遥知兄弟登高处，遍插茱萸少一人"。这里既有重阳登高
佩茱萸的欢乐和期盼辟邪消灾，祈求长生与延寿的美好愿望，又
有欢乐祝福、饮酒开宴时"少一人"（少了因事缺席的大丰兄弟柯
弟）的牵挂。

2019.10.26 晚宴贺黄弟成伟诞辰即席而作

秋日骑行

魏定乾

水秀山清飞鸟鸣，五环大道任君行。
田田荷盖疾风舞，忽现时隐红女声。

2021.9.19 作于龙泉驿

秋 兴

魏定乾

桂蕊欲长香，满城金甲黄。
固知流水走，复待百花长。

注：金甲：这里指菊花，出自"满城尽带黄金甲"。

2021.10.16 "天命满一"之晨于成都有感而赋

瑞雪祝寿

魏定乾

青山绿水戴银妆，雪瑞天公狂舞长。
笑口梅香报春晓，青松白鹤寿无疆。

2018.12.29 祝贺兰福川兄弟令堂大人古稀寿诞之喜而作于成都

我的国我的家

魏定乾

有一个古老而神秘的国度
她屹立在世界的东方
她傲立于世界的民族之林
她总是洋溢着自强与自信的笑容
迎接着、沐浴着喷薄而出的第一缕晨曦
她上下五千年，她威震九番
她有 960 万平方公里，她有 14 亿华夏儿女
她是四大文明古国之一，她有四大发明的专利
她有长江、黄河的庇佑，她有五湖四海的宽胸
她有三山五岳的磅礴厚度，她有珠穆朗玛峰的极顶高度
她饱经数千年血与火的淬炼，生与死的考验
和凤凰涅槃般的洗礼与重生
她就是我的国我的家

有一个古老而神秘的国度
她屹立在世界的东方
自从盘古开天辟地
这里就有了长江流域、黄河流域
三皇五帝、炎黄子孙
哪怕在这原始蒙昧、饮毛茹血、火种刀耕的中原大地
她总是薪火相传、生生不息
她孕育了秦皇汉武、唐宗宋祖
她孕育了一代天骄成吉思汗
她孕育了康乾盛世和数以万计的仁人志士
她孕育了数风流人物还看今朝的英雄儿女

她孕育了中华人民共和国的诞生和春风般改革开放的勇气

她孕育了"一带一路"的世界王者之气和实现中华民族伟大复兴"中国梦"的自强不息

她开创了十四年抗战赶出小日本的壮烈之举

她开创了打倒国民党反动派解放全中国的威武之师

她开创了辽沈、淮海、平津三大战役

她开创了香港、澳门的"一国两制"和港人治港、澳人治澳的成功范例

她开创了"神舟"载人航天的飞天之梦和"蛟龙号"深海下潜的极限先例

她开创了华为5G技术赶超世界，难以企及

她开创了中国制造到中国创造的前沿阵地

她开创了改革开放四十年中国经济GDP直逼第一

她面对世界多元化格局的风云变幻，举重若轻

她面对美国经贸摩擦的霸权主义和本位保护主义，从容应对

她面对别有用心的香港暴徒罪恶行径，斡旋有力

她就是我的国我的家

有一个古老而神秘的国度

她屹立在世界的东方

今天，这东方雄狮风华正茂

迈着矫健而有力的步伐

威风八面地

令世人肃然起敬地

令世界刮目相待地

走向世界

走向未来

走向新的辉煌

她就是我的国我的家

有国才有家

有家才有国

爱国即爱家

爱家即爱国
作为新都一中人
爱校即爱国
爱校即爱家
我爱我的国
我爱我的家
这就是我的国我的家啊

2019.8.27 献礼中华人民共和国成立 70 周年
新都一中开学升旗仪式诗朗诵创作

半百人生

魏定乾

遍野黄花分外黄，芙蓉渚上笑蓉香。
轮回万物春常绿，岂有人间彭祖长？

注：黄花：菊花。
2020.10.27 成都大丰兄弟晚聚感慨"天命之辰"而赋

若尔盖大草原

魏定乾

千里九曲大草原，天低云月日还寒。
连丘万壑影游动，云朵阳春蝌蚪山。

注：①影：指黑牦牛、羊群、骏马等。②云朵：指白色的牛羊马。③蝌蚪：指黑色的牛羊马。

2018.7.22 作于若尔盖草原

三十年同窗偶聚

魏定乾

山重水复有青松，远近高低各不同。
日月同辉任风雨，春冬一夜戴白翁。

2021.7.13 同窗们早生华发有感而作

三十载同窗锦城邀聚

魏定乾

喳喳喜鹊闹喳喳，得意自鸣心放花。
犹忆三十尘与土，是非功过任评夸。

2021.7.24 鞠兄相邀作于成都

三游四姑娘山双桥沟

魏定乾

狂奔一路野风光，熟视雪杉似故乡。
不起涟漪不赏措，人生错过景还长。

注：措：即藏语中的湖。

2021.7.18 即景而感

三月三

魏定乾

芦花十里醉春风，杨柳纸鸢晴弄空。
桃李棠红逗郎女，串烧嬉笑影湖中。

2019.3.3 受邀与十数好友野炊烧烤即景而作

森林之城

魏定乾

满城尽带翠松衣，除却芙蓉烟柳低。
飞骑无尘呼啸过，野桥野语酒歌稀。

注：森林之城：指春城长春。

2019.7.16 作于长春

赏青海门源油菜花即景

魏定乾

门源花海万顷金，百媚弄姿伞美人。
千里草原穿大漠，只缘一睹菜花神。

2018.7.31 赏青海门源油菜花而作

赏馨月民歌赛课决赛

魏定乾

丝竹阵阵风情寨，傣舞婀娜孔雀开。
心曲悠远侬语软，山伯长唤祝英台。

2019.4.18 听新都一中张馨月老师民歌赛课而作

生若夏花

魏定乾

生若夏花满苑芳，百花竞艳暑闲长。
锦城借问花深处，最数香城花赛香。

2019.5.16 "四川省高中语文小说阅读课堂教学展评赛"
于新都一中举行有感而作

生若夏花赠高三弟子

魏定乾

生若夏花绚烂时，九天揽月做君骐。
风霜雪雨自然色，何日不轮东到西。

注：①骐：指骐骥，千里马。②日：指太阳。
2020.7.9 高三弟子 "酬师宴" 即席而歌

胜弟归故

魏定乾

满城尽带桂金香，君醉香城醉断肠。
他日越西艳阳日，折枝东向寄远方。

注：越西：指凉山州越西二中，支教之地。
2018.9.18 成都市新都"江上渔翁"聚即席赋诗喜赠张胜弟越西归来

盛京故宫有感

魏定乾

雄殿琉璃皇太极，鞭指铁马断流西。
势破雄关千古帝，孰知美梦化溥仪。

注：盛京：清代两京之一，今指辽宁省沈阳市。
2019.7.20 游沈阳故宫博物院而作

世界魔鬼城

魏定乾

魔鬼啸风强入城，远洋舰队鬼吹灯。
火魔才去冰魔恶，鹰隼迎宾孔雀屏。

注：①克拉玛依世界魔鬼城，属于雅丹地貌，在大自然鬼斧神工长期作用下，形成了一个梦幻的迷宫世界。由于风雨剥蚀，地面形成深浅不一的沟壑，裸露的石层被狂风雕琢得奇形怪状，在起伏的山坡上，布满血红、湛蓝、洁白、橙黄的各色石子，宛如魔女遗珠，更增添了几许神秘色彩，内城地处风口，四季多风。每当大风袭来，黄沙遮天，大风在风城里激荡回旋，凄厉呼啸，如同鬼哭，"魔鬼城"因此面得名。素有风魔、火魔、冰魔"三魔"之称。②远洋舰队、鹰隼展翅、孔雀迎宾，皆是魔幻景点名。

2020.10.6 作于克拉玛依世界魔鬼城

赠陶兄

魏定乾

翩翩风度数陶哥，谈笑风生戏谑多。
甘做宅男不种地，一招烧菜好登科。

注：①陶兄：市物理特级教师陶守佳。②戏谑（xuè）：用逗趣的话开别人的玩笑。

2020.1.15 名师兄弟团聚趣尔而作

四洞沟四瀑布

魏定乾

白龙天降飞蛙起，竹海风姿月亮潭。
花果山香水帘洞，天宫大闹戏神仙。

注：白龙、飞蛙、月亮潭、水帘洞分别为四、三、二、一洞
的白龙潭瀑布、飞蛙崖瀑布、月亮潭瀑布、水帘洞瀑布。

2018.11.25 游赤水四洞沟四瀑布而作

四洞沟竹海

魏定乾

竹海歇云暖日新，抱团穿雾万竿深。
同长一水两山岸，胖瘦高低各有春。

2018.11.24 游贵州赤水四洞沟竹海而作

四姑娜措

魏定乾

白日雪山倒影湖，湖平宝镜洞天出。
飞来沐浴衣飘袂，更有冷杉心不枯。

注：四姑娜措：传说是四姑娘沐浴之处。措：即藏语中的湖。
2018.10.14 游四姑娘山双桥沟四姑娜措作

四姑娘山采风即景

魏定乾

山麓金秋红叶枫，攀顶重雾雨雪松。
风云忽去天蓝海，响水不息说日中。

2018.10.13 作于四姑娘山途中。

四姑娘山双桥沟红杉林奇观

魏定乾

冷杉春翠云杉夏，金艳红杉雪袄冬。
遥羡冰川眠万载，懒理四季变迁风。

2018.10.14 语文组采风四姑娘山双桥沟红杉林而作

送教一中附中有感

魏定乾

香城金桂馥香来，喧闹芙蓉菊笑开。
大丽花红肝胆照，今秋绿水抱山怀。

注：大丽花：别名大理花、天竺牡丹，有富丽吉祥之意。
2018.10.11 新都区名师送教新都一中附中石板滩中学有感而作

塔公草原咏怀

魏定乾

挥鞭纵马向塔公，驰骋疆场一阵风。
绿甸蓝天狂野处，追云天外做青松。

2021.7.20 作于甘孜州康定市塔公草原

天鹅湖绿道骑行

魏定乾

绿道飞龙九绕环，暖阳树吻鸟鸣禅。
玫瑰童面蝶风戏，长路骑行鹅水欢。

2020.5.1 骑行成都天鹅湖绿道即景

天命之年隐酒歌

魏定乾

人生天命下山虎，格斗擒拿势不输。
后浪长江卷前浪，何须斗酒少年浮。

注：隐酒：隐退而少饮酒。

2020.3.22 晚酒醉酒醒诚作

天山做证

魏定乾

天山旖旎漫雪莲，独秀二枝香满山。
大漠胡杨千万载，双鹰雪域梦奇缘。

2019.11.27 喜祝远居新疆的外侄朱晓辉、外侄媳温雅伉俪百年

同窗春聚

魏定乾

新景映新春，桃花笑美人。
同船千载渡，无悔几冰心。

2021.2.22 新年成都龙泉同学小聚

同窗来蓉小聚

魏定乾

一谢又十年，嬉童历历前。
今番锦城聚，更待几时圆？

注：谢：辞谢、辞别。

2020.5.1 刘兄朝斌、段兄丕军龙泉同窗小聚

同窗闹春

魏定乾

迎春花早趣桃红，笑口梅花雪送冬。
一派春光锦绣道，东风煮酒弄晴空。

2019.2.20 兰兄来蓉同窗小聚而作

晚秋荷韵

魏定乾

烧火长空云入湖，半湖瑟瑟火溢出。
莲叶田田风玉立，闲鱼嬉戏不知凫。

注：瑟瑟：指湖水碧绿。
2019.10.18 赏邬燕老师《秋荷夕照图》摄影照有感而作

341

望四姑娘神山

魏定乾

四仙天界度众生，千里群峰裙下迎。
雪照金山法无际，蜂腰幺妹最痴情。

2021.7.17 四姑娘山即景

伪满洲国

魏定乾

儿帝半坡傀儡山，日寇风流强作闲。
不敢南窥说牧马，枉教大帝破山关。

2019.7.19 观长春伪满洲国博物馆而作

武隆山地缝

魏定乾

坠落千尺入地府，峭崖飞瀑玉帘哭。
九曲栈道天一线，闯过奈何艳日出。

注：奈何：这里指奈何桥。奈何桥在中国民间神话观念中是送人转世投胎必经的地点。在奈何桥边会有一名称作孟婆的年长女性神祇，给予每个鬼魂一碗孟婆汤以遗忘前世记忆，好投胎到下一世。

2021.8.2 游重庆武隆山地缝作

武隆山芙蓉洞

魏定乾

芙蓉湖海蕴青山，漂筏悠然欸乃间。
信步龙宫琼楼宇，画廊十里若飘仙。

注：欸乃：拟声词，行船摇桨或摇橹的声音。

2021.7.31 作

武隆山天坑即景

魏定乾

万丈深渊别洞天，青山飞瀑鹊人烟。
小桥流水修竹茂，闯入桃园无驿官。

注：此坑曾为唐朝官方驿站。

2021.7.31 于重庆武隆山天生三桥天坑而作

武隆仙女山

魏定乾

群峰万木绿参天，骏马草原仙女欢。
多少情人眷恋处，长龙出没誓鸣山。

注：长龙：观光火车。

2021.8.1 作于重庆武隆仙女山

西北省亲飞机途中

魏定乾

万里鹏程大漠飞，云霞宫阙笑迎谁？
茫茫戈壁千红壑，片片绿洲黄水肥。
铁马冰河歌旧梦，长空鸿雁叫新归。
浮云无惧挡前路，一路向西旱自回。

2020.10.4 赴新疆克拉玛依参加婚宴并省亲而作于飞机途中

西江月党建即景赋诗

魏定乾

西江月起似春风，一片冰心向日红。
不惧霜雪寒彻骨，欲留清气做青松。

2020.12.2 青白江西江月红色基地而作

观邬燕老师采风照
《菲利普岛的原野》有感

魏定乾

这是一本读不完的书，
这是一曲唱不完的歌，
这是一首写不完的诗，
这是一幅赏不尽的水墨丹青，
这是一方观不尽的异域风情，
这是一山看不尽的层林尽染，
这是一轮咏不尽的中秋月明，
这是一圆赞不尽的旭日东升！

愿您狂野之心一路狂奔，
愿您狂奔在旷野的凡尘，
愿您这立足寰宇的大中华人
肆无忌惮地穿行在阳春的梵阿玲
和金秋港湾鱼米之香的甜蜜里
无论天涯
不论海角
只因那里有生命激荡的原动力，
还有伴君的那个人
那些人

2018.9.24 作

喜春佳节

魏定乾

风煦早梅娇，桃红野火燎。
酒酣人鼎沸，笑语侃元宵。

2019 年正月十四成都大丰兄弟晚宴聚欢而作

贺新都一中高考多名清华北大

魏定乾

夏花次第百千城，不夜升庵故里明。
遥望香荷红万点，出头荷箭状元星。

2019.6.22 为一中高考大捷再创新高而作
祝一中跨越式发展梦想成真

喜赏新都一中教师合唱团
区大赛引吭高歌

魏定乾

绕梁三日上云层，横断山蒙百鸟鸣。
荡气黄河九十九，凤凰谐奏更高声。

2018.9.16 作

喜闻新都一中高考超四人上清华北大

魏定乾

惊雷平地九州雄，偏宠文曲绝景中。
闪耀将星花捧月，香城早有桂湖风。

注：绝景：书香圣地，指新都一中。新都一中 2020 年高考再谱华章，理科最高分黄翔宇同学 697 分，列四川省第 53 名；文科最高分何兰馨同学 641 分，列四川省第 47 名。据北大清华招生组信息反馈，有 4 位同学能进入清华北大！有 6 位同学入围清华北大强基计划；同时近 1000 人上重本线。

夏花之喜

魏定乾

生若夏花春有色，历经酷暑更展姿。
芙蓉出水已映日，富贵牡丹花早迟。

2019.5.17 黄弟千金可可十周岁诞日而作

新都一中元旦庆典

魏定乾

参天古木矗中流，桂子香城震九州。
忝列膏腴一小草，春风喜教作金秋。

2018.12.29 一中元旦庆典获得"新都一中风云人物"称号作

新嫁娘

魏定乾

女大本随风，一飞上九空。
摘得双凤翼，琴瑟月明中。

2020.6.27 作于黄兄朝晖千金喜结连理

兄　弟

魏定乾

千锤百炼铸真金，四海五湖数战神。
豪酒人生歌快意，冰心一片又识君。

2020.12.14 成都兄弟相聚即席赋诗助兴尔

遥寄文祥兄大婚

魏定乾

千里姻缘红线牵，高飞比翼似神仙。
今朝朝凤讨樽酒，留待明夕兄弟还。

2018.10.14 于四姑娘山遥寄

旭　日

魏定乾

紫气东来旭日空，满园春色笑东风。
今番高处凌云气，万马千军势若松。

2020.1.16 下午观新都一中团拜会有感而赋，祝新都一中
鼠年"鼠"你凶，全国名校看一中

音乐百花谷即景

魏定乾

嫣红姹紫五龙山，白日风铃鸟纸鸢。
孔雀开屏试风韵，熊猫漫步笑人闲。
飞鲨走鳄幽冥府，锤摆摩轮别洞天。
捷足先登歌一路，儿童簇蝶闯三关。

注：①锤摆：指大锤摆，几十米高的儿童娱具。②摩轮：指摩天轮，几十米高的儿童娱具。

2020.4.4清明节携家人踏青成都音乐百花谷即景而作

樱花园即景

魏定乾

漫花飞舞紫樱林，紫气升腾春惹人。
郎女蝶翩心自醉，岂知十里笑桃春。

2021.2.24成都新都樱花园有感而作

迎客松

魏定乾

黄山笑客松，握手凤冠空。
虽有石山靠，不学攀附风。

2019.7.29 登安徽黄山感叹千年迎客松而作

迎新春城北兄弟篮球对抗战

魏定乾

艳阳寒气蒸，万绿吐新生。
兄弟沙场见，笑声无血腥。

2019.1.19 即席作于新都大丰

幽兰与黄山

魏定乾

幽兰深谷寄黄山，蝶舞蜂鸣鸟语蝉。
春夏秋冬风雨剑，花香最美夏阳天。

2019.4.26 祝福兰欣妹诞辰之喜并寄其夫妇而作

游犍为

魏定乾

火火风风千里驹，春心早随雁南移。
阅尽犍为山水色，不及故弟满情溪。

注：故弟：故地重游之弟柯弟，也指老朋友柯弟。
2020.7.27 晚柯弟盛情邀吃犍为特色 "跷脚牛肉"
有感即席赋诗助兴尔

玉门关雅丹魔鬼城

魏定乾

岛屿三千日影清，远航舰队海西行。
雄狮孔雀迎宾客，忽啸飞沙魔鬼鸣。

2018.7.26 游甘肃玉门关雅丹魔鬼城而作

鸳　鸯

魏定乾

繁花似锦恰春深，戏水鸳鸯新过门。
欢雀百灵凤凰舞，花香蝶恋月圆人。

2021.5.1 贺张妹馨月喜结连理而赋，
祝一世偕老风雨无碍，百年好合恩爱有加

缘 聚

魏定乾

曾经风雨共扁舟，竹杖芒鞋一水流。
但恨镜中霜鬓起，金兰结义数春秋。

2020.7.23 老友相聚于万源渝火庄即席赋诗助兴尔

再祭映秀地震

魏定乾

昏天暗日地魔出，十万荼毒城早枯。
风泣雨哭山变味，一江怒水势不输。

2021.7.17 再祭汶川大地震震中映秀镇漩口中学有感

赠博涵兄弟喜辰

魏定乾

岁岁年年花总似，年年岁岁却情同。
登攀不畏长风紧，自有风光在顶峰。

2020.4.14 于博涵兄弟诞日晚宴即席而作

赠纯直兄蓉城相聚

魏定乾

红红火火锦官城，雨雨风风八拜深。
古道热肠也将帅，冰心一片总识君。

2020.8.2 晚于成都"三牦记·牛肉火锅"纯直兄宴请来蓉
兄弟有幸出席即席赋诗助兴尔

357

赠范弟诞辰咏黄金菊

魏定乾

残荷瘦水不蛙鸣，白鹭野凫蝉噤声。
惊有满城带金甲，金身护体树长青。

2019.11.23 贺宴即席而作

赠高 2020 级新生弟子

魏定乾

桂香八月满城芳，开口芙蓉笑语长。
万马千军复长路，杀出黑马早名扬。

2020.9.2 作

赠沈美女赛课夺冠咏芙蓉花

魏定乾

芙蓉花锦万千红，独秀一枝自有空。
饱览今霜寒彻骨，来春化绿更春风。

2019.11.20 为巴蜀联盟赛课夺冠归来的新都一中
沈益宇老师接风午宴而作

赠外语省特杨兄应国

魏定乾

漂洋过海二国文，文曲下凡不是人。
绣口一呼半唐盛，飞仙天外坐识云。

注：杨兄应国省特级外语教师，兼通汉学古诗词，曾游学英国讲授汉学。

2020.1.11 作于成都市新都一中

赠外侄女弄璋之喜

魏定乾

一嗓呱呱天地惊，观音送子最深情。
长空鸿雁捎佳讯，陆海空飞朝凤城。

注：陆海空飞：指陆路、水路、空飞的亲人。

2018.8.18 作于陕西汉中

赠王华兄令郎大婚

魏定乾

合欢树上蒂合欢，月季花红琴瑟联。
了却今番秦晋事，月圆花好爱如山。

2021.7.13 婚宴即席而作于万源

赠张书记右迁

魏定乾

蛟龙出海呼风雨，振翅雄鹰敢步云。
万里鹏程待他日，觥筹交错有故人。

2020.11.26 饯行晚宴即席赋诗祝贺
张书记羽卿右迁校长一职助兴留念

张掖七彩丹霞

魏定乾

叠嶂丹霞似晚秋，金猴僧道挽霞头。
七锦彩带火龙舞，赤壁长城血暮啾。

注：金猴、僧道、彩带、火龙、赤壁、长城等，皆为此地
胜景。

2018.7.29 游甘肃张掖七彩丹霞而作

长春公园一瞥

魏定乾

烟柳画桥湖镜光，扁舟一叶喜鱼长。
远歌若不二人转，谁道江南才水乡。

2019.7.17 游长春胜利公园而作

之大邑县地主庄园

魏定乾

长驱花水湾，诅咒地主园。
金桂及时雨，瑶池枉做仙。

2020.9.25 作于之大邑县刘文彩地主庄园途中

致高一（2）班运动会

魏定乾

绿茵场上电如飞，斩棘披荆战马催。
追日拨云抄近道，同舟共济复夺魁。

2020.11.17 为高一（2）班即席赋诗于成都市新都一中运动会

致何主任理塘援藏队歌

魏定乾

高山流水上征程，雪域长鹰汉藏情。
丹桂飞香天镜外，格桑卓玛向香城。

注：格桑卓玛：指手执格桑花的卓玛姑娘。
2019.9.28 晨赏新都一中何军主任理塘援藏队歌有感而作

智弟喜逢双时辰

魏定乾

金桂溢香明月生，芙蓉笑口惹香城。
遥思灯火万家月，福下凡间贺寿星。

2021.9.20 中秋节作于谢兄诞辰晚宴

中秋感怀

魏定乾

金桂披金银桂妆，芙蓉笑口紫薇香。
遥知折桂蟾宫贵，踏尽青云风雨霜。

2019 年中秋之夜感怀而作

九九重阳贤聚

魏定乾

桂子馥香闲，黄花九九山。
他乡多异客，结义二金兰。

注：①黄花：菊花。②金兰：指新加盟名师队伍的张学工、
王贤华两兄弟。

2018.10.20 作于成都新都园林火锅名师兄弟聚欢

重庆洪崖洞抒怀

魏定乾

千载洪崖千载悠，秦时明月泛江流。
摩天不敢高声语，酒绿灯红吊脚楼。

2021.7.27 游重庆洪崖洞而作

重庆名师学习提升

魏定乾

两江浩渺抱山城，楼满书香风雨声。
一叶扁舟悄入港，赚回红日万真经。

2021.7.30 作于重庆

重游桂湖有感

魏定乾

宝光古刹耀千秋，月色荷塘笑不休。
桂蕊金银湖鉴在，升庵九死壮心流。

注：鉴：镜子。

2021.7.23 重游桂湖公园即景抒怀

一个野炊梦

魏定乾

梦中有春的嫁衣
夏的热恋
秋的丰满
冬的纯真

梦中有山的亲吻
水的缠绵
日的热胸
云的呼喊

梦中有一群女人
一群男人
一群萌娃
一条狗
一簇簇欢声笑语
一束束袅娜炊烟
一缕缕黄粱熟香
和一瓮二锅头
正静待花开般地
蹲在青石板上
随时取悦于男人们粗犷的吆五喝六
和女人们野情打俏的桃花红

诗意栖居本如斯
我欲乘风归去

且做这梦中之人
去浪他个三生三世
去浪他个乐不思蜀
可曾有梦收留?

2020.5.11 赏徐永梅同学《两年野炊梦春晒图》有感而作

重走阿坝长征路

魏定乾

茫茫草地大雪山,风雨兼程霹雳关。
逾越此峰追将士,敢教日月换新天。

2018.8.4 于成都为兰兄红军长征群像配诗

附友人诗歌：

秋 黄

谢 科

三春绿烟丝醉软，今秋残黄叶上停。
莫教多情见春归，只怕莺语太叮咛。

雾 霾

黄晶晶

天灰蒙蒙的，
城市说：
"我很迷茫……"

贺魏定乾兄弟大作面世

杨应国

本是万源一才子，客居香城做名师。
教海弄潮有力作，学苑花开第一枝。
天降甘露书作赠，从此枕边添新私。
书生风流传佳话，一中又出一大师！

注：此诗为杨兄2019年3月惠存鄙人第二本专著《泛舟教海》
时所赠，本人和诗见前。

花久不开，问兰君

陈翠兰

去岁市集与君逢，独居幽巷自不同。
千枝万条尽拔翠，碧波粼粼情独钟。
欣喜抱得桌前立，岁月静好待东风。
又是一年花开时，问君何时慰花农？

夫君和诗·答花农

李作军

原是人间自在花，世居幽谷不浮华。
去年易市垂怜意，从此君家是吾家。
芳草自有本心在，至今不肯随风发。
问君若是知花人，来年春夏做云霞。

注：陈翠兰，北师大才女，现为新都区毗河中学主任，为李作军佳偶。